한국 현대시 양식론

김 영 철 (金榮喆)

• 학력
서울대학교 문리대 국어국문학과 졸업
서울대학교 대학원 국어국문학과 석박사 과정 수료, 문학박사

• 경력
해군사관학교, 대구대, 건국대 교수 역임.
우리말글학회, 겨레어문학회 회장 역임.
현 건국대 국어국문학과 명예교수, 문학평론가

• 저서
『개화기 시가의 장르 연구』,『한국 현대시 논고』,『현대시론』,『김소월』,『박인환』,『한국 현대시 정수』,『한국 현대시의 좌표』,『한국 개화기 시가 연구』,『말의 힘, 시의 힘』,『21세기 한국시의 지평』,『현대시의 사회시학적 연구』,『문학의 이론』,『한국 시가의 재조명』,『독서』,『문학체험과 감상』,『한국 현대시 양식론』

한국 현대시 양식론

초판 인쇄 2018년 8월 6일
초판 발행 2018년 8월 10일

지은이 김영철 ▮ **펴낸이** 박찬익 ▮ **편집장** 황인옥 ▮ **책임편집** 조은혜
펴낸곳 ㈜ 박이정 ▮ **주소** 서울시 동대문구 천호대로 16가길 4
전화 02) 922-1192~3 ▮ **팩스** 02) 928-4683 ▮ **홈페이지** www.pjbook.com
이메일 pijbook@naver.com **등록** 2014년 8월 22일 제305-2014-000028호

ISBN 979-11-5848-399-9 (93810)

* 책값은 뒤표지에 있습니다.

modern poetry

한국 현대시
양식론

김 영 철

(주)박이정

저자 서문

　그간 많은 한국문학 연구가 진행됐지만 막상 문학연구의 근간이 되는 양식론에 대한 연구는 매우 미흡한 실정이다. 개별적인 장르에 대해 단편적인 언급이나 연구는 있었지만 장르론적 차원에서 개별양식의 기원, 형성, 발전, 그리고 양식상의 특징이나 창작양상, 문학사적 의의에 대한 체계적 연구는 영성한 실정이다.

　한국문학의 근간이 되는 소설은 물론이고 시 역시 양식론적 연구는 전무한 실정이다. 양식론의 체계화는 한국문학 연구의 근간이 되는 바, 시급히 해결돼야 할 본질적인 문제로 보인다.

　필자는 이러한 연구의 문제점과 필요성을 절감하고 그에 대한 연구와 천착을 오래전부터 진행해 왔다. 이제 그 작업이 마무리 되어 한권의 책으로 묶어냄으로서 한국문학 연구의 밑거름이 되고자 한다. 한국 현대시 양식론의 체계화는 본 저서가 효시를 이룰 것임으로 학계의 관심과 기대를 모을 것으로 사료된다.

　이 책은 개화기 창가와 신체시에서 일제 강점기에 풍미한 단편서사시, 현대시조, 60년대 풍자시, 김춘수의 무의미시, 70-80년대의 포스트 모더니즘시, 그리고 북한시에 이르기까지 한국 현대시의 기본양식들을 통시적으로 고찰하였다. 물론 양식의 형성과 전개에 바탕을 이루는 시대상황을 전제한 역사주의 비평, 개별 시인의 삶이 투사된 전기론적 비평의 시각을 병행하였다.

각 양식별로 장르의 형성과정, 전개 및 창작양상, 양식적 특징, 주요 시인의 활동, 시사적 의의, 차후 한국 현대시에서의 역할과 전망 등을 세밀하게 분석하였다. 연구방법은 자료와 문헌에 충실한 실증주의 방법과 한국시사 전반을 아우르는 통시적 연구방법을 동원하였다.

기성 학계의 연구 성과를 참고하고 새로운 자료와 내용을 발굴하여 독창적인 지침서가 되도록 천착하였다. 차후 한국 현대시 양식 연구에 새로운 방향을 제시할 수 있는 근간자료가 될 것으로 기대한다.

어려운 출판 사정에도 불구하고 기꺼이 출판을 허락해 주신 박이정 출판사의 박찬익 대표님께 감사드리며, 교정출판에 힘써준 직원 여러분께 심심한 사의를 표한다.

2018년, 저자 김영철

목 차

[1]
신체시론

1. 문투(文鬪) 형식으로서의 신체시

육당은 문장보국(文章報國)의 신념하에 문학 저널리스트 및 시인으로서 시대적 소명을 다하고자 했다. 조선광문회, 신문관 등을 통해서 고전 및 고문헌의 발굴과 보급을 꾀하고, 「소년」, 「청춘」, 「아이들 보이」, 「새별」, 「붉은 저고리」 등 개화기 저널리즘의 선구자가 되었다. 특히 이 잡지들은 개화기 신문학의 전진 기지로서 근대문학의 기틀을 마련하는데 큰 족적을 남겼다. 나아가 그는 시인으로서 신체시, 자유시, 창가, 시조 등 다양한 장르에 걸쳐 근대시의 실험에 앞장섰다. 그가 "나는 천품이 시인이 아니라 시대가 나로 하여금 시를 쓰게 하였다."[1]고 고백하고 있으나 역설적이게도 그는 근대시의 선구자가 되었던 것이다.

아울러 비록 총칼을 든 무투(武鬪)형식[2]으로서의 투쟁은 아니었으나, 문화적 계몽주의자로서[3] 문투(文鬪)형식으로 시대상황에 적극 참여하였던 것이다. 문투형식으로서의 문장보국, 문장입국(文章立國)의 신념은 신체시 창작으로 구체화 되었던 것이다.

2. 신체시의 유형과 근대시적 징후

먼저 신체시의 효시로 알려진 「해에게서 소년에게」를 보자.

---

1) 〈소년〉, 1909.4.
2) 항일운동을 무장투쟁으로 할 것인지, 문화투쟁으로 할 것인지에 따라 '무투', '문투'로 구별된다. 단재 신채호나 의병, 독립군들의 무장 항일운동은 '무투', 도산 안창호나 최남선의 문화투쟁은 '문투'로 규정할 수 있다. 육당의 '문장보국론'은 대표적인 문투노선이다.
3) 육당은 사회모순의 해결을 서구문화에서 찾았음으로 그의 사상은 '문화적 계몽주의'에 한정된다. 김윤식, 김현, 『한국문학사』, 민음사, 1984, p.108.

1. 처......ㄹ썩, 처......ㄹ썩, 척, 쏴......아.
   때린다, 부순다, 무너 버린다.
   태산같은 높은 뫼, 집채같은 바윗돌이나,
   요것이 무어야, 요게 무어야,
   나의 큰 힘, 아느냐, 모르느냐, 호통까지 하면서,
   때린다, 부순다, 무너 버린다.
   처......ㄹ썩, 처......ㄹ썩, 척, 튜르릉, 콱.

2. 처......ㄹ썩, 처......ㄹ썩, 척, 쏴......아.
   내게는, 아무것, 두려움 없어,
   육상에서, 아무런 힘과 權을 부리던 자라도,
   내 앞에 와서는 꼼짝 못하고,
   아무리 큰 물건도 내게는 행세하지 못하네.
   내게는, 내게는, 나의 앞에는.
   처......ㄹ썩, 처......ㄹ썩, 척, 튜르릉, 콱.

                                   - 〈소년〉 (1908.11)

「해에게서 소년에게」는 독립연의 시행들이 각기 다양한 율조로 구성된다.
1연의 경우 3.3.5조(1행), 4.3.4.5(2행), 6.5(3행), 4.3.4.4.3(4행), 3.3.5(5
행) 등 리듬이 다양하게 배치되어 있다. 독립연만 놓고 보면 고정된 패턴의
율격이 배제되고 각기 자유로운 리듬이 배치되어 있다는 점에서 자유시에 가
깝다.
  하지만 각연 대응행(各聯 對應行), 예를 들어 1연의 1행과 다른 연의 1행은
글자수가 엄격하게 통일되어 있다. 각 연의 첫행은 한결같이 3.3.5조의 고정
적인 자수가 배치되어 있는 것이다. 2연의 1행, '내게는 아무것 두려움없어'의
경우, 실상 '아무것도'로 해야 의미상의 맥락이 자연스럽지만 3의 음절수를 맞
추기 위해 '도'를 의식적으로 빼놓고 있는 것이다. 같은 유형에 속하는 다른

작품들에서도 이러한 규칙을 지키기 위해 잉여 자수의 경우에는 '⌒'(이음표), 결여 자수에는 '…' 같은 부호를 동원하여 음절수를 맞추고 있다.

이러한 정형시적 특질은 당대 풍미하던 창가의 영향을 받은 것이다. 창가는 하나의 고정된 음곡에 맞춰 여러 연을 반복하는 첩연시(疊聯詩)의 특징을 갖는다. 「애국가」처럼 하나의 주어진 곡 앞에 여러 편의 노래가사가 붙여지는 것이다. 따라서 여러 편의 노래가사들은 하나의 곡에 맞춰 기술되는 만큼 당연히 음절수가 일치될 수밖에 없는 것이다. 육당이 「경부철도가」, 「세계일주가」 등 개화기 창가의 중심 작가였다는 점을 고려할 때 창가의 운율양식이 「해에게서 소년에게」의 운율구조에 영향을 주었던 것이다.

이와 같은 특징 즉 독립연에서는 자유로운 율격이 실현되나 시 전체에서는 일정한 정형률이 지배되는 시형을 신체시(新體詩)라고 부른다. 즉 신체시는 자유시와 정형시의 성격을 공유했던 것이다. 이러한 이유로 신체시를 '준(準)자유시', '준(準)정형시'[4]로 부르기도 했던 것이다.

이렇게 고정되지 않은 유동적인 시형태는 개화기라는 과도기적 특성을 반영하고 있다. 개화기는 신구 가치관의 혼효기(混淆期)로서 전통적인 유교적 가치관과 외래적인 서구적 가치관이 충돌하던 시기이다. '새것 콤플렉스'로 통용되는 서구 및 근대편향성이 개화라는 이름으로 횡행하던 시기였던 것이다. 전통지향성(tradition orientation)과 서구지향성(modernity orientation)의 길항(拮抗) 작용이라는 시대적 추이가 그대로 시형태에 반영되어 있다. 즉 가치관의 충돌이 시형태의 혼효현상으로 나타나고 있는 것이다.

신체시가 근대시의 효시로서 평가받는 요소는 무엇보다 자유율의 지향에

---

4) "변격적인 정형시 내지 준정형시란 말을 써 볼 수 있지 않을까 한다. 다르게 말하면 기형적인 자유시 내지 준자유시라고도 할 것이다. 과도기에 처한 한국의 신체시의 모습이다." 이처럼 김춘수는 신체시를 '준정형시', '준자유시'라고 부르고 있다. 김춘수, 『한국 현대시 형태론』, 1958, 해동문화사, p.23.

있지만 근대적 표기법과 기법, 구어체 문장의 구사도 큰 몫을 하고 있다. 시에서 눈에 띄는 것은 다양한 문장기호이다. 이음표(....), 쉼표(,), 마침표(.) 등이 현란하게 동원되고 있다. 구어체 종결어미 '~다'의 사용도 획기적인 것이었다.5) 이러한 근대식 문장 부호의 활용은 이전의 시에서 찾아보기 어려운 현상이다. 표기법의 사용으로 의미맥락과 호흡맥락이 선명하게 구획되고, 낭송의 리듬감과 속도감을 증가시킨다. 즉 표기법의 활용은 근대시 감각의 매력을 한결 배가시키고 있는 것이다.

근대적 기법의 구사도 눈에 띈다. 1연의 경우 파도소리를 모사한 의성법, 1행의 점층법, 2행의 직유법, 3행의 설의법이 확인된다. 시 전체가 바다를 의인화하여 소년과 대화를 나누는 의인법이 동원되고 있다. 또한 시 전체가 구어체 문장으로 구성되어 있다. '요것이 무어야, 요게 무어야', '재롱처럼 귀엽게', '저 따위 세상 저 사람' 같은 일상적 어법을 구사한다. 또한 '누구 누구 누구냐' 처럼 질문을 던지거나, 명령조 어법을 동원하기도 한다. 구어체의 활용은 육당의 신문장 건립운동의 시적 실천으로 평가할 수 있다. 문어체(文語體)를 지양한 구어체(口語體)의 활용, 그것은 근대시가 지향해야 할 중요한 덕목이었던 것이다.

3. 신체시의 명칭과 효시

신체시를 '신체시'와 '신시', 어떤 명칭으로 규정해야 할 것인가에 대한 논의가 있다. 이미 조연현, 백철의 『한국 현대문학사』, 『신문학 사조사』 등 초창기 문학사에 '신체시'로 기술됨으로써, 신체시는 역사적 장르서 교과서 교육

---

5) 김용직은 구어체 종결어미 '~다'의 빈번한 사용은 호흡을 경쾌하게 하여 운율미를 살리고 있는데 기여하고 있고, 이것이 근대시로 가는 형태적 요소임을 강조하였다. 김용직, 『한국 근대시시사』, 학연사, 1986, p.92.

을 통해 고정개념으로 굳어진 바 있다.

하지만 이를 '신시'로 규정해야 한다는 주장도 있다. 그 주장의 핵심은 다음과 같다. 실제 육당이 '신체시'라는 명칭을 사용한 적이 없다는 것이다. 단지 현상문예제의 광고 문안으로 '신체시가 대모집'[6]이라는 말을 사용했으나 그 것은 단지 '새로운(新) 형태(體)의 시가(詩歌)'라는 포괄적 명칭이지 하나의 독립된 장르 명칭은 아니었다. 최남선은 「해에게서 소년에게」를 비롯한 「신대한 소년」, 「구작삼편」, 「꽃두고」 등 일련의 신체시에 단지 '시'라는 명칭을 사용하고 있을 뿐이다. 또한 당대 시단에서도 신체시라는 독립된 명칭이 사용된 적이 없었다. 신문잡지에서 시행한 각종 현상문예제, 신춘문예제에서 신체시라는 명칭은 찾아 볼 수 없다.

그러나 일본의 '신체시'는 독립된 명칭으로서 7·5조 중심의 정형시를 지칭하고 있다. 구체시(舊體詩)인 화가(和歌), 배구(俳句) 등 전래의 단가(短歌)를 지양하고, 새로운 시대적 감각을 담은 6구 1연의 분절시(分節詩) 형식을 실험한 시집 『신체시초』(1883)[7]가 일본 신체시의 효시가 된다. 그러나 육당의 신체시는 자유로운 율조로 구성된다는 점에서 큰 차이가 있다. 이렇게 일본의 신체시와 시형태가 완연히 다른데 구태여 일본의 장르 명칭을 따와 부를 필요가 없는 것이다. 이는 창작의 주체성, 나아가 한국 문학의 주체성 문제와도 관련된다.

이에 비해 '신시'는 부분적이었으나 육당이 직접 사용한 바가 있고,[8] '신소

---

6) 〈소년〉, 1909.2. 모집요강의 핵심이 '語數와 句數는 隨意', '순국어로 할 것', '광명, 순결, 강건의 분자를 담을 것'으로 되어 있는 바, 자유로운 율격과 순국어의 구어체 문장의 강조는 근대시(자유시)로서의 시적 지향을 보여주고 있다. 즉 육당에게 있어 '신체시가'는 근대 자유시의 개념을 함의하고 있었던 것이다.

7) 이 책은 外山正一 등 동경대 교수들이 중심이 되어 간행된 것으로, 5편의 창작시와 14편의 영미시를 번역해 놓았다. 서구의 우수한 시를 소개함으로써 재래의 진부한 구체시를 일신하자는 의도로 간행한 것이다. 일종의 '시가혁신 운동'의 산물이다.

8) 〈소년〉, 1909.4. '구작삼편' 해설, '우리국어로 신시의 형식을 시험하던 시초'고 명기하

설', '신극' 등 타 장르와의 명칭상의 일관성을 갖는다는 점에서도 의미가 있다. 무엇보다 일본의 신체시와 형태상 엄연히 다른 만큼 육당의 창의적 독창성을 인정하는 편에서 '신시'로 명명함이 타당하다고 보는 것이다. 이렇게 볼 때 비록 신체시라는 용어가 오랫동안 초창기 문학사 및 문학교육을 통하여 정착되었지만 신시라는 명칭으로 바꿔야 한다는 주장이다.

신체시의 효시 문제로 「구작삼편」이 거론된다. 이는 처음으로 조지훈이 주장한 바 있다.[9] 육당은 1909년 4월호 〈소년〉에 「구작삼편」을 발표하면서 1907년에 이 작품을 쓴 것으로 회고하고 있다.[10] 이를 근거로 1908년 11월에 발표된 「해에게서 소년에게」보다 앞섰다는 주장이 나오게 된 것이다. 하지만 근대문학의 기준은 어디까지나 발표를 중심으로 삼아야 할 것이다. 근대문학은 입에서 입으로 전하는 구비문학의 단계를 넘어서 인쇄물로 제작되어 널리 전파되는 문학 저널리즘이 기준이 되는 만큼 의당 저널리즘의 발표 여부로 효시 문제가 결정돼야 할 것이다.

「해에게서 소년에게」는 신체시의 효시면서 동시에 한국 근대시의 효시이다. '철썩철썩 쏴아' 새로운 시대의 가능성을 파도소리에 빗대고 있는 바, 그 소리는 새로운 시대 뿐 아니라, 한국의 근대문학의 출산을 알리는 고고성(呱呱聲)이었던 것이다.

고 있다.

9)   조지훈, 「한국 현대시사의 기점」, 『조지훈 전집』 3, 일지사, 1973, p.166.

10) "정미년(1907)의 조약이 체결되기 전 석 달, 붓을 들어 우연히 생각한 대로 기록한 것을 시작으로, 3,4개월 동안 10여 편을 얻으니, 이 곧 내가 붓을 시에 쓰던 시초요, 아울러 우리 국어로 신시(新詩)의 형식을 실험하던 시초다. 이것 3편도 그중의 것을 뽑아 기록한 것이다." 이 주장에 따르면 「구작삼편」은 1907년에 제작된 것이 된다.

4. 신체시의 양식계보

일반적으로 개화기 시가는 개화가사 → 창가 → 신체시 → 자유시[11] 등의 순서대로 발전한 것으로 알려져 왔다. 이러한 계기적 발전계보는 기존 논의에서 정설화 된 것이다. 하지만 개화가사에서 창가로, 창가에서 신체시로 변전되는 계기의 필연성과 연계성의 인과관계는 충분히 검증되지 않았다. 충분한 검증 없이 발전적 계보를 논하는 것은 불합리한 일이다.

신체시는 과연 창가의 발전적 형태인가. 물론 신체시는 창가의 영향을 받아 7·5조 리듬의 반복성을 보인다. 또한 각연대응행의 자수일치도 창가의 영향이다. 하지만 반복적 리듬의 순환성은 창가만이 아니라 개화기 시가의 전반적인 공동 특질이며 신체시에 와서 그것이 행과 연, 후렴구의 반복성으로 나타나 있다. 따라서 신체시에서 추출되는 반복성(反復性)을 창가에 국한시켜 그 영향관계를 규정할 수는 없다.

또한 4음보격의 율격적 편린이 엿보인다 해서 신체시를 가사의 발전형태로 설명해서도 안 될 것이다. 실상 7·5조의 반복적 리듬과 4음보의 율격이 신체시에 잔존(殘存)하는 것은 신체시형에 역기능으로 작용하고 있을 뿐 발전적 요소는 결코 아니기 때문이다. 신체시가 가사와 창가에 직접적인 연계성이 희박함은 가사와 창가의 리듬이 신체시 등장 이후에 더욱 왕성하게 지속되어 있는 사실로도 뒷받침된다.

신체시가 가사와 창가의 발전적 형태라면 신체시 등장 이후에는 가사와 창가의 창작이 점차 소멸됨이 당연한 현상일 것이다. 그러나 육당 자신의 경우에도 신체시보다는 오히려 창가에 주력하게 됨을 볼 수 있다. 육당의 신체시는 「해에게서 소년에게」, 「구작삼편」, 「꽃두고」, 「삼면환해국」, 「대한소년행」 등에 그쳤고, 이광수가 「님 나신날」, 「우리 영웅」 등을 남겼다. 신체시의 창

---

11) 조지훈, 『현대시문학사』, 조연현, 『한국현대문학사』, 김춘수, 『한국현대시형태론』 등.

작은 이처럼 한두 사람의 실험적 모색에 그쳤던 것이다.

육당은 〈청춘〉기(1910년대)에 와서는 완전히 창가의 정형적 리듬에 편향하게 된다. 이렇게 볼 때 육당은 가사와 창가를 모태로 해서 그것을 신체시로 발전시킨 것은 아니었다. 정형률의 창가는 창가대로 창작을 계속하면서 한편으로 신체시의 산문적인 리듬을 실험 모색했던 것이다. 그 새로운 리듬의 모색은 장르의식이 뒷받침되지 못한 탓으로 활짝 개화되지 못하고 정형률로 다시 후퇴하게 되었던 것이다.

또한 시기적으로 볼 때 개화가사→창가→신체시의 발전도식에서 보이는 시간적 질서도 문제가 있다. 신체시의 효시로 알려진 「해에게서 소년에게」의 등장이 1908년 11월이었으나 개화가사의 보고(寶庫)이자 집대성으로 알려진 〈대한매일신보〉의 「사회등가사」가 본격적으로 발표되기 시작한 것이 1908년 12월 18일이었다. 〈소년〉지 자체도 신체시 등장 이후에 시조와 가사, 창가의 정형적 리듬이 더욱 왕성해지고, 〈대한민보〉의 600여수의 4·4조 시조도 1910년에 집중적으로 발표되었다. 결국 가사와 창가, 신체시의 창작은 뚜렷한 시차를 갖고 형성된 것은 아니었다. 거의 같은 시기에 공존상태로 형성되었던 것이다. 〈독립신문〉에 발표된 개화가사는 10년의 시차를 보이고는 있으나 그 이후 창작이 영성했음을 볼 때 개화가사→창가→신체시의 도식화에 나타나는 시차(時差) 질서는 무의미한 것으로 밖에 볼 수 없다. 가사와 창가, 신체시는 계기적 질서에 의해서 형성된 것이 아니라 거의 같은 시기에 공존했던 것이다.

시조, 가사, 창가에서 보이는 정형적 리듬과 신체시, 산문시 등에서 보이는 산문적 리듬이 함께 공존하여 혼란의 동그라미를 그리던 것이 시가문학으로서의 개화기였던 것이다. 이렇게 볼 때 신체시를 창가와 가사의 발전적 양식이라는 계보적 정형화는 재고돼야 할 문제다. 신체시는 창가, 가사의 발전형태도 아니며 정형률의 붕괴기능을 성공적으로 수행하지도 못했다. 신체시의 창작이 〈소년〉지 그리고 육당의 몇 편의 시작에 불과하고 신체시 등장 이후 오히려 창가와 가사, 시조의 창작이 더욱 풍미해짐이 이 사실을 결정적으로 예증한다.

5. 신체시의 형태적 특징

신체시의 본질을 규명하기 위해서는 신체시에 붙어 있는 '신'의 에피세트 (epithet)의 의미해명이 관건이다. 우선 형태면에서 이 문제를 검토해보기로 하겠다.

검불께걸은 저의얼굴보아라
억세게덕근 저의손발보아라
나는놀고먹지아니한다는
標的아니냐
그들의 힘ㅅ줄은 툭불거지고
그들의 뼈…대는 떡벌어졌다
나는힘들이난 일이있다는
有力한 證據아니냐
옳다옳다果然그렇다
新大韓의少年은
이러하니라

全部의誠心 다들여힘기르고
全部의精神 다써智識늘여서
우리는將次 누를爲해무삼일
하려느냐
弱한놈 어린놈을 도울양으로

強한놈넘어뜨려 最後勝捷은
正義로도러간다ㄴ 밝은理致를
보이려함이아니냐
옳다옳다果然그렇다
新大韓의少年은
이러하니라

　　　　　　　　　　－「新大韓少年」(〈소년〉 2년 1권)

신체시에 나타나는 형태적 특징은 산문성, 분절성(分節性), 각연 대응행의
행수와 엄격한 자수 제약으로 볼 수 있다. 예시한 「신대한소년」은 그러한 유
형적 특징을 보이는 전형적인 작품이다. 1연과 2연을 비교해 볼 때 2연은 1연
의 평행이동에 다름 아니다. 신체시의 특징인 음절수를 맞추기 위해 '힘ㅅ줄,
간다ㄴ, 뼈…대'처럼 음소와 이음표까지 동원하고 있다. 띄어쓰기조차 세심한
배려에 의해서 이루어짐을 볼 수 있다. 그러나 이러한 정형성에 비해 한 연만
따로 독립시켜 보면 비교적 자유로운 리듬으로 구성되어 있음을 볼 수 있다.
　신체시를 자유시의 모태로 보고 시사적 의미를 부여한 것도 이 독립연의 산
문성에서 기인한 것이었다. 분명 개화가사의 4·4조 리듬이나, 창가의 7·5
조 리듬의 천편일률적인 고정률에서 크게 벗어나 있다. 그러나 얼핏 드러나는
이 새로운 모습의 리듬을 자세히 검토해 보면 반복적 리듬이 크게 작용하고
있음을 알 수 있다.

그들의 힘ㅅ줄은 툭불거지고
그들의 뼈…대는 떡벌어졌다
나는힘들이난 일이있다는
新大韓의少年은 이러하니라
약한놈어린놈을 도울양으로

이와 같이 7 · 5조의 정형적 창가리듬이 산문적 율조와 혼재해서 나타난다. 신체시에서 추출되는 이러한 반복적 리듬유형을 우리는 어떻게 해석해야 할 것인가. 이는 육당의 시의식이 반복적 리듬에 뿌리를 내리고 있고, 특히 그의 리듬의식이 창가체에 편향되어 있음을 반증한다. 정형적인 리듬의식에서 탈피하지 못한 채, 신체시를 실험한 이상 그 한계는 쉽게 드러날 수밖에 없는 것이었다. 이 리듬의 반복성은 연과 행의 규칙적 나열로 나타나고 끝내는 철저한 자수의 제약의식으로 심화된다.

자수 집착의 조율의식은 띄어쓰기의 철저는 물론 잉여자수를 'ᄉ'으로, 결여자수를 '…'으로 표기하는 사태에까지 이르게 된다. 예시한 작품에서 보듯이 7음절수를 맞추기 위해서 "그들의쎄대는"을 "그들의 쎄…대는"으로 표기하고 있고, "도러간다는"은 한 음절이 초과되기에 "도러간다ㄴ"으로 '는'을 'ㄴ'의 음소(音素)로 표기하고 있다.

이러한 철저한 음절수의 조율의식은 일본적 리듬의식에서 영향된 것으로 볼 수 있다.[12] 일본의 신체시처럼 행을 이루는 음절수가 고정되어 있지는 않으나 각 연행수와 각연 대응의 음절수를 일치시키려는 의식은 다분히 일본적인 것이었다. 단순모방 곧 부정적 측면에서의 외래소(外來素)의 이입은 긍정적인 '신(新)'의 의미를 스스로 배제하는 결과를 초래했던 것이다. 오히려 〈소년〉지에 선보이고 있는 서구 '산문시'의 시험적 수용이 일본 신체시의 모방보다 더 효과가 컸던 것이다.

결국 신체시는 독립연에서 보이는 산문적 리듬과 구어체의 시어 채택 등 새로움의 면모를 엿보이고는 있으나 그 산문의식은 확고한 장르의식에 의해 뒷받침 되지 못한 채, 창가체의 편향과 자수의식의 집착, 강렬한 조율의식에 의해 일정한 한계를 드러낸다.

---

12)　조동일, 「현대시에 나타난 전통적 율격의 계승」, 〈아세아학보〉 제12집, 아세아학술연구회, 1976.

6. 교시성과 포에지(poésie)

서정성(poésie)의 결여는 개화기 시가 전반에 나타나는 보편적 특질이다. 비시적(非詩的) 기류의 역사상황에서 서정성의 결여는 오히려 당연한 귀결이 었는지 모른다. 그러나 신체시에서의 서정성의 결여는 다른 각도에서의 고찰 을 필요로 한다. 개화기에는 독자층의 형성은 물론 전문적인 시인 한 명도 존 재하지 않았다. 역사상황과 시적 상황이 가장 밀접하게 조우되던 시기에, 독 자층의 기반 형성은 물론 단 한 명의 전문시인도 존재하지 않았던 공간에 신 체시가 위치하고 있었다. 그리고 육당이 존재한다. 그만큼 육당의 존재와 신 체시의 실험은 귀하고 값진 것이었다. 그러나 육당은 자기에게 집중된 막중한 임무와 시인으로서의 사명을 충분히 인식하지 못했다.

신체시의 내용을 보면 개인적 감정가치가 아닌 공적(公的) 가치, 내지는 사 회이념적 가치로 채워져 있음을 볼 수 있다. 육당의 계몽성(didacticism)의 노출은 신체시에서도 예외는 아니다. 서정적 소재인 꽃을 소재로 한 신체시 「꽃두고」에서조차 꽃의 아름다움을 꽃 자체의 미(美)에서가 아니라 겨울을 이 겨낸 극복의지와 열매를 맺어 미래를 준비하는 시대정신에서 찾고 있다.

이처럼 신체시에는 계몽의식, 사회의식의 연문화(軟文化)라는 특징이 집중 적으로 드러난다. 물론 순수서정의 세계만이 시의 전단적인 내용물이 될 수는 없다. 또한 비시적 상황의 역사단위에서 개인 정감의 표출은 지난한 과제였을 것이다. 그러나 신체시가 육당이라는 전문시인에 의한 의도적인 새로움의 모 색작업이었다면 예술성의 확보를 위해서는 교시적 군살을 빼고[13] 서정성의 개안(開眼)이 있어야 할 것이었다.

---

13) 김용직, 『한국현대시작품론』, 문장사, 1982, p.10.

7. 신체시의 성과와 한계

육당의 시가에서 이중성(doubleness)의 이로니(irony)를 발견하게 된다. 고정율과 자유율의 혼효, 전통지향적인 것과 서구지향적인 것의 갈등, 바다로 향한 개방성과 산으로 향한 폐쇄성, 서정과 관념의 혼재, 이러한 대립적 상관물들은 개화라는 전환적 역사단위의 필연적 소산으로 볼 수 있다. 문제는 그러한 긴장관계가 어떻게 조화되고 있으며 대립과 갈등이 혼효상태가 아니라 변증법적인 지양을 보이는가에 달려 있다. 이러한 이로니의 완성을 이룰 수 있는 가능성의 장(場)이 신체시였다. 신체시가 우발적인 것이 아니라 육당의 의도적인 예술적 소산이었다면 혼효와 갈등의 양상이 어느 정도 정리된 모습을 보였어야 할 것이다. 그러나 우리는 신체시에서 그러한 대립물 간의 날카로운 긴장관계나 변증법적인 지양의 징후를 찾아보기 어렵다. 갈등은 갈등대로 혼효는 혼효의 양상 그대로 머물러 있음을 볼 수 있다.

그러나 역사주의적인 관점에서 볼 때 신체시의 존재가치를 부정할 수는 없다. 개화기 시가의 일반적 속성인 대중적 공론시(公論詩)와 여론시(輿論詩)의 성격을 벗어나 미흡한대로 육당 개인의 창의적인 예술적 조탁의 결과였다는 점, 기존의 무의식적 차원에서 진행되어 온 자유율의 모색이 신체시에 이르러 의식적 단계로 전환된다는 점, 단연 내에서의 산문리듬의 지향과 구어체의 확립은 자유시에로의 가능성을 충격하고 있다는 점 등은 긍정적인 평가를 받아야 한다. 육당의 시작(詩作) 하나 하나가 한국 근대시 형성의 'key act'가 됐던 만큼 공시적 측면에서 보다는 당대성을 전제한 통시적 측면에서의 시사적 의미를 부여해야 할 것이다.

그러나 앞에서 논의된 바 신체시에 내재된 한계점을 볼 때 신체시가 육당의 몇 편의 실험단계에 머물다 물거품처럼 사라진 짧은 생명력은 어쩌면 당연한 귀결이었는지 모른다. 신체시의 창작은 한국 시사에서 하나의 일시적 문학현상이었지 총체적 문학행위는 아니었다. 육당이 비록 천품은 시인이 아니었다

하더라도 시인되기를 갈망했음으로 문장보국의 신념에 의한 문화적 민족주의 고창(高唱)을 배제하여 좀 더 미학적 조탁(彫琢)에 각고했더라면 신체시의 형태는 다른 모습으로 나타났을 것이다.

[2]

창가론

1. 창가의 개념과 형식

일반적으로 '창가'라는 말은 '노래(song)' 혹은 '가창(singing)'이라는 두 가지 의미를 함유한다. 창가(唱歌)라는 한자어도 '노래를 부른다'는 뜻을 갖고 있다. 말하자면 가사에다가 박자가 있는 곡을 붙여서 노래로 부른다는 뜻이다.1) 이중 '노래'라는 것은 문학적 성분인 가사(verse)와 음악적 성분인 곡조(tune)가 결합되어 이루어진 것이다. '가창'이라 함은 어떤 노래의 가사를 그 곡조에 맞추어 사람이 음성으로 부르는 것을 의미한다.2)

이렇게 볼 때 창가는 다분히 노래, 즉 음악과 긴밀한 관계를 갖는 시가 양식이다. 아이러니컬하게도 시(詩)와 가(歌)가 분화되는 근대시에 와서 창가는 시가(詩歌)가 결합되는 특이한 양상을 보여주고 있다. 이런 점에서 분명 창가는 근대시로서의 기본 성격을 벗어나 있다. 하지만 개화기의 어떤 양식보다도 시가로서의 사회적 역할과 소임을 충실히 수행했던 것이 창가였다.

개화기 최초로 '창가'라는 말이 등장하는 문헌은 1900년의 『증보문헌비고』 중 「설악군란」이다. 이 항목에는 '창가행진곡'이란 말이 보이고 이 곡을 당시의 군악의 하나로 연주했다는 기록이 나온다. 여기서 창가란 말은 '노래로 부른 곡'이란 뜻으로 쓰인 것이다. 또한 경성학당 졸업식에 대한 기사(〈황성신문〉, 1900.3.8)에 '제성창가(齊聲唱歌)'라는 기록이 보이는데 이 기사의 창가라는 말은 '한 목소리로 노래 부르다'라는 의미로 쓰였다.3) 곧 창가는 사람들이 '노래로 부른 곡'이라는 뜻으로 사용되었고, 20세기를 여는 1900년에 처음 문헌으로 기록된 것이다. 물론 최초의 창가로 알려진 1896년의 「황제탄신 경축가」에는 창가라는 말은 사용되지 않았다.

창가도 '노래', '소리', '속요' 등으로 표기되기도 했으나, 다른 장르에 비해

---

1) 민원득, 「개화기의 음악교육」, 유덕희 편, 『세계음악교육사』, 학문사, 1985, p.452.
2) 김병선, 『한국 개화기 창가 연구』, 전남대, 1990, p.12.
3) 민원득, 위의 글, pp.429~430.

비교적 뚜렷한 명칭으로 사용되었다. 예를 들어 「시위대 병정이 탄식한 노래」, 「자주독립 애국하는 소리」, 「고국을 생각하는 노래」처럼 '소리, 노래'와 같이 다소 애매한 명칭으로 사용되기도 했으나 대체로 '창가'라는 명칭이 뚜렷하게 사용되었다. 창가라는 명칭이 사용된 예를 보면 〈황성신문〉의 「창가」 및 「진명부인회 개회식가」, 〈만세보〉의 「운동가」, 〈매일신보〉의 「매일신보를 봉축함」 등이다.4)

창가는 다양한 율조를 보이지만 기본적인 것은 7·5조 율격을 바탕으로 한 것이다. 다음이 그 예이다.

우렁차게 토하는 기적소리에
남대문을 등지고 떠나나가서
빨리부는 바람의 형세같으니
날개가진 새라도 못따르겠네

늙은이와 젊은이 섞어앉었고
우리네와 외국인 같이탔으나
내외친소 다같이 익히지내니
조그마한 딴세상 절로이뤘네

 — 최남선, 「경부철도가」(〈소년〉, 1908)

1905년 역사적인 경부선이 개통되자 이를 기념하여 최남선이 지은 창가다. 서울에서 부산까지 역마다 각 지역의 지리적 특징과 문물을 소개하는 식으로 엮어진 일종의 장편 기행창가다.

한결같이 7·5조 4행 1연으로 짜여지고, 2/4 박자 4절로 된 부곡(附曲)을 앞 장에 제시하여 이에 맞춰 노래를 부르게 되어 있다. 즉 창가는 가창을 전제

---

4) 김영철, 『한국 개화기 시가의 장르 연구』, 학문사, 1987, p.121.

로 한 문학양식이었던 것이다.

창가의 장르적 개념은 가창을 전제로 한 노래체 장르인 점, 따라서 노래 부르기 위해 분절(分節), 후렴구, 합가(合歌) 등의 형식이 수반되고, 창곡은 대체로 서양악곡 및 일본식 창가며, 리듬은 7·5조가 중심이나 4·4조 그 밖의 자유율이 포함되는 것으로 요약할 수 있다.5) 이처럼 창가는 민요와 시조의 영향은 물론, 찬송가, 교가 등 서양음악의 영향을 함께 받았다.

창가의 주된 내용은 개화기 개화사상을 바탕으로 근대의식을 고양하고 있으며, 새로운 문물수용과 신생활 양식을 그린 것이 많다. 새로운 시대를 맞아 새로운 의식과 가치관을 수용할 것을 권유하는 계몽의 노래가 주조를 이룬다. 창가는 이러한 주제의식을 가지고 계층과 연령을 초월한 국민 개창(皆唱)의 노래로 한 시대를 풍미했다. 창작계층 역시 개화의식을 가진 지식인, 교인(敎人), 일반인, 학생들이었다가 전문시인인 육당에게 이르러 보다 전문적인 창작 양상을 보인다.

한편 창가의 제작은 선곡후사(先曲後詞)에서 선사후곡(先詞後曲)의 양상으로 전개된다. 즉 초기에는 이미 마련된 곡에다 가사를 부치는 선곡후사였다가, 점차로 가사를 먼저 짓고 곡을 뒤에 부치는 선사후곡으로 바뀌는 것이다. 〈태극학보〉의 「愛國歌」는 전자의 경우인데, 찬송가 곡에다 가사를 덧붙인 것이고, 「경부철도가」는 후자의 예로 가사를 먼저 짓고 이를 노래 부르도록 곡을 붙인 것이다. 실제로 「경부철도가」는 장편이라 노래로 불려질 수 없는 것임에도 불구하고 악보를 붙여 병기(倂記)해 놓았다. 그 만큼 창가는 음악과 밀접한 관계를 갖는 시가양식인 것이다.

---

5) 김영철, 위의 책, p.35.

2. 창가의 형성과 전개양상

개화기 문학은 개화기라는 특수한 역사단위에서 자생된 상황성의 문학이다. 여기서 상황성이라는 개념은 문학과 역사상황과의 연계성을 의미한다.[6] 이것은 문학이 역사와의 긴밀한 관련 속에서 역사성을 가지고 창작된다는 것을 의미하는 것이다. 분명 창가는 개화기라는 시대에 살았던 대중들의 문학이었기에 개화기라는 특수한 상황을 떠나서는 설명될 수가 없는 것이다.[7]

개화기[8]는 유교이념에 기초한 전통적 가치관과 근대화라는 서구적 가치관이 충돌하는 가치관의 카오스(chaos)의 시대였다. 또한 개화라는 명분 속에는 '근대화'와 '식민지화'라는 상반된 야누스적인 의미를 내포하고 있다. 이처럼 상반된 이념과 가치관, 시대상황 속에 전개된 것이 개화기 문학이고, 창가다. 따라서 창가는 이러한 시대적, 역사적 맥락과 긴밀한 상관성을 갖고 등장하였다.

이때 주목할 것은 왜 개화기에 창가와 같은 가창장르가 풍미했는가 하는 점이다. 그야말로 개화기는 창가의 전성시대였던 것이다. 창가는 찬송가나 서양음악 및 일본 창가를 모태로 한 새로운 양식의 노래다. 학교나 군대, 사회단체에서 불려지던 것이 점차로 확대되어 대중계몽을 목적으로 한 저널리즘의 노래로 자리 잡게 된다. 〈독립신문〉, 〈소년〉등의 개화기 저널리즘에서 개화

---

6) 김영철 외, 『한국시가의 재조명』, 형설출판사, 1988, p.173.
7) 물론 창가의 4·4조가 개화가사의 4·4조에 영향을 받은 것이고 그 개화가사는 다시 전통 가사와 맥이 닿아 있다. 그리고 전통 가사는 분명 그 이전의 운문양식에서 그 원류를 찾을 수 있다. 본고가 역사성이라고 말한 것은 이런 식의 연속적인 원류 찾기는 아니다. 따라서 창가의 배경이 된 역사적 상황은 그 이전의 역사적 상황으로까지 소급하지 않는다.
8) 개화기 문학의 시대구분은 ①1860(동학가사)~1910년대말(민병수, 조동일, 윤명구) ②개항(1876)~1910년대말(김용직) ③갑오경장(1894)~기미운동(1919)(전광용) ④〈독립신문〉(1896)~〈태서문예신보〉(1918)(정한모, 김윤식) 등이 대표적이다. (김영철, 『한국 개화기 시가의 장르연구』, p.12.) 본고는 무엇보다 개화기 문학발전의 추진력이 된 저널리즘 문학의 생성시기인 ④의 경우를 개화기 시가의 시대영역으로 설정한다.

와 시대각성을 목적으로 한 계몽창가가 다수 발표되었던 것이다.

최초의 창가로 알려진 것은 1896년 새문안 교회에서 고종황제 탄신일을 맞아 축하예배 때 불렀던 「황제탄신 경축가」였다. 『새문안교회 70년사』에 따르면 이 노래는 영국국가의 곡을 따서 언더우드가 가사를 짓고 이화 합창단이 부른 것으로 되어 있다.

이로 볼 때 초기 창가는 찬송가의 선율을 차용하여 시작된 것으로 볼 수 있다. 초기 창가는 대부분 찬송가 리듬이나 서양악곡에 기초하기 때문에 다양한 율조로 구성되어 있다. 초기 창가인 「애국가」는 스코틀랜드 민요 「Auld Lang Syne」의 선율에 새로운 가사를 붙인 곡이다. 이처럼 초기 창가는 이미 준비된 곡에 노래말을 현사하는 선곡후사의 양식을 취하는 것이 보편적이었다.

점차 일제의 탄압이 혹심해지자 이에 대응하여 창가도 애국가, 독립가, 투쟁가의 형태로 분화되었다. 창작도 외국 곡에 의존하는 선곡후사가 아니라 선사후곡의 방식으로 노래말을 먼저 짓고 여기에 곡을 부치는 방식으로 전개된다. 즉 우리 손으로 만든 독창적인 창가가 등장했던 것이다.

이어서 〈소년〉지가 등장하면서 최남선에 의해 계몽창가로 발전한다. 그 대표적인 곡이 「경부철도가」이다. 최남선은 일본식 창가 리듬인 7·5조를 바탕으로 집중적으로 계몽창가를 발표한다. 최남선의 창가는 전통가사 율격에 기초한 4·4조 창가에서 일본식 7·5조 창가로 변모하는 계기를 마련한다. 이처럼 창가는 찬송가 및 서양음악에 기초한 다양한 율조의 창가, 전통 가사 리듬에 기초한 4·4조 창가, 일본 창가에서 묻어온 7·5조 창가로 대별된다. 7·5조는 6·5조나 8·5조로 변형되기도 한다.

또한 음보에 있어서도 전통적인 2음보에서 3음보, 4음보의 다양한 양상을 보여주고 있다. 행연법(行聯法)에서 육당의 4행 창가와 분연(分聯) 창가로 분화되고, 기행창가(「경부철도가」, 「세계일주가」)가 등장하기도 하였다.

a) 아침날이 고왔는데
　　천지가 새로워라
　　신성자손 사랑홉다
　　어화 이날이여
　　우리임금 御極하신 이날
　　스무일햇날 8월일세
　　융희2년
　　　　　　　－「즉위기념 경축가」(〈황성신문〉, 1908.8.16)

b) 아세아에 대조선이
　　자주독립 분명하다
　　에야에야 애국하세
　　나라위해 죽어보세
　　　　　　－「대조선 자주독립 애국가」(니필균, 〈독립신문〉, 1896.5.9)

c) 너보아라 환한듯 우뚝하게서
　　큰광채를 발하던 저독립문은
　　오늘와서 잠시간 빛없을망정
　　태양같이 환한날 멀지않았네
　　　　　　　－「한양가」(작자미상, 〈소년〉 2권, 1908)

　a)는 자유로운 율조, b)는 4·4조 율조, c)는 7·5조 율조로 된 창가다. 이 세 가지 유형이 창가의 기본형이다. 물론 그 중에 핵심적인 유형은 7·5조 창가다.

　창가는 1920년대로 접어들면서 예술가곡, 유행가, 동요의 형태로 분화되며 명맥을 유지해간다. 예술가곡은 박태준, 안기영, 현제명, 홍난파 등의 전문 작곡가가 등장하면서 본격화된다. 홍난파의 「봉선화」는 예술가곡의 효시로 볼 수 있다.

유행가는 일본 유행가의 번안곡으로 시작된다. 「희망가」가 그 예인데, 이는 「새하얀 후지산의 영(嶺)」이라는 일본 노래를 번안한 곡이다. 1920년대 기계 문명이 발달함에 따라 축음기와 레코드가 널리 보급되어 유행가가 창가를 대신하여 대중에게 회자되었다. 동요는 1924년 윤극영의 「반달」이 계기가 되었는데 아동문학가인 방정환의 등장으로 더욱 활성화 되었다. 특이하게도 북한에서는 지금도 7·5조 창가를 '가사'라는 명칭으로 창작되고 있다.

3. 육당의 창가

4·4조는 우리 가사의 전통적 리듬이고, 7·5조는 일본에서 유입된 외래적 리듬이다. 1908년 육당의 「경부철도가」, 「한양가」 등을 시발로 해서 7·5조 창가가 본격적으로 창작되지만 이전에는 〈황성신문〉, 〈서우〉 등에 간간히 나타나기도 하였다.

육당에게 있어 7·5조 리듬에 대한 인식은 한국 인종이 음악적 취향이 강한 외선적(外宣的)적 인종이라는 그의 신념대로[9] 산문보다는 율문이 더 계몽의 효과가 큰 것으로 판단한 데서 비롯된다. 특히 그에게 나타나는 7·5조적 편향성은 일본의 창가풍이 그 영향을 미친 것으로 보인다.

한편 육당의 7·5조 편향성은 결국 그의 율문 옹호론에 힘입어 그가 시도했던 신체시의 자유로운 시형을 더 발전시키지 못하고 문학적 후퇴의 길을 걷게 만드는 요인이 된다. 이러한 결과로 육당은 반복적 리듬에 집착했고 여기에서 육당의 4행창가라는 형식이 빚어지게 된다.

4행창가는 육당의 4행의식을 뚜렷이 대변하는 양식이다. 특히 육당은 〈소년〉 창간호에서부터 〈청춘〉 마지막 호에까지 4행창가를 지속적으로 창작하

---

9)   최남선, 「時調胎監으로의 朝鮮民性과 民俗」, 〈조선문단〉, 17호, pp.2~3.

고 있다.10)

> 우리다린 무쇠다리 내여드디면
> 험한길 어려운곳 앞에없도다
> 바람맞춰 활개치고 돌아다닐때
> 산악은 엎드리고 하해떠노나
>
> 질겁도다 여름되니 이를시험해
> 호장한 남아기운 발양하리라
> 감발한다 나서노라 사양안노라
> 대자연의 고대함 내가아노라
>
> — 「소년의 여름」(〈소년〉, 3년 6권)

위는 8·5조 4연의 4행창가다. 4행창가는 4행 1연의 8·5조 내지 7·5조
의 음수율을 기본으로 한다. 특징으로는 반드시 분연(分聯)체라는 점, 1, 2,
3, 등 각 연에 숫자를 병기함으로써 연작의 형태를 취한다는 점을 들 수 있다.
육당이 창작한 4행창가는 일반적으로 7·5조를 음수율로 4행 4연의 형식을
취하고 있다.

4. 가창(歌唱) 장르의 성격과 기능

개화기 시가에 있어서 장르인식은 시(詩)와 가(歌)가 분리되지 않은 '시가'
의 미분화 상태에 머물러 있다. 청각적인 것에 호소하는 가(歌)의 장르와 시
각에 의존하는 시(詩)의 장르가 혼효상태를 이루고 있다. 그러나 엄밀히 말하

---

10) 김영철, 위의 책, p.172.

면 시(詩)보다도 가(歌)의 인식이 지배적이었다. 개화기 여러 신문, 잡지의 발표매체에 사용된 장르 명칭을 볼 때 문학으로 독립된 '시'라는 장르인식은 찾아보기 힘들다. 육당에서 다소의 그러한 흔적이 보이지만 뚜렷한 것은 아니었다. 1910년대 〈매일신보〉에 와서도 시는 곧 한시(漢詩)를 의미했던 것이다.

개화기 시가의 대표적 장르이던 '시조' 명칭은 아주 드물게 사용되었고, '가사'는 명칭조차 보이지 않는다. 대신 '창가' '노래' '타령' '가요' '속요' 등의 명칭이 보편적으로 사용되고 있다. 이렇게 장르 명칭의 사용에서부터 가(歌)의 장르인식은 지배적인 것이었다. 또한 실제 창작에서도 노래로 불리어질 수 없는 것임에도 불구하고 악보를 붙인다든지, 이미 나와 있는 곡에 맞추어 가사를 짓는 선창후사(先唱後詞)의 양식이 풍미하던 것도 바로 이러한 노래체 편향의 반증으로 볼 수 있다.

그 밖에 가사의 단연(短聯)화 및 분절(分節)현상도 창가의 영향으로 보여지며, 신체시의 각연 대응행의 잣수 일치현상도 창가의 영향이었던 것이다. 하나의 악보가 정해져 있고 거기에 사(詞)를 붙일 경우, 1연과 2연의 잣수 배열은 같아질 수밖에 없기 때문이다. 이와 같이 좁게는 장르 명칭에서 넓게는 신체시까지 가창 형식의 흔적이 남아 있는 것이다. 곧 가창의식이 개화기 시가의 장르의식에 지속적으로 영향을 주었음을 알 수 있다. 바로 이러한 가창의식의 팽배, 노래체 장르의 편향이 개화기 시가의 한 특성을 이루고 있는 것이다. 그러면 이러한 노래체 편향은 어디에서 기인하는 것인가. 우선 이 문제에 접근할 수 있는 단서로서 노래체 장르가 갖는 반복적 기능을 전제해 볼 수 있다. 루카치는 리듬이 갖는 주술적 질서를 중시하고 있다. 리듬은 여러 잡다한 내용에 질서를 주어 일반화시키는 기능을 갖기 때문에 인간이 그를 유용하게 사용할 수 있는 효용적 형식인 것이다.

개화기 시가의 리듬은 바로 이러한 주술적 기능의 의식적 외현(外顯)이었던 것이다. 또한 율문은 리듬의 반복에 의해 통일적 질서가 부여되고 회상과 환기의 효과를 얻을 수 있다. 바로 이러한 리듬의 공리적 측면이 개화지식의 보급과 문화사적 계몽에 효과적이었던 것이다. 외세에 대한 저항과 민족의 자주독립에 대한 각성을 촉구하기 위해서는 역동적인 리듬이 기능적일 수밖에 없었다. 이러한 개화기의 사회적 이념은 단형시가의 반복적 리듬을 통하여 강력하게 표현될 수 있었던 것이다.[11]

나아가 육당이 연작시조를 시도한 이유도 바로 이러한 반복적 리듬의 효과와 관련시킬 수 있다.[12] 연작시조 뿐 아니라 가사에서도 이런 현상은 보편적인 것인데, 〈대한매일신보〉의 고정란 가사는 대체로 4·4조의 반복적 리듬과 여타의 반복적 기법을 주요한 표현장치로 활용하고 있다. 고정란 가사가 효과적인 내용전달을 위하여 여러 형태의 시적 전략을 동원하고 있지만 반복법에 크게 의존하고 있는 것도 바로 이러한 반복의 효과를 인식했기 때문으로 볼 수 있다.

또한 가창장르 자체를 사회 기능적인 차원에서 인식하여 그것이 국민 대중을 격동, 고무시킬 수 있는 방편으로 활용하려는 태도이다. 이러한 태도는 물론 리듬의식과 밀접히 관련되는 것이다. 가창한다는 특성 자체가 사람의 감정을 자극하고 고무하여 협동심과 행동력을 유발하는 좋은 촉진제가 된다. 〈대한매일신보〉 1908년 7월 11일 자에 실린 「논학교창가」를 보면 다음과 같은 구절이 나온다. "가(歌)란 자는 인(人)의 감성을 자극하며, 의기를 지하야 흥기분발케 하는 자이다." 이러한 가창의 기능적 속성을 이용하여 신채호는 노래체를 사회개혁의 수단으로 동원코자 했던 것이다. 그것이 바로 그의 '국시(國詩)운동'이었다. 노래체가 사회운동의 방편으로 기능할 수 있다는 효용론적 장르인식이 결국 가창장르가 개화기를 풍미케 한 동인으로 작용했던 것이다.

---

11)   권영민, 「개화기 시조에 대한 일고찰」, p.190.
12)   권영민, 위 논문, p.193.

5. 창가의 장르선택 배경

창가는 새로운 장르로서 개화기 창가의 영향, 학교 음악교육의 영향 등 여러 요소들의 복합작용에서 생성된 것이다. 또한 그것이 가창양식의 정통장르였다는 점에서 노래체의 기능을 성공적으로 수행할 수 있었던 것이다. 창가가 개화기 역사공간에서 맡았던 주요 역할은 지식분배와 문명개화의 전파였다. 개방 이후 물밀듯이 들어오는 서구 문물의 수용과 전파는 각종 매스미디어를 족출케 하였고 이와 아울러 가창장르인 창가가 한 몫을 맡게 되었던 것이다. 노래체와 7·5조의 반복적 리듬이 갖는 기능은 깊은 상관관계가 있다. 이러한 기능의 수행에 가장 알맞은 장르가 바로 창가였던 것이다.

가창으로서의 기능적 역할은 교리전파를 위해 찬송가가 활용되었던 점에서 확인될 수 있다. 이러한 찬송가의 기능적 속성이 이후 7·5조 창가로 이어지게 되었던 것이었다.

찬송가 리듬이 교리전파를 위한 것이었다면 창가의 7·5조 리듬은 새로운 시대의 지식보급과 문명개화의 전파를 위한 것이었다. 육당이 창가 장르를 선택한 것도 그가 일본에 유학하면서 인식한 창가의 기능적 속성 때문이었다. 육당이 동경에 유학할 무렵 일본은 창가 전성시대로 범국민적인 계몽의 노래, 단결의 노래로서 또는 신흥 일본의 행진곡으로서 학교에서 거리로, 전국 방방곡곡에 메아리쳤던 것이다.

창가의 대중성과 다목적성, 그리고 효용성을 한국 개화기 상황에 그대로 옮겨 놓은 것이 육당의 창가 선택의 동기였다.[13] 육당이 〈소년〉 창간호에서 「쾌소년세계주유시보」라는 산문을 통하여 신문명과 신지식을 보급하다가 산문체를 포기하고, 〈청춘〉에 와서 「세계일주가」라는 창가로 회귀한 것도 이러한 창가 인식의 결과로 볼 수 있다.

---

13) 정한모, 『한국 현대시문학사』, pp.235~237.

6. 창가의 시사적 의의

창가는 물론 전통적이거나 자생적 양식이 아니다. 서구악곡이나 찬송가, 그리고 일본 창가에서 묻어온 외래종 장르이다. 하지만 개화기라는 혼란의 카오스 시대에 한국에 뿌리내리면서 다양한 역할과 임무를 수행했다. 단순한 박래품이 아니라 착근(着根)과정에서부터 다양한 실험과 모색을 거치면서 새로운 근대시 양식으로 자리잡을 수 있었다.

무엇보다 창가가 거둔 시사적 성과는 가창시대의 개화였다. 가창이 갖는 사회적 효율성을 극대화하여 계몽기 시가로서 소임을 충실히 수행했던 것이다. 가창장르의 사회성 기능이 최고조로 실현될 수 있는 문학의 장(場)이 바로 창가였던 것이다. 창곡 전성시대, 창가 편향시대를 열어감으로서 계몽기 시가로서의 역사적 소임을 충실히 수행할 수 있었던 것이다.

둘째, 창가는 개화기 여타 시가, 즉 가사, 시조, 신체시, 자유시 등과 활발한 상호작용(interplay)을 일으켜, 양식적 충격을 가함으로써 형태적 변이와 새로운 시형을 창출하는데 기여하였다. 한국 현대시의 기본형인 4행시의 정착도 창가와의 상호작용을 통해 거둔 성과다. 근대시는 양식상의 상호작용이라는 장르교섭 현상을 통하여 새로운 시형을 창출하는 계기를 마련했던 바, 그 중심에 창가가 있었던 것이다.

셋째, 육당류의 7·5조 창가는 1920년대 7·5조 민요시의 기본 율격을 형성하고 있다. 소월의 민요시, 안서의 격조시는 7·5조가 기본율격이다. 7·5조의 3음보 보격은 전통 민요가락의 율격이지만 음절율에서의 7·5조는 분명 육당의 창가 율격에 시원(始原)을 두고 있다. 7·5조는 민요시 뿐 아니라 이후 한국 근대시의 정형률의 기본형이라는 점에서 창가의 영향은 지대한 것이었다. 현금 북한에서 불려지는 '가사'의 율격도 7·5조라는 점도 시사적이다.

넷째, 창가는 개화기에 역사적 소임을 다하고 1920년대 들어 예술가곡, 대중가요, 동요로 분화되어 새로운 양식으로 자리 잡는다. 가곡, 가요 등이 한국 근대음악의 핵심장르라는 점에서 한국 음악사에서 갖는 창가의 영향과 의의는 지대한 것이었다.

[3]

언문풍월론

1. 언문풍월의 기원

언문풍월이라는 시가장르는 1910년대를 전후해 풍미한 일종의 변종(變種) 장르이며 역사적 장르이다. 그 역사는 조선시대까지 소급되는 바, 육담풍월 (肉談風月), 국한문잡조시(國漢文雜租詩) 등의 선행양식을 바탕으로 형성된 장르이다.1) 언문풍월은 한시형식을 모방한 일종의 장르 parody현상으로 볼 수 있다. 한시 양식 중 7언 절구 및 7언 율시 형식을 그대로 차용하고 거기에 한자 대신 국문자를 사용함으로써 순국문체 한시 형식의 독특한 양식이 되었 던 것이다.

이 언문풍월 장르의 대두는 개화기에 들어 급격히 대두된 문체의식의 반영 으로 보인다. 개화기는 국문체와 한문체의 갈등이 심하게 나타나던 때였고, 개화 서민계층의 신분 상승, 신채호 등의 민족 주체의식이 합세하여 국문국자 에 대한 새로운 인식의 변화가 진작되던 시기이다. 이러한 국문의식이 팽배하 던 시대환경이 언문풍월 장르를 정착시키는데 영향을 준 것으로 보여진다. 다 시 말해 한시형식과 국문매체의 결합양식은 당대의 한문체와 국문체의 갈등 양상을 그대로 반영하고 있으며, 이 양자 사이의 조화 및 병립을 추구하려는 시대적 추이가 시가형식으로 표면화 된 것이 언문풍월이라는 장르였던 것이다.

이 장르가 개화기에 잠시 등장했다 사라지는 일시 유행적 성격을 띠는 것도 이러한 전형기적 성격을 뒷받침하는 징후로 파악된다. 언문풍월 장르는 1901 년에 등장해서 1917년에 소멸된2) 시험적, 역사적 성격을 띤 것이었다. 그러 나 비록 짧은 기간의 실험적 모색으로 끝나긴 했지만 한시와 국문시가의 오랜 동안의 평행선을 깨고 장르접합의 공동영역을 모색코자했던 노력은 높이 평

---

1) 〈조선문예〉 1호(1917.4)에 언문풍월의 유래가 설명되어 있다.
   이규호, 「개화기 한시의 양식적 변모에 대한 연구」, 서울대 박사 논문, 1986.
2) 첫 작품은 「송축」(〈황성신문〉, 1901.9.27)이었고, 1917년 1474수가 수록된 『언문풍월』 집이 상재된 후 소멸된다.

가해야 할 것이다. 어찌보면 한시 장르의 고답성(高踏性)이 완화되고 국문장르와의 접합점을 찾으려는 장르 모색과정으로 볼 수 있고, 한편으로는 개화기에 들어 한문학의 세력이 약화되어가는 시대적 추이를 반영한 것으로 볼 수 있다.

어찌했던 언문풍월은 개화기를 풍미한 중요한 시가장르임이 드러난다. 1901년부터 1917년까지 근 16년 가까이 〈황성신문〉, 〈대한매일신보〉 등 개화기 전 저널리즘에 걸쳐 발표되고, 작품 수에 있어서도 창작시 140 여 편에 『언문풍월』(1474수) 집까지 방대한 양이 발표되었다. 게다가 개화기 각종 저널리즘에서 실시한 현상문예 및 신춘문예에서 주요 항목으로 채택된 장르이기도 했다.

이로 볼 때 언문풍월은 명실공히 개화기 시가의 중심장르였음이 확인된다. 그러나 그동안 개화기 시가에서 언문풍월에 관한 관심과 평가는 도외시된 양상을 보여주고 있다. 이규호는 개화기 한시의 양식적 변모양상을 살피는데 있어 언문풍월을 다루고 있고, 진갑곤은 언문풍월의 전대(前代) 양식에 초점을 맞춰 논의한 바 있다. 또 조동일은 문학사 차원에서 그 특성과 의의를 분석하고 있다.[3] 하지만 자료정리에서 전개양상, 여타장르와의 상호작용 등 체계적이고 종합적인 분석은 없는 상태이다.

무엇보다 개화기 시가의 특성이 고전시가와 현대시의 접목단계에서 지속과 변화의 양면성을 드러내는데 있는 만큼 그러한 속성을 극명하게 드러내고 있는 언문풍월에 좀 더 많은 관심을 기울여야 할 것이다.

아울러 근자에 들어 짧은 시양식에 대한 관심이 고조되는 것도 주목해 볼일이다. 일본의 단시(短詩, short poem)인 '하이꾸'가 일본 뿐 아니라 세계적

---

3)   이규호, 위 논문, 1986.
     진갑곤, 「언문풍월에 대한 연구」, 〈문학과 언어〉 13집, 1992.
     조동일, 『한국문학통사』 4, 지식산업사, 1992.

인 관심 속에 각광을 받고 있다. 우리 시단도 이에 자극을 받아 1,2행의 짧은 서정 단시 창작에 많은 관심을 보이고 있다.[4] 언문풍월은 시조와 함께 한국의 대표적인 서정 단시이다. 비록 한시의 패러디이긴 하지만 서정 단시로서의 가능성을 충분히 내포하고 있다.

2. 언문풍월의 형태적 특징

언문풍월은 기본적으로 한시의 모방양식이자 한시의 제언시(齊言詩)로서의 양식 즉, 7언 절구, 7언 율시 형식을 그대로 차용하고 여기에 표현매체만 한자 대신 국문자로 대체한 기형양식인 것이다. 다음 두 작품을 보면 그 양식적 동일성을 규지할 수 있다.

> a) 朝辭白帝彩雲間
>   千里江陵一日還
>   雨岸猿聲啼不住
>   舟輕己遇萬重山
>   　　　 － 李白, 「早發白帝城」

> b) 해마다도라오니
>   만수성절이날이
>   비노라태황폐하
>   성슈만세무궁히
>   　　　 － 金壽哲, 「만수성절을 祝함」[5]

---

4)　최명란의 시집 『결혼 맛있겠다』(2002)는 대부분 1,2행시로 되어 있다.
5)　〈태극학보〉, 1908.

46

위와 같이 언문풍월인 b)는 7언절구인 a)에서 한자 대신 국문자를 채워 넣은 형식을 취하고 있다. 압운형식도 똑같아 제 2구, 4구에서 '이날이', '무궁히'처럼 '이' 운자를 규칙적으로 밟고 있다. 이처럼 b)는 7언, 4구, 압운 등, a)의 형식을 그대로 답습하고 있다. 이러한 양식이 바로 언문풍월인 것이다.

자수율은 한 구에서 '만수성절 이날이'처럼 4 · 3조가 주조이나 '해마다 도라오니' 처럼 3 · 4조가 되는 경우도 있다. 언문풍월의 기본 자수배열은 4 · 3조였다. 〈신한민보〉는 1914년 언문풍월을 공모하고 당선작을 발표하면서 심사평을 겸하였다. 그 심사평에서 '위로 석자 붙이는 것', 즉 3 · 4조는 글짓는 법에 합당하지 않다고 지적하고 있다.6) 이렇게 보면 '해마다 도라오니'의 3 · 4조는 변칙인 셈이다.

> 봄빛을 자랑하고
> 희고도 붉었으니
> 방긋이 웃는태도
> 그누가 물들였노
> — 「꽃」7)

〈신한민보〉의 31편의 응모작 중 2등으로 뽑힌 작품이다. 이에 대해 평자는 '글꼬는 법'에서 이 작품이 문장이 화려하고 필법이 공교해서 아주 잘 되었지만 위로 석자씩 붙이는 것이 글짓는 법에 합당하지 않다고 지적했다.

여기서 잠시 기존문헌에 제시된 언문풍월의 작시법을 살펴보자. 먼저 대표

---

6) 〈신한민보〉, 1914.8.6, '글꼬는 법'.
    〈천도교회월보〉 79호(1917.2)에도 「언문풍월」란에서 '이글은 닙곱자 글로 웃마디는 넉자, 아랫마디는 석자'로 규정하고 있다.
    〈조선문예〉 1호(1917.4)에서도 '일곱자 한귀에, 두마디 말노, 어울너 말이 되도록 하는데, 우에 넉자는 쉬우나, 아래 석자가 극난한'으로 되어 있다.
7) 〈신한민보〉, 1914.8.6.

적인 자료인 〈조선문예〉에 실린 작시법이다.8)

이 작시법을 요약, 정리하면 다음과 같다.

① 구수(句數)는 2구, 4구 또는 그 이상도 가능하다
② 염(平仄法)은 없어도 무방하다
③ 한자의 압운법을 따른다
④ 한시의 자수형식(주로 7언)을 취한다
⑤ 국문으로 쓴다
⑥ 주로 4 · 3조의 율격을 취한다

이렇게 볼 때 언문풍월이 한시와 다른 점은 국문으로 표기하는 것과, 평측법이 없다는 것, 4 · 3조의 율격을 취한다는 것 등 세 가지다. 특히 국문표기에서 국문으로 표기된 것이 아니라 실제로 실용 우리말을 쓰라는 점이 강조된다. 예를 들어 '삼월동풍 좋은날'에서 삼월동풍(三月東風)은 한문문자라 피해야 한다는 것이다.

또한 7언시를 기본형으로 제시하고 있으나 5언 고시 형태도 가능하다고 설명하고 있다.

△ 다섯자 풍월짓는 법
달이둥글어
거울같구나
희고맑은빛
임도보실까

---

8) 〈조선문예〉 1호, 1917.4.20, pp.74~75.

48

이처럼 5언 고시의 언문풍월도 제시하고 있으나, 작시법만 제시하고 있을 뿐 실제 창작에서는 찾아보기 어렵다. 아울러 4 · 3조에 대해서 '우에넉자는쉬우나, 아래셕자가극난하야말이접속하기어려운지라'라고 지적하고 있다. 3 · 4조 및 4 · 4조가 시조, 가사의 기본율격이라 익숙한 것이지만 4 · 3조는 다소 낯선 율격임을 강조하고 있는 것이다. 왜 3 · 4조가 아니라 4 · 3조여야하는지 율격의 미적 효과 대해서는 특별한 언급이 없다. 이 4 · 3조 율격과 순국문 표기는 다른 자료에서도 지속적으로 강조된다.

a)　二. 국문을발로쓴것만취하며
　　四. 우리나라국어가보통한문으로되여이를피하기심히어려우며또한시에는한문보통문자가들어야자미롭지만은이번은단슌히국문을취하기로예뎡하얏스니한문문자듕에보통쓰는말이라도병으로잡으며
　　五. 운자를텹쓰면병으로잡으며

　　　　　　　　　　　　　　　　　　　　　　　　－ 〈신한민보〉 작시법[9]

b)　이언문풍월이라는 것은, 그말은반드시, 일곱자식, 네짝(두구)을지으며, 그첫째짝, 둘째짝, 넷째짝에가장끝글쟈는, 이우에쓰인운쟈를한쟈식, 차례로, 다라지으시오, 문쟈를쓰는것은좃치안코아모죠록보통쓰는말로, 일곱자식두구를, 지여보내시오

　　　　　　　　　　　　　　　　　　　　　　　　－ 〈매일신보〉 작시법[10]

c)　이글은 닐곱자글노 웃마디는 넉자 아랫마디는 석자로 아랫귀 안짝엔 운자를 달지말고 또 순연한 조션말노만짓고 문자는 쓰지말일 닐곱자글은 아니로되 순연한 말글에는 명작이라하나니 이와갓치 한문한자는 쓰지말고 지을일

　　　　　　　　　　　　　　　　　　　　　　　　－ 〈천도교회월보〉 작시법[11]

---

9)　〈신한민보〉, 1914. 8. 6 '글꼬는법'
10)　〈매일신보〉, 2368호.

a)는 〈신한민보〉, b)는〈매일신보〉, c)는 〈천도교회월보〉의 언문풍월 작시법이다. a)는 '보통 쓰는 말'을 취하고 운의 중첩을 피하며, b)는 7언 절구 형식과 '보통 쓰는 말', c)는 '순연한 조선말'과 4·3조 율격을 강조하고 있다.

이처럼 언문풍월의 작시법에 공통적으로 드러나는 강조점은 7언 절구, 압운법, 4·3조 율격, 우리말 사용이었던 것이다. 이 원칙이 언문풍월의 기본 작시법이었으며 이를 벗어나 7언 율시나, 산문체 풍월로 확대되는 경우도 있다. 다음이 7언 율시 형태로 된 언문풍월이다.

> 그대심사말하시, 영웅이영웅이지
> 보호하우리생명, 잊지마세그수치
> 조금도걱정말게, 이천만분발하니
> 다른날독립대에, 칠년태한좋은비
>
> — 松南, 「국문풍월 3수」

이 작품은 〈태극학보〉 25호(1908.10)에 실린 것으로 7언 율시 형식을 취하고 있다. 그러나 이러한 7언 율시의 언문풍월은 부분적이고 7언 절구가 언문풍월의 주류를 이루고 있다. 특히 시의 제목이 '국문풍월'로 되어 있음이 주목된다. 이 표기는 보편적인 것은 아니었으나 '언문'이라는 명칭이 갖는 부정적 개념을 배제하고 그 의미를 격상시키려는 시도가 함의된 것으로 평가된다. 〈신한민보〉에서도 이 명칭을 사용한 바 있으나 시도로 그치고 보편화되지는 못했다. 〈황성신문〉, 〈매일신보〉, 〈천도교회월보〉 등 대부분의 저널리즘에서 '언문풍월'로 불렀다.

언문풍월이 주로 7언 절구임에 비해서 7언 율시를 따로 국문풍월로 불러 양자의 차별성을 두고자 했는지도 모른다. 또한 시조를 '국풍'으로 칭했던 것

---

11) 〈천도교회월보〉, 79호.

을 고려하여 언문풍월을 이와 대등한 장르로 인식하기 위해 '언문'을 '국문'으로 표기한 듯싶다.

조동일도 이에 주목하여 7언 율시의 언문풍월은 새로운 창작물로서 한시를 따르는 대신 그 자체로서 독자적인 가치를 발휘한 것으로 평가하고 있다.[12] 이 언문풍월은 '국문풍월' 외에 '국문 7자시'로도 불렸는데[13] 이 역시 예외적인 것이었다. 아무튼 '언문'을 '국문'으로 격상시켜 당당한 시양식으로 인식코자 했던 의도는 분명히 드러난다.

3. 언문풍월의 선행양식

언문풍월은 이미 개화기 이전에도 존재했던 양식이다. '언문풍월에 簾(한시의 평측법) 있으랴' 라는 속담이 전해옴이 이를 입증한다. 이는 한시를 지을 줄 모르는 차에 염을 둘 수 없다, 즉 해내지 못할 것을 행함에 있어 그 결과를 평할 수 없다는 뜻을 내포하고 있다.[14]

또한 〈조선문예〉 1호(1917.4)에 소개된 '언문풍월법'에서 '조선고대 궁녀 이씨가 여자의 항용하는 언문으로 시를 짓는 법을 만들어 전해옴으로 외방기생들이 잘짓는 자가' 많았다고 기술하고 있다. 이로 볼 때 언문풍월의 창작층은 주로 여성이었던 것으로 보여진다. 한시를 모르던 기방여성이나 규방규수들이 언문을 가지고 한시 흉내를 냈던 양식인 것이다. 한문으로 창작된 진서풍월(眞書風月)의 대립개념으로 언문풍월의 명칭이 유래했던 것이다.

그런데 이러한 언문풍월의 양식은 한시를 패러디하여 언롱(言弄) 차원으로 희화화(戱畫化)시킨 '肉談風月'이나 '國漢文雜組詩' 의 중간과정을 거친 것으

---

12) 조동일, 『한국문학통사』 4, p.287.
13) 〈대한매일신보〉, 1243호(1909.11.17.).
14) 이기문, 『속담사전』, 민중서관, 1962, p.359.

로 보여진다.

먼저 육담풍월을 보자. 이 육담풍월은 겉으로 보기에는 예사 한시이지만 우리말로 새겨야 뜻이 통하는 글자가 삽입된 한시이다. 말하자면 한시의 희작(戱作)인 셈인데 가령 사람이 죽은 모습을 '柳柳花花'로 표기하면 '버들버들 꽃꽃이 죽다'라는 뜻을 내포하는 것과 같은 이치이다.15)

다음이 그 예이다.

a) 書堂乃早知   서당을 일찍이 알았나니
　　房中皆尊物   방중의 모든 것이 존귀하도다
　　生徒諸未十   생도는 모두해서 열도 안되는데
　　先生來不謁   선생은 와서 뵙지 않는구나16)

이처럼 한자의 독음을 우리말로 희화화하고 있다. '육담풍월'이라 칭했듯이 '개조지, 개존물, 내불알'처럼 걸죽한 원색적인 표현이 두드러진다. 사설시조에서나 볼 수 있는 비속어가 동원되고 있는 것이다. 이렇게 육담풍월은 격식과 위엄을 갖춘 한시체를 격하시키려는 의도를 갖고 있었던 것이다.

그것은 단순한 문체저항이 아니라 한문체를 구사하던 양반 및 사림계층에 대한 비판의식이 깔려 있다. 육담풍월이 김삿갓, 임제 등 반체제 인사거나 비판적 지성인의 손에 의해 주로 쓰여졌다는 사실도 이를 뒷받침 한다. 이 육담풍월은 『요로원 야화기』, 『이언총림』, 『어우야담』 등의 문헌에 자주 등장한다.

육담풍월 다음 단계에 등장한 것이 '國漢文 雜組詩'이다. 국한문잡조시는 표현 그대로 국문과 한문이 함께 섞인 국한문 혼용시이다.

그 예를 보면 다음과 같다.

15) 원래 김삿갓의 시구였으나 봉산탈춤의 대사에도 인용되었다. 심우성 편저, 『한국의 민속극』, 창비신서9, 창작과 비평사, 1975, p.223.
16) 조동일, 『한국문학통사』 4, pp.264~265.

b) 靑松은 듬성듬성 立이요
   人間은 여기저기 有라
   所謂 엇뚝빗뚝 客이
   平生 쓰나다나 酒라[17)

　이 역시 김삿갓의 작품이다. 한자와 한글이 함께 병행되고 있다. 국한문잡
조시는 개화기에 들어 이근이 이 용어를 사용한 바 있는데, 그는 그 예로서
'舍廊곗집處女在, 무던顔色가는腰(사랑 곁집에 처녀가 있으니, 무던한 얼굴
빛에 가는 허리로다)라는 말을 소싯적에 들었다고 소개하고 있다.[18)
　이와 같은 국한문 잡조시에서 순국문으로 표기된 한시 양식이 등장했으니
다음과 같은 것이 그것이다.

c) 사면기둥 벌겋타!
   석양행객 시장타!
   네절인심 고약타![19)

　이 역시 김삿갓의 작품인 바, 7언 절구에서 1구가 생략되어 있고, '타'라는
각운을 맞추고 있으며, 표기는 순 우리글로 되어 있다. 게다가 4·3조의 율격
도 갖추고 있다. 이렇게 보면 이 시는 1구만 생략된 언문풍월의 양식이다. 개
화기 언문풍월의 원형이 이미 김삿갓에 의하여 창출되었던 것이다.
　이렇게 보면 언문풍월은 a)→b)→c) 3단계를 거쳐 정착된 것으로 보인다.
김삿갓이 중심인물이었음을 보아 그는 언문풍월의 선구자였음이 확인된다.
이렇게 조선조 한시의 주류에 밀려 희작(戲作)으로 창작되던 언문풍월이 개화

---

17)　박혜숙, 「김삿갓 시 연구」, 〈국문학연구〉67집, 서울대 국문학 연구회, 1984, p.83.
18)　〈대한자강회월보〉 7호, 1907.1.
19)　정공채, 『김삿갓 시와 인생』, 학원사, 1985, p.16.

기에 들어 당당한 시가장르로 창작됐던 것이다.

4. 창작계층과 문체혁신

언문풍월이 개화기에 들어 급격히 부상되어 중심장르로 자리잡게 된 배경은 무엇이었을까. 이는 여러 요인이 작용했겠지만 무엇보다 신교육 및 신문물 수용에 따른 시대변화가 그 배경이 되고 있다. 대체로 창작계층의 변화와 이에 따른 문학관, 문체인식의 변화, 그리고 문학의 사회적 기능이 주요 변수로 작용했던 것으로 보인다.

개화기 시가는 창작계층 및 향수계층이 다변화되는 특징을 갖고 있다. 위로는 보수유림계층, 저널리즘 담당계층, 유학생계층으로부터 아래로는 개화서민계층에 이르기까지 실로 개화기의 모든 계층이 이에 참여하고 있다.[20] 특히 신교육 제도와 기독교의 수용으로 일반학생층과 여성계층이 문학담당층으로 급격히 부상되었다. 발표된 140여수의 창작층을 보면 개화기의 모든 계층이 참여하고 있음이 확인된다.

특히 李松媛(「자명종」, 〈신한민보〉, 1913.9), 상항 일여자(「꽃」, 〈신한민보〉, 1914.8) 등 여성계층의 창작이 두드러지는 것도 이러한 변화를 반영하는 것으로 보인다. 이미 언문풍월은 전대에 기방이나 규방의 여인들이 중요한 창작주체였다. 실로 언문풍월은 개화기의 모든 계층이 참여한 대중적 장르였던 것이다.

무엇보다 개화기 언문풍월의 창작은 국문운동과 문체혁신이라는 시대조류와 밀접한 관계를 갖고 있다. 개화기 시대변화는 계층구조의 변화를 가져오고 이는 언어생활에 새로운 질서를 요구하기에 이른다. 문체가 계층구조와 긴밀

---

20) 김영철, 『한국 개화기 시가 연구』, 새문사, 2004, '창작계층의 형성'.

히 관련되는 만큼 신분계층의 새로운 체계형성은 곧 문체의 새로운 질서를 초
래하게 되었던 것이다. 또한 국권상실의 위기상황은 자주의식, 주체의식으로
고양되어 우리 것에 대한 애착으로 표면화 된다.

언어생활과 계층구조의 관계변화를 선명히 드러낸 것은 동학혁명이었다.
동학혁명은 '밑으로부터의 혁명'이라 부르듯이 민중이 주체가 된 혁명이었다.
민중이 새 시대의 주역이 돼야 할 것을 강조하며 과감히 외세와 봉건체제에
맞섰던 것이다. 그들이 혁명과정에서 사용한 격문이나 발문은 대부분 한글이
었고, 교주 최제우가 교리전파를 위해 만든 시가집 『용담유사』도 국문으로 이
루어졌다. 이러한 동학의 문체선택은 지배계급 = 한문체, 피지배 계급 = 언문
체라고 하는 고정된 인식구조를 깨뜨리는 상징성을 띠기도 한 것이었다. 즉
문체개혁은 계급개혁의 상징적 표상이었던 것이다.

이러한 동학의 국문의식은 기독교 전파와 함께 확산되는데 교리전파를 위
해 기독교는 성경국역과 국문 찬송가집을 발간했던 것이다. 비록 교리전파를
위한 것이긴 해도 자연스럽게 민중들의 국문의식을 고조시켰던 것이다. 1894
년 갑오개혁은 국문체의 사용을 법제화하기에 이르렀는데 '홍범 14조'를 통하
여 국한문 혼용을 공식화하기에 이르렀던 것이다. 이러한 결과로 국한문 혼용
체인 유길준의 『서유견문』이 나오고, 순한글 신문인 〈독립신문〉이 발간될 수
있었던 것이다.

신채호는 「국한문의 경중」21)이라는 글에서 한문체를 사대주의 및 지배계층
의 문자로, 국문체를 민족주의 및 민중의 문체로 규정하고 있다. 그의 국혼주
의적(國魂主義的) 민족의식은 문체선택이라는 실천적 양상으로 구체화됐던
것이다. 그가 「천희당시화」(〈대한매일신보〉, 1909.11.9~12.4)에서 동국시계
혁명(東國詩界革命)을 내세우며 국문시가운동을 주창한 것도 이러한 신념의

---

21) 〈대한매일신보〉, 1908.3.17.

소산이었다. '시(詩)가 성하면 나라가 성하고, 시가 쇠하면 나라가 쇠한다'는 효용론적 문학관은 문체선택이라는 구체적인 방법론으로 나타났던 것이다.

〈가뎡잡지〉(1906.6), 〈대한매일신보〉국문판(1907.5.23) 등의 순국문 저널리즘의 발간이나 주시경, 지석영, 이봉운 등의 국어연구도 개화기 국문운동의 중요한 지표로 확인된다. 춘원과 육당의 신문장 건립운동도 이러한 문장개혁 운동과 밀접한 관련을 갖고 있다. 춘원은 「국문과 한문의 과도시대」[22]에서 국문전용을 주장하고 국문이야말로 애국정신의 혼이 담겨 있다고 주장하고 있다.

이처럼 개화기의 국문의식은 각종 종교운동과 학회활동, 언론 및 출판활동을 통해 활발히 개진되고 있었던 것이다. 언문풍월은 이러한 개화기의 계층변화와 이에 따른 문체변혁과 맞물린 장르이다. 국문세력이 급격히 부상되고 한문세력이 퇴조현상을 보이면서 그 중간양식으로서 언문풍월이 풍미하게 됐던 것이다.

끝으로 문학의 사회적 기능과 관련하여 민족형식론적 특성을 고려할 수 있다. 주지하다시피 개화기는 신문학의 발아기였음에도 불구하고 민요, 가사, 시조, 한시 등 전통장르가 왕성히 창작된 시기였다. 사회주의 리얼리즘에서 논의되는 민족형식론에 따르면 민중의 각성과 계도를 위해서는 민중에게 친숙한 양식을 동원함이 가장 효율적인 방법이 된다.

개화기는 애국계몽기였다. 문학도 이러한 시대적 책무에 참여해야 했고 이 책무를 효과적으로 수행하기 위해서 민족형식을 동원할 수밖에 없었던 것이다. 항일의 선봉에 섰던 〈대한매일신보〉가 창가, 신체시 등 신양식보다 시조, 가사 등 전통장르를 동원하여 시가의 무기화로 활용했던 사례는 그 좋은 예이다. 언문풍월 역시 전통문학에서 중심장르는 아니었으나 민족형식임에는 틀

---

22) 〈태극학보〉 21호, 1908.5.

림없고 따라서 시조, 가사와 함께 애국계몽기에 동참하여 시대적 책무를 수행했던 것이다.

〈대한매일신보〉, 〈태극학보〉에 실린 언문풍월 작품이 사회비판적인 내용이 주류를 이루고 있음이 이를 입증한다. 7언 절구의 짧은 시형식으로 촌철살인(寸鐵殺人)의 풍자적 기능을 수행했던 것이다. 김삿갓의 시가 보여줬던 풍자적 기능이 개화기의 시대상황과 맞물렸던 것이다.

5. 창작 및 전개양상

언문풍월은 개화기에 일시적으로 풍미하다 사라진 역사적 장르였다. 비록 조선조에 여성계층에서 이 양식이 향유되었다 하나 실제 개화기에 와서 본격화 되었고, 그것도 1918년 이후로 다시 소멸하고 말았던 것이다. 1901년 〈황성신문〉에서 그 첫 출현을 본 후 1917년대까지 상당수의 작품이 발표되고 있다.

발표매체도 개화기 신문잡지에 골고루 분포되어 있고 때로는 단행본까지 발행되기도 하였다. 1917년에 발간된 『언문풍월』이 그것인데, 이는 언문풍월의 현상문예에 응모한 작품을 모은 것으로 1474수가 채록되어 있다.

개화기에 발표된 언문풍월을 정리해 보면 다음과 같다.

「언문풍월 일람」

시가명	발표지(연대)	작자	특징
頌祝	「황성신문」(1901.9.27)		7언절구, 압운
잘왓군타령	「대한매일신보」(국문판)(1907.7.23)		7언율시, 6연, 후렴구
당타령	「대한매일신보」(국문판)(1907.7.27)		7언절구, 10연

시가명	발표지(연대)	작자	특징
훈장타령	「대한매일신보」(국문판) (1907.9.13)		7언 2행연의 연속체
만수성절을축함	「태극학보」 24호 (1908.9)	金壽哲 外	7언절구(2수)
국문풍월 (나는가네)	「태극학보」23호 (1908.7)	牧丹山人外	7언율시(3수)
국문풍월삼수	「태극학보」25호 (1908.10)	松南 外	7언율시(3수)
자명종	「매일신보」(1913.9.7)	李松媛 外	7언절구(7수), 언문풍월현상
자명종	「매일신보」(1913.9.14)	金星萬 外	7언절구(4수), 언문풍월현상
범(虎)	「매일신보」(1914.1.24)	姜馨遠 外	7언절구(2수), 언문풍월현상
복조리	「매일신보」(1914.1.31)	李日東 外	7언절구(2수), 언문풍월현상
보름달	「매일신보」(1914.2.17)	趙珍九 外	7언절구(2수), 언문풍월현상
꽃(花)	「신한민보」(1914.8.6)	상항일여자 外	8언절구(9수), 현상모집, 考評
달속에 옥토기	「매일신보」(1915.1.1)	鄭明禧 外	7언절수(3수), 현상문예
생활란	「청춘」6호 (1915.3)	한기린	7언율시(3수)
유럽전쟁과 백두산소년	「신한민보」(1915.4.15)	백두산소년	7언절구(2수)
만주들	「신한민보」(1917.5.10)	당백산인	7언절구(41수), 현상문예
언문풍월	「천도교회월보」 79, 80호 (1917. 2월, 3월)		7언절구(41수), 현상문예
언문풍월	「조선문예」1호 (1917.4)		7언절구外(14수), 현상문예
언문풍월	「언문풍월」(1917.8)		고금서해刊, 1474수 수록

　언문풍월은 개화기 시가창작 전 기간에 걸쳐 다양한 계층과 저널리즘을 통하여 창작된 대중적 장르였다. 〈황성신문〉을 필두로 〈대한매일신보〉, 〈태극학보〉, 〈매일신보〉, 〈신한민보〉, 〈청춘〉, 〈천도교회월보〉, 〈조선문예〉 등 다양한 매체를 통하여 창작되었다.

　특히 〈신한민보〉의 창작이 주목되는데 이 신문은 미국에서 발행되던 해외동포지였기 때문이다.[23] 해외 동포지에까지 언문풍월이 창작되었다는 것은 언문풍월의 대중적 인지도(認知度)를 가늠케 해주는 배경이 된다.

특히 위 자료에서 주목되는 것이 현상문예제이다. 현상문예는 개화기 저널리즘이 독자들의 시가창작에 대한 인식을 제고하기 위해 현상제를 통하여 독자들을 창작의 현장으로 끌어들인 제도적 장치이다. 개화기 문학에서 무엇보다 해결해야 할 것이 창작기층과 독서대중(reading public)을 확보하는 일일 터인데, 그 일환으로 시행된 것이 현상문예 및 신춘문예제였다. 많은 개화기 저널리즘이 이에 동참하여 큰 효과를 거두고 있다.[24)]

언문풍월 역시 이러한 현상문예제에 주요한 장르로 설정되어 있다.

① 언문풍월 현상(〈대한매일신보〉, 1909.11.17)
② 언문풍월 현상(〈매일신보〉, 1913.7.27)
③ 언문풍월 현상(〈매일신보〉, 1914.1.9)
④ 신년문예모집(〈매일신보〉, 1914.12.10)
⑤ 언문풍월 현상(고금서해, 1918.8.16)

위 도표에 나타나 있듯이 〈대한매일신보〉, 〈신한민보〉, 〈제국신문〉[25)]에서 확인되는데, 특히 〈매일신보〉(1915.1.1)의 현상문예는 신춘문예의 성격을 띤 것이었다. 문단등용의 관문으로 알려진 신춘문예제에 언문풍월이 주요항목으로 설정되어 있다는 것은 언문풍월에 대한 당대의 인지도와 대중적 기반을 가늠케 해준다.

특히 고금서해에서 출판한 『언문풍월』은 현상문예에 응모한 작품들을 수록한 것으로 1474수의 많은 작품이 실려 있어 개화기 언문풍월의 집대성으로

---

23) 〈신한민보〉는 1905년 창간된 신문으로 안창호가 중심이 되어 미국 교민회가 펴낸 것으로 개화기의 대표적인 해외 동포지였다.
24) 졸저, 『한국 근대시논고』, 형설출판사, 1988.
25) 〈제국신문〉(1909.11.7)에서 '일즉 국자운(날발갈 닝징싱)을 현하고 국문 7자시를 購賞하엿스니'라는 기사가 나온다.

평가된다.26)

이 『언문풍월』에 응모된 1474 수 중 1등으로 뽑힌 작품을 보자.

　「鷺」
옷없다는말마오
뽕만많이심으고
나를힘써기르면
치운사람있겠소

　「針」
연분일다저실올
귀만생긴네몰골
송송뚤어가는곳
두조각이한혼솔

　「扇」
가을에는싫다가
여름되면왜찾나
챠고더운이세상
너를좃차알겠다

이 작품은 1등시답게 7언 절구, 4·3조 율격, 순우리말, 압운법 등 언문풍월의 기본요건을 잘 갖추고 있다. 내용도 촌철살인의 경구와 비유를 동원하여 주제효과를 극대화하고 있다. 조동일의 평대로27) 이 정도면 언문풍월이 우리시의 한 갈래로 자리 잡을 만한 것이었다.

---

26)　1917년, 고금서해간, 이종린, 이종일, 지석영 편집.
27)　조동일, 『한국문학통사』 4, p.289.

〈신한민보〉는 1914년에 언문풍월을 현상공모하여 당선작들을 발표하고 있는데 거기에 고평(考評)까지 병행하여 창작지도를 겸하고 있다.

다음이 31편의 응모작 중 1등으로 뽑힌 작품이다.

비단같이고웁고
맑은향내없으면
봄바람에피여도
누가사랑하겠노
　　　　　－「꽃」28)

7언 절구로 「고, 도, 노」의 운자로 압운을 밟고 있어 언문풍월의 기본형을 보여주고 있다. 서정적인 내용에 교훈적인 경구도 포함하고 있다. 이렇게 현상공모가 실시됐다는 점, 31편의 많은 작품이 응모했다는 점, 심사평 체제까지 갖추었다는 점, 〈신한민보〉가 미국에서 간행된 신문이었다는 점을 고려할 때 언문풍월에 대한 당대의 장르적 인식도가 어느 정도였는가를 짐작케 해준다.

또한 〈조선문예〉(1917.4 창간)도 주목된다. 이 잡지는 한시 중심의 잡지였던 바, 여기에 언문풍월이 실렸다는 것은 언문풍월의 장르 인식도가 한문계층에 까지 심화됐음을 반증하기 때문이다. 한시의 희작(戲作)인 언문풍월을 한시계층이 직접 수용하고 있는 것은 언문풍월을 단지 희작이 아니라 또 하나의 독립된 장르로 인식했음을 의미하는 것이다.

개화기의 언문풍월의 첫 작품은 다음과 같다.

---

28) 〈신한민보〉, 1914.8.6.

여긴밝아좋지만
님계신데밝을지
하늘밖에비바람
먼데생각궁거워

　〈황성신문〉(1901.9.27)에 실린 「中秋賞月會」란 사설 속에 실린 작품이다.[29] 보름달이 밝게 떠서 이곳은 좋지만 님 계신 곳에는 비바람이 치지 않는지 걱정이라는 내용의 시이다. 짧은 형식이지만 사랑의 감정이 듬뿍 묻어나는 시이다. 이것이 언문풍월의 매력이다. 짧은 시형식 속에 시상(詩想)을 압축하여 시적 긴장미를 고조시키는 것이다.

　이를 필두로 1910년까지 주로 〈대한매일신보〉, 〈태극학보〉 중심으로 창작되다가 한일합방 이후에는 〈매일신보〉, 〈청춘〉, 〈신한민보〉, 〈천도교회월보〉 중심으로 창작이 이루어진다.

　그러나 1918년 이후로는 발표된 작품이 발견되지 않는다. 아마도 이는 언문풍월의 주요 발표매체였던 〈청춘〉(1918.9 종간), 〈조선문예〉(1917.4종간) 등의 종간과 함께 〈태서문예신보〉, 〈창조〉 등 신문학 중심의 문예지가 등장하는 것과 관련이 있는 것으로 보인다. 또한 개화기가 마무리 단계에 들어가면서 자유시의 창작이 대세를 이루게 됨에 따라 전통장르인 언문풍월도 자연스럽게 퇴조해간 것으로 보인다.

---

29) 「논설란」에 나오는 것으로 언문풍월 짓기 대회를 연 바, 10초 내에 짓고 잘 지은 자는 大白(大杯)상을 받고 제목이 틀리거나 시간이 초과된 자는 냉수 한사발을 벌로 먹는 것으로 되어 있다. 이만큼 언문풍월은 1901년대에 보편적인 시가 장르였던 것이다.

6. 언문풍월의 의의와 시적 가능성

언문풍월에 대한 평가는 「천희당시화」에서 처음 나타나고 있다.[30] 「천희당시화」에서 단재는 이 양식에 대해 비판적인 태도를 취하고 있다. 신채호는 당당한 우리의 국시(國詩)가 있는 만큼 우리 글로 시가를 지을 것이지 중국시에 의존하여 그 형식을 모방함은 마치 '학다리가 물오리 다리로 변모하는 꼴'이고, '구미속초(狗尾續貂)의 형상을 낳는 꼴'이라고 비판하고 있다. 뛰어난 형식(龍種)은 떳떳한 길을 걸어야 할 일이지 험난한(崎嶇)길을 구태여 택할 일이 무엇인가라고 반문하고 있다. 철저히 국체의식의 관점에서 국시(國詩)와 중국시인 한시를 준별하고 있다.

물론 이러한 관점은 장르 자체의 문학인식에서가 아니라 단재의 민족의식의 소산으로 보여진다. 그러나 시가장르의 주체성 확보라는 점에서는 주목할 필요가 있다. 이미 그는 한문을 숭상하는 일은 국수(國粹)를 매몰하고 국혼(國魂)을 버리며, 노예근성에 빠지는 일이라고 주장했던 만큼[31] 그러한 근대적 민족주의 관점에서 문학장르를 인식함은 당연한 논리적 귀결이었다.

그러나 이러한 단재의 비판에도 불구하고 언문풍월은 단순한 희작이 아니라 진지한 작품으로 승격해서 애국적 내용을 표시하는 등 그 자체로서 독자적인 가치를 발휘하고 있는 것으로 평가받는다. 조동일은 언문풍월을 시조가 감당할 수 없는 더 짧고 함축된 시로서의 기능을 훌륭하게 수행하여 우리시의 한 갈래로 당당하게 자리 잡을 가능성을 보여 준 장르로 평가하고 있다.[32]

비록 언문풍월이 한시 형식을 모방한 것이긴 했으나 우리말을 시어로 가다듬는 계기를 마련한 점은 높이 평가돼야 할 것이다. 국어에 대한 새로운 인식과 시어로서의 국어조탁은 충분히 가치있는 작업이었다. 〈신한민보〉(1914.8.6)

---

30) 〈대한매일신보〉, 1909년 11월 9일~동년 12월 4일.
31) 신채호, 「국한문의 경중」, 〈대한매일신보〉, 1908.3.17.
32) 조동일, 『한국문학통사』 4, 지식산업사, pp.286~290.

에서 언문풍월을 현상하고 그 심사기준을 밝히는 대목에서 한자어가 아닌 순국어로 쓴 것을 높이 평가했다는 사실을 주목할 필요가 있다. 여타 매체에서도 이 점은 계속 강조되고 있다. 언문풍월은 우리말을 갈고 닦아 시어로서의 가능성을 열고자 했던 것이다. 또한 육당의 경우에서처럼 4·4조 정형률을 파괴해 변조체를 유도함으로써 신체시 및 자유시로 가는 촉진제 역할을 수행했음도 잊어서는 안 될 것이다.

물론 언문풍월은 한시의 패러디라는 태생적 한계가 있고, 그 자체가 엄격한 정형시라는 절대조건이 있지만 그 가운데서도 가사 및 창가와의 상호작용을 통하여 변화를 추구하면서 국어시(國語詩)로서의 가능성을 열었다는 점에서 시사적 의의를 부여할 수 있을 것이다.

동시에 최근에 주목되는 바 일본 하이꾸시(俳句詩)의 선풍적인 열기를 전제해 볼 때 짧은 형식 속에 촌철살인적인 시상을 담을 수 있는 시적 용기(容器)로서 언문풍월의 가능성을 모색해 볼 수 있을 것이다.

또 하나 흥미로운 점은 6,70년대를 풍미한 새마을 운동의 노래가 4·3조의 언문풍월 형식을 갖추고 있다는 사실이다. 우연의 일치겠지만 개화기 이후 50년의 세월이 흐른 후 정치적인 계몽가로 부활하고 있는 것이다.[33] 언문풍월은 이제는 사라진 역사적 장르지만 그 짧은 형식을 통해 환기되는 시적 긴장미는 현대시의 새로운 장르로서도 손색이 없는 것이다.

이렇게 볼 때 언문풍월은 역사적 장르로만 치부할 것이 아니라 새로운 현대시 장르로서의 창작 가능성도 진지하게 모색해야 할 장르다.

---

33) 「새마을 노래」(박정희 작사, 작곡) 일부를 보면 다음과 같다.
  '새벽종이 울렸네/새아침이 밝았네/너도나도 일어나/새마을을 가꾸세 (후렴) 살기좋은 내마을/우리힘으로 가꾸세' 이처럼 4·3조, 7언 절구, 압운법 등 언문풍월 형식을 갖추고 있다.

[4]

자유시론

1. 근대시로서의 자유시

한국 근대문학의 근대성에 대하여 많은 논의가 진행되었고 다양한 견해가 개진된 바 있다.

근대시에 대한 논의 역시 근대문학의 하위 범주로서 근대문학의 본질론에서 크게 벗어날 수 없는 것이다. 우리가 근대시라고 할 때 근대는 역사개념과 양식개념을 내포하고 있으며 아울러 크라우스(W. Kraus)가 지적한 바 시간개념과 본질개념을 바탕으로 하고 있다. 문학은 역사의 산물이라는 반영론에 설 때 근대시는 결코 근대사와 무관할 수 없으며 근대사의 규범에서 일정 부분 제한을 받게 마련이다. 따라서 근대란 무엇인가에 대한 논의는 당연히 근대사의 성격을 전제해야만 한다.

또한 근대시는 문학적 개념, 즉 양식개념이 고려돼야 하며 한국시의 흐름 속에서 근대시로서의 양식적 특질이 규명돼야 한다. 곧 향가, 별곡, 악장, 시조, 가사 등 전통양식과 대별되는 근대시로서의 자질이 무엇인지를 곰곰이 따져야 할 것이다. 근대시를 순서개념에서 살펴볼 때, 그것은 근대라는 시기에 제작된 모든 시를 의미하는 것이 되지만 무엇보다 정신사 및 양식사적 층위를 아우르는 본질개념의 속성으로 파악돼야 한다. 가령 정형률의 탈피나 근대적 자아인식의 관점에서 해석돼야 함을 의미한다.

근대시란 무엇인가. 범박하게 순서개념에 입각해 볼 때 그것은 근대라는 시간단위에 제작된 시를 의미한다. 그렇다면 근대라는 시간단위는 어떻게 잡혀져야 할 것인가. 또한 이 문제는 현대시의 개념과도 밀접하게 맞물려 있다. 어디까지가 근대시고, 현대시이며 그 차이와 특질은 무엇인가.

근대(modern)라는 순서개념은 서구의 경우 근현대를 아우르는 포괄적 개념이다. 그러나 당대시(contemporary poem)라는 개념을 적용하여 근대시와 현대시를 구분하는 바, 대체로 모더니즘(이미지즘)이 등장하는 1910년대의 시부터를 현대시로 잡고 있다. Lanson의 불문학사[1]가 그렇고 Spears의 불연속적 예술관2)이 그렇다. 우리의 경우도 대체로 근대시와 현대시의 구분을 1930년대 모더니즘 시기로 잡는데 동의하고 있다. 이렇게 볼 때 서구의 현대시와 한국의 현대시의 기준이 모더니즘이라는 준거로 동일하게 적용되고 있음을 알 수 있다. 한국시에서 근·현대시의 구분과 그 구분의 효율성을 따지는 일도 중요하겠지만 먼저 선행돼야 할 일은 근대시의 기준과 속성의 문제다.

근대시는 근대에 제작된 시이기에 바로 근대라는 역사개념과 밀접한 관계가 있다. 사학계에서 뿐 아니라 문학계에서도 이 문제에 대해서 논란이 분분하다. 그러나 분명한 것은 근대시란 근대적 이념을 바탕으로 개성적 운율과 형태로 이루어진 시라는 점이다. 곧 근대시는 정신사적 층위와 양식사적 층위를 내포한다. 따라서 정신사적 층위에서 근대의식이 먼저 해명돼야 할 것이다. 근대의식이란 가령 C. Becker가 지적하고 있듯이 과학적 세계관, 합리주의 정신, 근대적 자아인식, 시민의식 등을 들 수 있다.3)

이 중에서 무엇보다 중요한 것은 자아 정체성의 확립이고 그것이 곧 근대의식의 근간이 될 것이다. 양식사적 층위에서 근대시는 궁극적으로 자유시여야 한다. 자아 정체성이란 근대의식은 필연적으로 개성적 리듬을 바탕으로 한 시 형식을 요구한다. 공적 리듬이 아닌 사적 리듬, 즉 개성적 리듬만이 자아의 내면세계를 자유롭게 드러낼 수 있다. 그것이 바로 자유시이며 따라서 근대시는 바로 자유시인 것이다.

인문주의적 인간관을 바탕으로 한 낭만주의에서 개성의 발견과 동시에 자유시의 창작이 이루어진 것도 이러한 배경에서 비롯된다. 미국 낭만주의 시인인 W. Whitman이 민주주의 개념을 바탕으로 민중시를 창작하여 자유시의

---

1) G. 랑송, 『프랑스 문학사』, 1971, p.1211.
2) M.K Spears, 『Dionysos and the City』, London, 1971, p.9.
3) 조기준, 한국경제사학회 편, 『한국사 시대 구분론』, 을유문화사, 1973.

선구자가 된 과정도 같은 맥락에 선다. 한국의 근대시의 성격 규정도 이러한 자유시의 형성배경에서 논의돼야 할 것이다.

2. 자유시의 기점론

그간 근대시 기점론과 관련하여 정설화된 학설은 「불놀이」의 자유시 효시론이었다. 백철, 조연현 등의 초기 문학사에서 「불놀이」가 자유시의 효시로 규정된 후 이 기준은 오랜 기간 학계의 정설로 받아들여졌다. 그러나 근간에 들어 이 정설은 문헌적 오류로 받아들여졌고, 「불놀이」 이전에 많은 자유시가 제작된 것이 확인되었다.

이와 극점에 있는 논의가 사설시조 기점론이다. 박철희, 오세영, 김재홍 등에 의해서 주장된 이 논의는 근대시의 기점을 영·정조로 소급한다는 점이 충격적이다.

이 주장은 다분히 학계의 주요 이슈가 돼 온 근대문학의 영·정조 기점론과 깊은 관련을 맺고 있다. 오세영의 주장과 논거는 영·정조 기점론자들의 그것과 맥락을 같이하고 있다. 오세영은 자유율의 모색, 민중언어 및 산문적 진술 등의 시어 해방, 근대적 이념의 표출, 사실주의적 태도 등을 들어 사설시조를 근대시의 효시로 지목한다.[4] 김재홍 역시 근대문학의 기점을 영·정조로 잡고, 평시조 형식의 해체, 반(反)유교체제, 비판의식, 근대적 자아 발견 등의 특성을 들어 사설시조를 근대시의 기점으로 잡고 있다.[5]

이러한 주장들은 그 동안 근대시의 형성을 서구 충격의 관점에서 해석해 온 것을 전통문학적 내지는 주체론적 시각으로 접근했다는 점에서 높이 평가할 만하다. 분명 한국 근대시의 형성은 전통시의 맥락 속에서 자생적 모티프를

---

4)   오세영, 『20세기 한국시 연구』, 새문사, 1989, pp.25~29.
5)   김재홍, 『시와 진실』, 이우출판사, 1984, pp.68~69.

마련해 온 것이 사실이다. 사설시조의 제작은 이러한 변화의 기본축을 이루는 것이었다.

그러나 분명한 것은 사설시조가 근대시 형성의 주요 모티프를 마련한 것은 사실이지만 곧 근대시는 아니라는 점이다. 양식적인 측면에서 볼 때 근대시는 앞에서 논의한 바 자유시여야 한다. 우리가 근대시라고 부를 때 그것은 적어도 향가, 별곡, 가사, 한시, 시조 등 전통 정형시와는 구별되는 새로운 자유시형을 의미한다. 그러나 사설시조는 분명 시조의 한 유형이고 일정한 정형률에 의한 규범성을 띠고 있다. 또한 근대시는 노래하는 시가 아니고 읽는 시다. G. Benn이 '현대시는 낭송할 수 있는 것으로 생각지 않는다. 현대시라면 종이 위에 인쇄되기를 요구하고 읽기를 요구한다'고 주장했듯이[6] 근대시는 읽는 시여야 한다. 따라서 근대시는 시조창, 가사창 등 창곡(唱曲) 장르와는 구별돼야 하는 것이다.

또한 근대시는 개인의 창작시라는 실명성(實名性)을 기본으로 한다. 그러나 사설시조가 갖는 익명성(匿名性)은 이러한 근대시의 속성과는 일정한 거리가 있다. 사설시조가 정신사적 층위에서 충분히 근대의식을 바탕으로 한 것은 분명하지만 양식사적 층위에서는 이처럼 제약이 있다. 따라서 사설시조를 근대시의 효시로 보기보다는 근대시 형성의 모티프로서, 근대시 창작의 모태적 기능을 수행한 양식으로 평가해야 할 것이다. 한국 근대시는 이처럼 사설시조에서 배태된 형성 모티프를 기반으로 발전해 가다가 개화기에 이르러 서구 근대시의 수용과 함께 비로소 자유시라는 양식으로 자리 잡게 되는 것이다.

---

6) G. 벤, 『Essays』, 장영태 옮김, 『서정시, 이론과 역사』, 문학과 지성사, 1994, pp.127~128.

3. 개화기 변조체 시가와 자유시

한국 자유시의 형성 모티프는 신체시 이후가 아니라 그 이전으로 소급된다. 기존의 연구에서 자유시의 형성 과정은 대체로 신체시형에서 찾고 있다. 신체시를 창가, 개화가사 등의 정형시에서 자유시로 이행하는 과도기의 시형태로 간주하여 '준자유시'로 규정하고 있음도[7] 이러한 인식의 소산으로 볼 수 있다.

한국시사를 통시적으로 살펴 볼 때 자유시형의 대두는 하나의 개혁적 의미를 띠고 있다. 고시가에서 향가, 별곡, 악장, 시조, 가사에 이르기까지 우리의 고전시학은 형태미 곧 정형(整形), 균제미가 근간을 이루는 것이었다. 정제된 정형의 테두리 내에서 시적 감흥을 구가해 온 것이 우리 고전시의 미학이었던 만큼 그러한 정형의 파괴는 곧 새로운 시학의 개진을 뜻하는 것이었다. 따라서 정형시 파괴와 자유시의 형성은 한국시사에서 획기적인 의미를 갖는 것이고 그에 대한 검증 역시 한국시사 정립의 관건이 된다. 한국 근대시 형성의 초기적 징후는 총체적 관점에서 좁게는 운율의 변화로부터 넓게는 구(句)와 행(行)의 변형에 이르기까지 구체적인 정형의 파괴양상이 추적돼야 할 것이다.

자유시의 출현을 위한 기존 시형의 변형 모색은 서구문화의 이입에 영향을 받고 있다는 징후를 보여 주고 있다. 그러한 계기를 구체적으로 마련해준 것이 1890년대 찬송가의 보급이었다. 찬송가에서 확인되는 다양한 리듬은 곡주사종(曲主詞從)의 현사(縣詞)과정을 거쳐 사주곡종(詞主曲從)의 시가로, 그리고 좀 더 자유로운 리듬의 시가로의 전환에 많은 영향을 끼쳤다.

「축가」(1896.9), 「애국가」(1896.11), 「고목가」(1898, 이승만 작), 「경축가」(1904.5) 등의 자유로운 시가양식은 이러한 영향을 반영한 작품들이다.

---

7) 　김춘수, 『한국 현대시 형태론』, 해동문화사, 1958, p.23.

a) 높으신 상주님 자비론 상주님
　궁휼히 보소서
　이나라 이땅을 지켜주옵시고
　오주여 이나라 보우하소서

- 〈독립신문〉, 1986년 9월 3일

b) 성자신손 오백년은 우리황실이오
　산수고려 동반도는 우리본국일세
　무궁화삼천리 화려강산
　조선사람 조선으로 기리보존하세[8]

　　a)는 1896년 9월 1일 「모화관」에서 열린 고종황제 탄신기념 예배에서 부른 축가이고, b)는 1896년 11월 21일 독립문 정초식에서 배재학당 생도들이 불렀다는 애국가이다. 이 두 시가의 율조를 분석하면 6·6, 3·3, 8·6, 6·4조 등으로 개화기 시가의 율조 전형인 4·4조나 7·5조에서 크게 벗어나 있음을 알 수 있다. 〈독립신문〉에 게재된 개화가사가 4·4조의 천편일률적인 리듬을 보이고 있는 반면, 같은 해에 발표된 a), b) 시가의 리듬은 전혀 다른 리듬패턴을 보이고 있어 흥미롭다.
　　여기에서 우리의 관심을 끄는 것이 찬송가의 영향 문제이다. a)는 영국 국가인 「God Save the King」의 곡을 딴 것으로 1905년에 발간된 「합동찬송가」 제 468장의 곡이기도 하다.[9] b)는 스코틀랜드의 「Auld Lang Syne」을 우리말로 현사(縣飼)한 것이었다.[10] 결국 이 두 창가는 한국 개화기 시가 형

---

8)　『배재 80년사』, 1965년, p.187.
9)　이유선, 『한국 양악80년사』, 중앙대 출판국, 1964, p.98.
10)　이유선, 위의 책, p.108.

성기에 있어서 양악(洋樂, 찬송가)의 곡조에 우리말로 현사하는 과정이 있었음을 반증하고 있다. 이 현사과정은 한국 시문학사의 초창기에 있어서 자유시형의 발아를 위한 초기단계 현상으로 주목된다.

한국에 기독교가 본격적으로 전파된 것은 Allen, Appenzeller 및 Underwood가 선교사로 입국하던 1884년이나 1885년으로 볼 수 있다. 그리고 찬송가가 처음 발간된 것은 1892년이었다. 김병철의 조사에 따르면 1892년의 「찬미가」를 필두로 1894년의 「찬양가」, 1895년의 「찬성시」가 발간되었다. 그러나 실제적으로는 찬송가가 발간되기 이전에 교회당의 주일학교에서 또는 이화학당이나 영화여학교 등의 미션(mission)계 학교에서 찬송가를 불렀음을 알 수 있다.[11] 찬송가는 이미 〈독립신문〉의 개화가사가 발표되기 이전 전국 방방곡곡에 널리 보급되었던 것이다.

〈소년〉지가 나오던 1908년에 찬송가의 발행 부수가 6만에 달했다는 사실 등을 볼 때,[12] 한국 초기 시가 형성에 있어서 찬송가의 영향은 충분히 짐작되고 남음이 있다. 더구나 7·5조의 창가가 일본으로부터 본격적으로 유입되기 이전이었던 만큼 이러한 찬송가의 보급이 개화기 시가에 끼친 영향은 지대했을 것으로 판단된다.

이들이 4·4조의 전통적인 정형률이나 7·5조의 새로운 외래적 정형률에서 벗어나 보다 자유로운 리듬을 보여 주고 있다는 사실은 한국 자유시 형성의 초기 단계에서 찬송가 및 양악의 영향관계를 규지케 해 준다. 양악 및 찬송가의 곡에 맞춰 우리말로 현사하는 과정에서 새로운 자유율이 발아(發芽)되는 전환점이 형성되었던 것이다. 신체시를 통하여 육당이 보다 자유로운 리듬을 모색하기 이전에 찬송가의 영향에 의해 무의식적이긴 하지만 자유율의 맹아

---

11) 김병철, 「개화기 시가사상에 있어서의 초기 한국 찬송가의 위치」, 〈아세아연구〉, 1971.6, pp.50~51.
12) 이유선, 앞의 책, p.121.

가 싹틀 수 있었던 것이다.

4. 최초의 자유시, 「태백산의 四時」

주요한의 「불놀이」이전 자유시의 효시로 주목되는 작품이 〈소년〉에 게재된 최남선의 「태백산부」(1910.2)와 「태백산의 四時」(1910.3)다. 그밖에 〈소년〉 지에는 이광수의 자유시 「우리영웅」(1910.3), 「곰」(1910.6) 등이 발표되었다. 또한 번역 자유시 「정말 건설자」(1910.5), 「대양」(1910.6)과 네모에프의 산문 시 「사랑」(1910.8)을 소개함으로써 〈소년〉은 한국 자유시 창작의 선구자가 되었음이 확인된다.

한국 자유시의 출현과 형성에 대해서 많은 논의가 개진된 바 있다. 특히 자유시의 효시에 대해 많은 논의가 있었는데 주요한의 「불놀이」로부터 안서의 「夜半」[13] 또는 〈대한매일신보〉의 「한반도」[14]까지 소급되는 경우도 있다. 그러나 이에 앞서 〈소년〉에서 자유시 형성의 초기적 징후가 마련되고 있음이 확인된다.

이제 〈소년〉에 나타난 자유시 형성과정을 살펴보고자 한다. 〈소년〉에서의 자유시 인정문제에 대해서 학계는 다소 유보적인 태도를 취하는 것으로 보인다. 자유시에 대해 거의 언급이 없거니와 있다 해도 「해에게서 소년에게」 등 일부 신시의 자유율에 대한 논의가 전부이다. 〈소년〉 뿐 아니라 개화기 시가 연구 및 육당의 시가 연구에서도 자유시 보다는 신체시에 대한 논의가 지배적 이다. 이러한 학계의 동향은 〈소년〉에서 자유시 장르를 인정할 수 없다는 하 나의 반증으로 보인다.

그러나 일부 학자들은 〈소년〉에서 자유시 장르의 존재를 인정하고 있어 주

---

13) 〈학지광〉 5호, 1915.5, 구인환, 「자유시와 서사시의 형성」, 〈시문학〉, 11호.
14) 〈대한매일신보〉 1909.8.1, 이상비, 「한국근대문학의 재평가」, 원광대 논문집, 7집, p.124.

목된다. 먼저 김학동은 「태백산부」를 자유시의 완벽한 형태로 평가하여 다음과 같이 언급하고 있다.

> 「태백산부」는 그 후미에 다시 이것을 반복하고 있는 이외의 같은 행수의 분련법이나 음수율에서 완전히 벗어나고 있다. 각 연간의 행수는 물론, 대응행에서도 음수율의 정형성이 배제되어 있다. 시형태에서 이 시는 근대적 자유시와 완전히 일치하고 있는 것이다. 육당의 신체시에서 자유시에로의 지향은 「해에게서 소년에게」와 「구작 삼편」에서 출발하여 「꽃두고」를 거쳐 「태백산부」에 이르러 거의 완벽한 경지를 보였다고 할 수 있겠다.[15]

이처럼 그는 「태백산부」를 근대적 자유시의 완벽한 형태로 인정하고 있다. 또한 정한모는 「태백산부」와 「태백산의 4시」를 신체시의 유형성에서 벗어난 자유시로 규정하고 있다.

> 그 중에서 「태백산부」와 「태백산의 사시」는 「꽃두고」까지의 신시의 유형성에서 벗어난 자유시라고 볼 수 있다. ...자유시로서의 가능성을 보여준 이러한 작품들은 「해에게서 소년에게」 등의 신시보다 몇 걸음 발전했다고 할 수 있다. 그러나 육당은 이러한 자유시형에서 더 많은 정제작업을 계속하지 못하였다.[16]

이처럼 정한모 역시 〈소년〉에서의 자유시 출현을 인정하고 있다. 그러나 이 두 사람의 견해는 자유시의 장르개념 없이 피상적인 판단에 그친 느낌이 있다. 무엇보다 자유시의 개념이 전제돼야 그 성립여부도 판가름할 수 있을 것이다.

자유시가 성립되기 위해서는 다음 요건을 갖추어야 한다.

---

15) 김학동, 「신체시와 육당의 선구적 위치」, 『최남선과 이광수의 문학』, p.1-24.
16) 정한모, 앞의 책, pp.196~197.

① 자유시는 어떤 사실의 설명이나 진술이 아닌 이미지를 통한 시적 형상화 (poetic visualization)가 이루어져야 한다.

② 자유시는 은유와 상징을 통하여 긴축되고 내밀화 되어 시적 텐션(tension)을 유지해야 한다.

③ 자유시는 자유율을 기본으로 해야 한다. 정형률에서 탈피하여 개성적으로 통어된 리듬이 실현돼야 한다. 다시 말해 외형적으로 구속된 리듬이 아니라 내면화된 리듬을 통하여 시의식이 표출돼야 한다.[17]

이 중에서 ①, ②항은 시가 되기 위한 기본요건에 해당하는 것이고, ③항이 자유시를 가름하는 변별기준이 된다.

이러한 기준으로 〈소년〉지 시가들을 볼 때 주목되는 작품은 다음 두 편이다. 〈소년〉지 1910년 2월, 3월호에 발표된 최남선의 「태백산부」와 「태백산의 四時」가 그것이다.

이중 「태백산의 四時」를 보자.

혼자 우뚝
모든 산이 말큼 다 훗훗한 바람에 항복하여
녹일 것은 녹이고 풀릴 것은 풀리고
아지랑이 분바른 것을 자랑하도다
그만 여전하도다
흰눈의 면류관이나 굳은 얼음을 떠나
어디까지든지 얼마 만큼이든지 오직 「나」!
나의 눈썹 한 줄, 꼬딱지 한 덩이라도 남의
손은 못대여!
우러러보니 벽력같이 내 귀를 때린다. 이 소리!
꽃없다 진달래 한 포기라도

---

17) 김영철, 『현대시론』, 건국대 출판부, 1993, pp.261~265.

「나는 사나이노라」

　　　　　　　　－「태백산의 四時」중, '春'

　　예시에서 보다시피 이 작품은 정형시의 틀에서 완전히 벗어난 자유율을 바탕으로 하고 있다. 4·4조나 7·5조 등의 반복적 리듬을 찾을 수 없고, 신체시처럼 각연 대응행의 자수일치 현상도 보이지 않는다. 그러면서 내재율이 적절하게 실현되고 있다. '～자랑하도다 ～여전하도다' 등의 반복으로 내재율이 살아난다. 아울러 짧은 시행을 연속적으로 배치시킴으로써 이러한 음악적 효과가 배가되고 있다. 또한 이미지를 통한 시적 형상화도 성공적으로 이루어지고 있다. '흰눈의 면류관, 얼음의 띠'와 같은 이미지를 통해 눈 덮인 태백산의 모습을 선명하게 형상화하고 있다.

　　그 밖에 비유법도 효과적으로 구사되고 있는데 의인법을 활용하여 태백산이 봄을 맞는 풍경을 아지랑이 분바른 것으로 묘사하고 있다. '흰눈의 면류관'처럼 소유격 은유의 활용도 눈에 띈다. 아울러 자아 정체성의 구현이라는 근대의식의 단면도 엿보이는 바 시인의 자아의식을 태백산의 기백에 빗대어 표출하고 있다. '남이 손댈 수 없는 오직 나'에 대한 각성과 정체성을 부각하고 있는 것이다.

　　이렇게 볼 때 이 시는 자유시로 규정됨이 마땅하리라 본다. 김학동의 주장대로 자유시의 완벽한 형태까지는 몰라도 자유시로서의 손색없는 양식을 갖추고 있다. 따라서 한국 자유시의 출현도 1910년 2월 〈소년〉으로 소급돼야 할 것이다. 육당은 〈소년〉에서 신체시와 같은 자유시형의 실험을 통해 끝내 자유시 제작에 성공한 것으로 평가된다. 이렇게 볼 때 〈소년〉의 시사적 의미는 「해에게서 소년에게」와 같은 신체시의 출현에서가 아니라 「태백산부」, 「태백산의 사시」 등 자유시 출현에 더 큰 비중이 주어져야 할 것이다.

　　한편 춘원이 발표한 「우리영웅」(1910년 6월)과 「곰」(1910년 6월)도 자유시 문제와 관련하여 주목되는 작품이다. 이 두 작품 역시 자유시의 기본 요건을 갖추고 있어 자유시로 분류해야 마땅하다.

> 月明浦에 밤이 깊었도다.
> 연일苦戰에 피곤한 장사들은,
> 깊이 잠들고 콧소리 높도다.
> 깊고 검은 하늘에 무수한 星辰은
> 잠잠하게 반듯반듯 빛나며,
> 부드러운 바람에 날아오는 풋내까지도
> 날낸 우리 愛國士의 핏내를 먹음은듯,
> 포구에 밀려오는 물결소리는
> 철썩철썩, 무엇을 노래하는듯
> ㅡ「우리 영웅」1연

이 작품은 기본적으로 자유율에 토대를 두고 있다. 행마다 자유로운 리듬이 구사되고 있고, '~깊었도다', ~높도다', '먹음은듯, ~노래하는듯'과 같이 반복적 리듬감각도 살아있다. 또한 '검은 하늘에 무수한 星辰'과 같은 시각적 이미지나 '철썩 철썩 노래하는듯'과 같은 청각적 이미지도 선명히 나타난다. 또한 의인법의 구사도 뛰어나다. 이처럼 이 시는 자유로운 운율, 반복적 리듬, 시각적 이미지 및 의인화의 기법 등 자유시로서의 기본 양식을 모두 갖추고 있다.

그런데 더 흥미로운 것은 두 편 다 서사적 요소를 내포하고 있다는 점이다. 「우리 영웅」은 충무공 이순신 장군을 소재로 한 것이다. 국가의 부름을 받고 고향을 떠나온 내력, 월명포에서 다음날의 격전을 위해 휴식을 취하는 장면, 적들과의 전투장면이 삽입되어 있다. 물론 단편적인 것들이지만 화소(話素)의 개입은 분명하다.

또한 「곰」은 이보다 더 장편화되고 서사화되고 있는데 한 마리 곰이 자아실현을 위해서 바윗돌에 부딪혀 죽는 이야기를 다룬 작품이다. 서사적 골격이 좀 더 뚜렷하게 드러난다. 〈소년〉에 발표한 춘원의 창작시는 이 두 편인데, 두 편 다 자유시로서 서사성(敍事性)을 갖고 있다는 점이 흥미롭다.

이와 같이 춘원은 〈소년〉에 두 편의 자유시를 발표함으로써 육당과 함께 자유시 제작에 함께 참여하고 있다. 시기도 육당의 자유시와 비슷하여 1910년 2월, 3월, 6월에 걸쳐 4편의 자유시가 선보였던 것이다. 이렇게 보면 1910년은 한국 시사에서 중요한 의미를 갖는 해이다. 이 해에 4편의 자유시가 발표됐기 때문이다. 더구나 이 작품들이 신문학의 선구자인 육당과 춘원에 의해서 제작되었음에 큰 의미가 있다.

5. 자유시의 요람, 〈학지광〉

〈학지광〉은 재일본 조선 유학생 학우회의 기관지로서[18] 1914년 4월에 창간되어 1930년 4월에 통권 29호로 종간된 종합지였다.[19] 유학생들의 기관지였던 만큼 그들의 아카데믹한 문학체험이 실제 시창작으로 연결될 수 있었던 것이다. 러시아 및 프랑스의 산문시 체험을 통해 새로운 시 장르에 대한 관심이 고조되었고 이러한 분위기가 자연스럽게 자유시 제작으로 이어졌던 것이다. 물론 1910년 〈소년〉의 영향도 함께 작용했을 것이다.

〈학지광〉에 보이는 문학의 일반적 성향을 이해하기 위해서 당시 일본 문단의 경향을 살펴볼 필요가 있다. 일본에서 서구시 번역의 첫 삽을 든 것은 1889년의 森鷗外의 「於母影」이었다. 이 역시집에 G. Byron의 「Childe Harold's

---

18) 재일본 유학생 학우회는 1912년 봄 재일본 동경 조선 유학생 친목회 해산의 뒤를 이어 1913년 가을에 鐵北친목회, 洞西친목회, 海西친목회, 京西구락부, 三漢구락부, 洛東동지회, 湖西다화회 등 7단체가 대동단결하여 동경 및 동경부근에 있던 유학생으로 구성된 학회였다. 김근수, 「학지광에 대하여」, 〈학지광〉 해설문, 태학사, 1978.
19) 〈학지광〉의 문헌적 의의에 대해서는 졸저, 『한국근대시논고』, pp.67~72를 참조.

Pilgrimage」가 초역되었고, 괴테, 하이네 등의 작품과 셰익스피어의 「오필리아의 노래」가 소개되었다.

이어서 1905년 上田敏의 역시집『海潮音』이 간행되면서 프랑스 상징시가 소개되고 이에 따라 일본의 상징시 운동이 활발히 전개되었다. 이 시집에는 보들레르, 베르넨느, 레니에, 사맹, 말라르메 등 프랑스 상징파 주요 시인들과 하이네 브라우닝, 로제티 등 영국, 독일, 이태리 각국의 시인들의 시가 소개되었다.

『해조음』이 나온 1905년을 기점으로 일본 근대시는 상징시 및 국어시 운동 등 새로운 시작(詩作)의 전기를 마련하게 된다. 이러한 상징시 운동은 1910년대로 이어져 1913년 永井荷風의『산호집』이 나와 보들레르, 랭보, 사맹, 고티에, 레니에 등의 작품이 소개되었고, 마침내 1914년에 모든 유파를 망라한 謝野鐵幹의 역시집『리라의 꽃』이 발간되었다.[20]

이러한 서구시 번역을 통한 일본의 근대시 운동은, 당시 일본에 유학했던 한국의 문학청년들에게도 큰 영향을 주었을 것이다. 그 주요 인물은 안서, 현상윤, 김여제, 최승구, 김찬영, 이일 등이었다. 이들 대부분은 대학 재학생들로서 민감한 감수성과 선구적 의욕으로 서구학문과 문학을 섭렵하고 이를 바탕으로 자유시 및 산문시 제작에 참여했던 것이다.

〈학지광〉」에서 산문시 제작에 참여했던 대표적 인물인 안서의 다음과 같은 술회를 보면 저간의 사정을 이해할 수 있다.

참말 우리가 오늘 일컫는 신시(자유시—필자)는 멀리 일본 동경에서 그 요람을 발견하였습니다.[21]

---

20) 정한모, 『한국현대시문학사』, pp. 209~210, pp. 307~311.
21) 〈조선문단〉 창간호, p. 48.

한국 신시(자유시)의 요람을 일본 동경에서 발견하였고 그 요람에서의 문학 체험이 자유시와 산문시 창작으로 결실을 맺었던 것이다. 따라서 1914년에 발간된 〈학지광〉은 이러한 일본 근대시단의 영향을 받고 있었던 것이다. 〈학지광〉에 작품을 발표한 사람들이 당시 일본의 유학생들이었다는 점에서 더욱 그렇다.

〈학지광〉 3호(1914년 12월)에 「희생」, 「제야말로」, 「이별」 등 세 편의 자유시가 최초로 선보였다. 더구나 현재 전해지지 않는 1호(1914년 4월), 2호(1914년 미상)에도 자유시가 게재됐을 가능성을 고려하면 자유시 제작은 결코 우연한 현상은 아니었다. 특히 안서의 활동이 주목되는데 그는 〈학지광〉 3호에 「희생」과 「이별」 등 두 편의 자유시를 발표한 바 있고,[22] 이어서 1915년 3월 〈청춘〉 6호에 자유시 「구풍의 후(後)」를 발표하고 있다.

또한 안서는 이 시기에 여러 편의 자유시를 창작하여 「북방의 소녀」라는 제목으로 그의 처녀시집 『해파리의 노래』(1923)에 수록하고 있다. 확인된 바로는 「북방의 소녀」 9편 중 3편이 〈태서문예신보〉에 게재된 것임으로 나머지 6편은 1915년에 창작된 것으로 볼 수 있다. 이 여섯 편 중에서 자유시는 「봄의 선녀」와 「나의 이상」 두 편이다.

이렇게 보면 안서는 〈학지광〉을 통해 「희생」, 「이별」, 「야반」, 「나의 작은 새야」 등 4편과 〈청춘〉의 「구풍의 후」, 「북방의 소녀」의 2편 등 도합 7편의 자유시를 창작하였던 것이다.[23] 그리고 그것이 1915년대에 이루어진 것이었다. 실로 안서는 1915년대에 7편의 자유시를 창작하여 (「희생」, 「이별」만 1914년 12월) 명실공히 자유시 창작의 선구자가 되었던 것이다.

---

22) 「희생」은 K Y생, 「이별」은 돌샘으로 되어 있는데 K Y생과 돌샘은 모두 안서의 필명이었다. 정한모도 돌샘이 안서임을 밝히고 있다. 졸저 『한국근대시논고』, pp.78~79. 정한모, 『한국현대시문학사』, p.370.
23) 『세계문예대사전』(문덕수편, 성문각, 1975)에서 안서가 〈학지광〉(1914)에 「미련」을 발표한 것으로 되어 있으나 1, 2호에 게재된 것으로 추정된다.

그의 대표작 「희생」을 보자.

불한번 번쩍, 흰 연기 풀석!
젊은 용사의 온 미래, 온 현재, 온 과거는
다만 이 순간이어라
한없는 붉은 피는 사방으로 솟으며
흩어진 살점은 3,4분이 지난 이때야 비로소
최후의 두려움을 맛보는 듯
흐드들 ....떤다

                        — 김억, 「희생」24)

보다시피 4 · 4조의 정형리듬의 반복도 3.4음보의 규칙적인 행보율도 완전히 배제된 채 시상(詩想)의 자유로운 전개와 통어된 리듬의 유연한 전개가 이루어지고 잇다. 내용 역시 계몽적인 여론시(輿論詩)를 벗어나 개인의 고뇌와 정서의 자유로운 분출이 이루어지고 있다. 이렇게 자유시의 정제된 모습을 만날 수 있는 것이다.

그런데 이러한 자유시 창작은 안서에게 그친 것이 아니고 김여제, 현상윤, 최승구 등에 의해서 더욱 진작되었다. 이들이 발표한 자유시가 1915년에 8편에 이른다.25) 〈학지광〉의 결호를 감안할 때 이 숫자는 더욱 늘어날 것이고,26) 그렇다면 1915년은 한국 자유시 창작의 본격적인 개화기였던 셈이다. 자유시 창작의 선두주자는 단연 안서였으며 김여제, 최승구, 이광수, 이일, 김찬영 등이 그 뒤를 따랐다.

---

24) 〈학지광〉, 1914.12.
25) 졸저, 『한국근대시 논고』, p.70.
26) 1, 2호의 내용은 미확인 사항이고 1915년경에 발간된 것으로 추정되는 7, 8, 9호는 발매
    금지되었다.

6. 〈청춘〉의 자유시

주지하다시피 육당은 그의 허약한 장르의식의 결과로 〈소년〉 이후 오히려 시형태 면에서 후퇴하는 양상을 보이고 있다. 자유시보다는 시조와 창가 등의 정형률에 매달리는 퇴행현상을 보여준다. 1910년대 들어 문학의 창작매체가 급격히 줄어든 상황에서 〈청춘〉의 출현은 충분히 주목에 값하는 것이었다. 그러나 자유시 형성의 측면에서 볼 때 그 기대에 크게 부응하지 못했다. 그것은 〈청춘〉이 육당의 공리주의적 성향의 계몽지였고 튼튼한 장르의식이 이를 뒷받침하지 못했기 때문이다. 비록 〈청춘〉이 창가, 시조, 가사, 한시 등 정형률이 지배적이긴 했으나 어느 정도 자유시 기반형성에 일조를 거두고 있음은 분명하다.

〈학지광〉에 비해 질적 수준은 떨어지는 것이나 1914년에 첫 선을 보인 것은 물론 종간될 때까지 14편의 많은 작품을 발표하고 있는 점은 주목해야 할 사항이다. 총 14편 중 12호 이하에 실린 6편은 현상문예제에 당선된 것으로 습작의 수준을 크게 못 벗어나 있다.

〈청춘〉에 처음 자유시가 선보인 것은 1914년 12월이었다. 「어느 밤」이라는 제하(題下)에 3편의 자유시가 실리고 있다. 그런데 이 시기는 〈학지광〉에 처음 자유시가 선보인 것과 일치하고 있다. 〈청춘〉 역시 〈학지광〉 못지 않게 비교적 빠른 시기에 자유시를 발표하고 있는 것이다.

첫 작품인 「밤」의 일부를 보면 다음과 같다.

부지런한 鍾은 벌써 열둘을 땡땡친다
종일 오든 장마비가 이제는 멈춘 듯 四方이 고요하며
江戶城北 「와세다」숲에 밤은 점점 더 깊어 가는데 오직 샘돌굽에
드문드문 울어대는 식설이 소리가 그윽히 寂寞을 깨치더라
　　　　　　　　　　　　　　　　　　　　　　－ 돌메, 「밤」27)

밤의 고요한 정경을 서정적으로 묘사하고 있다. 비유적 표현이나 조형성이 미흡하고, 시정(詩情)의 직설적 표출이 엿보이나 시 형태면이나 정서면에서 이전의 개화기 시가들과 뚜렷이 구별되는 자유시의 모습을 갖추고 있다. 〈학지광〉 1914년 9월에 발표된 세편의 자유시와 대등한 수준을 유지하고 있다.

이렇게 볼 때 1914년 12월은 한국 자유시 형성에 중요한 출발점이 된 시기로 볼 수 있다. 바로 이 시기에 6편의 자유시가 〈학지광〉과 〈청춘〉에 발표되고 있기 때문이다. 따라서 1914년을 한국 자유시가 본격적으로 창작되는 원년으로 삼아도 무방할 듯하다. 시 형태면에서의 해방 뿐 아니라 시 정서면에서도 개화기 시가 육당의 계몽시학의 테두리에서 완전히 벗어나 있는 것이다. 그것도 한두 편이 아니라 6편이나 동시에 발표되고 있다. 〈소년〉에서 발아된 자유시는 1914년 〈학지광〉, 〈청춘〉에 화서 화려한 개화기를 맞은 것이다.

이어서 1915년 3월에 〈청춘〉은 3편의 자유시를 싣고 있다. 먼저 춘원의 「침묵의 美」는 진술시(statement poetry)적 성격을 띤 것으로 침묵의 미덕을 강조한 경구적(警句的) 에피그람(epigram)에 가깝다. 소성(小星, 현상윤)의 「사나이로 생겨나서」도 춘원의 작품과 궤를 같이 하는데 남자로서의 포부와 기백을 강조한 교훈성이 강한 시이다.

춘원과 현상윤의 시는 3호에 발표된 돌매의 시편들에 비해 시정서나 형태면에서 오히려 후퇴한 것으로 보인다. 계몽적인 교시성은 물론 직설조의 서술성이 강하게 드러나 자유시의 성격을 약화시키고 있다. 이에 비해 K.Y생(김억)의 「颶風의 後」는 그러한 교시성이나 진술성에서 벗어나 있다. 그러면서 시의 호흡도 길어져 서정 장시의 형태를 취하고 있다.

그 일부를 보면 다음과 같다.

---

27) 〈청춘〉 3호, 1914.12, 와세다 유학생.

蒙古펄에서 일어난 가을 暴風은
遼東벌을 휘말아
차게 猛烈하게 限없이……
半섬나라 北편 절반으로 분다.
이엉(覆草)은 날고
나무는 뿌리채 도망하며
나는 잎(葉)이는 티끌에
하늘은 險惡과 恐怖의 생각을 재촉한다.
不意에 일어나는 새소리는 凄凉하다!
大自然의 부르지즘은 크다
— 破壞 絶望 悲哀의 끝소리가 들린다!
「크리츄어」의 흩어지는 발자국은 동안이 뜨다!!
— 半섬나라 北편 절반을 지치는 暴風은
차다! 猛烈하다! 미쳤다!
　　　　　　　 — 김억, 「颶風의 後」

　총 6연으로 이루어진 장시의 일부이다. 몽고 초원에서 일어난 폭풍이 한반
도의 북반을 휩쓸고 다시 평정을 이룬 가운데 새로운 평화와 창조의 시간을
맞이하는 과정을 서사적 짜임으로 구성하고 있다. 그러나 서사성이나 설화성
이 확연히 드러나지 않고 폭풍 전후의 풍경들을 묘사하고 있어 이 시는 서정
장시로 봄이 타당할 것이다.

　아무튼 자유시로서 형태, 운율상의 자유로움은 물론 서정, 서경적 묘사도 탁
월하다. 따라서 춘원, 소성의 시에 비해 자유시로서 진일보한 작품으로 보여진
다. 특히 '크리츄어'(creature), '파이오니어(pioneer)', '이터널 러브(eternal
love)' 등 외래어의 삽입이 빈번한데 이는 당대의 보편적인 창작현상으로서
1915년대 시의 특이한 어법으로 보인다.

　1917년 5월에 발표된 닷메의 「元旦의 乞人」은 5연의 장시로서 「침묵의 美」

와 궤를 같이 하고 있다. 신년을 맞이하는 감회와 자세를 노래하고 있는데 길거리의 걸인을 돌볼 수 있는 인정있는 사람이 돼야 하고, 그러한 걸인이 존재하는 사회를 개선해야 할 것을 강조하는 등 다분히 교시적인 내용을 담은 작품이다. 1917년 7월에 발표된 소성의 「웅커리로서」는 신체시의 흔적을 보여주고 있다.

〈청춘〉의 현상문예에는 6편의 자유시가 발표되었는데 동일시행과 싯구의 반복, 문어체의 문장, 한자 및 관념어의 남용 등이 눈에 띈다. 또한 비유적 표현이나 형상화의 기법도 미숙하다. 시 내용면에서도 서정성보다는 계몽성이 강하게 나타난다.

이상 〈청춘〉에 발표된 자유시의 창작양상과 특징들을 고찰해 보았다. 〈청춘〉에 발표된 자유시들은 발표 시기나 양적인 면에서 1910년대 여타 잡지들의 것에 뒤떨어지지 않는다. 1914년 12월 〈학지광〉과 동일하게 자유시 3편을 발표하고 있다.

그러나 〈청춘〉의 자유시들은 시형태나 어법, 표현면에서 〈학지광〉의 그것들에 비해 미흡하다. 동일 시구나 시행의 반복이 나타나고 때로는 신체시의 흔적을 보인 것도 있으며 관념어, 문어체의 시어들도 나타난다. 또한 표현기법면에서 은유, 상징 등의 시적 전략이 배제되고 시정의 직설적 표출이 나타나 진술시에 가까운 양상을 띠고 있다.

또한 내용면에서 계몽성(didacticism)이 강하게 나타나 〈학지광〉의 서정성(lyricism)과 좋은 대조를 이루고 있다. 이러한 특징들은 「청춘」의 보수적, 계몽적인 잡지 성격에서 비롯된 것으로 보인다. 더구나 〈청춘〉이 육당의 개인적 성향의 잡지였던 만큼 그의 문화사적 계몽의식이 일정하게 반영된 결과이기도 하다.

7. 자유시 논의와 평가

이상 살핀 바와 같이 그 동안 최초의 자유시로 평가된 「불놀이」이전에 다양한 잡지를 통하여 수십 편의 자유시가 창작되었음이 확인되었다. 따라서 최초의 자유시는 〈소년〉의 「태백산부」, 「태백산의 사시」로 정립되어야 할 것이다. 「불놀이」(1919) 훨씬 이전에 이미 1910년에 한국 자유시가 최초로 선보였던 것이다. 아마도 「불놀이」최초설은 이 작품이 갖는 상징성, 즉 최초의 동인지 〈창조〉 창간호에 실린 점, 초창기 문학사가인 백철, 조연현의 현대문학사가 갖는 권위적 위상, 그 동안 무리없이 정설로 굳어진 고정관념, 문헌상의 미비에 따른 자유시 연구의 한계성 등등이 작용했던 것으로 보인다. 하지만 이제는 자유시 정착과 형성에 대한 기존 관념을 깨고 새로운 인식이 정착되어야 할 것이다.

한국의 자유시는 1910년 「태백산부」, 「태백산의 사시」로 발아되어 1915년 〈학지광〉, 〈청춘〉 등의 자유시에 의해 활짝 개화되었던 것이다.

[5]

산문시론

1. 산문시의 개념

산문시(prose poem)는 형식적 제약은 물론 운율의 배려없이 산문형식으로 제작된 시이다. 따라서 행연의 구분도 없고 운율적 요소도 없다. Pound는 이를 '산문형식으로 표현된 시적 내용'이라고 정의내렸다.[1] 즉 형식은 산문이지만 표현된 내용은 시적인 것이라는 것이다. 산문시가 산문과 시의 복합어인만큼 양자적 성격을 함께 가져야 할 것임으로 파운드는 이를 산문형식과 시적 내용의 결합으로 규정했던 것이다.

아무튼 산문시도 시인 만큼 당연히 시로서의 요소를 갖추어야 한다. 즉 시가 지닌 언어의 내적 특징인 은유, 상징, 이미저리 등의 표현장치나 시적 언어(poetic diction)가 선택되어야 한다. 그러면서도 언어 진술의 형태로 되어 있는 시이다.

다음의 예를 보자.

> 아으 밤이 오면 밤마다 별을 모두 불러 내여, 하나씩의 인간마다 하나씩의 별을, 하나의 짐승, 하나씩의 꽃, 하나씩의 벌레에도 하나씩의 별을 짝지워 서로 닮아 하나의 넋 오래이게, 슬픔도 쇠잔함도 죽음도 그만이게, 억울함도 분도도, 피흘림도 그만이게, 산이여 너 오래지켜 마음 앓는 사람, 온 한 밤 새어 잠 못 이룬다.
>
> — 박두진, 「금강산 · 외금강」

이 시는 산문적 형태와 불규칙적인 리듬으로 되어 있지만 거기에는 상징과 은유, 그리고 시적 언어가 활용되고 있다. 이 시에서 별은 화해의 상징적 의미로 쓰이고 있고, 산을 의인화시켜 비유적으로 표현하고 있다. 이와 같이 산문시는 시로서의 기본 요소를 갖추고 있어야 한다.

---

1) T.S Eliot, 『Literary Essays of Ezra Pound』, p.12.

2. 산문시와 자유시

산문시가 자유시와 구분되는 점은 주로 형태의 운율적 요소 및 시각적인 밀도에 있다. 산문시는 자유시에 비해 운율성이 희박하고 시각적인 면에서도 정연성이 배제된다. 다시 말해 자유시는 시각적으로 행연의 구별이 분명하게 드러남에 비해서 산문시는 문장의 연결방식이 행연이 아닌 단락(paragraph)에 의존하고 있어 산만한 느낌을 준다.

이와 같이 자유시와 산문시는 양자가 다 시적 성격을 공유한다는 점에서는 같으나 단지 문장 연결방식이 행과 연에 있느냐, 아니면 단락에 있느냐에 의해서 구별되는 것이다. 따라서 산문시는 넓은 의미의 자유시에 포함된다.

다음 시를 보자

아아 날이 저문다. 서편 하늘에 외로운 강물 위에, 스러져가는 분홍빛 놀 …. 아아 해가 저물면, 날마다 살구나무 그늘에 혼자 우는 밤이 또 오건마는, 오늘은 사월이라 파일날 큰 길을 물밀어 가는 사람소리 …. 듣기만 하여도 흥성스러운 것을, 왜 나만 혼자 가슴에 눈물을 참을 수 없는고?

아아 춤을 춘다. 싯뻘건 불덩이가 춤을 춘다. 잠잠한 성문 위에서 내려다보니, 물냄새 모래냄새, 밤을 깨물고 하늘을 깨무는, 횃불이 그래도 무엇이 부족하여 제 몸까지 물고 뜯을 때, 혼자서 어두운 가슴 품은 젊은 사람은, 과거의 퍼런 꿈을 찬 강물 위에 내어 던지나, 무정한 물결이 그 그림자를 멈출 리가 있으랴? ─ 아아 꺾어서 시들지 않는 꽃도 없건마는, 가신 님 생각에 살아도 죽은 이 마음이야, 에라 모르겠다, 저 불길로 이 가슴 태워 버릴까 이 설움 살라 버릴까, 어제도 아픈 발 끌면서 무덤에 가 보았더니 겨울에는 말랐던 꽃이 어느덧 피었더라마는 사랑의 봄은 또 다시 안돌아 오는가.

아아 강물이 웃는다. 웃는다, 괴상한 웃음이다. 차디찬 강물이 껌껌한 하늘을 보고 웃는 웃음이다. 아아 배가 올라온다. 배가 오른다. 바람이 불 적마다 슬프게 슬프게 삐걱거리는 배가 오른다.

─ 주요한, 「불놀이」

최초의 자유시 여부로 논란이 있어온 주요한의 「불놀이」이다. 그러나 이 시는 산문시임에 틀림없다. 문장의 연결방식이 행연이 아닌 단락에 의해 이루어지고 있기 때문이다. 또한 운율성도 희박하고 시각적인 면에서도 정연성이 배제되고 산만한 느낌을 주고 있다.

한편 자유시에서 시행과 연의 변형 문제는 매우 중요한 것인데, 이는 음수율, 음보율에서의 해방은 가져왔지만 행연상에서는 일정한 제약을 받고 있음을 의미한다. Kahn에 의하면 시행이란 '사상과 형식의 동시적 정지', 즉 '목소리의 정지와 의미의 정지로 나타날 때의 가장 짧은 조각'으로 정의되고 있다.

이것은 한 시행 안에서의 율격휴지(律格休止)가 어떠한 상호관계에 의존하는가 하는 문제로서 오늘날 자유시의 핵심적인 과제이기도 하다.[2] 자유시에서는 율격휴지와 통사휴지가 일치하느냐 그렇지 않느냐가 중요하다.

우리시의 경우 그 양자의 일탈이 자유시의 특징으로 나타나 행간(行間)걸림(enjambment)현상이 두드러진다. 행간걸림은 말들과 직접적으로 이어지면서 동시에, 통사론적으로 연관되는 뒤의 말과 유리되는 현상을 의미한다.[3] 정형시는 자유시에 비해 율격휴지와 통사휴지가 거의 완벽하게 일치한다.

　　a) 굽은 열매
　　　　쌉쓸한 滋養
　　　　에 스며드는
　　　　저 생명의 마지막 남은 맛
　　　　　　　　　　　- 김현승, 「견고한 고독」

　　b) 어느 땐들 맑은 날만
　　　　있었으라만, 오

---

2)　J. Huret, 『Enquete sur Levolution Litteraire』, Charpentier, 1892, pp.394~396.
3)　한계전, 『한국현대시론연구』, 일지사 1983, pp.26~27.

여기 절정
바다가 바라보는 꼭대기에 앉아,
하늘 먹고 햇볕 먹고
먼 그 언제
푸른 새로 날고 지고
기다려 산다.
                    — 박두진, 「돌의 노래」

c) 허무의
  불
  물이랑 위에 불붙어 있었네

  나를 가르치는 건
  언제나
  시간 …
  끄덕이며 끄덕이며 겨울바다에 섰었네
                    — 김남조, 「겨울바다」

  a)의 경우 '쌉슬한 자양/ 에 스며드는'이라고 행구분되어 있다. 그러나 통사론적으로 연결시킨다면 이 시행은 '쌉슬한 자양에/ 스며드는'이라고 행구분됐어야 할 것이다. 또 b)의 경우도 '있었으랴만, 오/ 여기 절정'이 아니라 '있었으랴만/ 오 여기 절정'으로 행구분되어야 하고, c)도 '허무의/ 불'이 아니라 '허무의 불'로 이루어져야 한다.

  이와 같이 a), b), c)는 모두 율격휴지와 통사휴지가 일치하지 않는 행간걸림 현상이 나타나는 것이다. 이러한 행간걸림은 현대시에 들어와 자유시의 행구분법으로 자리 잡아가고 있음을 볼 수 있다.

  어찌됐든 자유시에서는 이와 같은 시행처리상의 제약이 있다. 그러나 산문시는 이러한 제약에서 벗어난다. 의미전개가 시행이 아니라 단락에 의지함으로써 그것이 가능해지는 것이다.

Preminger는 산문시 개념이 성경에서부터 포크너의 소설에 이르기까지 무책임하게 사용되어 왔지만 그것은 고도로 의식적인 어떤 형식을 의미하는 것으로 사용되어야 한다고 주장하였다. 그러면서 그는 산문시가 타장르와 구별되는 특징을 다음과 같이 지적하고 있다.

1) 길이가 비교적 짧고 요약적이라는 점에서 시적 산문과 다르다.
2) 행구분이 전혀 없다는 점에서 자유시와 다르다.
3) 내재율(inner rhyme, metrical runs)과 이미지를 지닌다는 점에서 산문 (prose passage)과는 다르다.[4]

이와 같이 그는 산문시를 시적 산문, 자유시, 산문과 엄격히 구분하고 있다. 여기서 시적 산문(poetic prose)은 시적 내용이나 분위기를 담고 있어도 산문에 속하는 글의 형태를 지칭한다. 따라서 시의 본질적 요소인 상징이나 이미지가 배제된다. 이효석의 「메밀꽃 필 무렵」이 이에 해당되는데, 특히 발단 부분의 메밀꽃밭의 밤풍경 묘사는 시적 정서와 분위기가 주조음을 이룬다. 그러나 「메밀꽃 필 무렵」은 어디까지나 소설 즉 산문인 것이다. 장르를 구분한다면 시소설 또는 서정소설에 해당할 것이다. 플레밍거는 산문시의 특징으로서 시행구분을 초월한 단락성, 상징과 이미지 등의 표현을 강조하고 있다.[5]

그런데 이러한 산문시 장르에 대해 회의적인 견해를 가진 사람도 있다. T.S Eliot가 대표적인 경우인데 그는 산문시라는 용어 자체를 배제하고 있다. 그 이유는 시와 산문 사이의 구별은 뚜렷해야 하기 때문이다.

---

4) A. Preminger, 『Encyclopedia of Poetry and Poetic』, pp.664~665.
5) A. Preminger, 위의 책, p.665.

그는 다음과 같이 말하고 있다.

　시적 내용이란 통상적으로 운문으로 표현되는 종류의 것이니까 마땅히 운문
으로 표현해야 할 종류의 것이거나 그 어느 쪽일 것이다. 만약 후자라면 산문시
는 배척된다. 또 전자라면 어떤 것은 산문으로도 운문으로도 표현할 수 있거나
또는 무엇이든지 산문으로나 운문으로도 표현할 수 있다는 말에 불과하다.[6]

　이와 같이 그는 시적 내용은 운문에 담으면 되는 것이지 구태여 산문에 담
을 특별한 이유와 효용성을 찾을 수 없다는 것이다. 특별한 이유나 효용도 없
고 시와 산문과의 구별도 모호하므로 산문시의 존재는 무의미한 것이 되는 것
이다.
　그러나 현대에 들어 분석적이고 토의적 기능이 강조되는 현대정신, 곧 산문
정신이 시에 반영됨으로써 산문시는 오히려 그 영역이 점차 확대되고 있는 실
정이다.

3. 〈소년〉의 산문시 수용양상

　산문시가 한국 시단에 처음 선보인 것은 1910년 8월 〈소년〉에서였다. 그리
고 그것은 번역시였다. 홍명희가 폴란드 시인인 A. Nemoevsky의 「사랑」을
일역본(日譯本)을 대상으로 중역(重譯)해 놓았던 것이다.[7] 산문시라는 명칭
이 처음 사용된 것도 여기에서 비롯되었는데 번역시 서두에서 역자는 다음과
같이 밝히고 있다.

---

6)　　T.S Eliot, 『Slected Essay』, p.84.
7)　　이 시는 같은 폴란드인인 빌스키이의 부탁을 받아 長谷川二葉亭이 번역한 것이라 밝히고
　　　있다. 그의 일역은 1908년 6월 〈趣味〉에 「愛」라는 제목으로 실렸다. 〈소년〉 3년 8권,
　　　p.42, 김병철, 『한국 근대번역문학사 연구』, 을유문화사, 1975, pp.298~299.

이 散文詩는 波蘭文士 안드레에 네모에프스키氏가 고국산하를 바라보고 강개한 회포를 이기지 못하여 지은 것이다. (중략) 나는 이것을 애독한 지 수년이 되었으나 지금도 읽으면 심장이 자진 마치질하듯 뛰노난 것은 더하면 더하지 덜하지는 아니하니 무삼 일인지? 제군중에 이 散文詩를 나의 重譯에서 얻어 아시는 분이 계시면 나의 뜻을 달하였다 하리라.[8]

이처럼 역자는 산문시라는 명칭을 두 번씩 사용하고, 방점까지 찍어 강조하면서 「사랑」이 산문시임을 밝히고 있다. '산문시'에 방점까지 찍은 이유는 산문시 명칭이 당시로 볼 때 생소한 개념이기 때문일 것이다. 아무튼 이 서문은 우리 시단에서 '산문시'라는 명칭이 처음 사용된 것이라는 문헌상의 의미를 갖는다. 「사랑」은 유년기에서 노년기에 이르는 동안 연륜의 깊이와 함께 오는 인생의 고뇌와 삶의 번민을 노래한 것으로 끝내 조국산하에 대한 애정을 갖음으로써 인생무상의 허무를 극복한다는 내용으로 되어있다.

깊이 고요한 언제든지 잊지 못할 저런 노래같이 어린 때는 지나갔네. 지금 와서 그 곡조를 잡으려 하여도 잡을 길이 바히 없네. 다만 근심많은 이 생애 한 모퉁이에서 때때로 그 곡조가 그쳤다 나왔다 할 뿐일세. 이것을 듣고 정에 못이겨 소리지르기를 몇번 하였나뇨? 어린 때야말로 나와 행복이 한몸이 되었었네. 내가 몸이면 행복은 그 몸 살리는 혼백이었어라. (중략) 그러나 어린 때에는 이같이 국토를 사랑치 아니하였네. 무삼연고? 지금 사랑스러운 것은 어렸을 적 그것과는 다르다. 지금 것은 행복소리가 아니다. 말아도 마지못할 운명으로 마음이 화석같이 되지 아니한 사람이면 누구든지 지르지 않고 못배겨 지르는 소리라. 만일에 사랑스럽다는 이 소리가 곧 사형선고가 되어 머리가 몸에서 내려져서 혼백이 永히 떠나간데도 누가 이 소리를 지르랴?
　　　　　　　　　　　　　　　　　－ 네모에프스키, 「사랑」, 일부[9]

---

8)　〈소년〉 3년 8권(1910년 8월), p.42.

9)　〈소년〉 3년 8권(1910년 8월), pp.43~44.

이처럼 노년기에 들어서 국토사랑으로 인생의 새 장을 열었다는 내용으로 되어있다. 이러한 교훈적 내용은 육당의 역사의식 및 계몽의식과 밀접히 관련되는 것으로 보인다. 국토애는 육당의 지리적 관심의 소산이었고, 또한 역사의식의 정신적 토대였다. 〈소년〉의 편집방향도 이러한 바탕 위에서 이루어졌던 만큼 조국애를 노래한 「사랑」의 게재는 자연스러운 일이었다.

또한 산문시의 선택도 우연한 일이 아니었다. 1910년에 들어 육당은 〈소년〉을 통해 자유시와 시적 산문을 집중적으로 발표하고 있다. 자유시인 「태백산부」, 「태백산의 사시(四時)」와 시적 산문(poetic prose)인 「나라를 떠난 슬픔」, 「태백의 님을 이별함」, 「화신을 환송하느라고」, 「꺽인 소나무」, 「여름구름」 등이 그것이다.10) 「사랑」이 실리던 3년 8권에도 「천주당의 층층대」와 같은 시적 산문을 발표하고 있었던 것이다.

아울러 춘원의 자유시 「우리 영웅」(1910년 3월)과 「곰」(1910년 6월)도 발표되었다. 이렇게 볼 때 산문시 「사랑」의 번역은 내용 및 장르면에서 결코 우연한 일이 아니었던 것이다. 비록 홍명희의 손을 거친 번역이라 해도 〈소년〉이 육당 일인의 책임 하에 발간되던 잡지였음을 감안할 때 「사랑」의 선택은 바로 육당의 선택이기도 했던 것이다.11) 따라서 산문시의 첫 등장은 육당의 시적 관심의 산물로 볼 수 있다. 「사랑」은 내용면에서나 형태면에서 당시 육당의 지대한 관심사에 부응하는 작품이었던 것이다.

이렇게 보면 한국 산문시 수용의 첫 선구자는 육당이 되는 셈이다. 산문시 장르와는 무관한 것이었지만 육당의 지리 역사에 대한 계몽의식과 산문시에 장르적 관심이 「사랑」의 선택으로 자연스럽게 연결되었던 것이다. 그러나 막

---

10) 〈소년〉에 발표된 자유시 및 시적 산문에 대해서는 졸고, 「소년지 시가의 장르론적 고찰」, 〈국어국문학〉 116호, 국어국문학회, 1996.5 참조할 것.
11) 실로 홍명희는 육당이 발굴해 낸 문학신인이었지만, 〈소년〉에서 이 작품의 번역 이외는 활동한 바가 없고 1910년대에도 거의 문학활동을 중단하였다. 그가 문인으로 주목받은 것은 1928년 〈조선일보〉에 「임꺽정」을 연재하면서 부터이다.

상 육당은 산문시 창작에는 실패하였다. 두 편의 자유시 창작으로 자유시의 선구자는 됐을망정 막상 산문시 제작은 이루어내지 못했다. 장르의식의 허약성으로 자유시에서 곧장 산문으로 선회하는 장르적 파탄을 일으켰던 것이다.[12]

한편 정한모는 〈소년〉의 시가 분석에서 '자유시(산문시)'라는 항목으로 10편의 시를 제시하고 있는데 이는 잘못된 분류이다.[13] 「태백산부」, 「태백산의 四時」, 「뜨거운 피」를 제외하고 7편은 모두 산문이다.

또한 1910년 10월에 발표된 춘원의 「옥중호걸」에 대하여 최초의 산문시라는 논의가 있다.[14] 그러나 이 작품은 4·4조의 가사를 산문으로 나열한 것에 불과하다.

　　權壁鐵窓좁은獄에, 갇혀있는저부엉은, 굵고검은쇠사슬에, 허리를억매여서, 죽은듯, 조는듯, 꾸부리고, 눈樣가련토다. 石澗에水聲같이, 돌돌하는그소리는, 뼈삼마다, 힘줄마다, 전기같이잠겨있는, 굳센힘, 날낸기운, 흐르는소리있가, 진주같이광채있고, 혜성같이돌아가는, 햇불같은兩眼에는 고민안개로다.
　　　　　　　　　　　　　　　　　　- 「옥중호걸」, 일부[15]

그러나 이 시는 줄글의 산문체임에는 틀림없으나 4·4조 및 3·4조의 정형의 음수율이 지배되고 있다. 단락 연결만이 산문체를 택하고 있으나 정형률이 주조적으로 드러나 가사체에서 산문시형으로 넘어가는 과도기의 모습을 보여주고 있다.

춘원 자신은 이 시를 산문시의 모방이었다고 술회한 바 있다.

12)　정한모, 『한국현대시문학사』, 일지사, 1974, pp.196~198.
13)　정한모, 위의 책, p.191. 분류는 이렇게 해놓았으나 실제 분석에서는 산문시라는 규정은 하고 있지 않다.
14)　문덕수, 「한국현대시사」, 『학술원논문집』 7집, 1968.
15)　〈대한흥학보〉 9호, 1910년, 10월.

태극학보에 난 「옥중호걸」과 함께 내 초기시의 詩作이었고 당시 육당의 산문시와 시조를 모방한 것도 이때였다.[16]

이러한 춘원의 술회를 볼 때 육당의 산문형의 시는 당대 시단에 적지 않은 파문을 일으켰던 것으로 보인다. 그러나 막상 육당의 산문시는 없었던 것이고 춘원이 본 것은 아마도 「여름 구름」과 같은 시적 산문이었을 것이다.

意思 있는 듯도 하고 없는 듯도 하고 한 뭉텅이 구름이 봉만도 같고 인염도 같은 삼청동 위에 떴다. 그는 바퀴도 있는 것 같지 아니하다. 치도 달린 것 같지 아니하다. 더욱 발명의 천재가 고심연구한 결과란 발동기도 걸린 것 같지 아니하다. 그러나 그는 간다.
　　　　　　　　　　　　　　　　　　　　 － 「여름 구름」, 일부[17]

이 작품은 수필적인 서경을 곁들인 시적 산문이다. 육당은 이와 같은 시적 산문을 '시'라는 명칭을 붙여 수편을 발표하고 있다.[18] 그러나 「옥중호걸」이 비록 4·4조의 가사체였으나 산문시를 모방하려는 흔적이 뚜렷했다는 점은 주목할 만한 현상이다.

이처럼 1910년도의 산문시 장르는 육당의 일련의 자유시 및 시적 산문의 제작, 춘원의 산문체 가사의 창작, 그리고 네모에프스키의 산문시 번역으로 태동의 분위기를 진작시킬 수 있었던 것이다. 자유시의 창작이 신체시와 같은 형태를 통해 시험단계에 머물고 있었고 아직 창가류의 노래체 장르가 풍미하던 시절에[19] 자유시의 발전 형태인 산문시가 소개된 것은 당시 시단의 큰 충

---

16)　춘원, 「多難한 半生의 여정」, 〈조광〉 2권 3호, p.101. 실제 「옥중호걸」은 〈태극학보〉가 아니라 〈대한흥학보〉에 실린 것이다.
17)　〈소년〉 3년 7권, 1910년, 7월.
18)　「꺾인 소나무」, 「천주당의 층층대」, 「화신을 찬송하노라」 등.
19)　1910년은 국권상실기로서 國詩운동의 일환으로 창가 등 노래체 장르가 풍미하던 시기였

격이었고 근대시의 지각변동을 예고하는 하나의 징표였다.

4. 〈학지광〉의 산문시

1910년 〈소년〉을 통해 소개된 산문시 장르는 1915년 〈학지광〉에 와서 구체적인 창작의 결실을 맺게 된다. 산문시가 이 땅에 처음 소개된 후 실로 5년만의 일이다. 1910년에 배태된 산문시 창작기운이 5년간의 공백기를 가진 것은 무엇보다 시대상황이 큰 원인이었다. 1910년 한일합방 이후 일제는 가혹한 언론통제 정책을 시행하였다. 개화기 시가의 주된 발표매체였던 문학 저널리즘들이 폐간되고, 〈소년〉 역시 1911년 강제 폐간되기에 이른다. 문학의 발표매체가 사라진 상황에서 새로운 시양식의 모색은 커녕 일반 작품의 발표도 어려운 형편이었다. 다행히 1914년에 이르러 〈소년〉의 후속지인 〈청춘〉이 발행되고, 일본 유학생들이 주축이 된 〈학지광〉이 발간되기에 이른다. 이로부터 시창작이 다소 활기를 띠게 되고 이러한 상황에서 산문시 창작이 이루어질 수 있었던 것이다.

이 두 잡지가 1910년대 신문학 진흥을 위해 중요한 역할을 한 것이 사실이지만 산문시 창작에는 단연 〈학지광〉이 주도권을 잡고 있다. 〈소년〉에서의 시작활동을 고려해 볼 때 당연히 〈청춘〉이 산문시 창작의 선도적 역할을 맡아야 했으나, 앞서 살핀 대로 육당은 산문시 창작을 실험 단계에서 포기한 후 곧장 정형시인 시조, 창가 제작으로 선회했던 것이다. 〈청춘〉 역시 육당 책임 하의 종합지였다는 점에서 〈청춘〉에서의 산문시 창작은 기대하기 힘든 일이었다.

〈학지광〉은 재일본 조선 유학생 학우회의 기관지로서[20] 1914년 4월에 창간

다. 졸고, 『한국 개화기 시가의 장르 연구』, 학문사, 1987, 참조.
20) 재일본 유학생 학우회는 1912년 봄 재일본 동경 조선 유학생 친목회 해산의 뒤를 이어

되어 1930년 4월에 통권 29호로 종간된 종합지였다.[21] 유학생들의 기관지였던 만큼 그들의 아카데믹한 문학체험이 실제 시창작으로 연결될 수 있었던 것이다. 러시아 및 프랑스의 산문시 체험을 통해 새로운 시장르에 대한 관심이 고조되었고 이러한 분위기가 자연스럽게 산문시 제작으로 이어졌던 것이다. 물론 1910년 〈소년〉의 영향도 함께 작용했을 것이다.

서구시 번역을 통한 일본의 근대시 운동은, 당시 일본에 유학했던 한국의 문학청년들에게도 큰 영향을 주었다. 그 주요 인물은 안서, 현상윤, 김여제, 최승구, 김찬영, 이일 등이었다. 이들 대부분은 대학 재학생들로서 민감한 감수성과 선구적 의욕으로 서구학문과 문학을 섭렵하고 이를 바탕으로 자유시 및 산문시 제작에 참여했던 것이다.

한국 자유시의 요람을 일본 동경에서 발견하였고, 그 요람에서의 문학체험이 자유시와 산문시 창작으로 결실을 맺었던 것이다. 특히 상징주의는 1910년대 일본시단을 풍미했던 사조였고 산문시가 상징주의 시에서 비롯된 것임을 볼 때 상징주의 풍미는 중요한 의미를 갖는다. 산문시라는 명칭 자체가 Baudelaire의 「소산문시(Petits Poeme en Prose)」에서 시작되었고 이어 보들레르의 산문시집 『파리의 우울』(1896)로 보편화됐으며, 베르렌느, 랭보, 등의 시작에 의해서 산문시에 대한 장르개념이 확고히 정립됐던 것이다. 따라서 1914년에 발간된 〈학지광〉은 이러한 일본 근대시단의 영향을 받고 있었던 것이다. 〈학지광〉에 작품을 발표한 사람들이 당시 일본의 유학생들이었다는 점에서 더욱 그렇다.

〈학지광〉에 산문시가 처음 발표된 것은 1915년 2월이었다. 「프리!」, 「참새

1913년 가을에 鐵北친목회, 湅西친목회, 海西친목회, 京西구락부, 三漢구락부, 洛東동지회, 湖西다화회 등 7단체가 대동단결하여 동경 및 동경부근에 있던 유학생으로 구성된 학회였다. 김근수, 「학지광에 대하여」, 〈학지광〉 해설문, 태학사, 1978.
21) 〈학지광〉의 문헌적 의의에 대해서는 졸저, 『한국근대시논고』, pp.67~72를 참조.

소리」, 「내의 가슴」 등 세 편의 산문시가 동시에 발표되었다. 한꺼번에 세 편의 작품이 발표된 것은 주목할 만한 일이었다. 그러나 산문시 등장 이전에 자유시 창작이라는 전단계가 있었음을 주지할 필요가 있다. 〈학지광〉 3호(1914년 12월)에 「희생」, 「제야말로」, 「이별」 등 세 편의 자유시가 선보였던 것이다. 더구나 현재 전해지지 않는 1호(1914년 4월), 2호(1914년 미상)에도 자유시가 게재됐을 가능성을 고려하면 산문시 제작은 결코 우연한 현상은 아니었다.

특히 안서의 활동이 주목되는데 안서는 〈학지광〉을 통해 「희생」, 「이별」, 「야반」, 「나의 작은 새야」 등 4편과 〈청춘〉의 「구풍의 후」, 「북방의 소녀」의 2편 등 도합 7편의 자유시를 창작하였다.[22] 그리고 그것이 1915년에 이루어진 것이었다. 실로 안서는 1915년대에 7편의 자유시를 창작하여 (「희생」, 「이별」만 1914년 12월) 명실공히 자유시 창작의 선구자가 되었던 것이다. 그런데 이러한 자유시 창작은 안서에게 그친 것이 아니고 김여제, 현상윤, 최승구, 이광수, 이일, 김찬영 등에 의해서 더욱 진작되었다.

이러한 자유시 창작의 열기는 자연스럽게 산문시 제작으로 이어졌던 것이다. 아울러 러시아 산문시의 번역소개도 산문시 제작의 또 하나의 힘이 되었다. 〈학지광〉의 번역 산문시들은 그런 점에서 중요성을 갖고 있다. 〈학지광〉에는 총 6편의 번역시가 게재되었다.

「耆火」(Korolenko, 몽몽역, 3호), 「신조」(히로시, 몽몽역, 4호), 「걸식」(투르게네프, 몽몽역, 4호), 「신성한 물건」(트렌취, 몽몽역, 4호), 「부활자의 세상은 아름답다」(안드레프, 몽몽역, 5호), 「도시에 내리는 비」(베르렌느, 김억역, 10호) 등이 그것이다.

예시한 번역시들에서 두 가지 특징을 찾을 수 있다. 먼저 번역시는 모두 자

---

22) 『세계문예대사전』(문덕수편, 성문각, 1975)에서 안서가 〈학지광〉(1914)에 「미련」을 발표한 것으로 되어 있으나 1, 2호에 게재된 것으로 추정된다.

유시였고 그 중 산문시가 3편이었다. 〈소년〉에서의 번역시들이 대부분 정형시였음을 감안할 때 〈학지광〉의 변화는 주목할 만한 것이다. 이 변화는 〈학지광〉을 계기로 자유시에 대한 장르인식이 확산되고 있음을 의미한다. 이러한 분위기가 산문시 제작의 동인으로 작용했던 것이다. 다음으로 발표년대가 1915년에 집중되어 있다는 점이다. 꼬로렌꼬(Korolenko)의 「기화(奇火)」역시 1914년 12월이라 1915년으로 묶어도 무방할 듯하다. 공교롭게도 1915년은 〈학지광〉, 〈청춘〉에서 자유시 창작이 집중됐던 해이고, 〈학지광〉의 산문시 창작도 이해에 본격화되었던 것이다. 번역시와 창작시의 집중적인 발표는 그만큼 산문시에 대한 관심이 1915년경에 고조되었음을 의미한다.[23] 〈학지광〉에서의 산문시 창작은 이러한 자유시 창작 및 번역시 소개의 정지작업에서 비롯된 것이었다.

이제 〈학지광〉에 나타나는 산문시의 창작양상을 살펴보기로 하겠다.

〈학지광〉에 발표된 산문시는 모두 4편이다. 김찬영의 「프리」(1915.2), 푸른 배의 「참새소리」(同), 돌샘의 「내의 가슴」(同)과 안서의 「밤과 나」(1915.5)이다. 13호(1917.7)에 발표된 해난(海難)의 「춘(春)의 노래」는 시형은 산문이지만 4·4조의 율격을 견지하여 산문화된 가사로 보아야 한다.

아— 아— 봄아봄아, 너의소식반갑도다, 이天道가무심하며, 저化翁이無信하랴, 저東皇의거동이며, 계림들에枉駕하사, 서리발에신음하고, 눈가운데辛苦하든, 동백上에好鳥들은, 烟무中에노래하고, 南園綠草峰첩들은, 쌍쌍으로춤을춘다. 포곡포곡우는새는, 농사일을광고하여, 빈한나라부케하며, 약한나라강케하

고, 귀촉귀촉우는새는, 희생곡을말하는 듯, 피로써서노래하며, 피로써서생활하고, 풀국풀국우는새는, 절로주창하는모양, 맺힌나라풀게하며, 맺힌원수풀게하고, 저枝上에꾀꼬리는, 大聲으로부르짖어, 봄의꿈을깨게하며, 자는사람動케하네.

– 해난, 「춘의 노래」

이 작품은 시형은 산문화됐지만 4·4조 가사율격을 고수하고 있다. 이런 점에서 이 시는 전술한 바 춘원의 옥중호걸과 같은 계열의 작품이다. 이러한 산문시체의 가사가 등장하고 있다는 것은 개화기가 장르의 교체기였음을 반증하는 실례이다. 1910년 이후 자유시 창작기풍이 고조되면서 4·4조의 정형시인 가사도 산문시 시형태를 취하게 된 것이다.

이제 〈학지광〉에 발표된 산문시의 창작양상을 살펴보겠다.

Free! Free! 모든 것을 초월하였다하는 사람이라는 놈들은 不平과 욕망과 기갈과 고통에 묻혀서 구구하게 부르짖을 뿐이라. 사람은 서로 싸움을 그치지 않는다. 빼앗기고 우는자, 빼앗고 치는자, 배고파 우는자, 도적질 하는자, 또 그것을 형벌하는자, 그 모든 죄악 덩어리가 죽고, 나고, 나고 죽어서, 우주에 순환을 한갓 불평으로 不休하다. (중략)

모든 것은 그와 같이 위대한 자유안에서, 생과 사의 사이를 영화로운 웃음과, 환락의 노래로, 피고, 날고, 흐르는데, 오직 인생은 자유의 부르짖음과, 허위와, 공포와, 교만과, 싸움과, 울음에 싸여서, 캄캄한 죽음속으로 다투어 이끌려 가다. 그 캄캄한 분묘속으로. 그러나 그 종국은 Free! Free! 가람의 요구는 이에 다하다.

– 김찬영, 「프리」

김찬영의 「프리」라는 작품이다. 이 작품은 아직 단락구성에서 자유시의 흔적이 남아있다. 리듬과 조어는 산문화되었으나 행연법은 부분적으로만 단락

단위로 이루어지고 있다. 그리고 문체면에서 줄(紋), 낚시(釣), 벌레(笠), 코(鼻) 등 일본식 표기법이 나타나 다소 어색한 느낌을 주고 있다. 그러나 시적 비유는 효과적으로 활용되고 있는데 은유와 의인법이 눈에 띈다. 시형태상의 자유로움과 함께 시적 기교도 다양하게 구사되고 있다.

그런데 흥미로운 것은 시 전편에 흐르는 시정서가 허무주의 및 퇴폐적 경향을 보인다는 점이다. 이 시는 인생의 본질을 망각한 채 피상적으로 삶을 영위하는 존재의 허무함을 그리고 있다. 주제 자체가 허무적인 것인데 이에 동원된 시어들도 비애, 허위, 죄악, 권태, 공포, 고통, 욕망, 기갈, 형벌, 교만 등 데카당틱(decadantic)한 시어로 가득 차 있다. 이러한 시어와 시정서, 시의식은 당대의 개화기 시가들과는 이질적인 것이다. 육당, 춘원의 계몽주의 시편에서 보이는 공리주의적 시관과도 거리가 먼 것이었다.

이러한 시정서의 이질성은 서구 상징시의 영향에서 비롯한 것으로 보여진다. 특히 이 시의 끝부분에 인용된 솔로굽(F. Sologub)의 시 일절은 이러한 영향관계의 일단을 보여준다.

엔젤의 얼굴은 보이다
淸朗한 노래와 꽃다운 향연을—
神靈의 옆에 놓고, 모든 땅의 고통은 순간에 잊으리라

이 시는 러시아 상징시인인 솔로굽의 「여신(女神)의 얼굴」의 일부이다. 김찬영이 솔로굽의 시를 인용하여 자기 시의 대미(大尾)를 장식하고 있음은 그 자신이 솔로굽의 시세계에 경사(傾斜)되어 있다는 증거이다. 솔로굽에 대한 정신적 편향이 이러한 시작형태로 나타난 것이다.

그렇다면 솔로굽은 어떠한 시인인가. 솔로굽(Fyodor Kuzmitch Teter-nikov, 1863~1921)은 러시아 시인으로 메레즈코프스키(Merezhkovsky, 1865~1941)와 함께 러시아 상징파 시를 대표하는 사람이다. 메레즈코프스키는 보들레르의 영향을 받아 상징시집인 『상징』(1982)을 내어 러시아 상징주의 시를 주도한 시인이다. 솔로굽은 이 시인과 더불어 상징주의 시 그룹을 만들어 상징주의 대표자가 되었다. 그의 시세계는 악몽과 공포의 예술로 불리며 생의 부정적인 면과 죽음을 찬미한 염세적이고 퇴폐적인 경향을 띠고 있다.

이렇게 본다면 김찬영의 「프리」는 솔로굽의 염세적 세계관을 그대로 옮겨 온 것으로 볼 수 있다. 김찬영의 솔로굽에 대한 정신적 경사를 구체적으로 확인할 수 있는 자료는 없지만 그의 창작시의 인용은 이를 충분히 입증하고 남는다. 아무튼 김찬영의 염세주의적 시세계는 솔로굽의 영향이 컸던 것이다. 이 솔로굽은 당시 우리 시단의 초미의 관심이었던 바 〈태서문예신보〉(9호~14호, 1918년 11월~1919년 1월)에 그의 작가관이 안서에 의해 집중적으로 소개된다. 이 글에서도 안서는 솔로굽의 상징시의 시세계를 상세히 점검하고 있다.

이렇게 볼 때 솔로굽은 1910년대 우리 시인들에게 하나의 정신적 지표로 인식되었음이 틀림없다. 또한 수많은 러시아 시인들 중에서 상징파 시인인 그를 흠모하고 있었다는 것은 당시의 시풍을 엿볼 수 있는 하나의 단서가 된다. 더구나 솔로굽이 메레즈코프스키와 상징파 그룹을 형성하고 있었고 메레즈코프스키의 정신적 지주가 보들레르였다는 점을 감안할 때, 결국 〈학지광〉에서의 산문시 창작은 프랑스 상징주의에 간접적으로 연결되어 있었던 것이다.

이러한 산문시 출현은 김억에 의해서 구체적인 정지작업이 이루어진다. 김억은 두 편의 산문시를 1915년에 발표하고 있는데 「내의 가슴」과 「밤과 나」가 그것이다.

「내의 가슴」을 보면 다음과 같다.

과거는 醜汚, 타락, 공포, 비애, 고독이었으니 장차 오려는 미래도 또한 이런 것이리라마는 영구히 모든 인식, 의식을 잊는 전 허공인 모든 것과 운명을 같이 하는 죽음이 오기 전까지는 −「살지 아니하면 아니된다!」느끼며 "struggle for life"하며 행복과는 웃으며 불행과는 싫어하며, 큰 입을 벌리고 부르는 듯 오라는 듯 하는 무덤의 고요안에 까지라도 함께하지 아니치 못하리라. 살음, 죽음, 서로 부르며, 서로 보며, 서로 느끼며 "the shore of far-beyond"에 고기몸(肉体)을 뒤에 두고 가지 아니치 못하리라

                            - 「내의 가슴」, 일부

이 작품은 행연법에서 아직 자유시의 흔적을 남기고 있다. 연의 구성이 단락이 아니라 행으로 이루어진 부분이 많다. 또한 'struggle for life', '타임', '라이프' 등 외래어의 차용이 빈번하고 '고기몸(육체)'과 같은 일본식 표기법도 나타난다. (생략부분) 앞에서 논의한 박찬영의 산문시 「프리!」와 똑같은 양상을 보이는데 이러한 현상은 아마도 유학생들의 외국어 체험이 제대로 시적 여과를 거치지 않은 채 시창작에 수용된 결과로 보인다.

이 작품도 기법면에서 다양성을 보여주고 있는데 특히 의인법과 직유, 은유 등의 기법이 두드러지게 나타난다. 주제 역시 비애, 고통, 절망, 고독, 허무 등 데카당틱한 분위기가 감돌고 있다.

그런데 한 가지 흥미로운 것은 「내의 가슴」의 한 구절이 Verlaine의 「가을의 노래」와 흡사하다는 점이다. 안서 자신이 〈태서문예신보〉(1918년 11월)에 번역해 놓은 「가을의 노래」 3연과 비교해보면 알 수 있다.

가슴바다의 잔잔하던 생각은
늦은 가을의 떨어지는 누런 나뭇잎과 같이
                  - 「내의 가슴」

내 靈은 부는 모든 바람에 끌리어 떠돌아
여기에 저기 날아 흩어지는 낙엽이어라
                  - 「가을의 노래」

이 두 구절을 비교해보면 시적 발상법이 매우 흡사함을 알 수 있다. 더구나 안서는 베르렌느의 정신적 에피고넨이었고 특히 「가을의 노래」는 그의 애송 시로서 여러 번 개작하여 소개했던 작품이다.[24]

이러한 애송시가 그의 산문시 창작에도 영향을 주어 「내의 가슴」의 한 구절로 수용되었던 것이다. 무엇보다 중요한 것은 이러한 사실이 안서의 산문시 창작에서 프랑스 상징시의 영향을 받았다는 단서가 된다는 점이다. 안서는 신문학 초기에 서구시 번역으로 창작의 기반을 닦았고 그 주된 방향은 프랑스 상징시 수용에 있었던 것이다.

안서는 이어서 「밤과 나」를 발표하는데 이는 「내의 가슴」과 달리 정제된 산문시 양식을 보여 주고 있다.

밤이 왔다. 언제든지 같은 어두운 밤이, 遠方으로 왔다. 멀리 끝없는 은가루 인듯 흰 눈은 넓은 빈 들에 널리었다. 아침볕의 밝은 빛을 맞으려고 기다리는 듯한 나무며, 수풀은 공포와 암흑에 싸이었다. 사람들은 미소하고 약한 불과 함께 밤의 적막과 싸우기 마지 아니한다. 그러나 차차, 오는 애수, 고독은 가까워 온다.

죽은 듯한 몽롱한 달은 薄暗의 빛을 稀하게도 남기었으며 무겁고도 가비얍은 바람은 한없는 키스를 땅위며 모든 것에게 한다. 공중으로 날아가는 낡은 오랜 님의 소리 「현실이냐? 현몽이냐? 의미있는 생이냐? 없는 생이냐?」

四方은 다만 침묵하다. 그밖에 아무것도 없다. 이것이 영구의 침묵! 밤의 비애와 및 밤의 운명! 죽음의 공포와 생의 공포! 아아 이들은 어두운 밤이 먼 곳으로 여행온다. 「살아지는 대로 살까? 또는 더 살까?」하는 오랜 님의 소리, 빠르게 지나간다.

고요의 소리, 무덤에서, 내 가슴에. 침묵.
　　　　　－「밤과 나」

---

24) 「가을의 노래」 번역은 안서 자신에 의해 〈태서문예신보〉, 〈폐허〉, 『오뇌의 무도』(초간 및 재판), 〈개벽〉, 〈조선문단〉 등 6회에 걸쳐 개작하고 있다.

예시된 것처럼 행연법에서나, 이미저리, 의인화, 메타포, 상징 등의 교직이 탁월하게 이루어져 있다. 은가루 = 흰눈, 밤 = 죽음 등의 상징기법은 물론이고, 특히 의인화가 두드러진 기법으로 나타나 있다. '밝은 빛을 기다리는 나무', '공포에 싸인 수풀', '바람은 한없는 키스를 땅에 한다', '죽음의 공포는 밤으로 여행온다', 등 시 전체가 의인화로 이루어져 있다. 이러한 기법상의 세련은 〈학지광〉의 여타 작품들에 비해서 출중한 것이다.

그러나 「밤과 나」는 이러한 기법상의 세련미 이외에 다음과 같은 점에서 주목해야 할 작품이다. 먼저 산문시로 명명된 최초의 작품이라는 점이다. 물론 번역시로서 산문시의 명칭이 최초로 소개된 것은 홍명희의 「사랑」(네모에프스키 작)이었다. 또 〈학지광〉(4호, 1915 2월)에서도 Turgenev 「걸식(乞食)」을 몽몽(夢夢)이 번역하면서 '산문시'로 명기하고 있다. 그러나 창작시로는 「밤과 나」가 처음이었다. 이후 〈태서문예신보〉에 와서 산문시에 대한 명칭이 자주 사용되고 있으나 장르의식의 혼란으로 오용되었음은 주지의 사실이다.

둘째, 산문시의 수용에 있어서 발신자(發信者)의 문제이다. 기존 대부분의 논의에서 한국 산문시의 개화는 러시아 산문시의 영향으로 추단함이 보편적 경향이나 프랑스 산문시의 영향 역시 중요한 요인이었다. 앞서 살핀 「내의 가슴」에서 그 영향의 일단을 발견할 수 있었는데 「밤과 나」는 이러한 사실을 분명하게 뒷받침해 준다. 「밤과 나」는 러시아 산문시처럼 스토리 전개가 아니며 시정서가 그의 언급대로 베르렌느 및 보들레르적인 애상적이고 데카당틱한 징후를 강하게 드러내고 있기 때문이다. 안서는 〈학지광〉 10호(1916년 9월)에 실린 「요구와 회한」이란 글에서 보들레르와 베르넨느의 시적 취향을 논하고 있는데 그 요지가 데카당스와 애상성이었다. 이 데카당스와 애상성이 안서 자신의 시세계의 거점이 되었던 것이다.

또한 안서는 〈태서문예신보〉에서 자유시와 산문시의 개념규정을 분명히 하고 있지는 않으나 프랑스 상징주의와 관련해서 산문시를 다음과 같이 소개하고 있다.

> 어찌하였으나 상징파 시가에 특필할 가치가 있는데 재래의 시형과 正規를 무시하고 자유자재로 사상의 운율을 잡으려는 - 다시 말하면 평운이라든가 압운이라든가를 중요치 아니하고 모든 제약, 유형적 율격을 버리고 미묘한 '언어의 음악'으로 직접, 시인의 내부 생명을 표현하려 하는 산문시다.[25]

이처럼 시 형태면에서 산문시를 프랑스 상징주의와 관련시켜 이해하고 있음을 알 수 있다. 즉 안서의 산문시는 시정서 및 형태면에서 프랑스 상징주의 영향을 받고 있는 것이다.

이상 〈학지광〉을 통해 이루어진 산문시의 수용 및 정착과정을 살펴 보았다. 이상 논의에서 확인된 사실은 한국 산문시 수용의 초기 거점은 〈학지광〉이었고, 서구 산문시 번역 및 자유시 창작의 기반에서 산문시 창작이 가능했으며 그 시기가 1915년에 집중되고 있다는 점이다. 또한 그 선도적 역할은 몽몽 및 안서가 맡고 있었다.

아울러 서구 산문시 수용은 러시아 상징시와 프랑스 상징시 등 두 갈래에서 비롯된 것인데 공통적인 것은 모두 상징주의 영향이라는 점이다. 러시아 상징시와 프랑스 상징시인 특히 솔로굽의 시세계는 허무주의적인 염세관이 기저를 이루고 있는 바 이러한 데카당틱한 허무주의는 프랑스 상징시와 궤를 같이하고 있는 것이다. 〈학지광〉의 창작 산문시들이 한결같이 허무주의적인 세계관을 드러내고 있는 것도 이러한 러시아 및 프랑스 상징주의 시세계에 감염되어 있었다는 사실을 반증한다. 1910년대라는 일제 압제하의 시대 상황의 영향 탓도 있었겠지만 절망, 허무, 죽음, 고독, 비애 등 데카당틱한 페시미즘의 시세계는 분명 상징주의 영향이었던 것이다.

---

25) 안서, 「프랑스 시단」, 〈태서문예신보〉 11호, 1918.12.14.

5. 〈태서문예신보〉의 산문시

1910년대 서구 산문시 수용에서 〈학지광〉에 이어 중요한 역할을 한 것이 〈태서문예신보〉이다. 투르게네프(Turgenev)의 산문시 6편이 집중적으로 소개되어 산문시 장르 확산에 기여하고 있다. 〈태서문예신보〉의 산문시 수용은 활발한 자유시 창작의 연장선상에서 이루어진 것으로 보인다.

〈태서문예신보〉는 자유시 정착의 결정적 전기를 마련하고 있는데, 1918년 9월에서 1919년 2월까지 창작시 35편, 번역시 35편 등 다수의 자유시를 게재하고 있다. 〈학지광〉, 〈청춘〉 등에서 전개된 자유시 정지작업이 〈태서문예신보〉에 와서 마무리되고 있음을 볼 수 있다. 자유시의 창작주체도 안서를 비롯하여 백대진, 장두철, 이일, 최영택, 이성태, 구성서, 이병두, 황석우 등 다양한 면모를 갖게 되고 번역시 역시 영, 독, 불, 러시아 등 여러 나라로 확산되고 있다. 아울러 네 편의 자유시론도 발표되었다.

그러나 자유시 창작에 대한 이러한 열기에 비해 산문시에 대한 관심은 뜻밖에 저조한 것으로 나타난다. 번역 산문시는 6편으로 비교적 적지 않은 편이나 창작시는 단 1편뿐이었다. 또한 번역 산문시도 투르게네프 1인으로 국한되어 다소 단조로운 느낌을 주고 있다. 산문시에 국한해 볼 때 〈태서문예신보〉의 성과는 〈학지광〉에 비해 미흡한 것이었다. 더구나 산문시에 대한 장르의식도 투철하지 못하여 종종 개념의 혼란이 일어나기도 했다.

이러한 현상은 산문시의 창작이 자유시의 창작과 밀접한 상관관계를 갖고 있으나 그 영향이 직접적인 것이 아니라는 점을 시사해 준다. 1910년 네모에 프스키의 「사랑」의 번역이 이러한 사실을 뒷받침한다. 자유시와 산문시가 별개의 루트로 수용되고 있음을 의미한다. 〈학지광〉에서 활발하던 산문시의 수용과 창작이 〈태서문예신보〉에 와서 주춤하는 것은 이런 사실에서 그 원인을 찾을 수 있다.

〈태서문예신보〉에 발표된 번역 산문시들은 6편으로 모두 투르게네프의 것이다. 작품은 「명일? 명일」(1918.10.26), 「무엇을 내가 생각하나」(同), 「개」(1918.11.2), 「비렁뱅이」(同), 「늙은이」(1918.11.16), 「N.N」(同) 등이다. 작품수도 그렇지만 번역 대상도 단조롭다. 그러나 번역자가 안서라는 점에 주목할 필요가 있다. 왜냐면 안서는 〈학지광〉을 통해서 이미 산문시의 창작기반을 닦은 시인이기 때문이다.

〈태서문예신보〉에서 산문시 번역을 안서가 도맡고 있다는 것은 그의 산문시 장르에 대한 관심이 지속되고 있음을 의미한다. 아쉽게도 창작에는 별 성과가 없었지만 투르게네프의 산문시를 수용하여 우리시단에 산문시에 대한 이해의 폭을 넓힌 성과는 높이 평가해야 할 것이다. 그는 「로서아의 유명한 시인과 19세기의 대표적 작물(作物)」이라는 글을 통해 투르게네프를 소개하는 의도를 다음과 같이 밝히고 있다.

> 많은 러시아 시인 가운데 예술의 묘취와 인상의 월등함은 Ivan Turge-nev(1819~1883)에 비할 사람이 없다. 이에 소개코자 하는 산문시는 1882년의 저작인 바 만년의 근심과 아직 쓸어지지 않는 청춘의 생각 사이에서 짜낸 아름다운 청학 오심한 사상의 결정이다. 19세기의 진물로 그의 이름높은 작물도 여러 가지 있다. 기회만 있으면 평전 같은 것도 쓰려고 한다.[26]

많은 러시아 시인 중에 투르게네프를 선정한 이유는 예술의 묘취와 인상의 월등함 때문이었고, 특히 그의 「산문시」는 인생의 심오한 사상을 표현한 것이기 때문이었다. 투르게네프를 19세기 대표적 시인으로 보고 그의 「산문시」를 최고작으로 인식하고 있음을 볼 때 김억의 투르게네프에 대한 정신적 경사(傾斜)를 짐작할 수 있다.[27]

---

26) 〈태서문예신보〉 4호, 1918.10.26.
27) 김억은 1915년 투르게네프의 「그 전날밤」을 각색하여 조선유학생 학우회 망년회 때 무대에 올리기도 하였다. 「학우회 망년회 스케취」, 〈학지광〉 4호, 1915.2.28.

실로 투르게네프는 러시아의 3대 문호로서 19세기 러시아 문단을 대표하는 사람이다. 그의 「산문시」(1878~1882)는 염세적 분위기가 지배적인 작품으로 사후 프랑스에서 출판되어 시단의 화제를 뿌린 작품이었다. 특히 장르면에서 산문시 양식의 정착에 큰 성과를 거둔 작품이기도 했다. 이러한 투르게네프의 산문시가 우리 시단에 본격적으로 수용됨으로써 산문시 장르에 대한 인식의 폭을 넓힐 수 있었던 것이다. 〈학지광〉에서 나타난 러시아 산문시에 대한 관심이 〈태서문예신보〉에 까지 연결되어 한국 산문시의 수용과 정착에 일조를 거둘 수 있었던 것이다. 특히 투르게네프의 「걸인」은 학지광에서 이미 소개되었음을 볼 때 서구 산문시 수용에서 투르게네프에 대한 관심이 어느 정도였나를 짐작할 수 있다.

〈태서문예신보〉에 실린 산문 창작시는 최영택의 「저리로」(1919년 1월) 한 편 뿐이다. 최영택은 신진시인으로서 〈태서문예신보〉에 6편의 자유시를 발표하여 비교적 활동이 두드러진 편이었다.[28]

「저리로」는 그 중의 한 편이다.

> 진 신발하고 나서는 이는 누구십니까, 몽둥이를 가진 이는 누구십니까, 칼을 지닌 이는 누구십니까, 맨 주먹을 든 이는 누구십니까, 잘 되었습니다. 어서 빨리 저 무대만 향하고 다름질 하십시요. 이것 저것을 고를 때가 아닙니다. 이러니 저러니 다툼질 할 때가 아닙니다. 마음을 한가지로 하여 악전고투를 하여 보십시오. 진 신발을 하셨거든 걷기만 하십시오. 드신 몽둥이를 꼭 잡으십시오. 지닌 칼을 이롭게 쓰십시오. 맨 주먹이라도 부루쥐기를 힘있게 하십시오. 다시 무엇을 바랄 수가 있겠습니까. 이렇다고 앉어만 있을 수 없지요. 이만하여도 좋습니다. 어서들 나아 가십시오. 견디기만 용하게 하십시오. 헛수고는 되지 않으리다.
> ─ 최영택, 「저리로」

28) 최영택의 시는 「누이의 애원」(10호), 「아들에게」(12호), 「떠나면서」(16호), 「일어나는 불」(16호), 「잠자코」(16호), 「저리로」(16호) 등이 있다.

구체적인 상황 제시는 없으나 젊은이들에게 의지와 신념을 갖고 모든 역경을 헤쳐나가라는 권고의 내용을 담고 있는 시이다. 그러나 기법이나 의장면에서 〈학지광〉의 산문시에 떨어진다. 내용 역시 교시적인 것이라 시정서의 고양도 미흡하다. 그러나 〈학지광〉의 산문시 창작의 맥을 잇고 있다는 작품이라는 점에 의의를 둘 수 있다. 아쉬운 것은 안서의 산문시 창작이 계속 이어지지 못했고 여타 시인들의 참여가 없었다는 점이다.

　한편 이러한 산문시 창작의 부진을 뒷받침하듯 산문시에 대한 장르의식도 다소 모호한 것으로 드러난다. 산문시라는 명칭은 보편적으로 사용되고 있으나 실상 산문시가 아닌 작품에도 산문시로 명명하는 경우가 종종 나타난다.

　다음과 같은 경우가 그 예이다.

뛰노는 바다
성내인 큰 물결
거치른 들 바람
나의 벗이여 믿으라―
때만 오며는
고요한 세상
잔잔한 푸른 바다
되리라 아아 되리라
　　　　　　　　　　　　　─ 안서, 「믿으라」 일부[29]

아버지 이제는 어디 계십니까
높고 높은 그 구름 위에
높고 높은 그 궁전에서
아무것도 모르는 이 자식을

---

29) 〈태서문예신보〉 5호, 1918.11.2.

염려하시는 눈으로 보호하시겠지요

　　　　　　　- 장두철, 「우리 아빠의 선물」 일부30)

예시한 시들은 형태면으로 볼 때 분명 자유시이다. 그럼에도 불구하고 모두 '산문시'로 표기하고 있다. 이 외에 백대진의 「뉘우침」(1918.10.26)도 마찬가지이다. 이러한 현상에 대해서 정한모는 정형시에 대립되는 개념으로 산문시 명칭을 사용했을 것으로 추정하고 있다. 다시 말해 정형시에 대립되는 시형태를 모두 산문시로 불렀다는 말이다. 따라서 〈태서문예신보〉에서의 산문시는 자유시와 산문시를 포괄하는 명칭으로 사용된 것으로 보고 있다. 그리고 이러한 장르의 애매성은 시인들이 아니라 편집자의 무지에서 비롯한 것으로 보고 있다.31)

기실 안서의 경우 〈학지광」에서 전형적인 산문시를 직접 창작하였고 〈태서문예신보〉에서 투르게네프의 산문시를 번역하고 있음에 미루어 볼 때 그가 자유시와 산문시의 차이를 몰랐을 리는 없을 것이다. 따라서 편집자의 착오로 보는 정한모의 견해는 옳은 것으로 보인다.

산문시는 자유시의 하위 개념이다. 따라서 산문시는 자유시에 포함될 수는 있지만 자유시를 산문시로 묶어 부를 수는 없는 것이다. 분명히 장르 개념의 혼란이 있었던 것이다. 그러나 다행히 이런 현상은 〈태서문예신보〉 초기로 국한된다. 이런 점에서 미루어 볼 때 〈태서문예신보〉의 산문시 인식은 〈학지광〉에 오히려 못 미쳤던 것으로 판단된다.

---

30) 〈태서문예신보〉 6호, 1918.11.9.
31) 정한모, 『한국 현대 시문학사』, pp.255~258.

6. 〈청춘〉의 산문시

〈청춘〉은 1910년대 문학 저널리즘에서 비교적 보수적인 성향을 띤 잡지였다. 〈학지광〉, 〈태서문예신보〉 등이 유학생들의 기관지거나, 서구문학에 눈 뜬 진보적 성향의 문학지망생들의 발표지였음에 비해 〈청춘〉은 육당의 보수적인 계몽의식에 바탕을 둔 잡지였다. 육당은 〈소년〉에서 산문시 창작에 실패한 후 급격히 정형률로 회귀하여 창가, 시조 등의 정형시 창작에 매달리게 된다.

그러나 시대적 추이는 어쩔 수 없는 듯 이러한 보수지향의 〈청춘〉에서도 14편의 자유시가 발표되고 있다. 특히 주목할 점은 1914~5년경에 6편의 자유시를 발표하여 〈학지광〉의 선구적 작업에 필적하고 있다는 사실이다. 돌매의「밤」,「자연」,「잠」등 세편의 자유시 (1914년작)와 이광수의「침묵의 미」(1915년), 현상윤의「사나이로 생겨나서」(同), K Y생의「구풍의 후」(同) 등이 그것이다.

이렇게 볼 때 〈청춘〉은 〈학지광〉」과 함께 자유시 정착에 선구적인 업적을 거둔 것으로 평가된다.32) 그러나 불행히도 산문시 창작에 있어서는 단 1편의 성과밖에 거두지 못하고 있다. 14편의 자유시 창작에 비해서 1편의 산문시 제작은 크게 미흡한 성과이다. 그러나 단 한편의 산문시였으나 산문시 창작이 1910년대 보편적인 현상이었음을 보여주는 예라는 점에서 의의를 찾을 수 있다.

〈청춘〉의 산문시는 현상윤의「사나이로 생겨나서」(1915년 3월)이다.

사나이로 생겨나서 억만代 前에 없고 억만代 後에 없이 오직 이때 나왔으니―
뜻있게 온 것이라. 가기도 뜻있게 갈지온저. 세상아 우연을 말치마라― 곤충이

---

32) 졸고, 「청춘의 문학사적 의의」, 『한국현대문학의 이해』, 서광학술자료사, 1992.

아니되고 금수가 아니되고 계집이 아니되고 사나이로 태어난 것이 벌써부터 우연이 아니던 것 아니냐? (중략)

생각도 사나이로 행동도 사나이로 웃음과 이야기가 다 같이 사나이여라. 역사란 무어란 말을 들었느냐? 한구절 한 페이지가 비상한 사나이의 무한대의 시간상에 머물러 두고 간 발자취의 기록임을 다시금 기억하라.

－ 현상윤, 「사나이로 생겨나서」

이 작품은 사나이의 남아다운 호탕한 기질과 진리와 정의를 위해 신명을 바쳐야할 책무를 강조한 계몽적인 내용을 담고 있는 시이다. 현상윤의 공리주의적인 문학관이 드러나는 작품이다. 주지하다시피 현상윤은 춘원, 육당과 함께 1910년대를 대표하는 문인으로서 시, 소설, 수필 등 다양한 문필활동을 전개한 바 있다. 그는 이미 〈학지광〉에 「생각나는 대로」, 「신조(申朝)군을 보냄」 (1915년 2월) 등의 자유시를 선보인 바 있고, 〈청춘〉에도 자유시 「웅커리로서」 (1917년 7월)를 발표하고 있다.

이러한 자유시 제작의 기반위에서 산문시 창작이 가능했던 것으로 보인다. 비록 공리주의적 성향의 작품이긴 하지만 산문시로서는 손색이 없는 작품이다. 더구나 그것이 1915년의 작품이라는 점에 주목된다. 앞서 살핀 대로 〈학지광〉에서 1915년에 4편의 산문시가 창작되었는 바 1915년대의 산문시 창작 기류가 보편적인 것이었음을 입증해 준다. 〈학지광〉, 〈청춘〉 등을 통하여 한국 산문시는 1915년대에 창작의 뿌리를 내리고 있었던 것이다.

[6]

이야기시론

1. 이야기시의 형태적 특성

이야기시(narrative poem)는 '이야기를 말하는 시'로서[1] 서술시, 설화시 등으로 부르기도 한다. 또 그 하위종(種)으로서 서사시(epic)와 담시(ballad) 등을 포괄한다. Jakobson이나 Bakhtin과 같은 구조언어학자나 기호론자들은 시를 근본적으로 담론구조로 보고 있다. 그들은 시적 화자를 통한 청자와의 '말 건냄'이라는 담론구조 속에서 메시지의 전달과 의미의 형성, 창출과정을 중시하였다. 물론 내용에 해당하는 이야기와 전달방식으로서의 대화형식은 구분되는 것이지만, 내면의 주관적 표출이라는 독백형식을 취하는 서정시와는 일정한 거리를 둔다는 점에서는 공통적이다.

이야기시는 어떤 구체적 사건이나 사실을 독자라고 하는 청중에게 전달하는 형식을 취하는 점에서 독백형식에서 벗어난다. 아울러 전달방식을 취한다는 점에서 담론구조를 갖고 있다. 다시 말해 이야기시는 화자-메시지-청자라는 담론구조의 틀을 튼튼하게 구축하고 있다. Fouler는 '서사체(narrative)'를 일련의 사실이나 사건을 차례로 열거하는 것과, 이러한 사실이나 사건들 사이에 모종의 관계를 설정하는 양식으로 규정하고 있다. 다시 말해 서사체는 사건의 열거와 사건들 사이의 관계설정, 그리고 이들의 제시 방법을 중시하는 양식이다. 이야기시는 바로 이 서사체 양식을 취하는 장르이다.

Maline는 이야기시를 스토리를 가진 시로 규정하고 그 중에서도 긴 내용의 이야기를 가진 시를 서사시라 하고, 짧고 간결한 내용의 이야기를 가진 시를 담시(ballad)라고 하였다. 결국 말리네는 길이의 길고 짧음에 의해 이야기시를 서사시와 담시로 나누고 있다. 서사시와 담시의 구분은 전달방식이나 태도 등이 반드시 고려돼야 한다. Danzinger는 담시를 서사시가 아니라 서정시의 하위 장르로 규정하고 있는데,[2] 서사시와 담시는 다같이 이야기시이긴 하지

---

1) L, Maline, 『Prose & Poetry of English』, p.86.

만 서사와 서정의 상이한 속성을 갖고 있는 것이다. 이야기시는 서사체 양식이라는 점에서 일반적으로 서사시의 범주에 넣지만 사실 서정시도 이야기시에 포함될 수 있다.

2. 이야기시의 계보

한국시에서 이야기시는 1930년대 임화의 단편서사시가 등장한 이래 1990년대까지 하나의 기본양식으로 자리 잡았다. 이야기시는 서구에서도 담시, 서사시 등 오랜 전통을 가진 시양식으로서 시속에 서사적 화소(話素)를 끌어들인 일종의 시와 산문의 통합적 양식으로 볼 수 있다.

1930년대 프로문학 진영에서 대두된 시에서의 리얼리즘의 성취와 대중화론에 힘입어 소위 임화의 단편 서사시가 등장한 이래 박세영, 김해강, 권환, 여상현 등이 그 뒤를 잇고 있다. 이어 이용악, 백석, 김상훈, 안용만 등에 의해 해방시단까지 지속되다가 신동엽, 신경림, 고은, 서정주, 정진규, 도종환, 최두석, 김사인 등 90년대 현대시까지 그 계보를 형성하고 있다. 이러한 인적 계보만을 보아도 이야기시가 한국 근대시의 중요한 흐름이었음이 확인된다.

이야기시는 물론 20세기에 와서 전개된 탈장르, 초장르 현상과 맞물리는 것이지만 한국 근대사의 시대적 흐름과도 긴밀한 관계를 갖는다. 다시 말해 이야기시는 일제 강점기에서 해방, 6.25, 4.19, 5.16, 80년대의 민주화 운동 등 역사의 질곡과 수난을 거쳐오면서 이루어진 가족사 및 민족사적 생체험의 시적 표현과 밀접한 관련을 갖고 있는 것이다. 형상적 표현만으로 만족할 수 없는 인식적 표현의 강렬한 욕구가 시와 이야기의 통합으로 연결될 수밖에 없었던 것이다.[3] 하고 싶은 많은 말들을 산문으로 완전히 풀어헤치는 것이 아

---

2) M.K Danzinger, 『An Introduction to Literary Criticism』, Boston, 1968, p.71.
3) 정효구는 이야기시의 장르적 특성을 이야기 요소의 측면은 인식적 기능으로, 시적 측면은

니라 시적 긴장을 유지한 채 영혼의 울림과 정서적 파장으로 묶어 낸 것이
이야기시인 것이다.

3. 서간체 및 대화체

　한국 근대시에서 단편서사시라는 명칭으로 이야기시의 양식적 기반을 마련
한 임화는 「담-1927」(1927.11)을 필두로 「우리 오빠와 화로」(1929.2) 등 상
당량의 이야기시를 창작하였다. 임화의 이야기시에서 무엇보다 눈에 띄는 특
징은 이야기의 진술방식인데 그것이 바로 서간체 형식이다. 임화의 서간체 이
야기시들은 시적 청자와 화자를 아우-형님, 동지-동지, 아버지-아들, 오빠
-누이 등 다양한 계층으로 설정하여 편지를 주고 받는 형식으로 이루어져
있다.
　이중에서도 대표작으로 손꼽히는 「우리 오빠와 화로」를 보자.

　　오빠......
　　저는요 저는요 잘 알았어요
　　왜- 그날 오빠가 우리 두 동생을 떠나 그리로
　　들어가신 그날 밤에
　　연거푸 말은 궐연을 세 개씩이나 피우시고 계셨는지
　　저는요 잘 알았어요 오빠

　　천정을 향하여 기어올라가던 외줄기 담배 연기 속에서
　　-오빠의 강철 가슴 속에 박힌 위대한 결정과 성스러운
　　각오를 저는 분명 보았어요

　　형상적 기능으로 구분하고 있다.
　　정효구, 「이야기시의 기능성」, 〈현대문학〉, 1986.5. pp.349~350.

그리하여 제가 영남이의 버선하나도 채 못 기웠을 동안에
문지방을 때리는 쇳소리 마루를 밟는 거칠은 구둣소리와
함께-가버리지 않으셨어요

오빠 오늘 밤을 세워 이만장을 붙이면 사흘 뒤엔 새
솜옷이 오빠의 떨리는 몸에 입혀질 것입니다
이렇게 세상의 누이동생과 아우는 건강히 오늘 날마다
를 싸움에서 보냅니다
영남이는 여태 잡니다 밤이 늦었어요
　　　　　　　　　　　－ 누이동생

　　　　　　　　　－ 임화, 「우리 오빠와 화로」, 일부

　예시에서처럼 시는 누이동생인 시적 화자가 노동투쟁을 하다가 옥에 갇힌 오빠에게 보내는 편지형식을 취하고 있다. 이러한 서간체 형식의 이야기시에서 우리가 주목해야 할 점은 무엇인가. 우선 작중화자와 청자 사이의 대화적 관계다. 편지는 말로 나누는 직접 대화는 아니지만 글을 통한 일종의 간접 대화이다. 작중 화자와 청자는 이러한 편지라는 간접대화의 방식을 통해서 정서적 감염이 가능해진다. 더구나 편지는 주고 받는 사람 사이의 내밀한 사적 메시지가 전달된다는 점에서 정서적 감염의 효과는 더욱 커진다. 또한 '오빠', '형님' 등의 돈호법 역시 시적 청자와 화자 사이의 정서적 연대감을 배가하는데 작용하고 있다. 즉 양자 사이의 심리적, 정서적 거리를 단축시키고 있는 것이다.

　일반적으로 이야기의 전달에서 무엇보다 중요한 것이 이야기를 듣는 청자에게 설득력과 공감력을 제고시키는 것이라면 서간체 형식은 그 내밀스러운 대화의 통로를 통하여 정서적 감응과 심리적 파장을 극대화 할 수 있다는 점에서 효과적인 장치가 된다.

그런데 이러한 서간체 형식은 임화의 또 다른 에피고넨(epigone)인 김해강, 박세영 등의 카프시인에서도 나타난다. 다시 말해 이야기시에서 서간체 형식은 1930년대 보편적인 양식으로 자리 잡았던 것이다. 김해강의 「귀심」(1930), 박세영의 「누나」(1931), 「순아」(1945)와 같은 작품이 그것이다.

공교롭게도 임화, 박세영, 김해강 등은 대화체 형식을 활용하고 있다. 물론 시 전체가 대화형식으로 이루어진 것은 아니지만 부분적으로 시적 화자와 청자 사이에 직접화법을 구사하여 양자 사이의 직접적인 호응을 끌어낸다.

박세영의 경우를 보자.

> 그 녀석의 꼬임에 빠져 이같이 말하였단다
> 「서울 손님 나는 당신이 그리워요」
> 그럴 때마다 여인의 아름다움에 취하여
> 「바다의 시악시여 어여쁜 시악시여」
> 그 녀석은 이같이 외쳤단다.
> 「나를 서울로 가게 하여 주세요
> 당신이 나는 그리워요
> 비린내 나는 사나이 나는 싫어요」
> 「나는 영원히 그대를 사랑하리라」
> 이같은 말은 그 녀석에서 백번이나 나왔다
>
> — 박세영, 「바다의 여인」, 일부

「바다의 여인」(1930)에서는 대화체 양식을 통한 직접화법의 구현이 형식상의 특징으로 나타난다. 시적 청자와 화자 사이의 직접적인 대화로 시상이 전개된다. "서울 손님 나는 당신이 그리워요"(어부 아내), "바다의 시악시여 어여쁜 시악시여"(서울 손님), "나를 서울로 가게 해 주세요. 당신이 나는 그리워요. 비린내 나는 사나이 나는 싫어요"(어부 아내), "나는 영원히 그대를 사랑하리라"(서울 손님)와 같이 마치 연극의 대사를 주고 받는 것처럼 대화체를 삽입하고 있다.

이러한 대화체의 삽입은 시에서의 현장감의 증폭 뿐 아니라 정서적 감염의 차원에서 대중에게 더욱 강한 호소력을 담아 낼 수 있다. 또한 작품을 낭독하는데도 매우 용이하다.[4] 나아가 대화체 양식은 쉬운 시를 만드는데도 중요한 역할을 한다.

한편 이러한 박세영의 연극체 직접 대화 방법은 그가 추구했던 슈프레히 콜 (Sprech Chor) 양식과 밀접한 관계가 있음이 확인된다. 슈프레히 콜은 일종의 합창시로서 파업이나 쟁의 현장에서 노동자들의 투쟁의지를 높이기 위하여 구연되는 단막극과 같은 짧은 낭송시다. 시적 낭독과 합창, 짧은 단막극적 내용이 결합된 합창 낭독극인 바, 대사에 억양과 가락, 간단한 몸짓을 넣어 낭창하는 형식을 갖고 있다.[5]

김해강의 경우도 대화체 구성을 종종 활용하고 있는데 앞에서 살핀 「귀심」에서처럼 '내 목숨이 끊긴단들 묻힐 땅인들 기약할거냐?' 라는 식으로 화자와 청자 사이의 직접적인 대화를 유도하고 있다. 이렇게 볼 때 이야기시에서 대화를 통한 이야기의 진술방식은 프로시인들에게서 공통적으로 드러나는 현상이었고 그 목적은 현장성과 대중성, 낭독성과 선동성의 제고에 있다. 다시 말해 이야기시에서 대화체의 도입은 프로시의 목적 문학성과 밀접한 관계를 갖고 있었던 것이다.

4. 회상체 및 설화체

일반적으로 이야기의 서술방식으로 가장 보편적인 것은 지난 일들을 떠올리며 진술하는 회상체 방식일 것이다. 앞서 논의한 대화체 형식이 직접대화라

---

4) 김수기, 「1930년대 단편서사시 연구」, 건국대 교육대학원, 1997, pp.44~45.
5) 슈프레히 콜은 1차 세계대전 후 독일에서 사회주의 청년운동의 일환으로 개발된 형식이다.

는 점에서 현재형의 진술방식이라면 회상체는 지난 일들을 회고한다는 점에서 과거형의 진술방식이라 할 수 있다. 시의식의 내면세계가 과거지향적인 성향을 드러내는 시인의 경우 대부분 회상체 방식을 택하고 있다. 대표적인 경우가 소월과 백석, 이용악, 서정주다. 소월은 회고적 단상으로 과거체험을 관념적으로 표현하고 있지만 백석은 서사적 짜임을 통하여 생생한 기록으로 재현해 내고 있다.

백석은 식민지 시대, 우리 민속이나 전통문화적 소재를 민족언어로 형상화함으로써 민족정체성(national identity)의 제고에 기여했던 시인이었다. 일제 강점으로 훼손되어가는 민족정체성을 민족언어와 민족문화로 복원코자 했던 것이다. 특히 그는 우리민족의 유토피아적 지상낙원을 유년기적 상상력으로 재현해 냄으로써 일제 강점기에 처한 민족적 상실감을 치유하고자 했다. 일제강점에 의해 훼손된 삶의 터전을 '이야기' 하기 위해 그는 유년기의 아름다운 추억들을 하나씩 회상하기에 이른다. 이것이 백석의 시세계다. 유년기에 보고 듣고, 겪었던 생생한 기억들이 쌓인 '이야기 창고', 그것이 바로『사슴』(1936)인 것이다.

그의 대표작 「여우난골족」을 보자.

> 저녁술을 놓은 아이들은 외양간섶 밭마당에 달린 배나
> 무동산에서 쥐잡이를 하고 숨굴막질을 하고 꼬리잡이를
> 하고 가마타고 시집가는 놀음 말 타고 장가가는 놀음을
> 하고 이렇게 밤이 어둡도록 북적하니 논다.
> 밤이 깊어가는 집안엔 엄매는 엄매들끼리 아르간에서
> 들 웃고 이야기하고 아이들은 아이들끼리 웃간 한 방을
> 잡고 조아질하고 쌈방이 굴리고 바리깨돌림하고 호박떼
> 기하고 제비손이구손이하고 이렇게 화더의 사기방등에
> 심지를 몇 번이나 돋구고 홍게닭이 몇 번이나 울어서 졸

음이 오면 아릇목싸움 자리싸움을 하며 히드득거리다 잠
이 든다. 그래서는 문창에 텅납새의 그림자가 치는 아침
시누이 동세들이 욱적하니 흥성거리는 부엌으론 샛문틈
으로 장지문틈으로 무이징게국을 끓이는 맛있는 내음새
가 올라오도록 잔다.

– 백석, 「여우난골집」, 일부

이 작품은 유년기에 겪었던 축제의 체험을 회상하여 생생한 기록으로 재현
하는 사실성이 돋보인다. 거의 르포타쥐(reportage)에 가까울 정도의 사실적
인 보고문(報告文)이다. 이렇게 보면 백석의 시는 상상력이라기보다 기억력에
의존하고 있는 느낌이 든다. 그만큼 그의 시는 기억의 재생과 재현에 충실한
것이다. 지난 일들의 회상 그것이 백석이 이야기시를 끌어가는 주된 시적 방
법이다. 「가즈랑집」, 「고야」, 「넘언집 범같은 노큰마니」 등 대부분의 작품이
다 이런 방식에 기대고 있다.

그렇다면 백석 이야기시의 특질인 회상에 의한 과거체험의 재현은 어떤 의
미가 있는 것일까. 그것은 바로 앞에서 논의한 바, 유토피아의 복원과 재구와
관련된다. 그의 상상력에 비친 유년기의 체험과 세계는 하나의 축제이고 유토
피아적 지상낙원이었다. 그는 그것을 생생히 재현해 냄으로써 암울한 현실의
욕망충족을 실현코자 했던 것이다. 심리학적인 차원에서 말하자면 일종의 대
리충족이요, 카타르시스(catharsis)였던 것이다.

이러한 회상체 방식은 이용악의 이야기시에서도 확인된다.

그가 아홉 살 되던 해
사냥개 꿩을 쫓아다니는 겨울
이 집에 살던 일곱 식솔이
어데론지 사라지고 이튿날 아침
북쪽을 향한 발자국만 눈 우에 떨고 있었다.

더러는 오랑캐령 쪽으로 갔으리라고
더러는 아라사로 갔으리라고
이웃 늙은이들은
모두 무서운 곳을 짚었다

지금은 아무도 살지 않는 집
마을서 흉집이라고 꺼리는 낡은 집
제철마다 먹음직한 열매
탐스럽게 열던 살구
살구나무도 글거리만 남았길래
꽃피는 철이 와도 가도 뒤울안에
꿀벌 하나 날아들지 않는다
                       - 이용악, 「낡은 집」, 일부

　「낡은 집」은 어느 유이민 가족의 이야기를 유년기적 시각으로 회상해 낸 작품이다. 이 작품 역시 백석시와 마찬가지로 어린 시절의 추억을 단순회상으로 재생해 내고 있다. 물론 백석과는 달리 아름다운 추억은 아니지만 회상의 방식은 유사하다.

　회상체 방식은 서정주의 시편에서도 확인되는데 「그 애가 물동이의 물을 한 방울도 안 엎지르고 걸어 왔을 때」, 「신발」 등이 좋은 예이다. 그러나 서정주의 경우 백석과 다르게 그의 회상은 과거의 재현으로 끝나는 단순회상이 아니라 현재의 상황과 연계된 복합회상이다. 다시 말해 백석은 회상의 시점이 과거에 고정되어있지만 서정주는 과거와 현재를 넘나드는 형국을 취하고 있는 것이다.

　이야기시의 또 하나의 진술방식으로 설화체 형식이 있다. 우리가 어린 시절 할머니로부터 들었던 구수한 옛날 이야기, 그 이야기를 전해주는 할머니의 구연(口演) 방식이 바로 설화체이다. 1970년대 들어 우리시단에 이러한 이야기꾼으로 등장한 시인이 바로 서정주였다. 그는 『질마재 신화』(1975), 『학이 울고 간 날들의 시』(1982)에서 이야기꾼으로서의 재능을 유감없이 발휘하고 있다.

이 두 시집의 주된 소재는 시인의 고향 질마재와 유년에 관련된 이야기, 우리의 역사, 민담, 전설, 신화 등이다. 앞장에서 살핀 바 대로 유년기의 이야기들을 회상체 방식으로 담아내는 한편, 설화체 형식이라는 그 나름의 독특한 진술방식을 개발하고 있다. 이 시집에서 우리는 전설, 민담, 신화를 재치있게 엮어내는 한명의 탁월한 이야기꾼(story-teller), 서정주를 만나게 된다. 대표시 「신부」를 보자.

> 그리고 나서 사십년인가 오십년이 지나간 뒤에 뜻밖에
> 딴 볼일이 생겨 이 신부네 집 옆을 지나가다가 그래도
> 잠시 궁금해서 신부방 문을 열고 들여다보니 신부는
> 귀밑머리만 풀린 첫날 밤 모양 그대로 초록저고리 다홍
> 치마로 아직도 고스란히 앉아 있었습니다. 안스러운 생각
> 이 들어 그 어깨를 가서 어루만지니 그때서야 매운 재가
> 되어 폭삭 내려앉아버렸습니다. 초록재와 다홍재로
> 내려앉아 버렸습니다.
>
>   - 서정주, 「신부」, 일부

「신부」의 이야기는 『삼국유사』, 『어우야담』, 『대동야승』의 어느 한편에 실림직한 흥미있는 민담거리를 다루고 있다. 서정주는 이러한 설화적 소재를 내재적 리듬과 시적 울림으로 형상화하고 있다. 이런 점에서 이 시는 시이면서도 신화이고, 신화이면서도 시이다.

50년간 청상과부의 모습으로 버티고 있다가 님을 만나는 순간 한줌의 재로 가라앉는 신부의 형상에서 우리는 일종의 신비감과 함께 시적 상징을 만나게

된다. 다시 말해 서정주의 설화체 이야기시들은 민담적 소재들을 이야기로 풀어내는 것이 아니라 시적 긴장과 상징으로 재구성해 내는 것이다. 여기에 서정주의 시가 단순한 이야기 전달의 산문이 아니라 입체적 울림의 서정시를 빚어내는 비결이 있다.

서정주의 이야기시의 소재는 「소자 이생원에 마누라님의 오줌기운」, 「간통 사건과 우물」, 「석녀 한물댁의 한숨」, 「거시기의 노래」와 같이 고향 질마재에 떠돌던 이야기이거나 민담, 전설에서 취하고 있다. 그리고 『삼국유사』나 『연려실기술』의 문헌설화에서 취재한 「술통촌 마을의 경사」, 「애를 밸 때, 애를 낳을 때」, 「흥룡사 큰 부처님상이 되기까지」, 「강수선생소전」, 「소년왕 단종의 마지막 모습」, 「황진이」 등도 있다.

때로는 소재의 시선이 현대로까지 소급하여 해외여행에서 얻어 들은 「몽블랑의 신화」, 「아일랜드의 두 사랑」 이야기 같은 것도 있다. 이렇게 서정주의 이야기시의 소재는 다양하고 폭이 넓다. 어찌했던 서정주는 구비전승의 민담적 소재들을 설화체 이야기시로 묶어냄으로써 한국시의 소재영역을 확장하는 한편 이야기시로서의 시적 가능성을 심화시켰던 것이다.

5. 실화체 및 우화체

이야기시의 또 하나의 진술 방식으로 실화체 방식이 있다. 회상체나 설화체가 시적 상상력의 시점을 과거에 맞추고 있는 점에 비해 실화체는 현재의 관점에 기준을 두고 있는 것이 대조적이다. 지금 현재 주변에서 일어난 일이거나 비교적 최근에 있었던 실제의 일들을 소재로 하여 한편의 이야기로 담아내는 것이다. 또한 실화체는 실제적이고 구체적이라는 점에서 객관성과 사실성을 띠고 있다. 객관성과 사실성의 확보라는 점에서 볼 때 실화체 이야기시는 사실주의 속성을 강하게 띠게 된다.

실화체 이야기 시의 대표적 시인은 최두석이다. 최두석은 『대꽃』(1984), 『성에꽃』(1990)을 통해 이야기시에서 리얼리즘의 가능성을 모색하고 있다. 그는 시에서의 리얼리즘을 선취하기 위한 방법론적 모색으로 이야기시라는 양식을 개발해 내었다.

최두석은 실제 일어난 일들 즉 실화를 소재로 해서 이야기시를 쓰고 있다. 그의 태반의 이야기시들이 실제 일어난 사건들을 다루고 있다. 자기를 중심으로 해서 친척, 제자, 이웃사람들, 때로는 우연히 삶의 현장에서 만난 사람들이 실제 겪은 일들을 이야기의 중심으로 다루고 있다. 유난히도 시 제목이 「고재국」, 「고순봉」, 「김영천씨」, 「김기섭」, 「서호빈」 등등 인명의 고유명사가 많은 이유가 여기에 있다. 이들은 시인의 친척이거나 이웃, 제자들이고 바로 그들이 겪은 생생한 체험들이 시의 주된 소재가 되는 것이다.

> 가만있자, 그게 벌써 이십오 년 되었구만, 그 일만 생
> 각허면 지금도 오싹해. 사격장에서 염해갖구 밤중에 공
> 동묘지에 묻었어. 에미가 죽으니께시리 뱃속에 있는 거
> 는 말헐 거이 읎구 두 살백이 기집애두 따러 죽잖우.
> 나, 당최 정신읎었어. 걔 죽는지두 몰르구 술 먹었으니
> …… 경비 서다 집에 오면 사는 거이 너무 구차스러.
> 진절머리 넌덜머리가 나. 그러니까 술 먹고 뻗어. 아츰
> 에 정신나면 새끼들 낯바닥이 뵈여.
> ― 최두석, 「한장수」, 일부

시는 화성군 앞바다 미군의 쿠니 사격장에서 유탄에 맞아 죽은 부인 덕분에 그 대가로 사격장 경비원으로 취직하여 생계를 유지하는 한장수씨의 비참한 삶을 그려내고 있다. 시인의 판단과 개입은 배제된 채 시적 화자의 실제 체험과 심정을 있는 그대로 담담하게 그려내고 있다. 한장수 씨가 전혀 모르는 타

인이 아니라 우리의 이웃이며, 그의 한맺힌 삶이 바로 나와 우리의 보편적 삶일 수 있다는 정서적 유대(紐帶)가 비로소 가능해지는 것이다. 그것이 꾸며낸 이야기가 아니라 실제 있었던 실화라는 점에서 감동의 폭은 배가 된다. 최두석은 그가 말한 바, '참되고 절실한 이야기'[6]를 그려냄으로서 이러한 리얼리즘의 선취를 이뤄낼 수 있었던 것이다.

또 하나의 이야시의 발화방식으로 우화체가 있다. 이 우화체는 한편의 이야기를 담아내면서 그 짧은 이야기 속에 풍유적인 에피그람(epigram)을 제시하는 방식이다. 단순히 생활주변의 이야기를 담담하게 엮어가는 것이 아니라 그 속에서 얻어내는 생활의 지혜나 삶의 진리를 포착하여 하나의 알레고리로 묶어내는 것이다. 이러한 우화체 방식의 이야기시를 시도한 시인은 정진규이다.

> 오늘, 나는 십 년 만에! 그들이 마련한 집에 초대되어서
> 무허가이지만 삼양동 꼭대기이지만 그들이 마련한 그들의
> 세계로 가서 그렇다 무허가이니까, 그들이 허락했을 뿐이
> 니까, 아직 어떤 구속도 아니니까, 오직 그들의 집일 뿐인
> 그들의 집, 새로 도배한 아직 풀냄새가 나는 그들의 방에
> 가 앉아서 콩국수를 맛있게 먹었다(민석이 엄마가 만드는
> 콩국수는 맛있다) 소주도 두어 잔 했다 가지고 간 그림도
> 한 폭 못을 박아 걸어주었다 그대들의 세계에 내가 못을
> 박다니! 잘못했다고 나는 웃었다 그러자 그들 내외는 말했
> 다 무허가인데요 뭘, 오 기쁜 말! 뛸 듯이 기쁜 말! 이 땅엔
> 허가 아닌 것이 하나도 없다
>   - 정진규, 「콩국수」

---

6)   최두석, 『리얼리즘의 시정신』, 실천문학사, 1992, p.17.

그의 시는 비교적 서사성이 약하다. 그런 점에서 정진규는 산문시인 일지는 몰라도 진정한 이야기꾼은 아닌 것이다. 담백한 생활 스케치나 일상사의 소품에 그친 것이 그의 이야기다. 그러나 빈약한 서사골격 속에서도 빛나는 시적 장치가 있으니 그것이 바로 알레고리이다.

예시한 「콩국수」의 끝부분에 주목해 보자. 시인은 벽에 못을 박는 것으로 끝내지 않는다. 이 벽에 못박는 행위를 그대들의 세계에 못 박는 행위로 전이시키고 있다. 또한 민석이 내외의 말, '무허가인데요 뭘' 이란 표현조차 심상치 않다. 무허가로 지은 허름한 집에 그림을 걸어주는 것이 행여 사치가 아닌가 하는 자괴감, 그리고 모든 것이 규약과 규율로 강제되는 사회제도의 구조적 모순을 시인은 간파하고 있는 것이다. 얼핏 지나쳐 버릴 수 있는 일상사에서 발굴해 낸 날카로운 알레고리의 칼. 이 칼이 바로 정진규의 시적 무기이다.

6. 이야기시의 시적 가능성

이야기시는 현대시사를 관통하는 중심장르임이 확인된다. 서간체, 회상체, 대화체, 설화체, 실화체, 우화체 등 다양한 발화방법을 동원하여 시적 기능과 장르적 효용성이 확대되고 있다. 서간체가 갖는 대중성 및 내밀한 호소력, 대화체의 낭독성과 정서감염 효과, 회상체의 자기독백적 효과, 설화체의 쾌락적 기능과 대중흡인력, 실화체의 현장성과 실감 효과, 우화체의 교시적 기능과 알레고리 등을 활용하고 있는 것이다.

이야기시는 단순히 이야기를 시속에 하나의 소재로 끌어들이는 것이 아니라 이처럼 다양한 발화형식을 통해 재구성해냄으로써 시적 효과를 배가시킬 수 있었던 것이다. 앞으로도 새로운 시인들에 의해서 또 다른 방법의 발화형식이 개발될 것으로 기대된다. 그만큼 이야기시는 무정형(無定型)의 가변적 장르인 것이다.

[7]

민요시론

1. 민요시의 형성배경

민요시는 전통장르인 민요와 근대시가 접합된 일종의 혼종장르요, 접합양식이다. 입으로 새기는 구비문학(oral literature)과 눈으로 읽는 기록문학(written literature)의 접합이라는 독특한 특성이 혼재하고 있다. 이러한 파생장르가 1920년대 하나의 시운동으로 파급되면서 역사적 장르로 자리 잡게된다. 민요는 한국 시가의 보편적 양식으로 오랜 세월 동안 지속된 관습적 양식이었다. 그러나 구비문학은 근대문학기에 접어 들며 사멸의 길을 걷는다. 이런 상황에서 근대문학의 정착기인 1920년대에 구비문학의 핵심 장르인 민요가 근대시의 양식으로 풍미했던 것이다. 시사적 관점에서 볼 때 이러한 현상은 특이한 것이었다.

주지하다시피 한국 근대사는 외래지향성과 전통지향성의 질곡 속에서 전개되었다. 개화기를 거치면서 서구문물의 대량 유입으로 전통적 제도와 가치관의 혼효현상이 심화되었다. 문학 역시 예외가 아니어서 서구사조의 유입으로 전통문학은 점점 설 자리를 잃어 가고 있었다. 상징주의, 사실주의, 낭만주의, 데카당 등의 서구사조를 앞세운 채 자유시가 근대시의 중심장르로 자리 잡아 가고 있었다. 소위 '새것 콤플렉스'의 자장(磁場)에 휩쓸려 전통문학의 양식도 점점 설 자리를 잃어 갔던 것이다.

그러나 무분별한 서구사조 이입이 한계를 드러내며, '우리문학', '우리시'에 대한 관심이 고조되었다. 민요시의 핵심인물인 주요한, 김억이 바로 서구시 수용에 앞장 섰던 선구자였던 사실이 이를 잘 말해준다. 서구지향성에서 전통지향성으로의 전환은 이러한 서구수용의 한계와 반성을 대변한다. '자유시는 과도기적 실험시형에 불과하고, 자유시는 시가 아니다[1]'라고 천명한 주요한의 언명이 이를 잘 말해준다. 주요한은 「불놀이」로 서구사조 수용의 기치를

---

[1] 주요한, 「조선 시형에 관하여」, 문예가 협회 강연, 1928.10.

들었던 장본인이 아니던가.

이러한 전통과 우리시에 대한 관심은 3.1운동에서 촉발된 민족주의 의식의 고양과 밀접한 상관관계를 갖는다. 민족동원(national mobilization) 형식으로 전개된 3.1운동은 표면적으로는 실패했을지 모르지만 정신적으로는 일정한 성과를 거둔 운동이었다. 3.1운동을 기점으로 민족의식과 전통의식이 문화계 전반으로 파급되었던 것이다. 우리말 연구모임의 확산과 '가갸날'의 창제, 민요수집 및 보급운동 등이 그 대표적인 사례다. 특히 민요에 대한 관심이 고조되어 수집 및 보급운동 뿐 아니라 학회 성격의 민요연구회까지 설립되었다.

이러한 민족주의 확산은 의당 문학에도 영향을 끼쳐 국민문학 운동이라는 결실을 맺는다. 물론 국민문학은 계급이념을 내세운 프로문학의 앤티테제(antithesis) 성격이 짙지만, 3.1운동에 의해 촉발된 민족주의 심화과정에서 분비된 문학운동이었다. 홍사용에 의해 '우리 넋'으로 규정된 '조선심(朝鮮心)', '조선혼(朝鮮魂)'의 추구는 민족문학 운동의 정신적 지표였고, 이의 실천 방안으로 시조부흥 운동, 역사소설, 민요시 창작으로 연결되었던 것이다. '조선혼'이라는 말을 처음 쓴 주요한은 조선혼을 '세계의 보편성 위의 우리의 특수성'이라고 규정하였다. 그 특수성인 바로 민족적 개성이고, 민요시가 추구하던 이념적 지표였던 것이다.

다시 말해 민요시는 민족주의 이념의 문학적 표현이었던 것이다. "민요시는 서구지향적인 자유시에 대한 반성이다. 우리는 메나리(민요) 나라 백성이다. 메나리 나라로 돌아가자. 내 것이 아니면 모두 빌려온 것 뿐이다"[2] 라는 홍사용의 반성도 이러한 전통지향성에 대한 흐름을 대변한다. '빌려온' 양식인 서구시를 포기하고, '우리시'인 메나리로 돌아가자고 주장하고 있는 것이다. 김억 역시 조선의 사상이 조선옷을 입지 못하고, 외래사상에 조선의 옷을 입었

---

2)   홍사용, 「조선은 메나리 나라」, 〈별건곤〉 13호, 1928.

다고 반성하며, 우리시는 의당 조선의 길을 걸어야 할 것이라 주장한다. 주요한 역시 조선말의 미와 힘을 창달하고 민족정조와 사상을 바로 표현하는 것이 민요시임을 천명하고 있다.[3]

이러한 민요시 창작은 물론 전통민요의 지속과 개화기의 민요에도 영향을 받고 있다. 개화기에 들어 전통민요는 노동, 의식(儀式), 유희(遊戲)와 관련된 기능성이 약화되고 비기능요의 특성이 강화된다. 이러한 비기능요의 특성이 근대시와 접목되어 새로운 양식을 창출하였던 것이다. 특히 개화기 민요는 항일민요 및 개작민요에서 보듯이 민족주의 관점에서 배태된 노래였다. 이러한 민요에 내재한 민족주의적 성향이 1920년대 민족주의 족출과 긴밀하게 연계되었던 것이다.

전통민요가 갖고 있는 민중성의 특성도 민요시의 족출과 깊은 관련이 있다. 주요한은 민요시를 그가 창안한 민중시의 개념과 동일시하여, '시가가 본질적으로 민중에 가까운 것은 사상, 정서, 말이 민중의 마음과 같이 울리기 때문'이라고 천명하고 있다.[4] 민중의 사상과 정서, 언어를 표출한 것이 민중시이고, 그것이 바로 민요시임을 주장하고 있는 것이다. 이러한 주장의 이면에는 민요가 본래 '민중에 의해, 민중을 위해' 불려진 노래라는 인식이 내재해 있다.

김동환은 전통시가 양식 중 '신시는 기교화하고, 시조는 고아화(高雅化)하고, 오직 야생적 그대로의 표현과 내용을 가진 것은 민요 뿐'이라고 주장했던 바,[5] 이러한 시각은 바로 민중의 개념이 전제된 것이다. '야생적 그대로'는 바로 민중의 발랄성(潑剌性)을 의미하기 때문이다. 민요의 창작주체와 향유주체는 바로 민중이다. '민요는 신생활의 음악적 표현이며, 실생활의 직접 반영'[6]이라는 주장도 그의 민중인식의 한 단면으로 보인다. 이러한 사유 내면에는

---

3) 주요한, 「노래를 지으시려는 이에게」, 〈조선문단〉 1호, 1924.
4) 주요한, 시집 『아름다운 새벽』 발문, 〈조선문단〉, 1924.
5) 김동환, 「조선 민요의 특질과 장래」, 〈조선지광〉 82호, 1929.
6) 김동환, 「초하의 관북기생」, 〈동아일보〉, 1928.7.15.

민중성을 민족의 기층적 사고와 정서를 내포하는 것으로 파악하는 시각이 내재해 있다. 곧 민중=민족이라는 사유방식이 작동하고 있는 것이다.

그러나 김동환은 민중의 개념을 좁게 해석하여 프롤레타리아 민중으로 국한하였다. 그는 1920년대를 민중 속에 뛰어 들어가 무산계급이 지배계급이 되는 운동에 나서야 할 때라고 규정하고, 그러므로 민중시인 민요시는 피지배 민중의 생활을 반영해야 할 것이라고 주장한다.[7] 곧 그에게 민중은 프로대중을 의미하는 것이었다. 이러한 시각은 철저히 계급문학의 관점에서 도출된 것이다. 주지하다시피 김동환은 프로문학의 일원이었다.

그가 시조를 부르주아 계급인 양반, 귀족문학으로 규정하고 이를 배격한 소이(所以)에도[8] 이러한 프로문학의 시각이 작동한 것이다. 그러나 역설적이게도 막상 그의 민요시는 서정성에 기초한 자연친화적 순수시에 집중하였다. 「산너머 남촌」(1927), 「봄이 오면」(1931) 같은 시가 대표적이다. 이론과 실제의 간극을 보였던 것이다.

한편 민요시를 음악성과 관련시킨 이론도 산견된다. 김억은 '시가라는 것은 고조된 감정의 음악적 표현'[9]이라고 정의하고, 시 = 음악 = 운율 = 음수율이라는 도식을 만들어 냈다. 이러한 도식은 '무엇보다 음악을'이라는 베르렌느(Verlaine)류의 상징주의 기법에서 연유한 것이다. 그는 시의 본질을 음악성에 두고, 그 음악성의 구현을 위해서 운율에 집착하는 오류를 범했던 것이다. 그의 이러한 음악성에 대한 신념은 결국 '격조시'로 귀결되었다.

주요한 역시 자유시를 음악적 리듬이 결여된 것, 즉 리듬의 규칙성이 배제된 양식으로 규정하고 언어의 음악성을 정형률에서 찾았다. 그리하여 자유시를 배격하고 새로운 조선의 시형을 모색하였다. 그것이 바로 민요시였던 것이

---

7) 김동환, 「문사와의 대담」, 〈조선문단〉, 1927.
8) 김동환, 「시조배격소의」, 〈조선지광〉, 1927.8. 그는 시조가 여유있는 시대의 산물이며, 제왕, 대신, 양반 사회를 반영하며, 통치이념의 전파에 이용되었음을 밝히고 있다.
9) 김억, 「작시법」, 〈조선문단〉 7호, 1925.

다. 그가 보기에 민요시야 말로 음악성을 구현하는 최상의 양식이었던 것이다. 김동환도 '시형은 7 · 5조나 4 · 4조같은 평이한 것이 좋다'[10]고 주장하며 민요시야 말로 이를 충족하는 최상의 양식임을 밝히고 있다.

이와 같이 이론적인 면에서 민요시는 음악성의 구현이라는 당대 시인들의 문학이념을 실현하는 최상의 양식으로 부각되었던 것이다.

2. 민요시의 개념

민요시는 전통시가 장르인 민요와 근대시가 접목된 혼종장르요, 혼종양식이다. 민요시가 이처럼 제3의 장르로서의 성격을 갖기 때문에 의당 민요적 특질과 근대시로서의 특질을 공유한다. '민요를 지향하면서 씌여진 개인 창작시'[11]라는 오세영의 정의 대로 민요시는 민요라는 전통성과 개인창작이라는 근대성이 내재한 양식이다. 그러나 민요시라는 명칭대로 민요의 성격이 강하게 나타난다. 김억이 민요시를 '종래의 전통적 시형(민요)을 밟는 것'[12]이라고 규정한 것에서도 이러한 특질을 엿볼 수 있다.

전통 시가양식으로서 민요는 입에서 입으로 전해지는 구비문학(oral literature)으로서, 민중들의 공동창작, 공동향유라는 공동체적 성격을 가지며, 일종의 노래체로서의 기능성과 비전문성을 갖는다. 이에 비해 근대시는 일종의 기록문학(written literature)이며 개인의 창작에 의한 전문성과 개인적 체험에 바탕을 둔 개체성, 기능성이 배제된 예술성을 바탕으로 하고 있는 것이다. 이처럼 민요와 근대시는 상호 상반된 특성을 갖고 있다.

하지만 민요시는 이런 상호배타적인 요소들을 종합하여 진테제(synthesis)

---

10) 김동환, '문사와의 대담', 〈조선문단〉, 1927.
11) 오세영, 『한국 낭만주의 시연구』, 일지사, 1980, p.38.
12) 김억, 시집 『잃어진 진주』, 평문관, 1924.

로서의 변증법적 지양을 이뤄냈던 것이다. 무엇보다 전통의 현대적 계승이라는 문학사적 과업을 충실히 수행해 낸 대표적인 양식이었다. 전통의 단순 계승이 아니라 근대와 접목시킨 창조적 계승을 이뤄냈다는 점에 민요시의 시사적 의의가 있다. 그리하여 민요시는 전통성+민족성+민중성의 삼위일체적 신경지를 개척했던 것이다.

민요시의 첫 출발은 소월의 「진달래꽃」(1922.7, 〈개벽〉 25호)이었다. '민요시'라는 용어가 처음 쓰인 것도 바로 「진달래꽃」이었다. 하지만 민요시라는 명칭은 소월보다 소월을 시단에 소개했던 그의 스승 김억의 창안으로 보인다. 안서는 「진달래꽃」에서 '민요시'라는 명칭을 창안한 후, 이를 의도를 갖고 지속적으로 사용했다. 1923년에 소월과 홍사용을 '민요시인'으로 규정한 것도 이러한 예증이다.[13]

소월은 민요시를 의식하지 않고 향토적인 서정시를 썼던 것이나 이것이 계기가 되어 김억, 주요한, 김동환, 홍사용 등의 민요시 운동으로 이어졌던 것이다. 말하자면 소월의 자발성이 민요시파 시인들의 의도성을 촉발시킨 계기가 된 것이다. 그런 점에서 소월은 본의 아니게 민요시의 선구자가 된 셈이다. 그러나 아이러니컬하게도 막상 소월은 자신이 민요시인으로 불리는 것을 꺼려했다.[14] 소월은 스스로가 전통시인이기보다 근대시인으로 불려지기를 바랐던 것이다.

3. 민요시의 특징

민요시는 민요를 바탕으로 한 양식이기 때문에 의당 민요의 특질을 내포하고 있다. 민요적 자질을 내포한 근대시, 그것이 바로 민요시였다. 민요시에

---

13) 김억, 「시단 1년」, 〈개벽〉, 1923.12.
14) 김억, 「소월의 추억」, 『소월시초』, 박문서관, 1939, p.39.

나타난 민요적 표출양상을 구체적으로 살펴보자.

1) 향토적 소재의 형상화

민요시의 주된 특징은 향토적 소재다. 민요시는 고향마을의 자연풍경이나 생활풍습이나 풍속, 인정세태를 주된 소재로 하고 있다.

> 내 고향은 곽산 황포가외다
> 봄노래 실은 배엔 물결이 높고
> 뒷동산이라 접동꽃 따며 놀았소
> 하든 것은 지금 모두 꿈이오
>   — 김억, 「내 고향」

이처럼 고향의 자연풍경을 배경으로 동심의 세계를 토속적 색채로 형상화하고 있다. '어리얼럴 좋을시고 딸기딸기 명주딸기'(김억, 「명주딸기」), '하얀 박꽃 달린 박넝쿨이 줄줄이 돌각담을 넘어서'(김동환, 「박넝쿨」)에서처럼 딸기와 박꽃이 피는 고향 산천이 펼쳐진다. 그 자연 속에서 '뒤뜰에 우는 송아지, 뜰앞에 우는 비둘기'가 울고 있고, 언니 등에는 '우리 아가'가 잠잔다.(주요한, 「자장가」) '섬돌, 광주리, 호미, 방아' 등 농촌의 생활도구가 등장하고, '한가위, 도래떡, 송편, 널뛰기, 설, 추석, 동지팥죽' 등의 민속물도 동원된다.

특히 소월은 「접동새」(곽산), 「팔베개 노래」(진주), 「춘향과 이도령」(남원), 「물마름」(신미도) 등 지방 곳곳의 민담이나 전설을 시화하고 있다. 소월의 민요시는 '설화시'라 칭해도 과언이 아닐 정도로 설화를 주된 소재로 삼고 있다. 또한 '달맞이, 초혼, 한식, 초파일, 널뛰기'와 같은 민속놀이, '연분홍 저고리, 화문석 돗자리, 단청의 홍문, 성황당' 같은 민속물이 시의 소재가 되기도 한다.

지명(地名)의 시화(詩化)도 민요시의 특징이다. '천안삼거리, 삭주구성, 삼수갑산, 영변약산, 왕십리' 등의 지명이 시의 주된 소재가 되고 있다. 아울러 '바드랍게, 불설워, 여봅셔요, 아주나' 같은 향토색 짙은 지방 사투리가 동원 되기도 한다.

2) 민요율격과 기법의 차용

민요시는 율조면에서 민요의 율격인 2음보, 3음보에 토대를 두고 있다. 민 요는 기본적으로 4 · 4조에 바탕을 둔 2음보 및 3음보 율격이 주조음이다.

지난해 풍년들어
곡식말 남았던것
팔아서 호미사니
호미값이 더비싸네
        － 주요한, 「늙은 농부의 한탄」

피는꽃 젊은봄에 풀뜯어맺고
지는꽃 저문봄에 고름맺으며
언제나 변치말자 맹서했건만
마음은 아침저녁 떠도는구름
        － 김억, 「고름맺기」

예시처럼 4 · 4조(3 · 4조) 2음보, 7 · 5조 3음보 율격이 민요시의 기본 율격 이다. 특히 소월의 민요시는 7 · 5조 후장(後長) 3음보격이 70%를 차지한다. 7 · 5조의 음수율은 개화기에 풍미한 창가체의 흔적이지만, 3음보의 음보율은 전통 민요의 기본 율격인 것이다. 행연법은 대부분 4행시(quartet)로 구성 된다.

민요시는 수사적 측면에서 민요의 기법을 활용하고 있다.

먼저 댓구와 반복의 양상을 보자.

초순달 흐릿하게 눈위에 어리우고
화로불은 환하게 어둔방을 비췰제
　　　　　　　　　　 – 김억, 「待人」

山에는 靑靑 풀잎사귀 푸르고
海水는 重重 흰거품 밀려든다
　　　　　　　　　　 – 김억, 「오다가다」

「대인」은 초승달의 희미한 불빛과 어둔 방을 환하게 비치는 화로불을 대조
시켜 님을 그리는 연심(戀心)을 불타는 화로불로 부조(浮彫)하고 있다. 「오다
가다」는 '산과 바다, 靑靑과 重重, 푸른 색과 흰 색'의 대비를 통하여 만나면
헤어져야 하는 인간사의 운명을 노래하고 있다. 회자정리(會者定離)라는 만남
과 이별의 존재조건을 상반되는 이미지의 병치를 통하여 극명하게 형상화하
고 있는 것이다.

Finnegan은 반복(repetition)과 병치(parallelism)를 민요의 일반적 특징
이라고 지적한 바 있다.15) 반복은 민요의 전통적인 가락인 'AAXA'의 반복기
법으로 자주 활용된다. '성님 성님 사촌 성님', '아가 아가 우리아가' 와 같은
표현이 그것이다.

딸기딸기 명주딸기

　　　　　　　　　　 – 소월, 「명주딸기」

---

15)　Ruth Finnegan, 『Oral Literature』, New York, Cambridge Univ. Press, 1977,
　　 pp.58~69.

접동접동 아우래비 접동
            - 소월, 「접동새」

고개고개 아흔아홉 고개
            - 소월, 「벗마을」

새소리 뻐꾹
뻐꾹뻐국
여기서 뻐국 저기서 뻐국
            - 소월, 「자전거」

예시처럼 「명주딸기」, 「접동새」, 「벗마을」은 민요가락 그대로 'AAXA'의 반복기법을 따르고 있다. 「자전거」는 뻐국새의 울음소리를 반복함으로서 뻐국새가 실제 우는 청각적 형상을 실감나게 묘사하고 있다. 민요시는 민요의 후렴구를 활용하기도 한다. '에헤 에헤 에헤야 풍년이 왔구나'(김동환, 「풍년이 왔구나」), '초가삼간 다못덮고 에헤요 에헤요, 에헤야 달리더라'(소월, 「넝쿨타령」)처럼 민요조 여음(餘音)이나 후렴구를 반복하고 있다. 이러한 동일어구의 반복은 궁극적으로 음악성을 제고한다. 이러한 음악성의 구현은 음악성을 한국시의 전통으로 인식하고 이를 복원하려는 민요시파 시인들의 의도가 깔려있는 것이다.

Finnegan은 민요의 특징으로서 공식어구(formula phrase)를 들고 있다. 민요는 일반 민중이 이해하기 쉬운 공식화된 어구를 활용하는 것이다. 그 공식어구를 수사법에서는 관습적 수사(stock figure)라 부른다. 일상생활에서 굳어진 관습적 어구를 사용하여 민중들의 이해와 공감력을 고조시키는 수사법을 의미한다. '나를 버리고 가시는 님은 십리도 못가서 발병이 난다'와 같은 표현이 그것이다.

강남제비 오는날
새옷입고 꽃꽂고
처녀색시 앞뒤서서
우리누님 뒷산에갔네

가서올줄 알았더니
흙덥고 금잔디덮혀
병풍속에 그린닭이
우더라도 못온다네

                   – 주요한, 「가신 누님」

   시에서 '강남제비 오는 날', '병풍에 그린 닭' 같은 표현이 관습적 수사이다. 이런 표현은 일상생활이나 민요에 자주 등장하는 어구들이다. '쓸쓸한 고개고 개 아흔아홉 고개'(소월, 「벗마을」)이나 '강남의 더운 나라로 제비가 울고불고 떠났습니다'(소월, 「제비」), '세월은 물과 같이 흘러가건만'(소월, 「님의 말씀」), '바다가 변하여 뽕나무밭 된다고'(소월, 「바다가 변하여 뽕나무밭 된다고」), '고초당초 맵다한들'(홍사용, 「고초당초 맵다한들」) 같은 표현도 관습적 어구 이다. 관습적 수사는 특히 소월시에 집중적으로 나타난다.
   특이하게 '3'이라는 숫자는 민요시에 자주 활용되는 관습적 숫자다. 물론 민 요에도 자주 등장하는 숫자다.

울도담도 없는집에 시집 3년 살고보니
시집간지 3년만에 목매달아 죽었다네
             – 「시집살이요」

시집와서 3년 오는 봄은
             – 소월, 「서관아가씨」

해당화도 아직 안핀 춘3월에

            - 김동환, 「해당화도 피기 전」

　'3'이라는 숫자가 자주 쓰인 것은 아마도 시집살이같은 힘든 일은 3년이면 충분히 경험하고 깨달을 수 있다는 체험적 인식 때문인 것으로 풀이된다. 그리하여 이별이나 시집살이 등 고난의 시기를 관습적으로 '3년'이라는 관습적 표현으로 정착된 것이다. H. Read는 민요가 공동체적 성격을 갖는 요소로서 서술의 선명한 직접성을 들고 있는데 관습적 수사나 언어표현은 이러한 민요의 표현의 직접성을 드러내고 있는 것이다.

3) 한의 미학과 여성편향성

　민요시의 기본정서(fundamental emotion)는 한(恨)이다. 사랑의 슬픔과 생활의 비애가 주조를 이루나 때로는 삶과 죽음 같은 초월적인 한, 자연과 인간의 존재의 간극에서 오는 존재론적인 한도 표출된다.

하루에 두 때 뜬 기약을 두고서
한바다의 밀물 드나들건만
눈오는 이 저녁에 서로 떠나면
감남꽃 핀 어데서 다시 만나랴

            - 김억, 「哀別」

속모르는 시어머니 꾸리만겼수
오백주리 풀어짠들 이서름풀가
이細木을 다나으면 누구를입혀
앞댁아기 기저귀감 어이두없네

            - 홍사용, 「고초당초 맵다한들」

산에 산에 피는 꽃은
저만치 혼자서 피어있네
산에는 꽃이지네
갈봄 여름없이 꽃이지네
　　　　　- 소월, 「산유화」

그림자 가득한 언덕으로 여기저기
그 누가 나를 헤내는 부르는 소리
내 넋을 잡아끌어 헤내는 부르는 소리
　　　　　- 소월, 「무덤」

「애별」은 사랑하는 사람과의 이별의 정한, 「고초당초 맵다한들」은 시집살이의 서러운 한, 「산유화」는 자연과 인간의 존재론적 한, 「무덤」은 삶과 죽음의 초월적 한을 각각 노래하고 있다. H. Read가 민요를 이미 '비극적 사랑에서 오는 슬픔'[16]이라 했듯이, 김억도 민요시는 서북민요 수심가의 정조를 투영한 것이라고 말하고 있다. 그 만큼 민요시는 한의 정서를 주조음으로 삼고 있는 것이다.

이처럼 민요시는 한의 노래라 칭할 정도로 한을 기본정서(fundamental emotion)로 하고 있다. 한(恨)은 한국인의 보편적 정서로 한민족의 민족정서의 기저를 이루고 있다. 「공무도하가」, 「가시리」, 「서경별곡」 등 대부분의 전통시가도 한을 기본정서로 삼고 있다. 민요시는 그런 점에서 민족문학의 특질을 구유(具有)한다. 곧 민요시는 민중문학이면서, 민족문학인 것이다.

민요시는 여성편향성을 강하게 드러낸다. 민요시는 대부분 여성적 정조를 여성적 시어로 표출하고 있다. 특히 소월과 김억의 시에서 이러한 특질은 현저하게 드러난다.

---

16) H. Read, 『Phase of English Poetry』, London, Faber and Faber, 1957, p.19.

홀로 잠들기가 정말 외롭아요
밤에는 사무치도록 그립어와요
이리도 무던히
아주 얼굴조차 잊힐 듯해요
　　　　　　　　　－ 소월, 「밤」

이 시는 전체가 '외롭아요' '그립어와요', '흐느낄 뿐이야요' 등 아어체(雅語
體) 시어로 이루어져 있다. 이와 같이 '~요, ~아라, ~서라, ~우옵네다' 등의
곱고 서러운 감성을 자극하는 아어체의 활용은 여성정조를 고조시키는 효과
를 가져온다. 예시에서 밤이 주는 외로움과 그리움의 정서가 더욱 곡진하게
느껴지는 것은 바로 아어체 때문이다.

예시와 같이 시적 자아나 시정서, 시어에 이르기 까지 여성적 정조가 물씬
풍기는 것이 소월과 김억의 민요시다. 이러한 여성 편향성은 한의 미학과도
깊은 관련이 있다. 기다림, 외로움, 애달픔은 한의 정서에 직결되는 정조이기
때문이다. 동시에 여성 특유의 숙명적 인생관도 드러난다.

특히 여성 편향성은 전통시의 특질인 임지향성과도 깊이 관련된다. 민요시
는 「정읍사」, 「가시리」, 「사미인곡」과 같은 고전시가의 임지향성의 모티브를
내재하고 있다. 민요시에서 전통시가의 맥박과 호흡이 생생히 살아나고 있는
것이다. 그런 점에서 민요시는 전통시의 현대적 계승을 이루고 있는 것이다.

4. 민요시의 시사적 의의

민요시는 1920년대 풍미했던 역사적 장르다. 비록 1920년대에 편중된 양식
이긴 하지만 한국 근대시사에 끼친 영향이나 성과는 지대하다.

먼저 전통시가인 민요를 근대시에 접목하여 새로운 시양식을 창출했다는
점에서 양식사적 의의가 있다. 단순한 전통의 계승이나 답습이 아니라 그것을

새롭게 창조적으로 변용했다는 점에 의미를 둘 수 있는 것이다. 민요시는 전통민요의 특질과 근대시로서의 성격을 공유하여 한국 근대시의 새로운 지평과 가능성을 열어 주었던 것이다.

둘째, 민요시는 반복과 병행, 여음과 후렴구 활용으로 현저하게 음악성을 고조시킨다. 이러한 음악성은 시의 기본적 특질인 바, 근대시의 중심 과제인 음악성의 구현에 크게 기여하고 있다.

셋째, 아어체, 구어체 등에 세심한 배려와 조탁을 기울여 한국어의 시적 가능성을 고양하였다. 민요시 만큼 한국어의 조탁에 힘쓴 양식도 드물다. 생활 현장에서 사용되는 구어체의 활용이 두드러진다. 또한 방언의 활용에 치중한 방언주의 역시 한국어의 시적 가능성을 열어준 새로운 시도였다. 민요시는 방언의 세심한 운용과 조탁에 전력을 기울였던 것이다. 방언은 바로 한국 고유어의 저장 창고요, 보고(寶庫)인 것이다.

넷째, 민요시는 민중의 삶과 의식에 밀착하여 민중의 발랄성을 문학적으로 승화시켰다. 민요에 내재한 민중적 요소들, 즉 표현의 직접성, 소재의 현장성, 언어의 평이성 등을 살려 민중문학으로서의 원형성을 제고하였다. 관습적 표현, 반복과 병행의 기법, 생활현장의 구어체 어법(diction) 등은 민중성을 제고하는 효과적인 의장(意匠)이었다.

다섯째, 민요시는 민족의 정체성이 훼손되던 일제 강점기에 민족 정체성 회복과 환기에 적절한 문화적 기제로 활용되었다. 향토적 소재, 민속 및 민담의 차용, 방언 및 구어체의 활용, 민족정서인 한의 미학, 전통시가의 모티브인 임지향성 표출 등은 민족 정체성의 구현에 적절한 시적 기제요, 시적 전략(poetic strategy)이었다.

이러한 민족 정체성 환기의 전략은 문학의 차원을 넘어 일종의 문화적 저항이라는 역사적 의미를 갖는다. 민족 고유성이 훼손되고, 강탈당하는 상황에서 우리의 언어와 문화를 되찾으려는 노력은 분명 일종의 저항행위였던 것이다.

총칼로 싸우는 투쟁이 무투(武鬪)라며는, 문화로 맞서는 투쟁은 문투(文鬪)가 될 것이다. 그런 점에서 민요시는 일종의 문투형식의 시가였던 것이다.

물론 서정민요에 편중되어 사회성이 배제됐다는 한계를 지니고 있기는 하지만 일부 김동환의 민요시에 보이는 프로시적 징후도 감안해야 할 것이다. 김창술, 허문일 등의 프로시인들은 풍자적이고 현실비판적인 민요시를 발표하기도 했다. 김석송, 정로풍도 생활현장에 기초한 사실주의풍의 민중민요를 발표하였다.

이러한 민요시는 후에 김영랑, 백석의 향토시, 민중시로 접목되며, 자연친화성을 바탕으로 한 청록파에 일정한 영향을 끼친다. 나아가 1980년대 신경림, 김용택의 민요조 농민시로 그 맥락이 이어져 민요시는 한국 근대시의 중심장르로 자리 잡아 갔던 것이다.

격조시론

1. 격조시의 장르적 성격

격조시(格調詩)는 1930년 전후 안서 김억이 창안한 개인장르다. 동시에 안서 개인에 의해 일시적으로 유행하다 한국시사에서 사라진 한시적 장르이기도 하다. 격조시는 안서와 그의 제자였던 김소월의 시로 국한된 극히 개별적 장르였으나, 민요시와의 공통점을 상당 부분 공유하고 있기에 넓게는 민요시의 장르에 포함시킬 수 있다.

R. Wellek은 문학 제도론(制度論)에서 문학은 일종의 사회적 제도이기 때문에 늘 새로운 모형이 창출되는 것이고 관습적 제도로 굳어지기 위해선 추종자가 따라야 한다고 했다. 그러나 격조시는 안서가 실험하고 소월의 일부 시에 흔적이 보이다 이내 소멸되고 만다. 마치 이은상이 양장(兩章)시조를 실험했으나 추종자가 없어 개인장르로 소멸됐던 길을 똑같이 걸었던 것이다. 그만큼 격조시는 일정한 한계와 제약이 있었으나 나름대로의 문학사적 성과를 거둔 장르이기도 했다.

격조시를 창안한 안서는 일찍이 1910년대부터 서구시 수용에 앞장선 이른바 서구지향(modernity orientation)의 선도자였다. 그는 1910년대 문예지 〈학지광〉, 〈태서문예신보〉를 통하여 서구 상징주의 시와 시론을 수용하고, 직접 상징주의에 바탕을 둔 자유시를 써서 근대시의 문을 연 장본인이었다. 한국 근대시는 안서에 의해 개척되고, 길이 열렸다 해도 과언이 아닐 만큼 안서는 한국 근대시의 개척자로서 중요한 위상을 점하고 있다.

그러던 그가 1925년을 기점으로 근대시의 방향을 전통지향의 축으로 반전시켰고, 그 반전의 구체적 계기가 바로 민요시 및 격조시였던 것이다. 또한 격조시는 1925년 KAPF의 앤티테제로 등장한 국민문학파의 민족주의 노선에서 분비된 파생적 장르이다. 이렇게 볼 때 격조시는 단순히 한 개인의 개인적 장르가 아니라 역사적 의미를 갖는 역사적 장르이기도 하다.

2. 격조시의 창작배경

격조시의 창안은 외재적 요인과 내재적 요인이 함께 작용하고 있다. 외재적 요인은 1925년 대두된 국민문학파와의 상관관계다. 국민문학파는 계급 이념을 앞세운 카프에 맞서 민족이념을 표방하고 그의 실천 방안으로 시조부흥론, 민요시, 역사소설의 창작을 시도하였다. 이러한 국민문학파의 민족주의 창달에 호응하기 위해 전통지향성에 입각한 격조시를 창안한 것이다. 국민문학파가 추구했던 조선심(朝鮮心)의 구현을 위해서는 '조선빛깔 나는 노래'를 불러야 했고, '조선정서를 담은 조선시체(詩體)'를 추구해야 했다. 그 조선시체의 구체적 결과물이 바로 격조시였던 것이다. 한국 전통시의 정수는 정형시였고, 그 정형시는 민족정서에 가장 적합한 형식이어야 했던 것이다.

내재적 요인으로는 안서의 시에 대한 장르인식과 개인적 신념이다. 무엇보다 안서는 당대 유행하던 자유시에 대한 깊은 회의를 느끼고 있었다. 그는 자유시가 지나친 산문적 진술로 내재율을 무시하고 엄격한 외형적 규제가 없어 산문을 단순히 '행갈이'로 전락시킨 비시(非詩)였다고 비판하고 있다. 결국 자유시를 질서와 규율이 없는 무절제한 산문시로 규정한 것이다.

자유시형의 위험이 있으니, 그것은 언제나 산문과 혼동되기 쉽다.[1]
어린 아이들의 사방치기와 같이 잘막잘막하게 글 句를 찍어서 행수만 벌려 놓으면 시가인줄 아는 멋모르기 친구들이 싸구려 장사 모양 濫作하고 있다.[2]

이처럼 자유시의 무절제한 산문성, 무규칙성을 신랄하게 비판하고 있는 것이다. 산문에 가까운 무절제한 자유시를 심지어 아이들의 '사방치기', '싸구려 장사'로 까지 혹평하고 있다. 안서의 자유시에 대한 회의와 반감이 어느 정도

---

1)   안서, 「격조시형소론」, 〈동아일보〉, 1930.1.18.
2)   안서, 「작시법」 5, 〈조선문단〉 11, 1925.8, p.82.

였는지 짐작이 간다. 자유시의 선구자였던 그가 이렇게 자유시를 부정하는 것은 참으로 역설적인 일이 아닐 수 없다. 자유시의 신봉자이고 개척자였던 그로서는 실로 자가당착적인 인식이다.

이러한 주장은 자유시에 대한 지나친 편견이고 피상적 인식에서 비롯된 것이다. 시는 정형시여야 한다는 아집에 사로 잡혀 자유시의 장르적 특성을 외면하고 있는 것이다. 격조시를 강조하기 위해 자신의 시와 시론의 터전이던 자유시까지 부정하는 자기부정을 서슴치 않았던 것이다.

물론 이러한 입장에는 무분별한 서구수용의 한계와 자기반성이 내재해 있다. 개화의 물결에 휩쓸려 서구모방, 서구이식에 급급한 나머지 서구사조와 양식을 무분별하게 수용했던 과오에 대한 자기반성으로 해석할 수 있다. 그역시 조급성에 매달린 나머지 상징주의의 인식과 수용에서 피상성을 면치 못했던 것이다. 안서는 상징주의 수용을 Verlaine에 집중하여 음악성과 비애감에 대한 편향으로 기울었다.

기실 상징주의 음악성은 음악이 주는 환기적 효과와 주술성에 본질을 둔 것인데 안서는 음악성을 단순한 운율에 의한 리듬감의 표출로 이해했던 것이다. 말하자면 베르렌느의 '무엇보다 음악을'이라는 신념을 '무엇보다 운율'로 단순화시켰던 것이다. 아무튼 음악성의 구현은 안서의 시적 신념으로 굳어졌고 급기야 격조시의 창출로 이어졌던 것이다. 시 = 음악 = 운율 = 음수율이라는 격조시의 도식은 이러한 음악성에 대한 편견과 인식의 산물이었다.

격조시는 한시의 패러디(parody)라 할 정도로 한시의 흔적이 농후하다. 엄격한 정형성은 물론 압운법, 대구형식에 이르기까지 흡사한 모습을 보인다. 이러한 격조시에 내재한 한시 흔적은 안서의 한시 번역체험의 분비물이다. 안서는 1925년을 전후하여 서구시 번역에서 손을 떼고 한시 번역에 집중하였다. 『망우초』, 『동심초』, 『꽃다발』, 『지나명시선』, 『야광주』 등이 그것이다. 이러한 한시 번역체험과 편향이 한시 패러디에 가까운 격조시를 창출하였던 것이다.

또한 4행시 창작체험도 격조시 창작에 영향을 주었다. 안서의 4행시는 이미 1910년대 「북방의 따님」, 「야반」, 그리고 1920년대 초 『오뇌의 무도』(1921), 『해파리의 노래』(1923)에 자리 잡고 있는 바, 이러한 4행의 행연의식이 4행을 기초로 한 격조시에 영향을 주고 있다. 물론 그가 심취한 베르렌느의 4행시 번역도 일정한 영향을 주고 있다.

3. 정형시론으로서의 격조시론

안서의 격조시론의 개진은 1930년에 발표되지만 그 징후는 이미 1925년 이전으로 소급된다. 그 첫 징후는 소월시 창작지도에서 나타난다. 주지하다시피 안서와 소월은 단순한 사제지간을 넘어 창작의 도제지간(徒弟之間)의 관계로 승화된다. 소월을 시단에 소개한 사람도 안서였고, 소월의 시세계에 영향을 준 이도 안서였다. 말하자면 소월은 안서의 도제였던 것이다. 시 「바다」를 보면 소월과 안서의 밀접한 도제관계를 엿볼 수 있다.

① 멀리저멀리물결흰그곳
   붉은풀이자란바다는멀다
                        － 〈동아일보〉(1921.1.14)

② 멀리 저멀리 흰물결이 넘노는
   붉은 풀이 고이 자라난 바다는 멉니다
                        － 〈개벽〉(26호, 1922.8)

③ 뛰노는 흰물결이 일고 또 잦는
   붉은 풀이 자라는 바다는 어디
                        － 『진달래꽃』(1925)

①은 띄어쓰기 없이 줄글로 표기되었던 것이, ②에 와서 띄어쓰기가 실현되고 내용이 첨삭되지만 뚜렷한 운율은 보이지 않는다. 그런데 ③에 와서는 완전히 7·5조로 격조시의 형식을 갖추게 된다. 안서는 시골에 칩거하던 소월을 〈창조〉에 데뷔시킨 후 꾸준히 서울 문단에 그의 작품을 소개하는 산파역을 맡았다. 기실 소월은 동인활동과 문단활동 없이 개인창작에 머물러 누군가 조력자가 필요했던 것이다. 안서가 〈개벽〉의 자문역을 맡았기에 문단의 영향력은 컸던 것이고, 시집도 안서의 주도 하에 출간되었던 것이다.

이렇게 볼 때 「바다」의 운율변화, 특히 7·5조의 변화는 안서의 영향이 크게 작용한 것으로 보인다. 또한 1930년에 격조시를 논하면서 성공한 예로 소월의 7·5조 「진달래꽃」, 「평양의 대동강」을 거론했던 것도[3] 시사하는 바 크다. 이처럼 안서는 소월시를 지도하면서 의도적으로 7·5조의 격조시 창작으로 이끌었던 것이다.

안서의 음악성에 대한 신념은 이미 1925년 「작시법」에 그 단초를 엿볼 수 있다. 그는 "시는 한마디로 정조의 음악적 표현입니다. 곡조는 시가의 리듬으로 모든 존재는 리듬이 항상 자신을 발견합니다"라고 선언하고, 시＝음악＝운율＝자수율이라는 등식을 공식화한다.[4] 이처럼 그는 시의 음악성을 규칙적인 자수율에 의한 운율에서 찾았던 것이다.

격조시의 단초로 제시한 민요시론에서도 이러한 안서의 신념이 극명하게 표출된다. 그는 일련의 민요시론에서 1) 조선심의 고양을 위해 민요시가 필요하다. 2) 민요시는 전통적인 정형시로서 자유시와 대립된다. 3) 민요시의 본질은 음조(音調)에 의한 무드(mood), 즉 음악성에 있다고 주장하고 있다.[5] 이러한 이론에 근거하여 창작된 것이 1929년 『안서시집』이요, 「지새는 밤」[6]

---

3) 「격조시형소론」, 〈동아일보〉, 1930.1.18.
4) 「작시법」, 〈조선문단〉 8호, 1925.5.
5) 『잃어버린 진주』서문, 1924.8, 「밟아질 조선시단의 길」, 〈동아일보〉 1927.1.2~3.
6) 〈동아일보〉, 1930.12.9, 20회 연재 장형서사시.

이다. 이 시편들은 철저히 7 · 5조 정형률의 4행시로 이루어져 있다.

안서는 급기야 1930년 이러한 시적 신념을 체계화하여 '격조시론'을 발표한다.[7] 그는 시의 운율을 음악에 가까운 엄밀한 규칙성으로 규정하고 그것을 격조시의 기본 논리로 삼았다. 시가의 율동을 음악의 박자와 같이 일정한 규칙에 의하여 음향(音響)이 배열되는 것으로 단정하고 있는 것이다. 그러나 그가 이상으로 생각한 격조시의 엄격한 운율은 기계의 박동(拍動)으로 작동하는 박절기(拍節器, metronome)와 흡사한 것으로 오히려 생동감을 상실함으로 시의 음악화에 실패하고 만다.

「격조시형소론」의 내용을 요약해 보면 다음과 같다.

1. 자유시는 산문과 혼동되어 시의 율동적 아름다움을 전해줄 수 없다.
2. 우리말은 고저 장단이 없기에 시의 율격은 음절수에 의해 결정될 수밖에 없고, 음절수의 제한은 언어를 규칙적이고 조화있게 배치하여 음률적 쾌감을 준다.
3. 시미를 살리기 위해서는 음절의 규칙적인 반복 보다는 변화있는 배치에 의해야 한다.
4. 음절의 구성 요소는 음력(音力)으로 시의 율격의 최소단위다. 음력은 최대한 2음절로 이루어지며, 반음(1음절)과 전음(2음절)으로 나뉜다.
5. 3 · 4조는 반음이 들어가 율동에 변화를 주기 때문에 단조롭고 변화가 없는 4 · 4보다 더 음율적이다.
6. 시의 율독은 호흡이 길이와 관계가 깊은데 일반적으로 한번의 호흡에 12음절 내외를 읽는다.
7. 7 · 5조는 두 음절이 다 기수(奇數)임으로 변화가 많고 전음과 반음이 조화된 음군(音群)을 이루며 한번의 호흡인 전체 12음절임으로 서정형에 가까운 시형으로 부드럽고 경쾌하다.

---

7) 「격조시형소론」, 〈동아일보〉 1930.1.16~1.30까지 14회 연재.

이처럼 안서는 우리시의 율격적 자질을 음수율에 근거해서 여러 형태로 분류하고 있다. 특히 음력론은 독창적인 이론인 바, 그가 주장한 음력(音力)은 하나의 호흡단위로서 한번에 발음할 수 있는 최대한의 시간을 의미한다. 이는 대개 2음절로 이루어진다. 그는 음력을 전음(2음절)과 반음(1음절)으로 나누고 있다.

결국 이러한 이론은 7·5조의 우수성을 강조하기 위한 것이다. 7·5조는 그가 말한 대로 기수율(奇數律)이기 때문에 변화가 있고, 음률적이며 한번의 호흡 단위인 12음절이라 부드럽고 경쾌한 리듬이 된다. 결국 7·5조야 말로 가장 부드럽고 매끄러운 서정시형이 되는 것이다.8) 거기에 7·5조는 3음보격으로 민요의 전통적 율격에 근접하고 있다. 이렇게 그가 추구했던 가장 바람직한 조선시형, 조선시체는 바로 7·5조 정형시였던 것이다.

격조시는 여기에 몇 가지 특징이 덧붙여진다. 특히 한시의 영향으로 정형성이 더 강화된다. 격조시의 일반적 특징은 1) 행과 연의 규칙적인 외재율의 적용, 2) 7·5조 4행 1연의 기본형, 3) 기승전결의 댓구형식, 압운법의 원용 등으로 요약할 수 있다. 그의 격조시는 상징주의를 수용하면서 육화(肉化)된 음악적 특성에 한시의 엄격한 규칙성이 혼합된 것이다.9)

Lotz는 한국어, 일본어, 불어는 주로 음절수에 의존하기 때문에 단순율격으로 나타날 수밖에 없다고 지적한 바 있다. 그렇게 볼 때 음절수에 기초한 격조시는 일종의 단순 율격시 및 음절시(音節詩)로 규정할 수 있다. 하지만 음수율만으로는 한국 시가의 율격적 특징을 논하기는 문제점이 있다.10) 바로 음보율의 문제가 남는 것이다. 시의 최소 율격단위를 음수로 볼 것인지 음보로 볼 것인지에 대한 많은 논의가 이를 말해 준다. 격조시는 음보율을 배제한

---

8) 「격조시형소고」, 〈동아일보〉, 1930.1.28.
9) 오세영, 『한국낭만주의 시연구』, 일지사, 1980, p.294.
10) 성기옥, 『한국시가 율격의 이론』, 새문사, 1986, pp.356~357.

채 음절수에 의한 단순율격을 상정하고 있는 것이다.

아울러 격조시는 민요시+한시+창가가 혼합된 복합장르의 속성을 드러낸다. 리듬, 소재, 정서 면에서 격조시는 민요시와 흡사하고, 압운, 기승전결, 엄격한 정형성에서 한시양식을 수용하고 있다. 또한 격조시의 7·5조는 개화기에 풍미한 창가리듬의 연장선상에 있다. 안서가 '격조시형소론'이라는 장황한 리듬이론을 통하여 7·5조를 최상의 조선시의 율격으로 제시했지만 결국 7·5조 창가리듬으로 복귀하고 만 것이다.

창가는 일본에서 묻어온 외래종 리듬이라는 점에서 조선시형, 조선시체의 전형으로 제시한 격조시의 정체성에 혼란을 주고 있다. 한시 역시 우리 고유의 시양식이 아니라는 점에서 조선시형으로서의 정체성은 더 혼란스러울 수밖에 없다. 안서가 그토록 조선심(朝鮮心)을 바탕으로 한 조선시형을 개발코자 했으나 결국은 한시, 창가리듬을 끌어 들인 혼종양식으로 귀결되고 만 것이다. 한시와 창가의 패러디 양식이라는 점에서 시적 독창성을 상실하고 있는 것이다.

무엇보다 격조시는 기계적 박동(搏動)에 가까운 엄격한 음절수를 강요하고 있기에 '시형'이라기 보다 일종의 '시틀'에 가까운 율격장치이다. 시의 음악성을 외형상 율격으로 고정시킴으로서 자연스러운 시적 내재율을 스스로 부정하는 우를 범하고 있는 것이다. 형식(율격)이 내용을 압도하고 있는 환경에서 자연히 시적 상상력은 제한을 받을 수밖에 없는 것이다.

4. 격조시의 창작양상

1929년 발간된『안서시집』은 초기의 서구시의 흔적이 제거된 정형시집으로 그가 제시한 격조시의 전형을 보여주고 있다. 7·5조 4행시가 주조를 이루고 있다.

신미도라삼각산
갈매기우네
갈매기새끼잃고
어엽서우네
　　　　－「갈매기」

바람에꽃이지니 세월덧없어
만날길은뜬구름 기약이없네
무어라맘과맘은 맺지못하고
한갓되이풀잎만 맺으려는고
　　　　－「망우초」

　예시와 같이 7·5조의 엄격한 율격과 4행의 행연성은 이 시집에 수록된 122편에 공통적으로 나타난다. 곧 『안서시집』은 격조시집인 것이다. 율격뿐 아니라 '신미도라 삼각산'과 같은 지역의 시화(詩化) 현상이나 바람, 꽃, 풀잎 등의 자연물에 감정이입(empathy)시키는 자연친화적 정서는 민요시의 연장 선상에 있다. 향토성(locality)과 자연친연성(naturality)은 민요시와 격조시의 공통된 정서적 특성인 것이다.

뜬풀로 바닷물은 無心한것을
빈하늘 指向없이 東西南北을
바람따라 이저리 헤매돌다도
하루두땐 依例히 들리는것을
　　　　－「서곡」, 2연

모래밭스며드는 하얀이물은
넓은바다동해를 모두휘돈물

저편은원산항구 이편은장전
고기잡이가장님 들고나는길

모래밭사륵사륵 스며드는물
몇번이나내손을 씻고스친고

몇번이나이물에 어리었을까
들고나며우리님 검은그얼굴
　　　　　　　－「사공의 아내」

　두 편의 예시 역시 향토성과 자연친화성을 바탕으로 한 민요풍의 격조시이
다. 시의 율격 역시 7·5조 4행을 고수한 정형시이다. 두 편 다 한시의 양식
적 특성을 드러내고 있다. 「서곡」에서는 1,2,4행이 각운을 밟고 있어 한시 절
구의 압운법과 완전 일치하고 있으며, 「사공의 아내」에서는 기승전결의 의미
전개가 뚜렷하게 나타나 있다. 「사공의 아내」에서는 '저편은 원산, 이편은 장
전', '들고 나는'에서 처럼 댓구형식을 취하고 있다. 댓구법은 한시에 나타나는
일반적 특징이다. 이처럼 격조시는 한시양식을 차용한 일종의 패러디(parody)
시인 것이다.

　「서곡」은 격조시의 음절시로서의 문제점을 분명하게 보여주고 있다. 이 시
의 3행에 나오는 '이저리'라는 표현은 '이리저리'의 축어(縮語)인데, 이는 7·5
조 3음절을 맞추기 위한 배려이다. 그러나 '이저리'라는 표현은 일상용어로도
잘 쓰이지 않고 다소 어색한 표현인 것이다. 단순히 7·5조 음절수를 맞추기
위해 억지로 4음절을 3음절로 축약한 것이다. 「사공의 노래」의 '씻고스친고'
역시 5음절을 맞추기 위한 어색한 표현이다. 격조시가 메트로놈에 가까운 음
절시라는 한계가 극명하게 나타난다. 이처럼 안서는 격조시를 통하여 7·5조
4행단연의 엄격히 통제된 시형을 통하여 시형식에서의 완벽성을 기하고자 하

였던 것이다.

그러나 그의 격조시는 박동의 기계적 리듬에 의하여 자연스런 시적 율동미와 생명감을 상실하고 있다. 그는 「격조시형소론」에서 율격의 효과를 위해 제한된 율격 안에서 어느 정도의 변화가 필요하다고 주장한 바 있다. 즉 앞에서 논술한 바 대로 "시미(詩美)를 살리기 위해서는 음절의 규칙적인 반복보다는 변화있는 배치에 의해야 한다"고 주장하고 있는 것이다. 하지만 이러한 주장은 공소(空巢)한 이론에 그치고 실제 창작으로 이어지지 않았다. 그의 시는 대부분 시의 내용과 형식이 조화를 이뤄 만들어 내는 유기적인 형식미보다 기계적인 배치에만 집중하고 있다. 이 점은 소월시와 대비해 보면 극명하게 나타난다.

그립다
말을 할까
하니 그리워

그냥갈까
그래도
다시 더 한번

저산에도 까마귀 들에 까마귀
서산에는 해진다고
지저귑니다
           － 소월, 「가는 길」

오다가다길에서
만난이라고
그저보고그대로

예고마는가

자다깨다꿈에서
만난이라고
그만잊고그대로
갈줄아는가
　　　　－ 안서, 「오다가다」

　소월의 「가는 길」은 7 · 5조의 행 배열을 다양하게 구성하고 있다. 7 · 5조 3음보를 3음보의 1행, 2+1의 2행, 1+1+1의 3행으로 다양하게 배치하고 있다. 이에 비해 안서의 「오다가다」는 7 · 5조 4행으로 일관된 단순배치를 보여준다.

　소월의 「가는 길」은 이러한 다양한 행배열에 의해서 시적 화자의 미묘한 감정의 파동을 담아내는데 성공하고 있다. 그립다고 말을 할까 말까 하는 시적 화자의 설레임, 갈까 말까 고민하는 망설임의 정서적 파동을 율격을 통해 표출하고 있는 것이다. '그립다 말을 할까 하니 그리워'처럼 단순 1행으로 배치한 것과, '그립다/ 말을할까/ 하니 그리워'처럼 3행으로 배치한 것 사이에는 의미상의 현격한 차이가 있는 것이다. 똑같은 내용이지만 시적 화자의 미묘한 심리상태를 행간의 여백과 휴지(休止, cesura)를 통하여 드러내고 있는 것이다. 이른바 R. Wellek이 언급한 '의미의 메아리' 및 '의미와 리듬의 결합' 효과를 창출하고 있는 것이다.[11]

　하지만 안서의 시는 의미와 무관하게 고정적인 리듬만 반복되고 있을 뿐이다. 즉 리듬과 의미가 긴밀한 결합을 이루지 못한 채 따로따로 병행되고 있는 것이다.

---

11)　R. Wellek, 『Theory of Literature』, New York, 1956, p.146.

이 점에서 소월은 율격의 의미연관과 음향효과를 인식한 탁월한 시인이었다. 소월은 단순한 기교주의자가 아니라 의미의 반향(反響)까지 염두에 둔 진정한 음유시인이었던 것이다. 그런 점에서 소월은 청출어람의 경지를 보여주고 있다. 소월은 안서의 도제(徒弟)로 꾸준히 창작 지도를 받으면서도 자기 나름의 독창적인 시세계를 구축해 가고 있었던 것이다.

5. 격조시의 성과와 한계

격조시는 비록 안서의 개인적 장르지만 당대 시적 기류였던 서구지향성과 전통지향성의 대립을 극명하게 드러내 한국 근대시의 한 흐름을 대변하는 역사적 장르로서의 의미를 갖는다. 또한 KAPF의 앤티테제로 등장한 국민문학파의 한 축을 담당하여 민요시와 함께 민족주의 문학의 선봉에 선 시양식이라는 점에서 시사적 의의를 부여할 수 있다. 말하자면 단순한 개인장르가 아니라 한 시대의 시적 기류의 단층을 보여주는 역사적 장르라는 의미를 갖는다. 격조시의 특성인 7 · 5조 4행 양식은 전통시의 3음보 율격, 4행연의 속성과 맞닿아 있다. 아울러 민요가락이 면면히 녹아 있어 조선시형으로서의 정체성 확보에 기여하고 있다. 근대시의 전통성 확보라는 중요한 축을 격조시가 담당하고 있었던 것이다.

또한 근대시에서 본격적인 시론인 「격조시형소론」을 통하여 근대시의 율격적 특성과 본질을 파헤치고 시적 실천을 시도했다는 평가를 받는다. 한국 근대시의 리듬이론은 격조시론에서 그 태생적 원형을 찾을 수 있는 것이다. 아울러 시의 본질인 음악성의 천착과 구현에 기여한 점도 높이 평가된다.

그러나 이러한 평가에도 불구하고 기계박동에 가까운 정형의식으로 자연스런 율동미 창출에 실패하고, 엄격한 형식으로 자유로운 상상력의 구현에 제한을 가한 것은 치명적인 오류였다. 아울러 한시의 패러디, 창가조 리듬의 수용은 조선시형으로서의 정체성과 개인장르로서의 독창성에 부정적 요인으로 작용하고 있다. 이처럼 격조시는 시적 공과(功過)가 분명한 야누스적 속성을 드러낸 채 한국 근대 시사의 현장에서 소멸됐던 것이다.

서사시론

1. 서사시의 양식계보

1) 이야기시와 서사시

서사시라는 명칭인 'epic'은 이야기 혹은 말이란 뜻의 'epos'에서 유래한 것이다. 곧 서사시는 이야기를 서술한 시라고 정의된다. 이처럼 서사시는 기본적으로 이야기를 담고 있다는 점에서 넓은 의미의 이야기시(narrative poem)에 해당된다. 즉 L. Maline의 지적대로 '이야기를 말하는 시'에 해당되는 것이다. Maline는 이야기시를 스토리를 가진 시로 규정하고 그 하위장르에 내용의 장단에 따라 서사시(epic)와 담시(ballad)로 구분하고 있다.[1] N. Frye는 짧은 내용을 담는 담시를 '소서사시'로 명명하기도 하였다.

시를 기본적으로 담론구조로 본 야콥슨 같은 구조언어학자들 입장에서 보면 서사시야말로 담론체계를 완벽히 수행한 시양식에 해당된다. 서사시는 메시지 전달을 목표로, 화자-메시지-청자의 기본틀을 구축하고 있는 것이다. Fowler는 '서사체'라는 용어를 사용하고 있는데 이는 일련의 사건을 차례로 열거하거나 그들 사이의 모종의 관계를 설정하는 것으로 규정하고 있다.[2] 파울러가 말하는 서사체는 결국 서사시의 양식을 지칭한 것으로 볼 수 있다.

오세영은 이야기시와 서사시의 장르개념에서 양자가 등가적 개념이 아니라 집합적 개념으로 구분되어야 함을 강조하고 있다. 그는 이야기가 서사시의 필요조건이지 충분조건이 아니라고 보고, 서사시가 되기 위한 충분조건을 따로 설정하고 있다.[3] 따라서 모든 서사시는 이야기시지만 모든 이야기시는 서사시가 될 수 없다는 것이다. 그는 이야기에 서사시와 서정시를 포함시키고 다

1) L. Maline, 『Prose and Poetry of English』, p.86.
2) R. Fowler, 『A Dictionary of Modern Critical Terms』, 김윤식역, 일지사, p.136.
3) 오세영, 『문학연구방법론』, 시와 시학사, 1993, p.102, 그가 제시한 충분조건은 서사적 탐색, 민족적 율격, 영웅의 등장, 민족적 신화나 역사, 삽화적 구성, 공포와 연민의 정서, 세계의 객관적 대면 등이다.

시 서정시 속에 이야기가 있는 것으로서 담시와 송가(ode) 등을 들고 있다. 그러니까 결국 담시와 송가는 서정 서술시가 되는 것이다.

이처럼 이야기시와 서사시는 이야기를 담고 있는 서사체라는 공통점을 갖는 것이나 단지 이야기시가 포괄적인 의미에서 상위 개념이 되고, 서사시는 개별적인 특수성을 갖는다는 점에서 하위종(下位種)에 해당된다.

2) 장시와 단시

서사시의 특성을 이해하기 위해서는 H. Read가 구분한 바 장시(long poem)와 단시(short poem)의 개념을 검토할 필요가 있다. 리드는 시를 장시(長詩)와 단시(短詩)로 나누고, 장시가 여러 개 혹은 다수의 정서를 기교에 결합한, 복잡한 이야기를 포함하는 일련의 긴 시로 규정하였다. 또 단시는 단일하고 단순한 정서적 태도를 구현한 시로서 연속적인 영감이나 기분을 직접 표현하는 것으로 보고 있다. 그는 이를 요약하여 장시는 개념이 형태를 통어하는 시이며, 단시는 거꾸로 형태가 개념을 통어하는 시로 규정한다. 그리고 이러한 장시계열에 이야기시, 서사시, 담시, 송가, 철학시 등을 포함시키고 있다.4)

서사시에서 장시개념이 문제가 되는 것은 이야기 요소의 개입으로 인해 서사시가 장형화된다는 점에 있다. 리드도 장시의 핵심요소로서 이야기와 관념을 들고 있다. 서정시는 서정적 순간의 감정이나 파편적 체험을 표현한다. 한 순간의 재현이기에 서정시는 내적 경험의 순간적 통일성에 의존한다. 따라서 서정시에는 서사적 시간이나 사건이 존재하지 않는다.

그러나 장시는 시인의 확고한 주관과 가치관을 드러내기 위해 역사, 사회적 사건이 개입된다. 이로 인해 시의 길이가 구속없이 확산될 수밖에 없는 것이다. 아무튼 서사시는 장시라는 점에서 단형을 지향하는 순수 서정시와 구별된

---

4)   H. Read, 『Colleted Essays on Criticism』, London, 1952, pp.57~60.

다. 결국 시의 산문화(산문시) 특히 서술화(이야기시)는 필연적으로 시의 장형화(長型化)를 지향하게 된다.

그런데 장시는 그것이 단지 형식에서만 긴 것에 특징이 있는 것이 아니라 완결된 형식을 통해서 역사현실에 대한 시인의 의식을 드러낸다는 데 중요성이 있다. 리드는 장시를 논하면서 그것이 그 시대의 어떤 열망과 밀접히 관련되어 있음을 강조한 바 있다. 이와 같이 장시화 현상은 문학이 현실의 전체성(全體性)에 상응하는 통일성을 획득한다는데 그 의의가 있다.[5] 따라서 서사시는 역사, 사회적 사건을 개입시키고 그것을 시인의 의도된 통일성 아래 재구성함으로써 현실의 전체성에 상응하는 효과를 거둘 수 있게 된다. 1930년대 시에서의 리얼리즘의 확보를 위해 시도된 단편 서사시 장르의 선택도 이러한 관점에서 해석돼야 할 것이다.

2. 서사시의 개념과 특성

아리스토텔레스는 서사시의 양식적 특징을 성격과 행위를 모방한다는 점에 두고 있다. 성격과 행위의 모방은 서사시로 하여금 이야기시로서의 성격을 갖도록 조건지워진다. 성격과 행위는 의당 인물을 전제하는 것이고 그 인물이 펼치는 사건과 행동양식이 전제되기 때문이다. 따라서 서사시는 이야기시로서 주제와 플롯이 있고, 이 플롯은 인물의 성격, 그리고 사건전개와 배경을 갖는 구성양식을 갖추게 된다.

그런데 서사시는 이야기시로되 원래 영웅시(heroic epic)라고 불릴 정도로 장중한 운문으로 광범위한 주제를 다루는 긴 이야기시(long narrative poem)였다. 본래의 서사시는 호머의 「일리아드」나 「오딧세이」에서 보듯이 국가와

---

5) 장부일, 「근대 장시 연구」, 서울대 박사논문, 1992, p.2.

민족, 인류의 운명을 좌우하는 위대한 인물의 행위를 중심으로 하여 역사적 사건을 다루는 장시였다. 그러나 후대에 와서 신화적인 영웅호걸이나 집단적 운명의 성쇠를 그리지 않아도 객관적인 사건을 서술한 장시면 다 서사시라 부르게 되었다.

서사시는 원래의 기능을 근대에 들어 소설에 이양함으로써 그 영역이 크게 축소되었지만 원래의 본질이 변한 것은 아니었다. Kayser가 서사시와 소설을 구별하여 서사시가 장중한 톤으로 개인적 세계를 이야기한 것으로 본 것은 서사시의 고유기능이 현대에도 그대로 이어지고 있음을 입증하는 것이다. 그러나 현대에 와서 개성과 개인의 세계가 중시되는 추이에 따라 집단성의 가치관이 약화되고 이에 따라 서사시의 변화도 일어났던 것이다.

이러한 서사시는 다음과 같은 특징들을 갖는다.

첫째, 설화성(說話性, narrativeness)이다. 역사와 신화, 그리고 영웅적 인물의 행적을 서술하는 만큼 설화성은 필연적인 것이다. 서정시의 특징이 표현성(expressiveness)에 있다면 서사시는 설화성에 있는 것이다. 어원적으로 볼 때도 서사시는 '말'이라는 의미를 갖는 희랍어 'epos'에서 온 것이었다. 서사시는 하나의 이야기, 즉 전체적으로 완성된 하나의 스토리를 갖고 있다.

둘째, 서술 대상의 방대성과 초월성이다. 서사시의 주인공은 민족적 또는 인류적으로 위대한 인물이거나 신이다. 또한 배경 역시 세계적이고 때로는 초현실적이다.

셋째, 집단성과 역사성이다. 서사시는 개인의 목소리가 아닌 한 민족이나 국가의 운명과 관련된 대표적 영웅의 목소리이다. 따라서 그것은 개인이 아니라 민족이나 민중을 향한 외침이다. 역사성은 서사시가 다루는 주된 대상이 과거의 역사적 사건이라는 점에서 나온다.

넷째, 장엄한 문체와 숭고미의 지향이다. 서사시의 문체는 의식적(儀式的)이면서 장엄하고 화려한 문체적 특징을 갖는다. 일상적인 말과는 의도적으로 거리를 유지하고 영웅적 주제와 서사시적 구조의 장대함과 형식성에 비례하는 의식적인 문체로 서술된다.

다섯째, 뚜렷하고 견고한 원근법을 드러낸다. 이는 서사시가 역사와 인물에 대한 객관적 해석이라는 점에서 기인한다. 6) 과거의 역사적 사실을 객관적 관점에서 다룬다는 점에서 Hudson은 서사시를 객관시(objective poem)라고 부른 바 있다.

여섯째, 서정시의 시구가 독립될 수 없음에 비해 서사시의 시구는 독립될 수 있다. 다시 말해 서사시는 많은 에피소드를 동원한 삽화적 구성(episodic plot)을 갖고 있다. Schiller도 부분의 독립성은 서사시의 주된 특질이라고 했다. 부분적 작품이 모여 전체를 이루지만 그 부분이 독립될 수 있는 것이 서사시인 것이다.

그 밖에 서사시의 장르적 특성으로서 장형성, 과거성, 그리고 내면적 자아보다 외부현실의 서술에 초점을 두는 것 등을 들 수 있다.

한편 장르의 인식변화도 서사시 증폭의 중요한 원인으로 작용하고 있다. 장르론자들이 흔히 지적하듯이 현대는 탈장르 및 초장르의 시대로 특징지워진다. 서구에서는 19세기 이후 고전주의 장르론이 와해되고 장르개념이 규범성에서 기술성으로, 순수성에서 복합성으로 이전되고 있다. A. Pope, Andre, Chenier 등의 고전주의 장르 이론가들은 고대의 장르이론을 하나의 규범적인 것으로 받아 들여 장르가 본질이나 그 발전 상태에 있어서도 다른 것이고 각종 장르는 따로따로 독립, 분리되어야 하는 것으로 믿었던 것이다. 7) 즉 그들은 미적 순수성(aesthetic purity)이라는 원칙을 장르론에 철저히 적용시키고자 했던 것이다. 그러나 이러한 태도는 근래에 들어와서 많은 변모를 보

---

6)   Emil Staiger, 『Grundbegriffe der Poetic』, p.110.
7)   R. Wellek & Austin Warren, 『Theory of Literature』,Penguin Books 1968, pp.233~234.

인다. 그 대표적인 예를 들면 장르의 종류를 제한하지 않는 점, 작가에게 어떤 장르적 법칙을 미리 규정하지 않는 점, 전통 장르의 혼합 및 신장르의 생성을 인정하는 점들이다. 곧 이러한 인식변화는 규범성에서 기술성으로, 순수성에서 포괄성으로 장르개념이 새로이 정립되고 있는 증거이다. 각종 장르 상호간의 구별을 강조하는 대신 하나의 종류가 가지고 있는 공분모와 그 종류가 소유하고 있는 문학적 의장(意匠)과 문학상의 목적을 발견하는 것에 관심을 갖는 것이다.

R. Wellek은 18세기에 와서 많은 장르상의 변이가 일어나고 따라서 장르역사가 중단된 것처럼 느낄지 모른다고 주장하고 있다.[8] 이러한 변화는 장르가 소멸됐다기 보다는 장르개념이 변동되고 있다는 증거이다. 특히 19세기에 와서 독자층의 급격한 확대와 문학의 신속한 보급체계로 장르도 수명이 짧아졌거나 신속하게 변형되고 있다고 보고 있다. 따라서 그는 10년마다 새로운 문학세대가 생겨나고 장르의 교체도 그에 준할 것으로 예상하고 있다.[9]

P. Hernadi도 이러한 변화에 주목하여 최근 장르비평이 독단적(dog-matic)이기보다는 시험적(tentative)이며, 역사적(historical)이기보다는 철학적(philosophical)인 것으로 변모되고 있다고 진단하고 이러한 다각적이고 포괄적인 장르의 변동양상을 집약하는 개념으로 '超장르(beyond genre)'라는 용어를 사용한 바 있다.[10] 결국 산문시와 이야기시는 현대에 들어 심화되는 이러한 장르의 교체 및 상호작용 현상의 결과로 볼 수 있다.

또한 장르류(類)와 장르종(種)에 대한 인식도 서사시의 이해에 도움이 된다. 이야기시(narrative poem)는 서사시(epic), 담시(ballad), 단편서사시 등의 하위종을 갖고 있다. 따라서 이러한 하위장르와 인접장르에 대한 인식이 필수

---

8) R. Wellek, 같은 책, p.235.
9) R. Wellek, 같은 책, p.232.
10) P. Hernadi, 『Beyond Genre』, Cornell Univ. Press. 1972, p.8.

적이다. 또한 한국의 서사시를 이해하기 위해서는 장르의 기본형(Gattung)과 변형(Art)의 개념, 그리고 역사적 장르(historical genre)개념이 전제돼야 한다.

Staiger나 Fleming은 시공을 초월하여 존재하는 장르원형을 기본형이라 했고, 개별 언어권의 문화, 종족, 언어의 편차에 의해 파생되는 개별적 장르를 변형이라고 했다.[11] 가령 우리의 향가나 시조, 가사나 판소리는 변형장르이다. 또한 Todorov는 역사적 장르개념을 도입한 바 있는데 이는 그것이 주종을 이루었거나 이후 단절되었다 하더라도 당대에 엄연히 실존했던 장르를 가리킨다.[12] 역사주의 입장에서 당대에 존재했던 장르를 존중해야 한다는 생각인 것이다.

이러한 변형 장르와 역사적 장르개념의 수용은 우리문학의 장르형성과 변동, 그리고 장르적 특성을 이해하는데 도움이 된다. 이러한 장르개념의 도입은 한국 서사시의 이해에 좀 더 유연한 시각을 부여할 수 있을 것이다.

3. 서사시의 기원과 전개

처음의 서사시는 영웅시(heroic epic)라는 형태로 신화나 역사적 인물이 주인공이 되어 국가와 민족, 인류의 운명을 다루는 형태로 전개되었다. 말하자면 원시적 서사시(primitive epic)로서 개인이 아닌 영웅들의 전설이 구전형태로 전해지는 양식이었다. 주로 음유시인들의 구전으로 전파되고 향수되었다. 한 민족의 운명이나 역사를 다루었기 때문에 이를 민족서사시라고 부른다.

그리스 역사와 영웅들을 다룬 「일리아드」, 「오디세이」나 13세기 오스트리

---

11) E. Staiger, 『Grundbegriffe der Poetic』, Zurich, 1963, W. Fleming, 『Das Problem von Dichtungsgattung und Art』, Stutidum Generale XII, 1955, pp.38~60.
12) Todorov, 『Fantasic』, Cornell Univ. Press, 1975, pp.13~15.

아의 역사를 다룬 「니벨룽겐의 노래」 같은 것이 그것이다. 「일리아드」, 「오디세이」는 구전으로 전하던 것을 호머가 체계화하여 기록문학으로 완성한 것이다. 이처럼 초기의 서사시는 국가와 민족, 인류의 운명을 좌우하는 영웅적 인물의 행위를 그린 장시였다.

그러나 르네상스 이후 기록문학이면서 개인 창작으로 이루어진 문학적 서사시(literary epic)가 등장한다. 서사시의 주체도 영웅에서 평범한 인간으로, 역사적인 사건보다 일상에 바탕 둔 현실적 사건으로 바뀌었다. 역사보다는 현실에 밀착되고, 구전이 아닌 개인의 예술적 창조성이 가미된 것이다. 밀턴의 「실락원」, 단테의 「신곡」, 베르길리우스의 「아에네이스」같은 것이 그것이다. 「일리아드」, 「오디세이」의 경우 구전으로 전하던 구전 서사시에서 호머의 기록 서사시로 변모한 것으로 볼 수 있다. 엄격히 말하자면 호머의 「일리아드」, 「오디세이」는 순수한 개인 창작품은 아니었던 것이다.

서사시는 소재와 인물을 중심으로 궁정(宮庭)서사시, 기사(奇士)서사시, 종교서사시, 모험서사시, 시민서사시 등으로 구분된다. 괴테의 「헤르만과 도로시아」(1797)는 시민들의 소박한 생활 이야기를 다루었다는 점에서 시민 서사시로 구분할 수 있다.

4. 한국 서사시의 창작양상

한국의 서사시 역시 서구와 마찬가지로 영웅서사시로 출발하고 있다. 영웅서사시는 민족의 건국신화나 설화와 밀접한 관계에 놓이며 집단의식의 발로는 갈등과 투쟁, 모험 등으로 나타난다.

그 출발은 이규보의 「동명왕편」이다. 「동명왕편」은 고구려 시조인 동명왕의 영웅적 행위를 5언의 운문체로 읊은 영웅서사시이다. 해모수, 하백, 송양 등의 역사적 인물들이 북방대륙에서 남도까지 광활한 영역에서 펼친 영웅담을 그려낸 것이다. 이밖에 단군신화에서부터 발해와 고려에 이르는 제왕의 역사를 다룬 이승휴의 「제왕운기」, 조선 건국사를 다룬 「용비어천가」, 「월인천강지곡」이 한국의 고전 서사시에 해당된다. 이들은 모두 서구의 영웅서사시 및 민족서사시에 해당되는 것들이다.

개인창작으로서 문학적 서사시가 등장한 것은 훨씬 후대 일제 강점기에 와서이다. 고려조에서 조선 초기로 이어지던 서사시의 맥락은 끊어지고, 근대문학기에 들어서야 서사시가 창작되었던 것이다. 근대 서사시의 출현도 몇 번의 정지작업을 통해서 이루어진다.

그 출발은 1910년대 춘원의 「극웅행」이었다. 1917년 〈학지광〉에 발표된 이 작품은 서사시로서의 가능성을 나타낸 첫 작품이었다. 말하자면 근대시의 발전과정에서 서정성에서 서술성의 변모단계의 첫 징후를 드러낸 작품이었다. 총 18연 316행으로 구성된 「극웅행」은 주인공인 극웅(極熊)을 의인화하여 자신의 심리적 변화와 흐름을 서사적 짜임으로 구성한 작품이다. 「극웅행」은 서술체의 문장을 갖추고 정해진 주제에 미약하나마 일정한 플롯을 지니고 있다. 그러나 전체적으로 완벽한 구성의 틀을 갖추지 못하고, 주로 비현실적 세계에서 주관적 토로가 이루어진다는 점에서 서사시로서의 체계와 객관성을 상실한 것으로 평가된다.[13]

1924년에 발표된 유엽의 「소녀의 죽음」은 조금 더 근대 서사시에 접근한 작품으로 평가된다. 「소녀의 죽음」에 나타난 주요 모티브는 한 소녀와의 만남과 헤어짐이다. 이 작품은 1923년 겨울을 배경으로 하고 있다. 전차에서 만난 한 소녀와의 만남과 헤어짐, 그리고 신문에 난 자살 등의 내용을 3부 34연 136행으로 담아낸 작품이다. 작품의 주인공이 분명히 설정되고 그를 중심으로 사건과 사건이 이어짐으로써 서사적 형식의 구성요소를 갖추고 있다. 또한

---

13) 장윤익, 「한국 서사시 장르에 대한 연구」, 〈인천대 논문집〉, 6집, 1984, p.26.
민병욱, 『한국 서사시의 비평적 성찰』, 지평, 1987, p.69.

「극웅행」과는 달리 현실세계에서 일어나는 사건을 다루고 있다. 이런 점을 고려할 때 서사시로서의 기본 요건은 갖추고 있는 것은 분명하다.

하지만 사건의 연계성이 희박하고, 플롯의 토대가 미약하며, 관찰자의 주관적 토로가 지배적이라는 점에서 서사시로서의 한계를 드러낸다. 무엇보다 136행의 단편이라는 점에서 서사시로서의 여건을 충분히 갖췄다고 보기는 힘들다. 즉 「소녀의 죽음」은 플롯의 연계성, 사건의 객관적 진술이 부족하고, 에피소드가 결여된 단편적 내용이라는 점에서 서사시로서의 한계를 드러낸 것이다. 따라서 「소녀의 죽음」은 근대 서사시의 형성과 정착에 가능성을 보여준 작품으로 평가할 수 있다.[14)

5. 「국경의 밤」과 서사시 양식론

이러한 서사시의 정지 작업을 거쳐 마침내 1925년 한국 최초의 근대 서사시가 등장한다. 김동환의 「국경의 밤」이 그것이다.

> 1장
> 아하, 무사히 건넜을까
> 이 한밤에 남편은
> 두만강을 탈없이 건넜을까?
>
> 저리 국경 강안을 경비하는
> 외투 쓴 순사가
> 왔다-갔다-

---

14) 김용직은 몇 가지 결함에도 서사시가 지녀할 요건들을 갖추고 있음으로 이를 근대 최초의 서사시로 보아야 한다고 주장한다. 김용직, 「근대 서사시의 형성과 그 성격」, 임형택, 최원식 편, 『한국 근대문학사론』, 한길사, 1987, pp.373~377.

오르명 내리명 분주히 하는데
발각도 안되고 무사히 건넜을까?

소금실이 밀수출 마차를 띄워 놓고
밤 새가며 속 태우는 젊은 아낙내
물래졌던 손도 맥이 풀어져
파! 하고 붙는 어유 등잔만 바라본다
북국의 겨울밤은 차차 깊어 가는데

　2장
어디서 불시에 땅 밑으로 울려 나오는 듯
어-이 하는 날카로운 소리 들린다
저 서쪽으로 무엇이 오는 군호라고
촌민들이 넋을 잃고 우두두 떨 적에
처녀만은 잡히우는 남편의 소리라고
가슴을 뜯으며 긴 한숨을 쉰다
눈보라에 늦게 내리는
영림창 산촌실이 화부떼 소리언만
　　　　　　　　- 「국경의 밤」(1925.3) 일부

　김동환의 서사시 양식에 대한 탐색은 이미 「적성을 손가락질 하며」(1924.5)
에서 시작되어 마침내 「국경의 밤」(1925.3)에서 결실을 맺는다. 이어서 「우
리 4남매」(1925.11), 「승천하는 청춘」(1925.11) 등 3부작으로 최종 완성된다.
「국경의 밤」은 일제 강점기 두만강변을 배경으로 유이민들의 비참한 삶을
조명한 민족 서사시이다. 3부 72장, 930여행의 장편으로, '순이'라는 주인공
을 중심으로 남편 병남과 선비 사이의 갈등과 애증을 시대사적 질곡으로 형상
화한 작품이다. 한 개인적 삶의 차원을 넘어 민족사적 시각으로 대표적 개인
을 부각하는데 초점을 맞추고 있다.

그런데 「국경의 밤」은 서사시 양식론의 중심 화두를 이룬다. 과연 「국경의 밤」이 서사시인가 아닌가, 서사시라면 최초의 서사시인가 하는 논란이 제기되었다. 대체로 서사시론의 핵심은 이론적 장르론과 역사적 장르론으로 대별할 수 있다. 이론적 장르론은 아리스토텔레스 이후 정립된 서구의 서사시 이론에 입각하여 「국경의 밤」을 재단(裁斷)하는 것이고, 역사적 장르이론은 W.P Ker의 장르 성장론, R. Wellek의 장르 변형론 등에 초점을 맞추어 개별 문학사의 특수성에 기초하여 장르를 구분하는 방법이다. 대체로 전자의 입장에 설 때는 부정론으로, 후자의 입장에 설 때는 긍정론으로 나뉘어진다.

이론적 장르론에 입각한 논자들은 「국경의 밤」을 서사시로 보지 않고 서술시, 서술적 서정시, 서술 민요시(folk narrative poetry) 등으로 본다. 오세영은 「국경의 밤」이 전통 서사시 기준을 충족시키지 못한 점, 주정적, 환상적 요소, 민담적 모티브에 의존한 스토리 전개, 격정적인 감정의 표출 등을 들어, 서사시가 아닌 '장르적으로는 서정시, 표현방법은 서술시'라고 규정한다.15) 김춘수 역시 서구의 서사시 기준을 서사시의 절대요건으로 본다.16) 서구의 서사시 이론에서 볼 때 서사시는 서사적 탐색, 내러티브(narrative), 삽화적 구성 이외에 음유시인의 낭송, 영웅시체의 운문, 신화, 종교, 역사적 소재, 시적 주체로서의 영웅이나 신, 민족 집단의 운명 등의 요소를 갖춰야 한다.17) 그러나 「국경의 밤」은 이러한 요소를 상당 부분 구비하지 않았음으로 서사시가 아니라 서술시로 보아야 한다는 논리이다. 즉 이론적 장르론자들은 서사시 양식은 시공을 초월한 보편성에 기초해야 한다고 보는 것이다.

이에 반하여 역사적 장르론자들은 개별 문학사의 특수성에 기초해야 한다고 보고 있다. 여기에는 서사시를 성장하는 것으로 본 W.P Ker의 '장르 성장

---

15) 오세영, 〈국어국문학〉 75호, 1977, p.106.
16) 김춘수, 「서사시는 가능한가」, 〈사상계〉, 1965.9, pp.236~240.
17) 김흥기, 『한국 현대시 탐색』, 1984. 김흥기도 이런 입장에 선다.

론', 장르상의 변이와 변동을 인정하여 다양한 장르의 출현을 예고한 R. Wellek의 '장르 교체론', 다각적이고 포괄적인 장르의 변동양상을 수용한 P. Hernady의 '초장르론'(beyond genre)이 전제되어 있다. 우리의 가사와 시조에서 보듯이 각국의 민족문학사는 민족의 문화환경에 알맞은 특수한 개별장르가 존재한다. 서사시 역시 보편적인 카테고리 속에서 개별적인 서사시가 생성될 수 있다. 더구나 시대의 변천에 따라 서사시의 보편적 개념도 응당 변화를 가질 수밖에 없는 일이다.

호머의 「일리아드」, 「오디세이」가 고대의 영웅 서사시라면, 소시민이 삶의 주체가 되는 현대에는 소시민이 주인공이 되는 생활 서사시, 시민 서사시의 출현은 필연적인 것이다. 이 시대의 진정한 영웅은 신이나 전쟁영웅이 아니라 삶의 주체인 시민이 되어야 하기 때문이다.

이런 점을 고려하여 김우종은 「국경의 밤」을 한국 현대시에서 최초의 서사시라고 규정하였다.[18] 김용직은 서사시의 성장, 변용이라는 논리를 기준으로 하여 서사시 양식을 규정해야 한다고 주장하였다.[19] 김재홍 역시 근대 서사시의 요건으로 서사적 구조, 역사적 사실과의 연관, 사회적 기능, 집단의식의 표출, 당대 현실과의 암유적 관계, 노래체의 율문, 비교적 긴 길이 등을 들고, 「국경의 밤」은 이를 잘 충족시키고 있음으로 서사시로 보아야 한다고 주장하였다.[20]

장르는 개별문학의 창출과 함께 변동되기 마련이다. 다시 말해 장르와 개별작품은 상호보완적인 관계로 파악해야 할 것이다. 일정한 장르의 규범을 정해 놓고, 거기에 맞추어 작품을 재단할 것이 아니라 개별작품의 변동에 따라 장르의 범주도 변해야 하는 것이다. 다시 말해 개별 작품들의 변화된 양식의 총

18) 김우종, 「어두운 역사의 서사시」, 〈문학사상〉, 1975.3, p.355.
19) 김용직, 『한국 근대시사』(상), 학연사, 1986, pp.281~284.
20) 김재홍, 『한국 현대시인 연구』, 일지사, 1986, p.83.

화(總和)가 장르의 기준이 돼야 한다. 이런 관점에 설 때 서구 고전의 서사시 규범으로 행해지는 전단적(專斷的) 장르 개념은 지양돼야 마땅하다. 따라서 비록 「국경의 밤」이 고전 서사시 규범을 충족시키지 못하지만 현대 시민 서사시, 생활 서사시로 규정하는 데는 무리가 없을 것으로 보인다.

이미 김억이 「국경의 밤」 서문에서 「국경의 밤」을 장편 서사시로 지칭하고, 이를 '우리 시단에 처음 있는 일' 즉 최초의 서사시로 규정한 바 있다. 「국경의 밤」은 한국 근대 최초의 서사시로서 김동환의 민족의식, 선구의식이 투영된 한국 근대시의 기념비적 산물이다.

6. 서사시의 가능성과 전망

「국경의 밤」 이후 근대 서사시는 하나의 중심장르로 자리 잡고 꾸준히 그 계보가 이어진다. 김억의 「지새는 밤」(1930), 「먼동 틀제」(1947), 김용호의 「낙동강」(1938), 「남해찬가」(1952), 김상훈의 「가족」(1948), 김소영의 「조국」(1966), 전봉건의 「춘향연가」(1967), 신동엽의 「금강」(1967), 신경림의 「남한강」(1987), 「새재」(1979), 장효문의 「전봉준」(1982), 정동주의 「논개」(1985), 고은의 「백두산」(1991)[21] 등이 그것이다.

근대 서사시는 대체로 한국의 역사적 인물 즉 이순신 장군, 전봉준, 의병, 논개처럼 역사의 중심에 서 있는 인물들을 조명하는데 주력하였다. 그런 점에서 한국 근대 서사시는 일종의 시민 서사시라기보다는 민족 서사시가 대세를 이루어 왔음을 알 수 있다. 즉 근대 서사시에는 한국 근대사의 질곡과 숨결이 고스란히 녹아 있는 것이다.

하지만 근대사의 핵심 사건인 3.1 운동, 8.15 해방, 6.25 전쟁, 광주항쟁,

---

21) 「백두산」은 거대한 민족민중 운동을 대하서사 양식으로 담아냈다는 평가를 받고 있다.
　　이종윤, 「분단시대의 서사시 연구」, 경희대 박사논문, 1998, p.3.

80년대 민주화 투쟁, 분단상황에 대한 집중적인 조명과 형상화가 제대로 이루어지지 않은 실정이다. 서사시가 역사적 맥락을 문학적으로 재조명하는 것이 본연의 의무라면 이러한 역사적 소명을 등한시 했다는 평가는 피할 수 없을 것이다. 이런 점에서 1930년대 민족해방 운동시기에서 1946년 10월 항쟁을 그린 김희수의 「오늘은 꽃잎으로 누울지라도」, 한국 전쟁을 형상화한 최형의 「푸른 겨울」, 분단상황을 조명한 유채림의 「숙대 설렁이는 해방산 저 기슭」, 정상구의 「조국의 통곡」 등이 주목된다.

무엇보다 서사시가 북한에서는 중심장르로 인식됨에 비해 한국의 서사시는 주변장르로 평가되는 것이 문제이다. 북한의 문학은 일종의 역사쓰기로 인식되기 때문에 서사시는 가장 중요한 핵심장르로 자리 잡고 있다. 조기천의 「백두산」과 강승한의 「한라산」이 건국서사시로 평가 받고 있는 것이 그 증좌다.

이로 볼 때 서정시의 주변을 맴돌고 있는 서사시가 제 자리를 찾아 중심장르로서의 역할을 수행할 때 역사의 문학적 재조명이라는 서사시의 기본 책무를 수행할 수 있을 것으로 판단된다. 아울러 역사적 재조명 뿐 아니라 시민들의 일상적 삶의 의미를 천착하는 시민 서사시의 활발한 창작도 차후의 과제다.

현대시조론

1. 현대시조의 기원

시조는 여말(麗末)부터 조선조에 이르기까지 끈질긴 생명력으로 이어온 한국 시가의 대표적 장르이다. 현대에 와서도 시조는 현대시의 기본장르로 자리잡고 있다. 고전시가 중 지금까지 생명력을 유지하고 있는 것은 시조가 유일하다. 이러한 시조의 생명력은 어디서 기인하는 것일까.

무엇보다 시조는 형태적 가변성을 갖고 있다. 시조는 '定型而非定型' 곧 정형이면서 비정형이라는 양면성을 갖고 있다. 3장 6구, 4음보 율격을 기본으로 하되 한두 자의 가감과 변형을 허용하고 있는 것이다. 그리하여 엇시조, 사설시조 등 다양한 양식이 가능했던 것이다. 게다가 초중장의 밋밋한 율격(3+4+3+4)이 종장에서 급격히 변모하는(3+5+4+3) 파격의 미학은 형태적 입체성을 창출하며 한국 고유의 미학인 선(線)의 미학을 실현하고 있다. 이러한 형태적 유연성과 탄력성에 주제와 소재의 다양성이 덧입혀져 생명력의 근간을 이룬다. 시조를 '시절단가(時節短歌)', '시철가'라 불렀듯이 시조는 그 시대에 유연하게 대응하는 포용력을 갖추고 있다. 이리하여 시조는 고전시가에서 현대시의 중심장르로 그 명맥을 유지하고 있는 것이다.

한국 현대시조사는 1926년 시조부흥 운동을 기점으로 하여 혁신적인 양식으로 전개되었다. 그러나 그 이전 개화기라는 특수한 역사단위 속에서도 시조가 풍성하게 창작되었음이 확인된다. 개화기를 전후하여 시조는 18세기 이후 창곡(唱曲)의 차원에 머물러 있던 시조창(時調唱)의 음악적 범주를 벗어나 시조시(時調詩)로 변형되면서 문학으로서의 새로운 가능성을 시도하게 된다. 음악으로서의 시조가 아니라 문학으로서의 시조로 새롭게 변모한 것이다.

현대시조의 요람으로서 개화기 시조는 근대시의 출발인 갑오경장에서 1910년대까지 무려 660여수의 창작에 이른다. 한국 시조사에서 20여 년 동안 이렇게 많은 작품이 창작된 것은 실로 유례가 없는 일이다. 시조사에서 개화기는 실로 개화(開化)의 시기였다. 개화기 시조는 이러한 양적인 측면에서 뿐 아니라 다양한 형식을 실험하여 시대상황을 포용함으로써 개화기 시가에서 중심 역할을 수행하였다. 곧 개화기 시조는 현대시조의 요람이 된 것이다. 개화기 시조에서 눈에 띄는 것은 개화기 신문 잡지 등의 각종 저널리즘에 투고 형식으로 창작됨으로서 노래형식이 아닌 기록문학(written literature)으로서의 위상을 분명히 정립하고 있다는 점이다. 다시 말해 시조창에서 시조시(時調詩)로서의 성격을 분명히 드러내고 있다. 아울러 제목과 작가명을 명백히 밝힘으로서 작가의식과 주제의식을 분명히 밝힌 점도 주목되는 변화다. 일반적으로 제목없이 무제(無題)로 창작되던 고시조와는 분명히 구별된다. 또한 일반 서민들의 창작이 주류를 이루고 있다는 것도 주목할 점이다. 고시조가 전문 창작인이나 문인이 중심이 되었으나 개화기 시조는 일반 대중이 창작주체로 자리 잡고 있다. 전문 시조인은 육당 최남선에 국한됐던 것이다. 장르면에서 육당의 4행시조인 신국풍(新國風) 시조, 6행 시조, 연작시조, 사설시조 등 다양한 양식이 선 보였다. 근대시조로서 형식의 변화를 이미 개화기 때 수행했음이 확인된다. 형태면에서 주목되는 것은 종장 말구(末句)의 허사(虛辭)가 한결같이 생략되어 있다는 점이다. 예외없이 개화기 시가는 '이노라, 하더라, 이도다' 등의 종장말구가 생략되어 있다. 또한 후렴구나 타령구가 첨기된 타령조 시조, 4·4조로 일관된 가사체 시조 등 변형시조의 등장도 눈에 띈다. 발표 매체별로 성격도 차이가 나는데, 신문류에 게재된 것은 항일, 저항의식이 뚜렷하고, 잡지 학회지에 발표된 시조는 계몽개화 의식이 지배적이다. 이는 개화기 시조의 저널리즘화 현상으로 보이는 바, 발표매체의 성격에 따라 내용도 그 만큼의 차이를 보였던 것이다.

　한일합방 이전에는 투쟁 국권의식이 주류를 이루다가, 1910년 이후에는 계몽개화 의식으로 변전된다. 그 만큼 개화기 시조는 시대상황에 밀접한 대응을 이루고 있었던 것이다. 개화기 시조는 그 출전(出典)이 당대의 신문, 잡지 등에 집중되는 저널리즘(journalism) 현상이 두드러진다. 개화운동의 일환으로 전개되던 저널리즘화의 양상은 개인문집이나 가집 등을 통해 창작되던 전대 시조와 좋은 대조를 이룬다.

개화기 시조의 창작은 1906년 〈대한매일신보〉에 와서 첫 선을 보인다. 〈대한매일신보〉 568호(1906년 7월 21일)에 실린 사동우 대구여사의 「혈죽가」 3수가 지금까지 알려진 개화기 시조의 첫 작품이다.

> 협실의솟은대는충경공혈력이
> 라우로을불식하고방중의품은
> 뜻은지금의위국충심을진각세계
>
>   – 대구여사, 「혈죽가」 이하 2수 생략

분장(分章)이 되지 않고 종장말구의 음절 생략과 연작형태를 지향하고 있음이 특징적이다. 〈대한매일신보〉는 이 「혈죽가」를 선보인 후 965호(1908년 11월 29일)부터는 1면에 「사조(詞藻)」란을 설치하여 종간될 때까지 380여 수의 작품을 게재하고 있다. 이리하여 〈대한매일신보〉는 최대의 개화기 시조집으로 자리 잡는다.

〈대한민보〉[1]는 150여수를 싣고 있어 또 하나의 중요한 시조 자료집으로 평가된다. 한편 〈제국신문〉은[2] 상기 두 신문과 같이 고정란을 설치하여 시조를 게재하진 않았으나 간헐적인 방식으로 시조를 싣고 있다. 〈제국신문〉 소재 시조의 자료상의 의의는 모두가 연작형태를 취하고 있고, 양장시조가 9수나 발견되며 모두가 순한글 표기라는 특징을 갖고 있다.

다음으로 주목되는 개화기 시조의 출전은 당시 학회 중심으로 발간되던 각종 학회지이다. 숫적인 면에서 신문에 미흡하지만 개화기 시조 창작에서 빼놓

---

[1]   대한협회의 기관지로서 융희 3년(1909) 발간, 창간호부터 1면에 이도영 화백의 목판시사 만화를 연재하여 일진회에 대항했다.

[2]   광무 2년(1898년)에 이종일 발간 순국문체 신문.

을 수 없는 자료들이다. 〈대한유학생학보〉, 〈태극학보〉, 〈대한학회월보〉, 〈대한흥학보〉 등에 많은 수의 시조가 발표되었다.

학회지의 시조는 유학생들을 중심으로 순수 문예란을 통해 창작되었다는 점에서 의의를 찾을 수 있다. 육당시조가 최초로 선 보인 곳이 학회지였다는 사실도 이러한 관점에서 시사하는 바가 크다. 유학생들의 순수 문예작품이라는 특성에서 시조양식에 대한 문학적 인식과 문학적 형상화 문제를 전제해 볼 수 있다. 〈대한민보〉」 등의 신문소재 시조가 대체로 3장 6구, 4, 5자 내외의 전형적인 단시조형을 그대로 답습하고 있음에 비해 학회지의 시조들이 장형시조, 양장시조, 연작시조, 분연(分聯)형, 연기(連記)형 등의 다양한 형태를 지향하고 있음은 이러한 사실을 입증한다. 학회지의 시조가 19편 정도의 과소한 분량이긴 하지만 개화기 시조의 형태적 변모양상을 살피는데 중요한 자료가 된다.

신문류의 시조가 대체로 사회계도를 위해 논설대행으로서 저널리즘화된 것에 비해 잡지류의 시조는 어느 정도 시조의 문학성을 유지하려는 노력을 보였던 것이다.

2. 개화기 시조의 형태적 특징

개화기 시조의 형태상의 특질은 종장에 집약되고 있다. 시조의 일반적 형식인 3 - 5 - 4 - 3의 운율구조와 4음보격의 형태상의 기저(基底)가 붕괴되고 있음이 확인된다. 먼저 4음보격(tetrameter)의 파괴양상과 그 의미를 검토해 보기로 하겠다.

　◦아느냐, 二千萬同胞들아 忠君愛國3)
　◦아마도, 씨러업시기는 忠義高風4)
　◦至今에, 乙支文德楊萬春이 日日誕生5)

∘차라리, 二千萬衆다죽어도 이강토를6)

　예시한 것은 신문, 학회지에 발표된 시조의 종장이다. 예에서 보는 바와 같이 종장말구의 종결어미는 한결같이 생략되어 있다. '하노라', '이러라' 등의 '러라'체의 어미는 물론 한마디 어절 전체가 생략되기도 한다. 이러한 종장말구의 생략은 개화기 시조의 일반적 현상이다. 이러한 기현상은 일단 전대 시조창과의 관련 하에서 파생된 것으로 보여지지만 개화기의 사회적 시대상과도 밀접히 상관되어 있다.

　주지하다시피 시조의 종장 제 4구는 인습적으로 허사(虛辭)가 차지한 자리였다. 그러나 이 말구(末句)의 허사는 시조 전체를 시적인 것으로 환원시키는 중요한 기능을 담당했던 것이다. 즉 허사는 작품을 풍류롭게 느껴지도록 환기시키는 장치였다. 메마른 문장을 서정으로 윤색함으로써 비시적 시조를 시적 시조로 전이시키는 역할을 맡았던 것이다. 시조가 사림(士林)들에 의해 향유되던 장르인 만큼 그들의 풍류생활의 유장(悠長)한 멋이 '하노라', '이러라' 등의 허사를 통해 표출될 수 있었던 것이다.

　따라서 이러한 허사의 생략은 시적 시조를 비시적 시조로 경직화시키는 결과를 가져온다. 시조는 내용 구조상 종장에 주제가 집약되는 구조특질을 보여주고 있는데 이 종장에서 시적 분위기를 환기시켜주는 허사를 제거함으로써 단호하고 힘찬 주제의 집약효과를 얻어내고 있다. 한결같이 4음절어로서 '국권회복', '독립만세', '서세동점(西世東漸)', '천생자유' 등으로 끝맺음하여 전체 내용을 집약한 주제어로서의 기능을 맡고 있다.

　개화기 시조의 내용구조가 이와 같이 단호하고 힘찬 결의로서 종장 제 3음

---

3)　〈대한학회월보〉 3호, 「시가」, 우고최 작.
4)　동 3호, 「시가」, 벽미산인 작.
5)　〈대한민보〉 80호, 「탄영웅」.
6)　〈대한매일신보〉 965호, 「자강력」.

188

보에 응결되는 양상을 보인 것은 경직화된 시대상황에서 빚어진 문학현상으로 해석되어야 할 것이다. 시대의지와 비판적 내용을 효과적으로 수용하기 위하여 시조의 미학적 형태구조까지 잠식하는 기현상을 낳고 있는 것이다.

개화기 시조는 타장르와의 상호작용도 빈번했다. 그 좋은 예가 민요와의 상호작용을 통한 타령조 시조의 등장이다.

　　건너산 때꿩이 흐응 콩밭을 녹일제 흥
　　우리집 令監이 눈찡긋 하노라
　　어리화좋다 흐응, 知和者좋구나 흥
　　　　　　　　　　　　　　　－「射雉目」7)

이러한 타령조 시조는 흥타령을 가미하여 감정이입 효과를 노렸던 것으로 보인다. 즉 주제의식을 제고하고 독자들의 정서적 호응을 이끌어 내기 위해 과감하게 흥타령 어구를 삽입한 것이다.

때로는 6행시조도 산견된다. 시조는 3장 6구 4음보로 이루어진 것이 일반인데 행구분을 6행으로 분행(分行)하여 기존의 3행구조의 파격을 보이는 것이다.

　　가는봄 다시오니
　　사해춘광 옛빛이라
　　춘광은 예로부터
　　변치않고 한빛인데
　　인사는 어이하여
　　봄빛같이 못한고
　　　　　　　　－「陽春曲」

---

7)　〈대한매일신보〉, 1909.2.10.

예시처럼 전통적인 3행구조를 6행으로 분행하여 새로운 모습을 선보이고 있다. 이러한 행연법은 지금의 현대시조에서 흔히 사용하는 분행법인 바, 이미 개화기에 이러한 6행시조가 선보였다는 점이 흥미롭다. 이처럼 개화기 시조는 다양한 형태적 실험을 시도하여 근대시조로서의 면모를 갖춰 가고 있었던 것이다.

3. 육당시조의 개신적 성격

개화기 시조는 육당에 의해서 본격적인 개신적(改新的) 징후를 드러낸다. 육당의 시조에서도 물론 사회적 기능화 현상을 전혀 배제할 수 없지만 문학으로서의 개신적 징후가 특징적으로 드러난다. 그 징후는 이미 '신국풍(新國風)'이라는 신조어 사용에서 상징적으로 드러난다. 시조양식을 새로운 명칭으로 명명함으로써 근대시로서의 특성을 드러내고자 한 것이다. 육당은 자신이 주관하던 〈소년〉에서 다양한 형식의 시조를 창작함으로써 현대시조의 기반을 닦았던 것이다. 그야말로 고시조의 온고(溫故)에서 근대시조로서의 지신(知新)으로 탈바꿈시켰던 것이다. '지신'의 창조적 노력은 연작시조와 4장시조에서 선명히 드러난다.

육당이 본격적으로 시조 창작을 전개한 〈소년〉의 시조들은 대부분 연작형태를 지향하고 있다. 개화기 시조의 주류가 평시조인 것과 좋은 대조를 보이고 있다. 육당의 연작시조의 예를 보면 다음과 같다.

太白에 꽃이피니 富貴가 雙全이라,
大國民의 저런 歷史 永遠토록 한결같다.
太皇祖 크신힘은 萬年無疆이로다. 8)
　　　　　　　　　　　　－ 이하 3연 생략

---

8) 〈소년〉 3년 5권, 「태백에」.

예시는 꽃을 소재로 하였으나 생략된 3연은 비(2연), 달(3연), 눈(4연) 등의 자연물을 소재로 하여 시상(詩想)을 전개하고 있다. 자연물에서 다양한 소재를 취해 자연의 무궁한 생명력이라는 동일주제로 시상을 펼치고 있는 것이다. 연작시조는 이처럼 동일주제를 다양한 제재를 통하여 첩연(疊聯)형식으로 펼치는 유형을 지칭한다. 〈소년〉에 실린 시조는 거의 예외없이 이러한 연작형태를 취하고 있다.

권영민은 이러한 육당의 연작시조에 대해 반복적 리듬이 갖는 사회적 기능의 제고라는 평가를 내린 바 있다.[9] 즉 그는 리듬의 반복성을 통해 사회적 주제의식을 신장하려는 시도로 보고 있는 것이다. 그러나 예시한 작품에서 보듯이 육당의 연작시조에 보이는 리듬의 반복은 오히려 수사적 효과의 제고(提高)를 가져오고 있다. 육당의 연작시조에서 보이는 반복기교는 정형시로서의 형태적 안정성에 기여하고 있다. 이 점에서 저널리즘화된 가사와 시조의 4·4조의 단조로운 연속적 리듬과는 분명히 구분되는 것이다.

1920년대 시조부흥 운동의 일환으로 창작한 『백팔번뇌』의 성공은 〈소년〉기의 양식적 훈련없이는 결코 불가능했을 것이다. 『백팔번뇌』의 111수의 시조가 12편을 제외하고 연작의 형태를 취하고 있는 것이 이를 예증한다. 육당의 연작시조는 육당의 계몽의식에 의해 제약된 형태라기보다는 그의 시의식의 확산에서 잉태된 개신적 형태로 파악함이 타당할 것이다.

다음으로 이러한 육당시조의 개신적 징후와 관련하여 4장시조를 검토해 보기로 하겠다. 〈소년〉에서의 육당시조의 전개가 육당의 시의식과 밀접히 조우되고 있다는 사실을 결정적으로 뒷받침해 주는 자료가 이 4장시조이다. 시조는 초·중·종장의 논리적 구조를 갖는 완결의 미학을 근간으로 하고 있다.

---

9) 개화기 시조의 효시로 알려진 「혈죽가」와 동 574호의 「혈죽각 십절」도 연작형이다. 후자는 1, 2, 3…의 번호가 붙어 있음이 특색이다. 〈제국신문〉의 연작시조는 몇 사람의 작품을 함께 편집해 놓고 있어 육당의 시조와 구별된다.

시조의 고유의 특성으로 보이는 정형성, 논리성, 완결성, 긴장성은 바로 이 삼분(三分)구조에서 비롯된다.

그러나 육당은 이러한 시조 특유의 논리적 구조를 확대하여 4분(四分)구조의 변형시형을 시도하고 있다.

> 말한다고 뜻다하며 뜻있다고 말다하랴
> 애고답답 이가슴은 어느 名醫가 풀어주나
> 눈물이 속으로 흘렀으면 뚫기나 하련마는
> 命門에 불만나니 더욱 蹂躪.[10]
>
> — 육당, 「신국풍 3수」

예시는 중장이 2행으로 길어진 중형시조인 바 4행의 분장의식이 뚜렷한 점이 주목된다. 생략한 2, 3연 역시 4행으로 분명하게 분행(分行)하고 있다. 이러한 분행의식은 제목에서도 뚜렷이 드러난다. 3행으로 분행하는 일반시조를 '국풍(國風)'으로 지칭했음에 비해 이 작품은 「신국풍 3수」로서 유별나게 '신(新)'을 강조했다. 즉 3행 시조는 '국풍시조', 4행 시조는 '신국풍(新國風) 시조'로 분명히 구분하고 있다. 육당은 이처럼 고시조를 새롭게 개혁하려는 의도를 드러냈던 것이다. 육당에 의해서 고시조는 근대시조로 탈바꿈하는 혁신적인 계기를 마련했던 것이다.

4. 시조부흥 운동기의 시조

현대시조는 1920년대 발흥한 시조부흥 운동에 의해 큰 전기를 맞는다. 개화기에 진행된 정지작업 위에 튼튼한 근대시조의 집을 올리게 된 계기가 바로

---

10) 〈소년〉 3년 6권, 「신국풍 3수」.

시조부흥 운동이었던 것이다. 시조부흥 운동은 3.1운동의 여파로 확산된 민족주의 창달의 일환으로 전개되었다. 비록 가시적 측면에서 실패한 3.1운동이지만 정신적, 내면적으로는 민족의식과 민족주의라는 이념이 깊이 뿌리를 내리는데 작용하였다. 민족주의 창달의 일환으로 민족문화 운동이 활발히 전개되었던 바, 민요수집 및 연구, 국어운동 및 가갸날의 제정, 역사연구가 여러 사회 및 학회 단체를 통하여 전개되었다.

이러한 연장선상에서 문학운동의 차원으로 전개된 것이 바로 국민문학 운동이고, 그 구체적 실천방안으로 제시된 것이 시조부흥 운동이었다. 물론 결정적인 계기는 1925년 결성된 카프(KAPF)였다. 사회주의 문학을 표방한 카프가 계급주의를 내세우자, 그에 대한 반동으로 민족주의를 표방한 국민문학파가 형성된 것이다. 말하자면 국민문학파는 카프의 앤티테제였던 것이다.

국민문학파는 민요시 및 역사소설 쓰기, 그리고 전통시가 양식인 시조창작으로 대응하였다. 모두 민족정체성과 전통의식을 구현하기 위한 문학적 방안인 셈이다. 시조부흥 운동도 기본적으로 국민문학파의 노선에서 조선심(朝鮮心), 조선혼(朝鮮魂), 조선아(朝鮮我), 말하자면 '조선ism'의 확립과 구현에 목적을 두고 있었다. 민족정체성을 상실해 가는 일제 강점 상황에서 이러한 운동은 많은 사람들의 관심과 성원을 이끌어 냈다. 그 중심은 최남선, 이병기, 이은상, 정인보 등 국학자들이었다.

그 선두는 당연 육당이었다. 그는 1926년 '조선 국민문학으로서의 시조', '시조 태반으로서의 조선민성과 민속'이라는 논문을 〈조선문단〉에 연속으로 실음으로서 시조부흥 운동의 방향을 제시하였다. '국민문학파'라는 용어가 생긴 것도 이 논문에서 비롯된 것이다. 그는 시조를 '국시(國詩)' 즉 '나라의 시'로 규정하고, 민족정신을 구현하는 문학적 등가물(等價物)로 인식하였다. 시조를 통하여 조선심, 조선아가 드러내도록 하자는 주장인 것이다.

그는 구체적 실천물인 시조집 『백팔번뇌』(1926)을 발간하여 국토애, 역사의식, 단군사상을 형상화하였다. 이 시조집에서 국토애와 단군사상에 주제가 집중된 것은 그의 지리역사 전공의 산물이었다. 그는 이 시조집에서 3장 6구 45자의 시조의 기본양식을 바탕으로 마디구분, 띄어쓰기, 문장부호 사용 등을 통하여 근대시조로서의 변화를 시도하였다. 『백팔번뇌』는 연작시조가 주류를 이루는 바, 개화기 때 연작시조 창작체험이 바탕이 된 것으로 보인다. 그의 연작시조는 근대시조로서의 획기적 양식체험이었다.

> 아득한 어느제에 넘이여기 나립신고
> 버드난 한가지에 나도열림 생각하면
> 이 자리 안찾으리까 멀다놉다 하리까
>   － 육당, 「단군굴에서」

예시는 조선은 먼 태고시절 단군이 강림하였던 곳으로, 지금 버드나무 한가지에서도 단군혼을 느낄 수 있다는 내용을 담고 있다. 단군혼은 지금도 살아 있는 민족혼임을 노래한 것이다. 4구의 마디 구분, 띄어쓰기 등이 선명하게 나타난다. 연작시조는 개화기 때 육당이 선보이고 1920년대 시조부흥기에 들어 보편적인 양식으로 자리 잡는다. 육당을 비롯하여 노산, 가람 등도 다수의 연작시조를 창작하였다.

가람 이병기도 「시란 무엇인가」(1926, 〈동아일보〉), 「시조는 혁신하자」(1932, 〈동아일보〉) 등의 논문을 통하여 시조부흥 운동의 방향을 제시하였다. 그는 이러한 글을 통하여 1) 실감, 실정(實情)의 표현, 2) 다양한 소재의 취재, 3) 상투적 어휘 사용의 배제, 4) 부르는 노래가 아니라 읽는 시로서의 격조변화, 5) 다양한 생활을 투영할 수 있는 연작시조의 창작을 주장하였다. 이러한 주장에서 고시조에서 근대시조로 탈바꿈하는 구체적 방안과 의욕을 읽을 수 있다. 일종의 근대시조 개혁론인 셈이다.

나는 울면서 가도 내가 가야만 웃음 필 나라
내 발로 내 손으로 가꾸어 기름질 나라
가서 내 살고 싶은 곳 거기는 또 내 묻힐 곳
                    - 가람, 「가서 내 살고 싶은 곳」

　예시는 철저한 국토애, 민족의식을 형상화하고 있다. 내가 태어나서 묻힐 영원한 고향은 바로 내 나라, 내 강산인 것이다. 내 존재의 의미와 가치도 바로 내 나라에 있는 것이다. 하지만 육당의 시조가 철저히 민족의식의 연장선상에서 자연과 국토를 수용하고 있는 반면, 가람은 자연을 때로는 관조의 대상으로 삼아 미적 환기물로 수용한 것에서 차이점을 찾을 수 있다. 그는 비, 구름, 꽃, 산, 강을 소재로 하되 객관적 조응물(照應物)로 사유화하는 흔적을 드러낸다. 특히 그가 주된 소재로 했던 난초에서 이러한 인식이 뚜렷하게 드러난다. 관념물인 아닌 미적 대상으로서의 소재관이 뚜렷하게 나타난다. 그가 주장한 고시조에서 탈피는 관념표출을 위한 도구의 기능에서의 탈피를 의미한 것이었다.[11]
　가람시조에 와서 띄어쓰기가 육당에 비해서 더 분명해지고 철저해짐을 엿볼 수 있다. 표기법에서 근대시조의 면모를 갖추고 있다. 아울러 감각적 표현이 뛰어나고 대화체 시조라는 새로운 양식을 개발하기도 하였다.

나는 우리 고향을 떠나 살 수가 없어요
나는 우리 고향을 떠나 살 수가 없어요
정 깊은 이 산과 물을 버리고 그 어디로 갈까요
                    - 가람, 「고향」 제 2수

---

11)　임종찬, 「가람의 시조 혁신론과 작품」, 부산대 〈국어국문학〉 24호.

예시는 두 사람이 마치 대화를 나누는 듯 하는 대화체 시조이다. 대화 형식을 통해 소박한 감정과 친근감을 살려내 감정이입 효과를 살려 내고 있다. 한편 가람은 장시조도 시도하여 사설시조의 근대적 부활을 꿈꾸고 있다.

풀벌레
해만 설풋하면 우는 풀벌레 그 밤을 다하도록 울고 운다
가까이 멀리 예서 쌓겨 울다 외로 울다 연달아 울다 뚝 끈쳤다 다시 운다
그 소리 단조하고 같은 양해도 자세 들으면 이 놈의 소리 저 놈의 소리 다 다르구나
　　　　　　　　- 중략

『가람시조집』에 실린 시조이다. 사설시조처럼 장문화(長文化) 되어 있으나 (중략) 3장 구성은 뚜렷하다. 개화기에도 수십 편의 사설시조가 선 보였던 바,[12] 이처럼 가람, 노산, 육당 중심으로 1920년대 장시조가 보편적 양식으로 자리 잡고 있음을 볼 수 있다. 이는 현대시조로서의 사설시조의 양식적 계승을 정립하려는 노력으로 평가된다.

노산 이은상도 시조부흥 운동의 선두에 선 시인이었던 바, 그는 양장(兩章) 시조라는 개신적 양식으로 이에 호응하였다. 노산은 3장도 길다고 선언하고, 초중장이 병렬, 대등, 유사관계를 갖고 있음으로 한 장을 줄여서 양장으로 하며는 시적 긴장감이 고조될 것이라고 주장하였다. 양장이면 족할 것을 구태여 1장을 덧붙여 군더더기가 된다는 논리였다.[13] 그리하여 전장(초중장)+후장(종장)으로 된 양장시조가 탄생한 것이다. 『노산시조집』8부는 아예 '양장시조편'으로 꾸며 12수의 양장시조를 싣고 있다. 그만큼 양장시조에 대한 노산의 애착은 깊은 것이었다.

---

12) 졸저, 『21세기 한국시의 지평』, 신구문화사, 2008.
13) 이은상, 『노산 시조집』, 삼중당, 1976, p.202.

뵈오려 안뵈는 님 눈감으니 보이시네
감아야 보이신다면 소경되어지이다
　　　　　　　　　－ 노산, 「소경되어지이다」

　예시처럼 2장으로도 충분히 시상(詩想)과 주제를 구현할 수 있는 것이다. 양장시조는 3장을 고수하던 기존의 시조양식에 충격을 준 양식이었다. 아예 1장을 뺀다는 것은 거의 상상조차 힘든 일이었기 때문이다. 고시조에서 엇시조나 사설시조처럼 형태가 확산된 예는 있지만 2장으로 축약된 경우는 없었다. 개화기 때도 육당의 신국풍 4행시조는 오히려 4행으로 행수를 확장했던 것이다.

　이러한 행의 단축은 축약으로서의 시의 본질에 근접한 현상일 수 있다. 시는 '축약'으로, 산문은 '확산'으로 본래의 장르적 기능을 수행하기 때문이다. 축약에서 오는 시적 긴장감(tension)의 고조는 단시(short poem)의 기능적 효과가 된다. 그런 점에서 양장시조는 현대시에 근접한 형태적 변이로 보인다.

　노산의 양장시조가 일본의 단시인 하이꾸(5+7+5조의 단시)의 시적 효과를 의식했다는 지적도 여기서 기인하는 것이다. '꽃잎이 떨어지네, 어, 꽃잎이 올라가네 나비였네'라는 유명한 일본 하이꾸 시와 「소경되어 지이다」를 비교하면 시적 효과의 유사성을 확인할 수 있다. 이러한 단시(短詩)로서의 양장시조는 '얼굴이야 두손으로 가리지만, 보고 싶은 마음 호수 같아서 눈감을 수밖에'(정지용, 「호수」)같은 현대시와 좋은 호응을 이룬다. 이처럼 양장시조는 단시로서 시적 본질에 근접한 양식이었으나 불행히도 노산의 실험적인 개인장르로 국한되는 한계를 보였다. 하지만 비록 소멸된 실험적 양식이지만 현대시로서 다시 부활할 가능성을 충분히 내포한 양식이다.

　노산은 행과 연의 신축성을 통하여 시조의 근대화를 기획하기도 하였다. 그는 시조의 행배열을 자유시에 가깝게 하여 근대시조의 모습을 변모시키려 하였다. 그는『노산시조집』서문에서 6행, 7행과 같은 자유로운 행 배열을 시도

하여 기존 시조의 3행 구조(tercet)를 탈피하려 하였다. 때로는 음보를 무시한 자유로운 행 배열도 시도하였다.

継祖窟 너덜바위
길도 바위
문도 바위
바위 뜰 바위방에
석불같은 중을 만나
말없이 마주 섰다가
나도
바위 되니라

예시는 완전히 자유로운 행 배열로 구성되어 얼핏 시조가 아니라 자유시인 것 같은 착각마저 일으킨다. 이처럼 노산은 시조의 기본틀을 깨고 현대시 즉 자유시에 가까운 양식적 실험을 시도했던 것이다.

상론한 바와 같이 현대시조는 육당, 가람, 노산, 위당(정인보), 조운 등의 시조부흥 운동을 통해 근대시조로서의 골격과 기반을 갖춰 갔던 것이다. 그 계보는 1930년대 여류시인 장정심, 1950년대 이영도, 이호우, 김상옥 등으로 이어진다.

단편서사시론

1. 단편 서사시의 기원

발라드(ballad)는 음악적 측면과 문학적 측면으로 나누어 구분되는데 보통 전자는 민요로, 후자는 담시(譚詩)로 번역된다. 먼저 음악적 발라드는 이야기를 담아 구전되는 노래이다. 다시 말해 민요에서 서사적인 민요를 지칭하는 것이다. Preminger는 민요를 서술민요(narrative folk song)와 비서술민요 (non-narrative folk song)로 나누고 전자에 서사민요(oral epic)와 발라드를 포함시키고, 후자에는 서정민요(lyric folk song), 노동요, 유희요, 동요 등을 포함시키고 있다.[1]

발라드는 설화체 시의 한 특수한 형식으로 자리 잡게 되는데, 15세기경 영국에서 음유시인들이 등장하여 간단한 시행에 잘 구성된 이야기를 담아 널리 퍼뜨리기 시작했던 것이다. 이렇게 해서 민간 발라드(folk ballad)에서 문학적 발라드(literary ballad)가 파생되었던 것이다. 이러한 문학적 발라드는 대체적으로 잘 알려진 인물이나 이야기를 다룬다. 또한 세태(世態)와 관련된 삽화를 개입해서 동작과 대화를 통하여 이야기를 발설하는데 자신의 개인적 태도나 감정을 배제함이 원칙이다. 또한 심리적 묘사가 거의 없으며 의미는 직접적으로 묘사된 행위를 통해, 또는 사건의 맥락에 대한 언급을 통해 파악된다.[2]

이와 같이 담시는 전설, 구비 등을 민중적 가락으로 노래해 온 전승배경을 갖고 있는 짧은 형식의 이야기시이다. 그런데 단징거는 담시를 서정시 장르에 포함시키고 있다. 다시 말해 담시는 서정 서술이라는 것이다. Leach는 담시의 특징을 ① 내용이나 문체가 민중의 감수성에 알맞음 ② 단순한 사건에 초점을 맞춤 ③ 대화와 행위로 사건이 진술되고 묘사는 생략됨 ④ 객관적 서술

---

1) A. Preminger, 『Encyclopedia of Poetry and Poetic』, p.283.
2) R. Fowler, 『A Dictionary of Modern Critical Term』, 김윤식 역, p.136.

⑤ 비극적 사랑과 비교훈적 내용 ⑥ 극적 장면 및 극적 구성 ⑦ 강한 충격과 경탄의 표출 등으로 들고 있다.3) 이 중에서 ⑤⑥⑦은 서정시적 요소로 간주된다.

이와 같이 담시는 서정성이 강한 서술시인 것이다. 따라서 담시는 단형의 서정 서술시로 규정할 수 있다. 이런 특징에서 볼 때 담시는 단편서사시의 원형적 요소를 내포하고 있다.

2. 단편 서사시의 형태적 특성

단편 서사시는 한국에서 1930년대를 전후하여 프로문학 진영에서 시도한 실험적 장르이다. 임화가 창작에 처음 시도하고 김기진이 이론적으로 개념화한 것이다.

단편 서사시는 한국시단에 자생한 일종의 역사적 장르(historical genre)로 볼 수 있다. 물론 일본의 NAPF에서도 논의된 바 있어 결코 독창적인 것으로 볼 수는 없어도 임화를 비롯하여 박세영, 백철, 김해강, 박아지 등 일련의 프로시인들에 의해 본격적으로 창작되었고, 이후에 백석, 이용악, 김상훈 등에 의하여 계승되었기 때문이다.

단편 서사시는 프로문학에서 필연적으로 요구되는 바 시에서의 리얼리즘 확보와 대중성의 획득에 그 목적이 있다. 주지하다시피 프로문학은 볼셰비키 전환 이후 정치의식을 앞세운 목적의식론으로 무장되고, 이에 따라 창작방법도 유물변증법적 공식주의로 치닫게 되어 개념시나 개념적 서술시들을 양산하였다. 이러한 도식주의는 창작의 질식 현상을 초래했고, 프롤레타리아 독자들로부터 외면당하는 결과를 초래했다. 독자대중의 확보는 프로문학의 당위

---

3)   Maria Leach, 『Standard Dictionary of Forklore and Legend』, Vol Ⅱ, New York, 1950, p.97.

(當爲)였던 바, 이에 대한 방법론적 자성과 그에 따른 전략으로 제시된 것이 김기진의 대중화론이었다.

독서대중 특히 김기진이 분류한 보통 독자(부인, 소학생, 노년, 농민대중)들을 위해서 시를 알기 쉬운 말로, 그들의 흥미를 유발하도록 재미있게 써야 한다는 것이다. 그것은 시에 이야기를 끌어들임으로써 비로소 가능한 것이었다. 시 장르는 언어의 집약성이 요구되는 장르이고, 언어의 상징과 비유 등이 빈번히 사용됨으로서 난해성을 띠기 마련이다. 따라서 시에다 이야기 요소를 끌어들여 시를 쉽게 씀으로써 프롤레타리아 독서대중(reading public)에게 다가서고자 했던 것이다.

또한 김기진은 우리의 시도 소설과 마찬가지로 현실적, 객관적, 실제적, 구체적인 속성을 요한다고 전제하고, 이를 위해 시에다 사회, 사건, 역사, 시간을 끌어들여야 한다고 주장했다.4) 말하자면 시에서의 화소(話素, narrative)의 수용은 시의 현실 대응 방식과 밀접한 관련을 갖는 것이다. 프로문학이 본질적으로 현실주의 문학이고 또한 비판적 사실주의(critical realism)에 속하는 것인 만큼 시에서 사회현실과 현장의 이야기를 담는 것은 필연적인 사태의 귀결이었다.

이와 같이 단편 서사시는 프로대중의 확보와 리얼리즘의 선취라는 목적문학으로서의 당위적 실천을 위해 전략적으로 창안된 장르였던 것이다. 김기진은 단편 서사시의 양식적 특성을 다음과 같이 말하고 있다.

프로시인은 그 소재가 사건적, 소설적인데 주의해야 한다. 그리하여 될 수 있는 대로 그 소재의 시적으로 필요한 부분만 추리어 가지고 적당하게 압축하여 사건의 내용과 사건을 중심으로 한 분위기는 극히 인상적으로 선명, 간결하게 만들기에 힘쓸 것이다. 만일에 그렇지 못하면 소설과 같이 길어질 것은 물론

---

4) 김기진, 「단편서사시의 길로」, 〈조선문예〉 창간호, 1929년 5월, p.7.

이요, 시로서의 맛이 없다. 시로서의 맛이란 설명의 인상적, 암시적 비약에, 즉 행간의 정서의 비약에 대부분 있는 까닭이다.[5]

이 설명을 전제해 볼 때 김기진의 단편 서사시 개념은 소설과 시양식의 혼합양식으로 규정할 수 있다. 사건적 소재의 취재에서 소설양식을, 그리고 그것의 압축적, 인상적 표현에서 시양식을 끌어들인 것이다. 결국 시에 이야기를 끌어들이되 시적인 표현방식으로 표출되는 것이 단편 서사시인 것이다.

이런 점에서 단편 서사시를 전체성을 바탕으로 한 공동체 지향의 소설과 개성을 바탕으로 한 서정시를 연결하는 중간 단계의 장르로 규정한 견해는 시사적이다.[6] 특히 임화의 단편 서사시는 등장인물을 설정하여 청자에게 말을 건네는 담론구조를 갖추고 있음이 특징적이다. 「우리 오빠와 화로」에서도 누이동생을 등장인물로 설정하여 오빠에게 말을 건네는 형식을 취하고 있다. 이러한 허구적 인물의 설정에 의한 시적 진술은 서사적, 사실적 메시지 전달형식을 통해 소설적 진술에 접근하고 있다. 그러나 그 구성은 소설에서와 같은 플롯에 의존하기보다 전체적으로 고무와 찬양, 권고, 애원 등이 주조를 이루는 주관주의적 표현방식을 택함으로써 시의 영역을 확보하고 있다. 허구적 인물의 고백적 진술 역시 서정시의 특성에 부합된다.

단편 서사시의 양식을 우리 문단에 처음 제기한 김기진의 「단편 서사시의 길로」에서 주장한 단편 서사시의 특징을 간략하게 정리해 보면 다음과 같다.

첫째, 단편 서사시의 소재는 사건적, 소설적이어야 하며, 그 분위기는 극히
　　인상적으로 선명, 간결해야 한다.
둘째, 프롤레타리아의 용어는 소박하고 생경하고 '된 그대로의 말'로 쉽고 간결

---

5)　김기진, 「단편서사시의 길로」, p.143.
6)　정재찬, 「1920~1930년대 한국 경향시의 서사지향성 연구」, 서울대 석사논문, 1987,
　　p.108.

해야 한다.

셋째, 사건의 전개와 인물을 통해 프롤레타리아의 생활과 의식을 노출시키면
서 통일된 정서를 수용해야 한다.

넷째, 노동자들의 낭독에 편하도록 호흡을 조절해 프롤레타리아의 리듬을 창
조해야 한다.[7]

이렇게 볼 때 단편 서사시는 사건적 소재를 취재한다는 점에서 소설양식에,
그리고 그것을 압축적, 인상적으로 표현한다는 점에서 시양식에 접목된다. 이
것은 또한 '경향문학은 피상적인 제재에 집착하는 문학이 아니며, 또한 지식
인의 의식고취 문학도 아니기 때문에 생활현실의 구체적, 객관적 묘사에 중요
성을 부여'[8] 해야 한다는 프로문학 진영의 목적의식을 반영한 것이기도 하다.

전반적으로 단편 서사시는 설화성과 서정시의 특질인 표현성이 접목된 양
식이다. 물론 그 표현성이라는 것이 어떤 완성된 형태의 미적 구조를 말하는
것은 아니다. 또한 단편 서사시는 하나의 이야기 화소를 갖지만 그것이 완성
된 형태를 갖추고 있지 않다. 그래서 단편 서사시는 엄격히 말해서 서사시로
보기는 어렵다. 서사시의 제 조건에 부합되지 않기 때문이다. 구태여 서사시
로 본다면 N. Frye가 제시한 소(小)서사시(epyllion)에 가깝다. 프라이는 서
정시가 주제의 관심밀도가 높아져 소형의 서사시로 확대된 것을 소사사시라
고 하였다.[9] 단편 서사시는 일종의 서술시로서 서정성이 강한 서정 서술시로
보아야 할 것이다.

아무튼 단편 서사시는 1930년대 한국 시단에 풍미한 실험적, 역사적 장르
로서 시에서의 리얼리즘 확보와 소설에로의 양식적 확산이라는 문학적 성과
를 거둔 것으로 평가된다.

---

7)   김기진, 「단편 서사시의 길로」, 〈조선문예〉 창간호, 1929. 5.
8)   김현, 『문학사회학』, 민음사, 1993, p.19 참조.
9)   N. Frye, 『Anatomy of Criticism』, 임철규 역, 한길사, 1988, p.461.

204

3. 예술대중화론과 단편 서사시

한국 시단에서 단편 서사시라는 양식으로 최초로 등장한 작품은 임화의 「우리 오빠와 화로」였다.

사랑하는 우리 오빠
어저께 그만 그렇게 위하시던 오빠의 거북무늬 질화로가 깨어졌어요
언제나 오빠가 우리들의 피오닐 조그만 기수라 부르는 영남이가
지구에 해가 비친 하루의 모든 시간을 담배의 독기 속에다
어린 몸을 잠그고 사온 그 거북무늬 화로가 깨어졌어요

그리하여 지금은 화젓가락만이 불쌍한 영남이 하고 저하고처럼
똑 우리 사랑하는 오빠를 잃은 남매와 같이
외롭게 벽에 가 걸렸어요

오빠
저는요 저는요 잘 알았어요
왜 그날 오빠가 우리 두 동생을 떠나 그리로 들어가실 그날 밤에
연거푸 말은 권련을 세 개씩이나 피우고 계셨는지
저는요 잘 알았어요 오빠
…………
천정을 향하여 기어 올라가던 외줄기 담배 연기 속에서
오빠의 강철 가슴 속에 박힌 위대한 결정과 성스러운 각오를
저는 분명히 보았어요
…………
화로는 깨어져도 화젓갈은 깃대처럼 남지 않았어요
우리 오빠는 가셨어도 귀여운 피오닐 영남이가 있고
그리고 모든 어린 피오닐의 따뜻한 누이 품, 제 가슴이 아직도 덥습니다

....
오빠 오늘밤을 새어 이만 장을 부치면
사흘 뒤엔 새 솜옷이 오빠의 떨리는 몸에 입혀질 것입니다
이렇게 세상의 누이동생과 아우는
건강히 오늘 날마다를 싸움에서 보냅니다

영남이는 여태 잡니다
밤이 늦었어요

                                  - 임화, 「우리 오빠와 화로」[10)]

「우리 오빠와 화로」는 카프계열에서 창작된 목적시 가운데 '타의 추종을 불허하는 작품'[11)]으로 평가되는 대표작이다. 실로 카프가 1925년 결성된 후 1935년 해체되기까지 10년간 한국문단의 이니시어티브를 잡고 전횡했지만 이렇다 할 창작적 성과를 거두지는 못했다. 박영희가 카프를 탈퇴하며 남긴 말, '얻은 것은 이데올로기요, 잃은 것은 예술이다'라는 유명한 명제는 이러한 사실과 결코 무관하지 않다. 그런 가운데 카프시의 대표작으로 평가되는 작품이 제작되었으니 그것이 바로 「우리 오빠와 화로」이다.

시는 무엇보다 '단편 서사시'라는 양식사적 측면에서 주목되는 작품이다. 단편 서사시의 효시를 이루고 있을 뿐 아니라 수많은 에피고넨(epigone)들을 파생시켜 한국시사에서 뚜렷한 양식사적 계보를 형성하고 있기 때문이다. 시를 단편 서사시로 처음 명명한 김기진은 문학을 읽고 눈물을 흘려 보기는 「베르테르의 슬픔」 이후 처음이라고 극찬한 바 있다.

---

10) 〈조선지광〉 1929. 2.
11) 이숭인, 「임화시의 선동성과 낭만적 열정」, 〈한국 현대문학 연구〉 1집, 1991, p.328.

오래간만에 책을 들고 눈물을 흘려 보았다.
나를 울린 것은 임화군의 「우리 오빠와 화로」라는 것이었다.[12]

이처럼 한 비평가에게 감동의 눈물까지 흘리게 한 수작이었던 것이다. 나아가 그는 우리시가 단편 서사시의 형식으로 나가야 할 것을 역설하고 있다.[13] 김기진은 이처럼 단편 서사시를 진부한 기존 프로시단을 개혁할 수 있는 새로운 양식으로 받아들였던 것이다.[14]

시는 43행 10연으로 된 장시이다. 단편 서사시라는 명칭대로 짧은 이야기가 산문적 호흡으로 서사를 이끌어 가고 있다. 시에는 두 개의 에피소드가 병치되어 있는 바, 누이 동생이 오빠에게 편지를 쓰는 현재의 에피소드와 오빠의 사건과 관련된 과거의 에피소드가 그것이다. 이 작품에는 세 명의 가족이 등장하는데 각기 노동자의 전형성을 드러낸다. 제지 공장에서 일하는 오빠, 제사 공장에 근무하는 누이, 그리고 연초 공장에 나가는 동생이 그들이다. 권혁웅은 이들이 계급성을 갖는다는 점에서 전형적인 인물이며 제유적인 대표성을 띤 인물로 평가하고 있다.[15] 오빠는 노동 투쟁과 관련된 모종의 일로 구속되어 현재 감금 상태에 있다. 그리고 집에 남은 누이가 동생과 함께 힘겹게 살아가며 투쟁의 길을 나서겠다는 각오를 담아 오빠에게 편지를 쓰고 있다.

시의 직접 화자는 누이 동생이고 청자는 감옥에 가 있는 오빠이다. 실제 사건의 주인공은 오빠지만 부차적 인물인 누이가 일인칭화 된 시점에서 서술해 가는 '일인칭 부차적 시점'을 견지하고 있다. 또한 W. Kayser가 지적한 바, 자아의 감정이 어느 특정한 인물의 입을 통하여 표현되는 배역시(Rollen

---

12) 김기진, 「단편 서사시의 길로」, 〈조선문예〉 창간호, 1929.5.
13) 김기진, 위의 글.
14) 오세영은 하위장르인 서사시와 혼동할 수 있기 때문에 단편 서사시 대신 단편서술시, 단편담시로 쓸 것을 주장하고 있다. 오세영, 『한국 현대시의 분석적 읽기』, 고대출판부, 1998, p.158.
15) 권혁웅, 「임화시의 비유적 특성과 그 계승」, 〈한국문학 이론과 비평〉 37호, 2007, p.330.

Gedichte)[16] 형식을 취하고 있다. 시인은 숨어 있고 특정 인물인 누이를 등장시켜 발화하고 있는 것이다. 시인과 화자가 일치되는 서정시는 시와 시인의 삶이 직접 통일되어 감동을 유발시킬 수 있는 반면에, 배역시처럼 시인과 화자가 다를 경우 전달하려는 내용에 가장 적합한 배역을 선택함으로써 시적 의미를 구체화시킬 수 있는 장점이 있다. 시는 바로 이점을 노린 것이다.

T.S Eliot는 상상적 인물을 빌려 상상적 인물에게 말하는 발화 형식을 '제3의 목소리'라고 명명한 바 있다.[17] 이 작품 역시 누이라는 상상적 인물을 통해 오빠라는 보이지 않는 또 하나의 상상의 인물에게 말하는 형식을 취하고 있다. 제 3의 목소리를 독자들은 방청석에 있는 관객의 입장에서 엿듣고 있는 것이다.

한국 근대시에서 '단편 서사시'라는 명칭으로 이야기시의 양식적 기반을 마련한 임화는 단편 서사시의 모태인 「담—1927」(1927.11)을 필두로, 「우리 오빠와 화로」(1929.2), 「젊은 순라의 편지」, 「봄은 오는구나」, 「다 없어졌는가」, 「양말 속의 편지」, 「오늘 밤 아버지는 퍼렁 이불을 덮고」, 「다시 네거리에서」, 「병감에서 죽은 녀석」 등 상당량의 단편 서사시를 창작하였다.

주지하다시피 예술 대중화론은 1927년의 방향전환론에 대한 비판과 아울러 새로운 조직운동의 실천적 모색을 시도한 것으로, 1928년에 들어서 김기진에 의해서 본격적으로 개진된 것이다. 이렇게 보면 대중투쟁의 현장성과 독서대중의 정서적 감염을 목표로 하는 단편 서사시를 임화는 이론에 앞서 실제 창작으로 실천하고 있었던 것이다. 이러한 프로시인으로서 장르적 감수성은 대중화론이라는 이론적 지원을 받으면서 창작으로 본격화된다. 대중화론이 대두된 직후인 1929년에 집중적으로 많은 작품을 제작하기에 이른다. 「네거리의 순이」, 「우산받은 요코하마의 부두」, 「어머니」 등이 대표적이다.

---

16) W. Kayser, 김윤섭 역, 『언어예술작품론』, 예림기획, 1999, p.286.
17) T.S Eliot, 「시의 세 가지 음성」, 최종수 편역, 『문예비평론』, 박영사, 1974, p.140.

「우리 오빠와 화로」는 프로문학 내에서는 대중화론의 실천적 성과물이면서 한국 근대시사에서 단편 서사시라는 양식사적 이정표를 세운 기념비적 작품이다.[18] 이 뒤를 이어 프로문학에서는 백철, 박세영, 권환 등의 에피고넨을 낳았고, 1930년대 이용악, 백석, 해방기의 김상훈을 배출하였다. 현대시에 와서 서정주, 정진규, 최두석 등의 단편 서사시의 계보를 형성하기에 이른다.[19] 한국 현대시 양식사의 큰 대하(大河)를 이루는 단편 서사시의 발원지는 바로 「우리 오빠와 화로」였던 것이다.

4. 카프시와 단편 서사시

단편 서사시는 임화의 에피고넨인 김해강, 박세영 등의 카프시인으로 승계된다. 이리해서 단편 서사시는 1930년대 보편적인 시양식으로 자리 잡아 갔던 것이다.

김해강 역시 카프시인으로 프로시 창작에 앞장 선 시인이다. 무엇보다 김해강의 프로시들은 식민지 시대의 현실 상황을 날카롭게 묘파하면서도 예술적 형상성을 유지한다는 점에서 주목받았다. 그의 시는 프로시의 생경한 전투성을 극복하고 어느 정도의 예술성을 확보하고 있었던 것이다. 그는 단편 서사시 창작에도 매진하여 「과도기의 애사 일절」, 「귀심」, 「변절자여 가라」, 「몸 바치던 최초의 그 밤」, 「조춘애사」, 「오월의 노래에 합창을 하며」, 「기다리는 그 밤」, 「태양같은 나의 사나이여」, 「오빠의 영전에 엎드려」 등 다수가 있다. 이로 볼 때 김해강은 단편 서사시 창작의 또 하나의 주역이었음을 알 수 있다.

---

18) 김정훈은 단편서사시를 프로시의 '대표적 양식'으로 고평하고 있다. 김정훈, 앞의 책, pp.241~242.
19) 프로진영에서는 백철, 「가을밤」, 「날은 추워 오는데」, 박세영, 「바다의 여인」, 「누나」 등으로 지속되었다. 한계전, 「팔봉 김기진의 대중화론과 시형식의 문제」, 〈한국문화〉 24호, 1999, p.151.

김해강의 대표작 「귀심」(1930.8)을 보자.

총아
앞으로도 피가 식고 살이 굳어지는 날까지
밟아온 길을 되밟는 가운데 더운 투쟁사는 짜질 것이다
어이 일초 일각인들 마음에 빈틈에 둘까 보냐
가슴을 베여서라도 맹세하리라. 아비의 뜻을 이어다오

총아
미리 부탁이다마는 언젠들 내몸은 돌아가지 못하리라
내 목숨이 끊긴단들 묻힐 땅인들 기약할거냐?
하지만 마음만은 돌아가리라 네 가슴에
내 목숨이 끊긴단들 묻힐 땅인들 기약할거냐?
하지만 마음만은 돌아가리라 네 가슴에, 조국백성의 가슴에
씩씩하게 잘자라 아비의 뜻을 잇는 자식이 되어다오. 되어다오

총아
오오 너를 보지 못한지 벌써 열두 해로구나!
열두 해 나는 동안 너의 곳도 많이 변했겠지
오오 ××가의 자식은 ××가가 되느니라
아비 일을 마음으로 비는 가운데
씩씩하게 잘자라 잘자라 뜻을 잇는 자식이 되어다오. 되어다오.
　　　　　　　　　　　　　　－ 김해강, 「귀심」

　이 시는 1919년 3.1운동 직후에 구국투쟁의 대망을 품고 조국을 떠난 혁명
투사가 12년이 지난 후 이제 성장한 아들 '총'에게 아버지의 대를 이어 혁명대
열에 동참해 줄 것을 염원하는 내용으로 되어 있다. 3.1운동 당시 젖먹이었던
아들의 모습, 조국을 떠나 투쟁대열에 동참했던 아버지의 각오, 조국에 돌아

갈 수 없는 참담한 심회, 아직도 꺾이지 않는 독립투쟁의 의지, 아들에 대한 기대와 소망 등이 구체적으로 형상화되어 있다.

부자간의 혈연의 정을 매개로 투쟁대열에 동참하는 동지간의 연대의식을 고양하고 있다. 아버지로서의 잔잔한 부정(父情)에 호소함으로써 시적 청자인 아들로 하여금 정서적 감염과 공감의 폭을 배가하고 있다. '총아'와 같은 돈호법의 사용도 이러한 기능을 높이는데 기여하고 있다. 이 작품이 나온 것이 1930년 8월임을 감안할 때 시기적으로나 양식적으로 임화의 「우리 오빠와 화로」의 영향을 받은 작품임에 틀림없다. 오히려 임화의 작품보다 서사적 골격이 더욱 튼튼해져 있음이 확인된다.

단편 서사시의 선구자 중 또 한 시인이 박세영이다. 박세영은 프로문단을 이끌던 중심인물이었음으로 의당 프로문단 진영에서 각광받던 단편서사시 창작에 주도적이었다. 「바다의 여인」, 「누나」, 「산골의 농장」, 「최후에 온 소식」, 「화문보로 가린 이층」, 「젊은 웅변가」, 「하랄의 용사」, 「탄식하는 여인」, 「산촌의 어머니」, 「순아」 등 다량의 작품을 남기고 있다. 이로 볼 때 박세영은 또 하나의 단편 서사시의 개척자임을 알 수 있다.

「농부아들의 탄식」[20]은 임화의 단편 서사시로의 이행 단계에 있는 「담 -1927」보다 10개월 앞선 작품임을 볼 때 박세영은 단편 서사시의 선구자로서의 면모도 갖추고 있다. 특히 박세영은 소외된 여성들을 화자로 설정하여 유이민의 비극적 현실을 묘파하는데 주력하고 있다. 그의 단편 서사시는 노동자의 현실을 넘어 역사적 지평에 물꼬가 닿아 있었던 것이다.

대표작 「누나」[21]를 보자.

---

20) 〈문예시대〉, 1927.1.
21) 『카프시인집』, 1931.

누나!
그날을 또 어떻게 지내셨수
유황가루 얻어맞은 것 같은 세 자식을 데리고
돌려가며 밥 달라는 굶은 어린것들을 데리고
허나 누나를 보고 오는 나의 마음은
비스듬한 고개가 갑자기 깎아질러 보이고
내려다뵈는 도시를 향하여 가슴을 몇 번이나 두드렸소

누나!
그러게 내가 무어라고 그랬수
가난한 사람은 다 같은 생각을 가져야 한다고
내 몸은 가난의 그물에 걸렸으면서도
생각은 가장 이상경(理想境), 문화주택을 생각하고
재산을 생각하지만 어디 되는 줄 아우
가난한 사람이 누구라 안부지런하우마는
돈을 모을 수가 있습디까 그것도 봉건시대에 말이유
부지런이란 무엇 말라빠진 것이란 말이유

누나!
십년을 공부하고 나온 몸이라
언제나 중병자와 같은 여공들을 볼 때에는
개나 같이 생각하지 않았수마는
누나도 사흘 굶고 공장에로 안 나섰었수
그럴 때 ×들은 누나가 늙었다고 거절을 하지 않았수
나이 삼십이 넘은 누나가 늙었다는 것은
자본주의 시대의 솔직한 말이 아니유
×들은 조금이라도 우리의 힘을 더 ××슬 생각밖에
                  － 중략 －
뱃속의 촌맥충이나 무에 다르겠수

212

누나! 그러면 나는 기다리겠수
누나의 레포를 기다리겠수
- 박세영, 「누나」

이 시는 박세영의 실제 친누이인 박숙원이 인텔리임에도 불구하고 가난 때문에 결국 여공으로 취직하기로 하자 그를 격려하기 위해 쓴 것으로 알려져 있다. 시적 청자인 누나는 프롤레타리아 계층이었지만 10년이나 공부한 인텔리로 성장한다. 그러나 그 계층적 한계 때문에 인텔리로서의 꿈을 실현하지 못한다. 결국 생계 유지조차 힘든 지경에 이르러 공장에 취직하려 하지만 나이 때문에 그나마 힘든 상황에 처한다. 이러한 자본주의 사회의 구조적 모순과 계층적 한계를 타파해야 할 것을 시적 화자는 역설하고 있다.

이렇게 시는 노동투쟁가로 추측되는 시적 화자인 남동생이 아직 의식적으로 개혁되지 못한 인텔리 계층인 누나를 의식개혁으로 유도하는 편지글로 되어있다. '누나'를 반복하는 돈호법의 사용도 임화의 서간체 방식과 일치하고 있다. 임화가 개발한 서간체 방식의 단편 서사시 양식을 이어가고 있는 것이다.

특히 박세영의 단편 서사시는 마치 연극의 대사를 주고 받듯이 대화체 양식을 도입하고 있다. 대화체 양식은 시적 화자와 청자의 거리를 좁혀 정서적 감염효과를 유발할 뿐 아니라 대중에게 더욱 강한 호소력으로 전달하며, 낭독에 용이한 효과를 갖고 있다.[22] 대화체 단편서사시로는 「바다의 여인」(1930), 「황포강반」(1932), 「교」(1935) 등이 있다.

박세영은 해방 후에도 「순아」(1945)와 같은 단편 서사시를 창작하여 단편 서사시의 계보를 꾸준히 이어간다.

---

22) 졸저, 『한국 현대시의 좌표』, 건대출판부, 2000, p.283.

5. 유이민시와 단편 서사시

　단편 서사시는 프로시에 국한되지 않고 유이민시로 확산된다. 그 대표적인 예가 이용악의 유이민시다. 이용악은 일제 강점기 대량으로 발생된 유이민들의 삶을 시의 화소(話素)로 끌어들여 단편 서사시로 재구(再構)해 냈던 것이다. 「낡은 집」이 대표적이다.

　　날로 밤으로
　　왕거미 줄치기에 분주한 집
　　마을에서 흉집이라고 꺼리는 낡은 집
　　이 집에 살았다는 백성들은
　　대대손손에 물려줄
　　은동곳도 산호관자도 갖지 못했니라

　　재를 넘어 무곡을 다니던 당나귀
　　항구로 가는 콩실이에 늙은 둥글소
　　모두 없어진 지 오랜 외양간엔
　　아직 초라한 내음새만 그윽하다만
　　털보네 간 곳은 아무도 모른다

　　찻길이 놓이기 전
　　노루 멧돼지 족제비 이런 것들이
　　앞뒤 산을 마음 놓고 뛰어 다니던 시절
　　털보의 셋째 아들은
　　나의 싸리말 동무는
　　이 집 안방 짓두광주리 옆에서
　　첫울음을 울었다고 한다

"털보네는 또 아들을 봤다우
송아지래두 붙었으면 팔아나 먹지"
마을 아낙네들은 무심코
차그운 이야기를 가을 냇물에 실어 보냈다는
그날 밤
저릎등이 시름시름 타들어 가고
소주에 취한 털보의 눈도 일층 붉더란다

갓주지 이야기와
무서운 전설 가운데서 가난 속에서
나의 동무는 늘 마음 졸이며 자랐다
당나귀 몰고 간 애비 돌아오지 않는 밤
노랑 고양이 울어울어
종시 잠못 이루는 밤이면
어미 분주히 일하는 방앗간 한 구석에서
나의 동무는
도토리의 꿈을 키웠다

그가 아홉 살 되던 해
사냥개 꿩을 쫓아 다니는 겨울
이 집에 살던 일곱 식솔이
어디론지 사라지고 이튿날 아침
북쪽을 향한 발자욱만 눈 위에 떨고 있었다

더러는 오랑캐령 쪽으로 갔으리라고
더러는 아라사로 갔으리라고
이웃 늙은이들은
모두 무서운 곳을 짚었다

지금은 아무도 살지 않는 집
마을서 흉집이라고 꺼리는 낡은 집
제철마다 먹음직한 열매
탐스럽게 열던 살구
살구나무도 글거리만 남았길래
꽃피는 철이 와도 가도 뒤 울안에
꿀벌 하나 날아 들지 않는다

       — 이용악, 「낡은 집」(1938)

「낡은 집」은 전형적인 단편 서사시 구조를 갖추고 있다. 인물, 사건, 배경에 설화적 요소가 가미되어 있으며 화자가 등장하여 사건을 객관적으로 서술하고 있다. 또한 전개되는 사건이 인과관계로 구성되어 전형적인 단편 서사시 양식을 취하고 있다.

전체적으로 액자구성을 취하고 있는데 1,2,8연은 화자가 직접 자신의 감정을 표출하는 재형의 외부액자이고, 나머지 연은 화자가 들은 이야기를 풀어놓는 객관묘사의 과거형 내부액자이다. 즉 외부액자는 직접체험에 바탕을 둔 진술이고, 내부액자는 외부로부터 들은 이야기를 간접화법으로 서술하고 있다.

그리하여 화자의 주관성과 객관성을 동시에 드러내고 있는데, 이는 이야기시의 전형적인 '말하기(telling)'와 '보여주기(showing)' 기법의 혼합이다. 자신의 느낌을 말하면서 관찰자 입장에서 객관적 상황을 보여주고 있는 것이다. 그리하여 객관적 리얼리티를 확보할 수 있게 된다. 비록 시가 고백체 형식을 취하고 있으나 주관 표출에 편향된 서정시의 '극적 독백'(dramatic monologue)으로 치우치지 않고, 특정 상황과 현상을 명시적으로 드러내어[23] 객관성과 사실성, 호소력에 기대고 있다.

---

23) 유종호, 『다시 읽는 한국시인』, 문학동네, 2002, p.194.

또 하나 양식적 측면에서 주목되는 것이 가족사시이다. 염상섭의 「삼대」, 채만식의 「태평천하」, 박경리의 「토지」를 가족사 소설(family novel)이라고 부르듯 「낡은 집」은 일종의 가족사시(family poetry)의 가능성을 제시하고 있다. 비록 짧은 이야기지만 한 가족의 부침(浮沈)과 삶의 궤적을 보여주고 있기 때문이다. 「낡은 집」은 털보네 가족의 생생한 삶의 기록이다. 방앗간과 무곡 장사를 하며, 단란하게 살던 한 가정이 어떻게 몰락해 갔는가를 짧은 이야기 속에 생생하게 담아내고 있다.

「낡은 집」의 털보네 가족상황은 바로 이용악 자신의 가계보였다. 이용악 집안은 대대로 러시아와 만주를 떠돌며 생계를 유지한 전형적인 유이민이었다. 할아버지는 소달구지에 소금을 싣고 만주와 아라사(러시아) 땅을 넘나들었으며, 아버지 역시 대를 이어 소금 밀수업을 하다가 아라사 땅에서 객사하였다. 할머니와 큰아버지 역시 아라사에 거주하며 유이민의 삶을 이어갔다.[24]

'외할머니 큰 아버지랑 계신 아라사를 못잊어'(「푸른 한나절」), '아버지도 어머니도 우라지오로 다니는 밀수꾼, 좋은 하늘 못보고 타향서 돌아가신 아버지'(「우리의 거리」)에서처럼 이용악은 유이민으로서의 가족사적 궤적을 생생히 기록하고 있다. 이용악 자신도 청년시절 중국 아무르강, 러시아의 시베리아, 니콜라에프스키 등을 유랑하였다. 이처럼 뿌리 뽑힌 자로서의 노바드(novad)적 방랑은 이용악 집안의 내력이었다. 이러한 유이민적 가족사가 「낡은 집」의 털보네로 환치되어 있는 것이다. 그런 점에서 「낡은 집」은 이용악 개인의 가족사에 해당된다.

이처럼 「낡은 집」은 유이민시로서의 단편 서사시의 지평을 확대했다는 점에 시사적 의미가 있다.

---

24) 이수향, 「용악과 용악의 예술에 대하여」, 『현대시인전집 1-이용악』, 1949, p.160.

6. 단편 서사시의 시적 가능성

단편 서사시는 1930년 전후 임화의 단편 서사시로 촉발되어 김해강, 박세영으로 확산되고, 이어서 해방기까지 안용만, 백석, 이용악, 여상현, 김상훈 등이 계보를 이어갔다. 현대시에 와서도 서정주, 정진규, 최두석, 신경림, 도종환, 김사인 등이 꾸준히 그 맥락을 잇고 있다. 이렇게 볼 때 단편 서사시는 역사적 장르로 소멸된 것이 아니라 현대시의 한 갈래로 깊게 뿌리내렸음이 확인된다.

또한 단편 서사시의 발화 형식도 서사체, 대화체, 회상체 등 다양한 방법을 동원하여 시적 기능과 효용성을 증폭시키고 있다. 단편 서사시는 단순히 이야기를 시속에 하나의 소재로만 끌어 들이는 것이 아니라 다양한 발화형식을 통해 재구성함으로써 시적 효과를 배가 시킬 수 있었던 것이다. 말하자면 시양식으로서의 새로운 가능성을 지속적으로 모색해 왔던 것이다. 그것이 단편 서사시가 현대시 양식으로 존속해온 동력이었다.

단편 서사시는 1930년대 등장 이후 70여년의 세월을 거치면서 많은 시인들의 다양한 실험을 통하여 현대시의 중요한 양식으로 자리 잡고 있다. 현대는 산문적 기능이 증폭되는 시대인 만큼 산문성을 내포한 단편 서사시는 미래의 현대시 양식으로 더욱 각광받을 것이다.

4행시론

1. 4행시의 개념과 특징

4행시란 일종의 정형시지만 자유로운 형태로 4행의 시형을 지키는 네줄 짜리 시이다. 한국시사에서 4행의 시가양식은 「구지가」, 「황조가」 등의 고시가와 4구체 향가, 4행의 별곡, 민요, 한시 등에서 볼 수 있다. 4행의 정형은 신라에서 고려에 이르기까지 이어졌으나 조선에 와서 시조의 3장구조로 그 명맥이 끊어졌다가 민요로 재현되었다. 개화기 이후 본격적인 4행시가 창작되는데, 이때 4행시는 20세기 초 물밀듯이 밀려오는 서구 자유시의 열풍 속에서 전통장르의 계승이라는 역할을 담당했다.

개화기를 전후한 한국의 시단은 크게 두 가지 갈래로 나눠볼 수 있다. 하나는 〈태서문예신보〉, 〈학지광〉을 통한 서구문학의 탐구와 찬송가의 영향[1]에 따른 자유율의 모색으로 나타나는 근대시의 흐름이다. 이는 완고한 유교의 형식주의를 벗어나려는 노력으로 볼 수 있다. 또 하나는 이러한 정형성 탈피의 노력과는 반대로 개화가사와 시조의 활발한 창작을 통해 정형률을 지속하려는 움직임이다. 4행시의 창작은 새로운 정형시를 개발해 정형률을 지키려는 시도였다. 말하자면 4행시는 전통율을 지키면서 새로운 자유율을 모색하는 창조적 계승의 양식이었다.

4행시의 창작은 개화기에 최남선, 이광수, 안서로부터 시작되어 1920년대의 주요한, 김동환, 김소월 등의 민요시인들, 1930년대에 김영랑, 이하윤, 모윤숙, 장정심, 1960년대 이후의 강우식, 나태주, 박희진에게로 이어지고 있다. 4행시는 전통장르의 계승이라는 시대적 소임에 그치지 않고 현대시의 한 특징으로 이어져 내려온 것이다.

이렇게 볼 때 4행시의 탐색은 율격적인 면에서 전통적 율격이 현대시에 어느 정도 접목되고 있는지를 가름할 수 있는 양식이다. 즉 현대시와 전통시와

---

1)　김영철, 『한국근대시론고』, 형설출판사, 1992, pp.235~241.

의 상호관련성의 양상을 선명하게 드러낸 양식이다.

2. 1910년대의 4행시

1) 최남선의 4행시

최남선은 창가에 많은 관심을 기울였다. 그것은 그가 같은 내용의 산문체 작품을 7·5조의 창가로 다시 썼던 것이나,[2] 8·5조나 7·5조 음수율을 바탕으로 한 4행 1연의 창가들을 지속적으로 제작했던 사실로 알 수 있다.

> 아침에취하여 낯붉힌구름
> 印度바다의김에 배부른바람
> 훗훗한소근거림 너줄때마다
> 간지러울사우리 날카론神經
>
>   — 최남선, 「어린이의 꿈」[3]

〈소년〉 창간호에서부터 〈청춘〉 마지막 호까지 최남선은 4행창가를 꾸준히 발표했다. 그 특징은 첫째, 4행의 분연체로 이루어져 있으며 연작형태를 취하고 있다. 4연시가 반 이상을 차지해 4행 4연이 최남선 창가의 기본 행연율임을 알 수 있다. 둘째, 대부분 7·5조의 음수율을 유지하며 〈청춘〉에 와서는 음수의 고정화 현상이 두드러진다. 이는 최남선의 장르인식이 후기에 와서 정형률로 고착되고 있음을 보여주는 것이다. 최남선의 창가는 4행 4연의 7·5조가 기본형이었고, 정형의식이 음수률에서 음보, 행연에 이르기까지 고착되

---

2) 최남선은 〈소년〉 창간호(1908)에 「쾌소년세계주유시보(快少年世界周遊時報)」라는 언주 문종체(言主文從體) 산문을 쓰고 같은 내용을 〈청춘〉 창간호(1914)에 「세계일주가」라는 노래체(창가)로 다시 쓰고 있다.
3) 〈청춘〉 창간호.

어 있다.

최남선의 4행의식은 시조 창작으로 이어진다.

> 말한다고 뜻하며 뜻있다고 말다하랴
> 애고답답 이가슴은 어느名醫가 풀어주나
> 눈물이 속으로 흘렀으면 뚫기나 하련마는
> 命門에 불만나니 더욱燥鬱
>
>   – 최남선, 「신국풍 3수」[4]

이러한 4행 시조는 몇 작품이 안되지만 나름대로 중요한 의미를 갖고 있다. 왜냐하면 4행시조가 전통장르의 계승이라는 측면과 최남선의 4행의식의 단면을 엿볼 수 있는 증표가 되기 때문이다.

최남선이 4행시를 창작하게 된 원인과 배경은 전통시와 서구시의 영향과 함께 최남선 자신의 개신(改新)의욕에서 찾을 수 있다. 전통시의 영향이란 한시 절구의 영향을 의미하는 바, 최남선이 〈소년〉과 〈청춘〉에 한시 절구(絶句) 13편을 발표하고 있음에 주목할 필요가 있다. 4행 창가에서 음수의 고정화가 뚜렷해지는 시기인 〈청춘〉에 와서 한시 절구에의 관심이 깊어지고 있는 것이다.

다음으로 서구시의 영향은 최남선이 번역한 두편의 4행시, 테니슨의 「除夕」과 엘리엇의 「정말 建設者」를 통해 알 수 있다.

> 울어라울엉찬鍾, 碧落한하늘위에
> 날으난구름에며, 썬쩍이는밤빗헤
> 올해는오늘밤에, 죽으려하난도다

---

4) 〈소년〉 3년 6권, 「신국풍 三首」.

울어라울엉찬鍾, 그래죽게두어라.

— 테니슨, 「除夕」

두 편의 서구 사행시(quatrain)를 번역한 것만 가지고 서구시와의 영향관계를 말하기는 무리일지 모르나 영향관계의 가능성은 배제할 수 없을 것이다.

마지막으로 그의 개신의욕은 전통장르인 시조의 3장 구조를 4장으로 확대한 것과 연작시조 형태의 시도, 창가에 나타난 4행 첩연(疊聯)양식 등에서 확인된다. 그는 이렇게 4행의 창가와 시조를 통해 4행의 시형을 개척하고 있었던 것이다.

2) 이광수의 4행시

1910년대 이광수의 4행시는 그의 전체 작품의 반 수를 차지하고 있을 만큼 비중이 크다. 먼저 4행시조인 「말듣거라」 중 2연을 살펴보자.

山아 말듣거라 웃음이 어인일고
네니 그님손에 만지우지 않았던가
그님을 생각하거드란 울짓기야 왜 못하랴
네무슨뜻 있으료마는 하아숩어

물아 말듣거라 노래가 어인일고
네니 그님발은 씻기우지 않았던가
그님을 생각하거드란 느끼기야 왜못하랴
네무슨맘 있으료마는 눈물겨워

— 이광수, 「말듣거라」

이 작품은 최남선의 4행 시조와는 달리 각연 대응행을 일치시키는 신체시의 잔재가 보이며, 동일음이나 어절을 같은 위치에 반복하는 압운형식을 취하고 있다. 다음은 이광수의 또 다른 4행시 「한그믐」이다.

　다다랐다 또한그믐 지나노니 스믈세금
　앞뒤생각 잠못일제 悉을친다 하늬늠늠
　지나온길 헤어보니 치없는배 大洋에뜸
　느끼는것 그무엇고 일더대고 세월빠름
　　　　　　　　　　　　　　　－ 이광수, 「한그믐」

　이 작품은 이광수의 4행시 대부분에서 나타나는 특징들을 갖고 있는데, 4·4조, 4음보, 4행의 정형률과 철저한 압운의식이 그것이다. 최남선의 4행시는 물론이고 시조와 가사의 전통장르보다 더 정형성이 강하게 나타나고 있다. 특히 단연인 「내소원」, 「생활관」, 「청춘」의 경우 기승전결의 원리가 적용되고 있어 한시절구의 패러디로 볼 수도 있을 것이다.

　이러한 현상은 그가 가진 시적 소신인[5] 정제된 형태미와 동일음의 반복에 의한 율동미에 바탕을 둔 것으로 그 자체가 4행시 창작의 발로가 되기도 한다. 춘원의 4행시는 개화기 이후에도 『三人詩歌集』(1955), 『춘원시가집』(1940), 『사랑』(1955)으로 이어져 내려온다.

3) 언문풍월

　언문풍월은 한시의 7언 절구를 한시 대신 우리말로 대체한 7언 절구 형식의 패러디이다. 한시와 마찬가지로 기승전결의 4장구조로 운(韻)을 지키고 있는데 이는 이광수 4행시의 압운법과 비슷하다. 4행시가 한시 절구의 영향을 받고 있다고 볼 때 4행시 형식을 갖춘 언문풍월의 중요성 또한 간과할 수 없을 것이다.

---

5)　『이광수전집』 15권, 삼중당, 1962, p.514.

웃없다는 말마오
뽕만많이 심으고
나를힘써 기르면
추운사람 있겠소

　　　　　　　　　　　　－ 김봉필, 「蠶」6)

　예시는 1917년 고금서해 출판사에서 시행한 언문풍월 현상 모집에서 1등을
한 작품이다. 한시의 7언 절구 형식으로 압운을 맞추고 있다. 예시는 4+3조
의 율조를 보여주고 있는데, 이 4+3조는 언문풍월의 기본 율조다. 이처럼 언
문풍월은 한자 대신에 국문을 채워 넣은 한시의 패러디 양식인 것이다. 그런
데 시행을 4구로 맞추다보니 자연히 4행시가 되는 것이다. 결국 언문풍월은
4행시의 기초를 이루게 되는 것이다.

　그 밖에 최소월의 「불여귀」7), 「쎌지엄의 勇士」8), 안서의 처녀작 「夜半」9),
최남선의 4행 역시(譯詩)도 4행시로서 주목해야 할 작품들이다. 또한 서구 4
행시가 미친 영향을 짐작케 하는 몽몽역(夢夢譯)의 「神聖한 物件」10), 그밖에
〈청춘〉 현상문예에 공모된 일반독자들의 작품들도 4행시다. 일반 독자들의
4행시는 최남선의 영향을 받아 7ㆍ5조 창가리듬의 4연이 대부분으로 4행시
가 유형화 되고 있음을 알 수 있다. 7ㆍ5조 4행창가 형식이 1910년대 시적
기류의 하나를 이루고 있었던 것이다.

---

6)　이종린편, 『언문풍월』, 古今書海, 1917.8.
7)　최소월, 유고시집.
8)　〈학지광〉 4호.
9)　〈학지광〉 5호.
10)　〈학지광〉 4호, 트렌취 작.

3. 1920년대의 4행시

1) 안서의 4행시

안서 김억은 이미 1910년대부터 처녀작 「야반」을 발표해 4행 시인으로 등장하였다. 같은 연대에 「북방의 따님」을 비롯한 4행시들을 창작하고 있어 그의 4행의식이 일찍부터 자리 잡고 있었음을 알 수 있다. 이후 안서의 4행의식은 〈태서문예신보〉로 이어진다.

〈태서문예신보〉는 주로 서구시와 시론의 수용에 따른 자유시 개척의 측면에서 평가되지만[11] 적지 않은 4행시를 게재하고 있어 주목된다. 〈태서문예신보〉의 약 30% 가량이 4행시였던 것이다. 그 가운데 안서가 발표한 것이 번역시를 포함하여 전체 4행시의 반 이상을 차지하고 있다. 그는 많은 작품들에서 행연수를 일치시켜 강한 행연의식을 드러내고 있으며 번역시보다 창작 4행시를 더 많이 발표하고 있다.

〈태서문예신보〉에 발표된 안서의 4행시 작품들에 나타나는 특징으로 가장 두드러지는 것이 자유율의 모색이다. 즉 7 · 5나 4 · 4조의 자수의식이나 압운의식은 없지만 행연에 있어서 어느 정도의 정형을 지키면서 자유율을 모색하고 있는 것이다. 이것은 「북방의 따님」 시편들이 7 · 5조의 리듬을 거의 유지하는 것과 비교해 볼 때 크게 달라진 것으로 안서의 변화된 4행의식을 엿볼 수 있는 대목이다.

다음으로는 서구 상징시 특히 Verlaine의 영향을 짐작할 수 있다. 안서가 번역한 4행시 중 절반 이상이 베르렌느의 4행시(quatrain)로 되어 있는 것이 그러한 추측을 가능하게 한다. 안서는 베르렌느의 시를 번역하면서 원시(原詩)의 정교한 압운의식은 살리지 못하고 4행의 시형을 유지했지만 4행시 번역을 통해 초기 4행시의 7 · 5조 자수율과 같은 정형률에서 벗어 날 수 있었던

---

11) 정한모, 「한국현대시사」 31회, 〈현대시학〉, 1972. 7.

것이다.

> 나의 몸을 비기면 바람에 춤추는
> 높은데의 뜬풀의 그것과도 같으며
> 큰 바다의 노래하는 물결위에서
> 떴다 잠겼다 하는 때와도 같다.
>
> 아― 그립다 山은 높고 고을은 깊으며
> 앞도 뒤도 다같은 아늑한 어둠인데
> 흐름에 흘러가는 어린아해일다
> 아아 내길은 멀고 거름은 뜨다.
>
> — 안서, 「나의 몸을 비하여」12)

이와 같이 안서는 초기의 「북방의 따님」과 같은 7 · 5조 4행 창가 형식을 벗어나 파격적인 자유율을 지향하고 있다. 이러한 자유로운 리듬의 수용은 베르렌느 등 서구시인들의 시를 번역하는 과정에서 영향받은 것으로 보인다. 1910년대부터의 4행시 창작은 〈태서문예신보〉의 서구 4행시 번역과정을 통해 정착되었으며 자유로운 리듬을 도입해 자수율에서 벗어나는 계기를 마련하고 있었던 것이다.

안서가 〈태서문예신보〉, 〈창조〉, 〈폐허〉 등에 발표한 번역시들을 묶어낸 역시집 『오뇌의 무도』(1921)의 역할도 중요하다. 『오뇌의 무도』를 통해 한국적 자유시의 패턴이 굳어진 것은 사실이지만,13) 그 중 4행시가 절반 이상을 차지하고 있는 것을 미루어 볼 때 4행시형이 자리 잡는데도 상당한 기여를 하고 있다.

---

12) 「나의 몸을 比하여」, 〈태서문예신보〉 10호.
13) 정한모, 『한국현대시문학사』, 일지사, 1974, p.361.

프랑스 상징주의 시인 베르렌느, 보들레르의 시를 중점적으로 싣고 있는
『오뇌의 무도』는 행연의식이 드러나는 시들이 주류를 이룬다. 절반 이상을 차
지하고 있는 4행시 뿐만 아니라 나머지 다른 시들에서도 강한 행연의식이 드
러나는 것이다. 안서의 의도 여부는 알 수 없으나『오뇌의 무도』를 통한 4행
시 번역이 자신을 포함한 1920년대 4행시 창작에 많은 영향을 준 것은 분명
하다.

〈청춘〉이 개화기에 시작된 4행시의 첫 번째 자료라고 한다면, 『오뇌의 무
도』는 두 번째 4행시집이 되는 것이다. 안서의 첫 창작집 『해파리의 노래』
(1923) 역시 4행시 창작이 주를 이루고 있다. 물론 『오뇌의 무도』와 마찬가지
로 자유로운 리듬이 나타나고 있으며 형태상으로도 거의 흡사하다. 『오뇌의
무도』의 번역과정에서 익힌 자유로운 4행시의 행연의식이 창작시집인 『해파
리의 노래』로 이어지고 있는 것이다.

2) 민요시인들의 4행시

(1) 주요한의 4행시

주요한은 '국민적 정조를 나타낸 민요와 동요'를 개발하여 '민중에게로 의식
적으로 더 가까이 가려고 한 투철한' 역사의식을[14] 갖고 있었다. 그의 시적
탐구는 퇴폐적인 것이 아니라 밝고 건강한 것에 기울어져 있었다.[15] 주요한
의 이러한 시의식이 구체적으로 드러나 있는 것이 시집 『아름다운 새벽』
(1924)이다. 여기에 그는 맑은 빛이 흐르고 건강한 정서가 흐르는 4행시를 다
수 발표하고 있다.

---

14) 정한모, 「한국현대시사」 33회, 〈현대시학〉, 1972.
15) 김윤식 · 김현, 『한국문학사』, 민음사, 1999, p.215.

복사꽃이 피면
가슴 아프다
속생각 너무나
한 없음으로

　　　　　　　　－ 주요한, 「복사꽃 피면」

이 작품은 복사꽃을 본 느낌을 민요풍으로 그린 것이다. 작가 자신이 말했듯이 '자연과 인생의 한 부분과 그에 대한 감상적인 반응'으로 표현한 것이다. 이것은 「불노리」류의 퇴폐시의 영향을 받은 자유시(산문시 형태)로부터 서정적이고 음악성 있는 정형성으로의 변모로 볼 수 있다. 민요시의 선구자로서 그는 민요나 동요에 가까운 재조정된 자유시[16]를 지향하고 있는데 그 해답이 민요풍의 4행시였던 것이다.

(2) 김소월의 4행시

김소월은 우리의 고유한 가락과 전통적 율격을 현대적으로 재생해 낸[17] 대표적 민요시인이다. 그의 시집 『진달래꽃』(1925)을 보면 7·5조 3음보의 율격이 4행시의 형태로 많이 나타나고 있어 그것이 소월시의 한 전형처럼 보인다. 또 4행시가 아니라도 2행, 3행, 5행 등의 행연지향성이 뚜렷이 나타나 김소월의 행연의식을 짐작할 수 있다. 이미 잘 알려진 소월시의 7·5조 3음보의 특징보다 행연의식이 더 철저했던 것이다.

한때는 많은날을 당신생각에
밤까지 새운일도 없지않지만

---

16)　김윤식 · 김현, 앞의 책, p.218.
17)　김영철, 『김소월』, 건국대학교출판부, 1994, p.11.

아직도 때마다는 당신생각에
때묻은 베개가의 꿈은있지만
- 소월, 「님에게」 1연

이 시는 전편이 7·5조 3음보로 이루어져 있다. '당신생각에', '~지만'의 반
복과 동일시행의 반복으로 음악성이 생생하게 나타난다. 7·5조 리듬의 4행
시 창작이라는 소월시의 특징은 안서의 자유로운 4행시와 비교할 때 대조적
인 바, 최남선의 7·5조 창가와 비슷한 음악성이 드러난다.

(3) 김동환의 4행시

김동환도 1920년대의 대표적 민요시인이다. 4행시 창작은 그의 시작 활동
전시기를 통하여 이루어지고 있는 바, 형태면에서 7·5조 3음보의 규칙적이
고 정형적인 리듬을 보여 김소월의 4행시와 비슷한 양상을 드러낸다.

은행나무 그늘에 외로이서서
서쪽하늘 치어다 우는저각시
님계신곳 꽃잎도 폈다지든가
적막강산 삼천리에 꽃마저가네

얼었던 강물도 이제녹아서
배다니고 제비조차 날아오는데
한번가신 그이만 올줄몰라라
서백리아 하늘엔 구름만가득
- 김동환, 「언제오시나」

이와 같은 형태의 4행시는 음악성을 강조하는 그의 민요시론의 실천으로
볼 수 있다. 그는 시의 본질을 음악에 두고 민요시는 구송(口誦)문학으로서

창가형식을 갖추어야 하고, 4 · 4조나 7 · 5조와 같은 평이한 시형을 사용해야 함을 주장하고 있다.[18] 이러한 주장에 들어 맞는 시형태가 7 · 5조 3음보의 4행시였던 것이다.

(4) 이광수와 홍사용의 4행시

이광수는『삼인시가집』(1929)에 민요시론[19]에 입각한 4 · 4조 자수율의 정형시들을 발표하고 있다. 홍사용은 "내 것이 아니면 모다 빌어온 것 뿐이다"[20]라고 민요시 창작을 강조하였던 바, 이러한 민요론에 입각하여 4행시들을 발표한다. 그의 4행시들은 우리 것에 대한 탐구를 근간으로 한 것인데 대부분 7 · 5조의 정형률로 이루어져 있다. 그 밖에 변영로의『조선의 마음』, 권구현의『후방의 선물』, 황석우의『자연송』등에도 4행시들이 나타난다.

4. 1930년대의 4행시

1) 안서의 격조시

안서의 초기 4행시는 7 · 5조의 4행 창가 형식으로 시작되었으나, 1920년대 들어서는 자수율에서 변화를 일으켜 자유로운 리듬의 4행시가 많이 창작되었다. 이후 안서는 다시 정형의식으로 돌아오는데 1929년의『안서시집』이 그것이다.『안서시집』은 대부분 7 · 5조 4행의 정형성을 고수하고 있다. 이듬해〈동아일보〉에 연재한「지새는 밤」(1930) 역시 마찬가지이다. 이것은 1925년 이후 그의 4행시에 대한 관심이 심화되어 정형률에 치중한 결과이며, 이때에 와서 안서의 4행시 창작은 절정에 이른다.

---

18) 김동환,「문사와의 대담」,〈조선문단〉4권 3호, 1927.
19) 「民謠小考」,〈조선문단〉3호.
20) 홍사용,「조선은 메나리 나라」,〈別乾坤〉, 1928.12.13.

지난가을 둘이서
뿌린밀알은
파릇파릇 새움이
돋아납니다

돋는움만 보아도
생각새롭어
잊지못할 그날이
솜솜히 뵈네

             - 안서, 「밀밭」

　예시는 7 · 5조 리듬을 바탕으로 4행시형을 지키고 있다. 이러한 양식은 민
요시론과 격조시론의 이론적 바탕에서 기인한 것이다. 안서의 민요시론을 보
면 다음과 같다. 첫째, 조선심의 고양을 위해 민요시가 필요하다. 둘째, 민요
시는 전통시형(정형시)으로 자유시와 대립되는 시형이다. 셋째, 민요시의 본
질은 음악성에 있다. 여기에서 더 나아가 그는 시의 본질을 음악성이라 보고
시 = 음악 = 운율 = 자수율 이라는 도식까지 만들어 낸다.[21] 민요시론의 연속
선상에 있는 안서의 격조시론 역시 음악성의 강조가 그 핵심이다. 즉 시의 운
율을 최대한 규칙적으로 배열하여 음악의 박자처럼 운용해야 한다는 것이다.

하이한 코스모스 혼자피여서
늦가을 찬바람에 시달리우네
손잡으니 가엽다 꽃지고마네
그대찍으며 들을줄모르는가
             - 안서, 「코스모스」

---

21)　오세영, 『한국 낭만주의 시연구』, 일지사, 1982, p.147.

그의 격조시의 특징은 행연의 규칙적 외재율 적용, 7·5조 4행 1연의 기본형, 기승전결과 대구형식, 압운법 등으로 나타난다. 그는 엄격한 자수율의 4행 단연으로 정제된 시형식을 지향하고 있었던 것이다. 그러나 지나치게 엄격한 운율의 적용은 시의 생동감을 떨어뜨리고 음악성을 구현하는데 방해가 되었다. 안서의 격조시는 너무 규칙적인 기계적 리듬 때문에 자연스런 시적 운율을 상실하게 되는 한계를 드러내고 있다.

2) 김영랑의 4행시

김영랑의 4행시는 양적인 면이나 기법적인 면에서 탁월한 양상을 드러낸다. 실로 김영랑에 와서 4행시가 집대성되고, 체계화되었다고 해도 과언이 아닐 것이다. 김영랑은 4행연을 기축으로 자기 나름의 포름(forme)을 갖고자 하였고, 특히 4행시를 통하여 단시 형태의 모색을 꾸준히 시도해 왔다.[22] 『영랑시집』(1935)에 수록된 총 53편의 시 가운데 4행시가 38편에 이르러 김영랑의 4행시에 대한 관심의 어느 정도였나를 짐작할 수 있다.

> 미움이란 말속에 보기실은 아픔
> 미움이란 말속에 하잔한 뉘침
> 그러나 그말삼 씹히고 씹힐 때
> 한거플 넘치여 흐르는 눈물

이 시의 경우 3행에서 미움에 대한 인식의 변화가 일어나는데 이것은 기승전결의 원칙을 지키고자 하는 의도로 보인다. 즉 3행에 와서 미움의 정서가 반전되는 전(轉)의 양상을 드러내는 것이다. 또한 김영랑의 시는 한용운, 김소월과 함께 전통적 율격 중 3음보격을 계승하고 있다.

---

22) 정한모, 「조밀한 서정의 탄주 – 김영랑론」, 〈문학춘추〉, 1964.12, pp.256~262.

다음 김영랑의 4행시에서 볼 수 있는 3음보격의 변형은 중첩의 원리와 분단의 원리를 함께 사용한 것이다.[23]

　　내마음의 어딘듯 한편에 끝업는 강물이 흐르네
　　도처오르는 아침날빛이 빤질한 은결을 도도내
　　가슴엔듯 눈엔듯 또핏줄엔듯 마음이 도른도른 숨어있는곳
　　내마음의 어딘듯 한편에 끝없는 강물이 흐르네
　　　　　　　　　- 김영랑, 「동백잎에 빛나는 마음」

이와 같이 김영랑은 전통적 율격에 내포되어 있던 변형 가능성을 깊이 터득하여 이를 이용하고 있다. 김영랑의 4행시는 기존의 4행시 리듬을 복합적으로 수용하고 있어 4·4조의 4음보와 7·5조의 3음보가 거의 같은 비율로 나타나고 있다. 그러나 김영랑은 자수율에는 크게 구애받지 않고 6·5조, 8·5조 등의 여유가 엿보이며 비교적 자유로운 율격의 4행시들을 많이 발표했다.

끝으로 김영랑의 4행시는 유사음에 의한 압운을 적절히 구사해 '7·5조의 깨어질 듯이 위태위태한 가운데서 번져오는 미묘한 율동감'[24]을 이끌어 내어 음악성을 살려 내고 있다. 김영랑의 4행시의 성공은 이러한 음악적인 성취에서 찾을 수 있을 것이다. 그는 기존의 4행시 형식을 창조적으로 계승하여 기승전결의 구성원리에 의한 4행 단연시를 완성시켰으며, 음악적인 기교를 통해 4행시의 형태적 가능성을 극대화시켰던 것이다.

김영랑은 4행시 창작의 동기라든지 기타 4행시를 뒷받침해 줄 만한 아무런 시론도 남기지 않고 있어 그의 4행시 창작동기에 대한 다양한 추측을 가능하게 한다. 이를테면 한시 절구체의 기승전결의 영향, 서구 순수시론(Keats,

---

23) 조동일, 「현대시에 나타난 전통적 율격의 계승 - (4)3음보격의 계승 : 한용운, 김소월, 김영랑의 경우」, 『우리문학과의 만남』, 홍익사, 1978, pp.227~230.
24) 김은전, 「한국기교시인론」, 전주교대논문집, 1966.

Yeats, Poe의 순수시론)과 프랑스 상징주의의 영향[25], 영랑 이전의 4행시의 영향, 김영랑의 음악편향성[26] 혹은 4행시를 우리시의 최고형으로서 받아들인 김영랑의 시인식 등 여러 요소가 함께 작동하고 있다.

3) 기타의 4행시

이하윤과 양주동, 모윤숙, 장정심도 1930년대에 4행시를 발표한 시인들이다. 이하윤은 시집 『물레방아』(1939)에 51편의 4행시를 수록하고 있어 4행시인으로서의 면모를 드러내고 있다. 『물레방아』의 4행시는 대체로 7·5조, 분련체, 2음보의 단형시들이며 때로 7·5조의 3음보를 2음보+1음보로 나누어 행구분이 이루어지기도 한다.

> 가을은 좋아요
> 가을이 오면
> 내가슴 시원하게
> 바람붑니다
>   - 이하윤, 「탄식의 가을」

이와 같이 이하윤의 4행시는 노래체의 지향 즉, 민요나 동요에 가까운 특징을 갖고 있다. 그의 말대로 '가요체에 가까운 형식 속에 고유한 조선정취를 담으려'[27] 한 것이다. 또한 그는 역시집 『실향의 낙원』(1933)에 1920년대부터 그가 번역한 시들을 모아놓고 있다. 여기에 40여편의 서구 4행시를 번역하면서 수용한 4행시 체험들을 1930년대 자신의 4행시 창작에 적용했을 가능

---

25) 강학구, 「김영랑의 4행시 연구」, 한국교원대학원 석사논문, 1997.
26) 김춘수, 『한국현대시형태론』, 해동문화사, 1958, pp.68~69.
27) 서정주, 『현대조선명시선』, 온문사, 1950, p.119.

성이 크다.

양주동의 경우를 보면 시집 『조선의 맥박』(1932)의 반 이상이 4행시로 이루어져 있다. 이 4행시들은 연시형태로 7·5조를 기본으로 하고 있으며, 이하윤처럼 3음보를 2음보+1음보로 분행(分行)하여 행구분하기도 한다. 아래의 시는 서정적인 민요풍으로 그의 4행시와 국민문학 운동의 일환으로 전개된 민요시 창작과의 관련을 짐작할 수 있게 한다.

> 바닷가에 오기가
> 소원이더니
> 급기야 오고보니
> 할말이없어
>
> 물결치는 바위위에
> 몸을살리고
> 한울끝 닿은곳만
> 바라봅니다
>
>   － 양주동, 「斷章二篇」

마지막으로 모윤숙과 장정심의 4행시이다. 이들의 4행시는 우선 발표된 작품의 양적인 면에서 압도적인데, 모윤숙의 『빛나는 지역』(1933)과 장정심의 『금선』(1939)은 각각 90편과 81편씩의 4행시를 수록하고 있다. 이것은 시집 전체의 85~90% 가량을 차지하는 분량으로 이 두 시집이 곧 4행시집임을 알 수 있다.

모윤숙은 대체로 연시형태인 자유로운 리듬의 4행시들을 창작했는데 이는 동시대 민요풍의 7·5조 4행시와는 대조적인 경향이다.

임이 부르시면 달려 가지오
금띠로 장식한 치마가 없어도
진주로 꿰멘 목도리가 없어도
임이 오시면 나는 가지요
                    — 모윤숙, 「이 생명을」

장정심 역시 형태적으로는 자유율에 의한 4행시를 지향하고 있는데, 행연은 대부분 2연이나 4연시로 된 4행시다.

이밖에 박용철은 『박용철시집』(1939)에 다수의 4행시를 번역하고 있으나 번역시 외에 창작시에서는 4행시가 보이지 않고 있다. 비록 그가 직접 4행시 창작을 하고 있지 않지만 그의 왕성한 4행시 번역이 당시의 4행시 창작에 영향을 미쳤을 것으로 보인다.

5. 1940년대 이후의 4행시

1940년대의 4행시는 새로운 시인보다는 기존의 안서, 이광수, 김동환 등에 의해 유지된다. 안서의 경우 창작집보다는 한시절구 형식을 번역한 역시집에서 4행시에 대한 지속적인 관심을 나타내고 있다. 이광수는 『춘원시가집』(1940)에 이전에 그가 보였던 4·4조 민요풍의 4행시 형태에서 변화한 자유로운 리듬의 4행시 25편을 싣고 있다.

김동환도 『해당화』(1942)에 4행시를 계속 창작하고 있는데 4행 단연시가 주류를 이룬다. 이것은 현대 4행시의 중요한 특징인 단연시 형태가 이전 시대부터 시도되고 있었다는 측면에서 볼 때 주목되는 점이다. 율격면에서는 그 역시 이광수와 마찬가지로 이전의 7·5조 3음보의 규칙적인 리듬에서 벗어나 자유로운 4행시로 변화하고 있다. 1940년대의 4행시는 대체로 자유율이 우세했던 것이다.

현대시에서 4행시를 계승한 시인으로는 강우식, 나태주, 손병철 등을 들 수 있다. 먼저 강우식은 1966년 〈현대문학〉에 「박꽃」, 「四行詩抄」로 등단한 후 『4행시초』(1974), 『꽃을 꺾기 시작하면서』(1979)의 4행시집을 발간해 4행시의 선구를 이루고 있다. 그는 또한 김영랑이 4행시를 쓰게 된 동기를 밝혀 김영랑 4행시 창작양상을 구명했다. 아울러 "4행이라는 규범 내에서 한국적인 시형태의 한국적인 내용을 담아야 한다"며 자신의 4행시론도 정립한 바 있다.[28] 4행시에 대한 그의 관심은 그 만큼 각별했던 것이다.

나태주의 4행시에 대한 관심은 그의 신춘문예 당선작인 「대숲 아래서」부터 나타나기 시작했고, 본격적인 4행시 창작은 시집 『막동리 소묘』(1980)에 185편의 4행시로 구체화된다. 그는 동일한 어구 반복과 유사한 의미가 변주를 이루는 반복의 구성형식을 추구하였는 바, 그러다보니 자연히 4행시에 관심을 가질 수밖에 없었던 것이다. 그의 시는 4행의 압축적 형식 속에 자연 정서의 한 극치를 포착하고자 한 것이다.[29]

얼굴 붉힌 비둘기 발목같이 발목같이
하늘로 뽑아올린 복숭아나무 새순들
하늘로 팔을벌린 봄 果園의 말씀들
그같이 잠든女子, 고운눈썹 잠든女子
                         − 나태주, 「막동리 소묘」

위 시는 변형된 4음보율을 반복구성과 접목시켜 리듬감을 살리고 있다. 이러한 기법과 향토적 정서는 민요풍의 4행시 전통을 계승한 것으로 볼 수 있다. 박희진은 4행시에 대한 애착이 강해 4행시를 거의 평생의 창작의 기본율로

---

28) 강우식, 『육감과 혼』, 민족문화사, 1983, pp.123~148.
29) 이숭원, 「해설−천진한 사랑의 서정시」, 『한국대표시인 100인 선집』 81, 『나태주시선』, 미래사, 1996.

삼았다. 그는 『4행시 134편』(1982)에 모두 300편이 넘는 4행시를 발표했는데 그의 4행시는 긴 여운을 풍기는 시어와 형식미를 보여주고 있다.[30]

그 역시 4행시론을 발표하여[31] 4행시 창작의 이론적 무장까지 갖추고 있다. 그의 4행시론은 정형을 중요시하였던 바 특히 한시 절구의 기승전결이 가장 집약된 형태인 4행의 시형을 강조한다. 그의 시론은 현대 4행시 이론의 근거를 제시하는 것으로 평가된다. 이 밖에 손병철의 4행시집 『내사랑은』(1983)도 현대의 4행시를 이어간 작업으로 평가할 수 있다.

6. 4행시의 시사적 의의

1910년대에 최남선은 4행 시조와 4행 창가를, 이광수는 압운을 밟고 있는 4·4조 4행시를 창작해 당시의 지나치게 서구지향적이고 산문지향적인 사조를 거부하고 정형성을 추구해 한국시가의 전통을 유지하는데 기여했다. 그런가 하면 안서는 초기의 정형성에서 벗어나 4행시에서 자유로운 리듬의 변화를 시도했다.

1920년대 민요시인들인 주요한, 김동환, 김소월 등의 4행시는 7·5조 3음보의 규칙적 리듬으로 음악성을 강조해 4행의 시형을 정착시켰다. 1930년대 안서의 격조시는 지나치게 엄격한 자수율과 4행 단연으로 시형식에서의 완벽을 추구해 자연스런 리듬감을 상실하는 한계를 드러냈으나 자수율이나 음보율에 연연하지 않고 파격적인 변화를 주어 음악성을 구현하는데 성공한다. 그밖에 이하윤, 모윤숙, 장정심 등의 4행시 창작도 1930년대에 지속되었다.

현대에 와서는 강우식, 나태주, 박희진, 손병철 등이 4행 단연을 지향하는

---

30) 성찬경, 「서설 – 구도와 찬미」, 『한국대표시인 100인 선집』 51. 『박희진시선』, 미래사, 1996.
31) 「4행시에 관하여」, 〈심상〉, 1974.

데 4行 단시는 이광수, 안서, 김동환에 의해 이미 시도된 바 있으며 김영랑에 의해 계승되어 발전했던 것이다. 현대의 4행시는 이전 4행시의 전통과 기법을 답습하고 있는 것이다.

4행시 창작의 배경으로는 첫째, 한시와 민요 등 전통시가의 영향이 있다. 기승전결 및 압운 등의 한시형식이 이광수의 초기 4행시, 언문풍월, 안서의 격조시, 김영랑의 4행시에서 발견되고 있어 한시의 강한 영향을 알 수 있다. 또 1920년대 민요시인들의 4행시가 민요와 관련이 있음도 주지의 사실이다.

둘째, quatrain과 sonnet 등 서구시의 영향이다. 최남선의 몇 편 안되는 번역시 중 2편의 quatrain을 포함하고 있는 점과 안서의 번역시집 『오뇌의 무도』와 이하윤의 역시집 『실향의 화원』에 다수의 4행시들이 있는 것으로 볼 때 4행시 창작에 적지 않은 영향을 준 것으로 보인다.

셋째, 음악성의 추구이다. 1920년대 민요시인들이 7 · 5조 3음보의 규칙적 리듬으로 음악성을 강조하다가 4행의 정제된 시형식을 마련한 것이나, 김영랑이 음악적 기교를 통해 4행시의 형태적 가능성을 극대화한 것 등이 그 좋은 징후이다.

끝으로 4행시의 시사적 의의를 보면 다음과 같다.

먼저 한국시사에서 전통적 시형태의 계승이다. 4행시는 개화기 이후 자유시형의 급성장 속에서 정형의 시형태를 지켜 나갔으며 그 명맥이 현대에까지 이어져 왔다. 다음은 한국시가의 전통적 특징인 음악성의 계승이다. 시(詩)를 가(歌)로 보는 한국적 전통이 자유시형의 난립으로 흔들리고 있을 때 4행시는 4행의 규칙적인 리듬으로 사라져가는 음악성을 되살리는 역할을 하고 있다. 마지막으로 시상 전개방식에 있어서 4단 구성의 도입이다. "한국시가는 3장체의 골격에서 한국인의 삼단논법적인 논리성, 또는 정 · 반 · 합(正反合)이라는 변증법적 논리전개와 연관되어 있다"고 규정되는데[32] 4행시를 통한 4단 구성의 방식이 새롭게 시도되고 있는 것이다.

이렇게 개화기에서 현금까지 오랜 세월 동안 한국 현대시의 큰 줄기를 형성하고 있는 4행시는 앞으로도 꾸준히 시인들에게 구가될 것으로 보인다. 4행이라는 단연의 정제된 시틀 속에 상상의 나래를 펼칠 수 있는 좋은 양식이기 때문이다. 그리하여 4행시는 한국시의 대표적 양식으로 자리 잡게 될 것이다.

---

32) 정병욱, 『한국고전시가론』, 신구문화사, 1982, p.249.

서정시론

1. 서정시의 기원과 개념

Aristotle은 그의 『시학』에서 문학의 장르를 모방의 양식에 따라 서사양식, 서정양식, 극양식으로 구분했다. 서정양식은 음송시처럼 1인칭 발화로 이루어지며 시인의 자기감정을 노래하는 양식으로 규정하고 있다. Hegel은 이러한 개념을 좀 더 체계적으로 정리하여 문학장르를 서사시, 서정시, 극시로 3분하였다. 여기서 서정양식은 시 전체를 가리키는 광의의 명칭이고, 서정시는 근세에 와서 사용된 협의의 명칭이다. 곧 서정시는 인간의 감정과 정서를 직관적으로 파악하여 짧은 진술을 통해 표현된 단형의 시를 의미한다.

서정시는 원래 그리스에서 'lura'라는 칠현금에 맞추어 노래부르던 시였다. lura에서 서정시를 뜻하는 'lyric'이라는 말이 파생된 것이다. 그만큼 서정시는 음악과 긴밀한 관계를 갖고 있다. 이것이 중세의 음유시인들에 의해서 사랑의 노래로 발전하였고, 낭만주의 시대에 와서 독립된 문학장르로 정착된 것이다. 기실 시를 서정시로 부르는 것은 낭만주의에 와서 비롯된 것이다.

2. 서정시의 계보

한국의 서정시는 오랜 역사와 전통을 갖고 있다. 고시가, 향가 별곡, 시조, 그리고 한시 등 다양한 양식을 거치면서 끈끈한 흐름과 계보를 형성해 왔다. 한국의 서정시는 시의 역사라 할 정도로 시맥(詩脈)의 주류를 형성해 온 양식이다.

> 님아 물을 건너지 마오
> 님은 물을 건너고 마네
> 물에 빠져 죽으니
> 님이여 어찌 하리오
>   - 「공무도하가」

물에 빠져 죽은 임에 대한 안타까움과 연모의 정을 4행의 단시로 담아낸 작품이다. 짧은 시행 속에 죽음으로 승화된 연인들의 애틋한 심사가 서정적으로 표출되고 있다. 이 노래는 신화적 상상력을 바탕으로 하고 있으나 죽음을 초월한 사랑의 초극성을 그려낸 서정시임에는 틀림이 없다.

> 펄펄 나는 저 꾀꼬리
> 암수 서로 정답구나
> 생각건대 외로운 나는
> 누구와 함께 돌아가리
> ― 「황조가」

「황조가」는 「공무도하가」보다 서정성이 더 짙게 드러난다. 한쌍의 꾀꼬리에 가탁(假託)하여 사랑의 감정을 곡진하게 표출하고 있기 때문이다. 꾀꼬리 같은 새들도 저렇게 암수가 사랑을 구가하며 노니는데 짝을 구하지 못해 외롭게 살아가는 자신의 모습을 안타까운 심정으로 묘파하고 있다. 사랑의 감정은 시공을 초월한 인간 본연의 감정임을 잘 드러낸다. 현대시라 해도 과언이 아닐 정도로 표현기법이나 형상화 능력이 뛰어나다.

비록 두 작품은 한시 형식을 취하긴 했어도 서정시의 본령인 서정성의 정수를 보여주는 데는 손색이 없다.

> 간봄 그리움에 모든 것이 서러워 시름하는데
> 아름다움을 나타내신 얼굴이 주름살을 지으려 합니다
> 눈 돌이킬 사이에 만나 뵙도록 하리다
> 낭이여, 그리운 마음의 가는 길이
> 다북쑥 우거진 마을에 잘 밤이 있으리까
> ― 득오, 「모죽지랑가」

신라 효소왕 때 득오가 지은 8구체 향가다. 죽지랑의 은혜를 입은 득오가 그를 사모하여 부른 애틋한 사랑의 노래로 그리움의 정서가 물씬 풍기고 있다. 시름을 표상하는 다북쑥, 주름살 등의 이미지가 시적 화자의 그리움의 정서를 더욱 배가시키고 있다. 사모와 그리움의 정서가 절절하고 곡진하게 표출되어 서정시의 진수를 맛보게 한다.

> 가시리 가시리잇고
> 버리고 가시리잇고
>
> 날러는 엇디 살라하고
> 버리고 가시리잇고
>
> 잡사워 두어리 마라난
> 선하면 아니 올세라
>
> 설온님 보내옵나니
> 가시난듯 도셔오소서
> 　　　　　　－「가시리」

고려 별곡 「가시리」다. 나를 두고 떠나는 임에 대한 애틋함과 실연의 아픔이 절실하게 표출되고 있다. 임은 나의 절대적 가치였기에 나를 떠나면 나의 존재의미는 사라지고 만다. 그러나 화자는 떠나는 임에 대한 미련을 끝내 떨쳐 내지 못한다. 가시는 듯 다시 돌아오기를 학수고대하고 있는 것이다. 붙잡아 두고 싶지만 행여 그로 인해 돌아오지 않을까 전전 긍긍하는 화자의 내면 심리를 섬세하게 포착하고 있다. 마치 떠나는 임 앞에 진달래꽃을 뿌려주던 김소월의 「진달래꽃」의 산화공덕을 연상시킨다.

동짓달 기나긴 밤을 한 허리를 버혀내어
춘풍 이불 아래 서리서리 너헛다가
어른님 오신 날 밤이여든 굽이굽이 펴리라
      - 황진이

　사랑의 절절한 감정을 물질적 상상력을 통하여 표현하고 있다. 동짓달 밤 허리를 잘라 내는 것은 현실적으로 불가능한 일이다. 그러나 사랑의 힘은 그것을 가능케 한다. 이것이 바로 시적 상상력이요, 시적 진실(poetic truth)이다. 잘라낸 밤의 허리를 사랑하는 임이 오거든 펼치겠다는 것 역시 시적 상상력에서만 가능하다. 이처럼 이 시는 현실에서 불가능한 일을 이뤄내는 기적 같은 사랑을 꿈꾸고 있는 것이다. 임을 향한 애틋한 사랑이 환상적인 상상의 날개를 타고 자유롭게 펼쳐지고 있다.
　한시 역시 한국 서정시의 보고(寶庫)였다.

雨歇長堤草色多　비개인 강둑에 풀빛이 진한데
送君南浦動悲歌　남포에 임 보내니 노래가락 구슬퍼라
大同江水何時盡　대동강 물은 어느 때나 마를 건가
別淚年年添綠波　해마다 이별의 눈물만 푸른 물결 더하거니
      - 정지상, 「送人」

　7언 절구로 된 한시다. 이별의 슬픈 감정을 객관적 상관물을 통하여 실감있게 표출하고 있다. 비개인 강둑의 풀빛은 변함없이 푸른 사랑의 색채심상이다. 임에 대한 나의 사랑은 풀빛처럼 퍼렇게 살아 있는 것이다. 그러나 임은 결국 대동강을 건너고 말았고 이별의 눈물만 대동강을 적시고 있는 것이다. 대동강물이 마르면 행여 임이 쉽게 돌아 올 수 있건만 내 눈물까지 더해졌으니 이별의 강은 더 깊어진 것이다. 이별의 슬픔을 눈물과 강심(江心)으로 표

현해 낸 비유가 압권이다. 강물, 풀빛, 노래가락 등 서정적 이미지에 비애의 감정을 담아내어 서정시의 진수를 보여준다.

이처럼 한국 서정시는 멀리 고시가에서 발원하여 신라의 향가, 고려의 별곡, 조선의 시조, 가사, 한시에 이르기까지 도도한 흐름을 보여주고 있다. 이러한 서정시의 흐름이 그대로 현대시에 접목되어 큰 줄기를 형성했던 것이다.

근대 개화기는 급격한 전환기였기에 사랑과 자연을 노래하는 서정시보다는 교술시(敎述詩)에 가까운 계몽주의 시, 목적시가 지배적이었다. 국권상실기였던 만큼 시의 사회적 기능, 교시적 기능이 중시됐던 것이다.

그리하여 본격적인 서정시의 발아는 1920년 전후 순수문학을 표방한 〈창조〉, 〈백조〉 등의 동인(ecole)의 출발에 의해서 본격화된다. 사회적 기능이 아니라 개인 체험에 토대를 둔 개성적 서정의 표출이 이때 비로소 가능해졌던 것이다. 특히 민요시의 출현은 향토적 서정을 정착시키는데 크게 기여하였다. 김억, 김소월, 주요한, 변영로, 홍사용, 김동환 등이 큰 역할을 했다.

하지만 사회주의를 표방한 카프(KAPF)의 출현으로 잠시 위축되었다가 1930년대 순수문학을 표방한 김영랑, 박용철, 정지용의 「시문학파」에 의해 전성기를 맞는다. 특히 1930년대 말에 등장한 조지훈, 박목월, 박두진의 「청록파」는 자연서정을 바탕으로 한 순수 서정시 정착에 크게 기여하였다. 서정주, 유치환이 이끈 「생명파」 역시 휴머니즘에 바탕을 둔 인간서정의 심화에 기여한 시인들이다.

3. 음악성의 구현

서정시는 음악성이 주된 요소다. 서정시가 lura라는 악기의 반주에 맞추어 부른 노래에서 기원했다는 사실이 이를 상징적으로 뒷받침한다. Aristotle도 노래하는 음송시를 서정시의 출발로 잡고 있다. Staiger가 지적한 말의 의미와 음악과의 통일도 바로 서정시의 음악성을 강조한 것이고, N. Frye가 서정시를 언어적 진술이 노래로 표출된 양식이라고 진술한 것도[1] 이와 마찬가지이다.

우리의 고대시가인 「공후인」이 '공후(箜篌)'라는 악기로 반주된 노래였고, 고려가요도 악기가 동반된 노래였던 것이다. 조선조의 시조와 가사 역시 시조창(時調唱)이나 가사창(歌辭唱)으로 불려진 노래시였다. 현대시에 와서도 1920년대 민요시는 민요가락을 전제로 한 노래시였고, 김영랑의 '서정소곡'(4행시)은 표현 그대로 소곡(小曲)조의 음악시였다. 그만큼 서정시에서의 음악성은 그 기원에서 뿐 아니라 현대시에 이르기까지 본질적 요소로 자리 잡고 있는 것이다.

> 피는꽃 젊은봄에 풀뜯어맺고
> 지는꽃 저문봄에 고름맺으며
> 언제나 변치말자 맹세했건만
> 마음은 아침저녁 떠도는 구름
>   — 김억, 「고름맺기」

> 내 마음의 어딘 듯 한편에
> 끝없는 강물이 흐르네
>
> 돋쳐 오르는 아침 날빛이
> 빤질한 은결을 도도네
>
> 가슴엔듯 눈엔듯 또 핏줄엔듯
> 마음이 도른 도른 숨어 있는 곳

---

1) N. Frye, 『Anatomy of Criticism』, Princeton Univ. Press, 1973, p.244.

내 마음의 어딘 듯 한편에
끝없는 강물이 흐르네

— 김영랑, 「끝없는 강물이 흐르네」

김억의 「고름맺기」는 민요시로서 7 · 5조의 리듬의 반복으로 음악성이 구현되고 있으며, 김영랑의 「끝없는 강물이 흐르네」 역시 동일시행의 반복과 동일 시구 '내마음/~엔 듯/~에' 등의 반복으로 음악성이 표출되고 있다. 이와 같이 서정시의 음악성은 현대시의 중요한 시적 요소로 자리 잡고 있다.

4. 언어의 경제학, 단시

서정시는 근본적으로 단시(短詩, short poem)를 지향한다. Oxford 사전은 서정시를 시인의 사상과 감정을 짧게 표현한 것으로 규정하고 있다. 또한 순수문학의 선구자 E.A Poe도 시는 근본적으로 단시라고 보았는데 그 이유는 단시가 아닌 경우 불순물이 끼어 들어 초점이 흐려지고 작품구조가 흔들리기 때문이라고 하였다. 짧은 시만이 우리 정서 속에 스며들어 우리 자신의 혼을 고양시킬 수 있다는 것이다.[2]

H. Read는 장시와 단시의 특징을 강과 호수로 비유하고 있다. 그는 장시를 '지배적인 관념을 함축하는 이야기를 포함한 일련의 긴 시'로 규정하고, 이를 강에 비유하고 있다. 강은 그 전체를 한눈에 볼 수 없지만 강의 흐름을 따라가다 보면 물결의 음악과 아름다운 풍경을 만날 수 있는 것이다. 서사시나 송시(ode, 賦) 같은 것이 이에 해당된다. 그에 비해 단시는 한눈으로 전체를 다 조망할 수 있는 호수에 비유된다.[3] 서정시가 바로 이에 해당된다. 서정시는

---

2) E.A Poe, 'The Poetic Principle', 『Poems and Miscellanies』, Oxford Univ. Press, 1956, p.167.

짧기 때문에 한눈에 호수의 아름다운 풍경을 조망할 수 있는 것이다.

그는 또한 형식과 관념에 의해 장시와 단시를 구분하기도 하였다. 형식이 관념을 지배할 때 곧 관념이 단일한 통일체를 이룰 때 단시가 된다. 반면에 관념이 복잡하고 분산된 연쇄로 통일체를 이룰 때 그것은 장시가 되는 것이다.[4] 이처럼 단순한 관념이 단일한 통일체를 이루는 양식이 바로 단시인 것이다. 이렇게 보면 서정시가 단시를 지향한다는 것은 서정시가 단순관념으로 단일한 통일체를 형성한다는 의미가 된다.

구름에 달가듯이
가는 나그네

길은 외줄기
남도 삼백리

술익는 마을마다
타는 저녁놀

구름에 달가듯이
가는 나그네

　　　　　　　　　　- 박목월, 「나그네」

예시는 H. Read가 지적한 것처럼 호수같이 한눈에 들어오는 짧은 단시다. 단출한 시어, 짧은 시행의 조어법(diction)을 선택하고 서술어조차 일체 생략되었다. 그야말로 단시의 전형적인 모습을 보여주고 있는 것이다. 그러면서도

---

3)　　H. Read, 『Collected Essays in Literary Criticism』, pp.57~60.
4)　　H. Read, 『Form in Poetry』, London, 1948, p.660.

나그네의 외로운 심사를 술익는 마을의 저녁 풍경 속에 수채화처럼 그려내는 데 성공하고 있다.

서정시는 단시이다. 따라서 축약이 필수적인 요소이다. 군더더기 말을 제거하고 압축된 시행으로 압축된 정서를 표출해야 하는 것이다. 그런 점에서 서정시는 '최소의 투자로 최대의 효과'를 노리는 경제학의 원리를 닮았다. 말하자면 시는 최소한의 언어로 최대의 시적 효과를 올려야 하는 것이다. 그래서 시를 '언어의 경제학'(economics of language)이라 부르는 것이다. 가장 적절한 시어를 가장 적절한 장소에 배치시킴으로서 시적 효과는 증폭된다. Swift가 중요한 시적 전략으로서 '적절한 장소에 적절한 시어'(right word in the right place)의 배치를 강조한 것도 이러한 단시의 특성을 강조한 것이다.

송화가루 날리는
외딴 봉우리

윤사월 해길다
꾀꼬리 울면

산지기 외딴집
눈 먼 처녀사

문설주에 귀대고
엿듣고 있다
— 박목월, 「윤사월」

예시는 4연 8행으로 된 단시이다. 시에서 군더더기 같은 단 하나의 시어를 찾기 힘들고, 어느 시구 하나도 생략하거나 변동할 수 없게 배치되어 있다. 그만큼 완벽한 짜임새와 유기적 구조(organic form)를 갖추고 있는 것이다.

그러면서도 이 시는 늦은 봄 산골의 고즈넉한 풍경을 한 폭의 수채화로 그려내는데 성공하고 있다. 말 그대로 최소한의 언어로 최대의 시적 효과를 거두고 있는 것이다. 이것이 C. Brooks가 강조한 언어의 경제학이다. 목월은 이와 같은 완벽한 짜임새를 갖춘 단형시들을 상당수 창작했던 바, 그는 언어의 경제학에 가장 충실한 시인이었던 것으로 보인다. 한국의 탁월한 언어의 경제학자 박목월, 그에 의하여 한국 서정시는 진일보할 수 있었던 것이다.

단시는 정서의 응결(凝結)에서 온다. 말하자면 정서를 최대한 응축시켜야 하는 것이다. 그래서 독일어로 시를 응축이라는 뜻의 'Dichtung'이라고 부른다. 서정시는 단시를 지향하는 만큼 정서를 '압축하고, 집중하며, 통일하고 응결시켜야'5) 하는 것이다. 이렇게 해서 단시는 극적인 효과를 얻는다. 풍선이 압축될수록 팽창력이 늘어나듯이 시도 압축됨으로서 극적인 긴장감을 고양시킬 수 있는 것이다. 압축에서 오는 극적인 효과 때문에 C.Brooks는 시를 '작은 희곡(little drama)'으로 명명했다. "단시는 극적인 구조를 내포한다. 그런 점에서 시는 작은 희곡이다."라고 규정한 것이다.6)

한편 시가 압축되고 집중됨으로써 정제된 형태미와 시적 긴장감을 가져와 심미적 가치를 고양하게 된다. 또한 압축된 만큼 독자의 상상력이 개입됨으로써 의미영역의 확대, 곧 다의미성(ambiguity)의 효과를 거둘 수 있다.

이것은 소리없는 아우성
저 푸른 해원을 향하여 흔드는
영원한 노스탈쟈의 손수건
순정은 물결같이 바람에 나부끼고
오로지 맑고 곧은 이념의 푯대 끝에

---

5) C. Brooks & R.P Warren, 『Understanding Poetry』, New York, 1960, p.341.
6) C. Brooks, 위의 책, p.16.

애수는 백로처럼 날개를 펴다
아아 누구던가
이렇게 슬프고도 애달픈 마음을
맨 처음 공중에 달 줄을 안 그는
　　　　　　　　 - 유치환 「깃발」

이 시는 긴밀한 압축과 생략이 특징적이다. '이것은 소리없는 아우성, 영원한 노스탈쟈의 손수건'처럼 종결어미가 생략된 명사구로 끝남으로써 판단중지의 효과를 거두고 있다. 또한 시상의 초점이 깃발로 집중, 압축되어 정서의 응결현상이 촉발된다. 이처럼 시가 긴밀하게 압축됨으로서 시적 긴장감을 맛볼 수 있는 것이다. 이른바 시적 텐션(tension)이 형성되는 것이다. 또한 생략되고 판단 중지된 만큼 그 공백에 독자들이 의미를 채워 넣음으로써 시의 의미영역이 확대될 수 있는 것이다. 곧 앰비규이티(ambiguity) 효과가 창출되는 것이다. 다시 말해 의미구조의 암시성과 다양성은 생략과 압축에서 가능해지는 것이다.

5. 유기적 구조

서정시는 부분과 전체가 긴밀하게 상호조응하는 유기적 구조를 갖고 있다. 마치 생물의 하부조직이 긴밀히 연계되어 전체의 큰 몸을 형성하듯이 살아 있는 생물체의 조직 구조를 갖추어야 한다. 유기적 구조로서의 시의 인식은 이미 Aristotle의 『시학』에서 그 단초를 찾아 볼 수 있다. 그는 시가 생물체의 유기적 통일성을 지닌 완전한 전체로서 인식돼야 한다고 주장하였다.

이러한 유기체 시론은 낭만주의 시인인 Coleridge에 의해서 체계화되었다. 낭만주의자들에 의하면 시는 종자와 세포로 출발하여 그들의 긴밀한 조직체가 형성됨으로써 최종적 형태를 갖는데 그것이 바로 시인 것이다. 시는 부분들의 단순한 결합이 아니라 부분들의 긴밀한 상호연결로 구성된 유기적 구조가 돼야 한다. 신비평가인 C. Brooks도 시를 이루는 모든 구성 요소들이 하나로 융합해서 전체적인 형식미를 갖추어야 한다고 주장하였다.

이와 같이 시의 구조는 하나의 전체를 이루는 모든 요소들의 총합이다. 따라서 하나하나의 요소 즉 부분들은 그것을 발전적 전체로서 형성되기 위해 존재하는 것이다. 즉 부분은 그것을 이루는 전체와의 관련 하에서 의미지워지는 것이다.

서정시가 특히 단시를 지향하는 만큼, 부분과 부분, 그리고 전체와의 상호 관련은 더 긴밀하고 유기적일 수밖에 없다.

> 유리에 차고 슬픈 것이 어른거린다
> 열없이 붙어서 입김을 흐리우니
> 길들은 양 언 날개를 파닥거린다
> 지우고 보고 지우고 보아도
> 새까만 밤이 밀려나가고 밀려와 부딪치고
> 물먹은 별이 반짝 보석처럼 박힌다
> 밤에 홀로 유리를 닦는 것은
> 외로운 황홀한 심사이어니
> 고운 패혈관이 찢어진 채로
> 아아 늬는 산새처럼 날러 갔구나
>   — 정지용, 「유리창」

이 시는 죽은 아들을 떠올리며 슬픔에 잠긴 화자의 심정을 토로한 시이다. 모더니스트 시인답게 지적 절제를 통하여 감정을 통어하고 있지만 두드러진 이미지의 사용으로 화자의 정서를 확연히 드러낸다. 유리창에 어린 차가운 입김, 밤하늘에 빛나는 물먹은 별, 고운 패혈관, 하늘로 날아간 산새 한 마리 등이 화자의 슬픔에 긴밀히 조응하고 있는 것이다. 즉 부분적인 이미지의 파편들이 상호조응하여 비애의 감정을 총체적으로 고양시키고 있는 것이다. 시적 화자의 아들의 죽음에 대한 페이소스는 부분적인 이미지의 총화(總和)를 통해 수렴되고 있다. 결국 이 시는 부분과 전체의 긴밀한 조화, 즉 유기체적 구조를 형성하고 있는 것이다.

6. 주관성, 비논리성, 순수성의 시학

서정시는 고독의 시이다. 서정시는 시인 자신의 목소리이고 그 고독한 목소리에 독자들이 귀를 기울인다. 아니 어쩌면 시인 자신만이 귀를 기울이고 있는 것인지 모른다. 밤에 홀로 우는 나이팅게일 새처럼 홀로 고독한 울음을 토해내는 것이다. 그만큼 서정시는 시인 자신의 개인적 감정의 표출이기에 극히 주관적이며 내향적 성격을 띤다. 그리스 서정시인 Pindaros는 시인에 의해서 노래되는 영웅보다 그것을 노래하는 시인 그 사람에 일체의 흥미를 갖는 것이 시라고 하였다.[7] 그만큼 서정시는 시인의 주관의 세계에 중점이 놓이는 양식이다.

한편 J.S Mill은 서정시가 시의 본질적 양식이라고 하였다. 왜냐면 다른 시들은 비시적 요소인 서술성, 교훈성, 실화성 등이 혼합된 것에 지나지 않음에 비해 서정시는 인간의 감정을 잘 표현해 낼 수 있기 때문이다. 서사시는 시적 구절들만이 산만하게 흩어져 있는 하나의 실화의 세계에 불과하기에 결코 시가 될 수 없다는 것이다. 서정시의 자아는 시인 자신이며, 시는 그 시인의 고독한 순간 속에 자신이 자신에게 한 말인 것이다.[8]

---

7)   本間久雄, 『문학개론』, 동경당, 1980, p.242.
8)   M.H Abrams, 『The Mirror and the Lamp』, Oxford Univ. Press, 1971, pp.23~26.

내 마음을 아실 이
내 혼자 마음을 날같이 아실 이
그래도 어디나 계실 것이면

아 그립다
내 혼자 마음 날같이 아실 이
꿈에나 아득히 보이는가

향 맑은 옥돌에 불이 달아
사랑은 타기도 하오련만

불빛에 연긴 듯 희미론 마음은
사랑도 모르리 내 혼자 마음은
　　　　　　　　　 － 김영랑, 「내 마음을 아실 이」

　내가 사랑하는 사람은 어딘지 있겠지만 사랑하는 마음은 나밖에 모른다는
독백조의 시다. 꿈에 보이는 임을 향해 옥돌 위의 불처럼 타오르건만 임의 마
음은 불빛에 지는 희미한 연기로 사라지고 만다. 그저 사랑은 나 혼자만의 사
랑이고, 임 역시 마음속에만 존재하는 임이라는 사실을 독백조의 토운으로 토
해 내고 있다. 이처럼 이 시는 고독의 시이고, 독백의 시이다. 흡사 고독한
한 마리 나이팅게일의 울음소리가 들리는 듯하다.
　이처럼 서정시는 고독의 정서를 표출하는 주관의 시인 것이다. W.H
Hudson도 이처럼 주관적 개인적 정서를 중시한다는 점에서 서정시를 '주관
시'(subjective poetry), 또는 '개인시'(personal poetry)라고 불렀다.9) 이처
럼 서정시는 주관시로서 시적 자아의 무드와 정서, 특히 고독의 내면감정을

---

9)　W.H Hudson, 『An Introduction to the Study of Literature』, London, 1958, p.97.

표출하는 시인 것이다.

서정시는 구문형태에서 문법, 논리, 직접적인 연관성을 배제한다. 곧 이 말은 서정시가 어떤 사건의 서술이나 논리적 설명과 무관하다는 뜻이다. 표현에 있어서도 엄격한 학교문법(school grammar)을 넘어선 다소의 문법적 파격을 허용한다. 그것을 우리는 시문법(poetic diction)이라 부른다. 직접적인 연관성을 바탕으로 이루어지는 논리적 분석이 아니라 간접적인 상징을 통하여 시인의 정서와 의식이 표출되는 것이다. 이처럼 서정시는 비문법성, 초논리성, 상징성 등을 특징으로 하고 있다.

또한 서정시는 일종의 직관성(直觀性), 순간성을 갖는다. 서정시는 직관적이고 현재적이며 순간적 감정의 표출을 본질로 한다. Palgrave가 서정적이라는 것은 본질적으로 단 하나의 사상, 감정, 상황을 다루는 것이라고 지적한 것도[10] 이러한 특성을 강조한 것이다. J. Paul도 『미학입문』에서 서사시가 과거의 사건을 중시하고, 극시가 미래로 연장되는 행동을 중시함에 비해서, 서정시는 현재의 감정을 중시한다고 하였다. 즉 서사장르인 소설은 사건을 중시하는 과거의 문학, 극은 행동을 바탕으로 한 미래의 문학임에 비해, 서정시는 감정을 중시하는 현재의 문학이 되는 것이다.

또 서정시는 무목적성, 무의도성을 갖는다. 서정시는 서사시와 같이 현실상황이나 역사적 해석과 같은 의도적인 목적을 갖지 않는다. 어떠한 의도와 목적이 배제되고 순수한 감정과 정서의 표출이 있을 뿐이다. 마치 수증기와 같이 불순물이 제거된 순수한 감정의 용액만이 남는 것이다.

E.A Poe가 "시는 시이고 그 외의 아무것도 아니다. 오직 시를 위해 씌어진 시일 뿐이다"[11] 라고 한 말도 이러한 서정시의 순수시적 성격을 지적한 것이다. "서정시는 남자가 세계에 주는 키스다. 그러나 빈 키스에서는 아이가 생

---

10) Palgrave, 『The Golden Treasure of Song and Lyrics』, 서문.
11) E.A Poe, 『The Poetic Principle』, London, Oxford Univ. Press, 1956, p.351.

기지 않는다"라고 한 Goethe의 말12) 역시 이러한 서정시의 비생산성 곧 무목
적성을 가리킨 말이다. 다시 말해 서정시는 영구히 만나는 아내가 아니라 잠
시 만나는 연인과 같은 것이다. 연인은 아내처럼 아이를 낳고, 생활의 계획이
나 목표를 세우지 않는 것이다.

---

12) Emil Staiger, 『Grundbegriffe der Poetik』, Zurich, 1956, p.79.

초현실주의
시론

1. 다다이즘의 기원과 특징

1) 다다이즘 운동의 배경

다다이즘(dadaism) 운동은 1차 대전중 1916년 스위스 츄리히에서 일어나 1920년 초반까지 지속된 문학 및 미술상의 전위적인 예술 운동을 가리킨다. 다다운동은 1916년 2월에 T. Tzara가 주동이 되어 츄리히의 '볼테르 카바레'에서 동조자들의 모임을 갖고 공식적인 선언문을 채택하면서 본격화 되었다. 1919년에 파리에서 A. Breton, L. Aragon, P. Soupault, H. Ball 등이 가담하여 국제적인 예술 운동으로 확대된다.

'dada'라는 명칭은 원래 루마니아어로 '그래, 그래'하는 유아어(乳兒語)에 해당되는 말로 뚜렷한 의미를 갖고 있지 않은 용어다. '다다'라는 말 자체가 무의미하다는 것은 다다이즘이 기존 가치체계와 질서의 무의미성을 지향하고 있음을 암시하고 있다. 그 명칭이 공식화된 것은 1916년 중반 다다운동의 기관지인 〈카바레 볼테르〉가 간행되면서 부터였다.

다다이즘 발생의 주된 요인은 1차 세계대전이다. 1차 대전을 통하여 정치적, 문화적, 사회적 체제가 붕괴되었고 그 이전에 신성시되었던 합리적 사고, 이성적 논리, 종교적 가치관 등이 여지없이 부정되었던 것이다. 이러한 정치적, 사회적, 문화적, 정신적 위기에 직면하여 기존의 가치체계와 질서를 부정하고 그것을 토대로 진정한 인간성 회복과 새로운 가치관의 정립을 모색코자 다다운동이 전개되었던 것이다. 다다가 부정과 거부의 몸짓으로 일관되었던 이유는 이러한 정치 사회적 배경에서 비롯된 것이다.

2) 다다이즘의 특징

다다는 전(全) 지성(知性)의 정신적, 윤리적인 퇴폐에 심한 적대감을 보이고 있다. 합리주의에 대한 회의와 비판, 과거의 모든 예술형식과 사상의 부정,

기존의 문화전통과 기성언어에 대한 저항과 파괴가 특징이다.[1] 또한 '의미없는 말을 의미없이' 나열함으로써 일체의 규범과 속박으로부터 해방을 가져와 진정한 개인의 자유와 정체성을 정립하고자 하였다. 다다가 전통적 취향을 비웃고 고의적으로 기존 예술체제를 거부한 이유는 추악한 도덕성에 물든 기성문화를 구제하고 창조성과 활력을 되찾기 위한 것이었다. 다다이스트인 Ball은 이것을 '그릇된 도덕의 공공처형'이라고 명명하였다.

다다운동의 선구자 Tzara는 다다를 합리적 체계의 포기와 교양과 지식, 이데올로기에 대한 거부임을 강조하고 있다.

다다란 구역질의 산물인 모든 부정을 의미한다. 다다란 점잖은 매너와 안일한 타협이 성교하여 이루어진 모든 것을 거부한다. 다다는 창조에 무능력한 자들의 무도(舞蹈)에 지나지 않는 모든 논리의 포기다. 다다란 모든 사회의 계급이나 평등이 우리들의 노예로서만 자격을 가진다는 것을 주장한다.[2]

그러나 이러한 부정과 거부는 단순히 파괴 그 자체를 목적으로 한 것은 아니었다. 차라는 다다의 목적을 자기를 완성하는 것, 그 자신의 왜소성(矮小性) 안에 개인성의 그릇을 충족시키는 것, 모든 사회 계급이나 평등이 자신을 위해 존재하는 노예로 만들기 위한 것이라는 점을 분명히 했다.[3] H. Arp도 다다는 천국과 지옥 사이의 균형을 회복하고, 사물의 새로운 질서와 시대의 혼탁한 공기를 치료하는 것이 목적이라고 밝히고 있다.[4]

이와 같이 다다의 부정과 파괴는 잃어버린 순수성을 획득하기 위한 모랄

1)   T. Tzara, 『Le Surrealisme et l'Apres Guerre』, Paris, 1948, p.19.
2)   T. Tzara, 'Dada Manifesto'(1918).
      Richard Ellmann(ed), 『The Modern Tradition』, New York, 1965, p.597.
3)   T. Tzara, 'Dada Manifesto', p.598.
4)   R. Short, 'Dada and Surrealism', 『Modernism』, Penguin Books, 1976, p.295.

(moral)의 표현이며 주관의 절대사유를 실현코자하는 예술적 방편이었던 것이다.[5] 다다는 1차 세계대전 후의 가치관의 붕괴라는 절망적 상황 속에서 진정한 예술가의 기능을 재발견하려는 시도였다. 다다이스트들은 귀족적이고 개인적인 예술가가 아니라 자유와 독창성을 위한 개종자요, 선구자였던 것이다.

3) 다다의 기법

다다의 부정과 실험정신은 특히 시 장르에서 두드러지게 나타난다. 먼저 다다이스트들은 기성언어를 기성의 가치를 내포한 것으로 최악의 전통으로 인식하고 있다. 기성언어는 진실과 무관한 연상을 강요하기 때문에 새로운 인식을 위해서 타기돼야 할 장애물로 본다. 따라서 그들이 발명한 창조적인 새 언어로 새로운 시를 쓸 것을 강력히 주장한다. 이 새로운 언어로 씌어지는 새로운 양식의 실험시가 바로 다다시였던 것이다. R. Short는 다다시의 특징을 다음과 같이 지적하고 있다.

> 관념, 이념, 신념의 부정, 사물의 추상화, 전통적 어법이나 통사규범의 파괴, collage기법, 시행의 회화적 배열, 음성시(phonetic poem, 의미를 완전히 배제하고 다만 음성효과 만으로 쓴 시), 탈시(脫詩. merz poem, 노래, 가사, 대화, 시정잡담, 신문기사를 꿰맞춘 시), 동시시(同時詩, simultaneous poetry, 몇 사람이 동시에 각각 다른 시를 낭독하거나 다른 효과음을 삽입시켜 독특한 효과를 내는 시), 기타 우연(Zufall, 신문, 잡지의 단어들을 오려내어 흩뿌릴 때 생기는 유연한 문장, 의미), 기호 사용.[6]

---

5)   R. Short, 위의 책, p.293.
6)   R. Short, 위의 책, p.298.

이러한 다다시의 특징은 Tzara의 다다 7선언에 토대를 두고 있다. 차라는 일상 언어를 아무런 손질없이 뒤죽박죽 뒤섞어 놓은 것을 시로 규정한다. "신문을 가져오라, 가위를 집어라, 한 논설을 골라 잡아라, 그것을 잘라서 단어 하나하나를 잡아라, 그들을 푸대에 잡아 넣어라, 그리고 흔들어라, 그리고 그것을 아무렇게나 배열한" 것이 바로 시라는 것이다.[7] 이러한 시창작 방법과 개념은 기존의 전통시와는 사뭇 다른 것이다. 말하자면 다다시는 기존 전통적인 시문법(poetic grammar)과 질서, 전통과 규범을 파괴함이 목적이었다.

물론 이러한 기법들은 독창적인 것이 아니라 그 앞 시대의 기법들을 수용, 변형한 것이다. 다다시의 주요기법인 음향효과, 소음(騷音)주의, 시청각의 동시성, 시행의 회화적 배열 등은 미래파로부터 획득한 기법이고, 꼴라쥬(collage) 수법은 입체파에서 차용한 것이었다. 특히 미래파는 부정정신, 반항성을 모태로 하고 있어 다다와 정신적인 면에서 맥락이 닿아 있다. 미래파와 입체파 역시 기존의 전통적 시 규범을 파괴한 양식으로 넓게는 다다이즘 및 초현실주의 범주에 묶인다.

2. 한국 시단에서의 다다이즘

한국의 다다이즘은 서구 다다이즘이 발생한 1920년대에 일찌감치 맹아를 보였다. 그것은 전통의 변형이 아니라 일본을 통해서 직수입된 박래품(舶來品)같은 것이었다. 임화, 김니콜라이(박팔양), 권구현, 고한용 등이 일본의 모더니즘 계열의 잡지 〈개조〉나 〈중앙문예〉 등을 통해서 소개된 다다시들을 접한 외래경험에서 비롯된 것이었다. 고한용의 「다다이즘」[8], 「서울에 왔던 다다이스트 이야기」[9] 등이 다다이즘 수용의 이론상의 선구적인 역할을 하였다.

---

7)   Marcel Raymond, 『De Baudelaire au Surrealisme』, Paris, 1966, p.277.
8)   〈개벽〉, 1924.9.

말하자면 한국의 다다시는 일종의 외래품적 성격을 갖은 것이었고, 일부 시인들에 의해서 실험적으로 시도되다 소멸된 장르다. 그러나 1930년대 초현실주의 등 모더니즘 시운동의 발생적 모태를 보여주었다는 점에서 의의를 찾을 수 있다. 초현실주의 단초와 계기는 다다시에서 마련된 것이다.

　A
　XX! XX! XX!
　輪轉機가소리를지른다
　PM. 7-8, PM.8-9
　XYZ
　符號를보려무나
　一時間에十萬장式박어라

　B
　音響! 音響! 音響!
　여보!工場監督
　당신의쉰목소리는
　XX! XX!!에 짓눌려
　죽었소이다
　흥!發動機의뜨거운몸둥이가
　목을놓고울면무엇하나
　피가나야한다.心臟이터져야한다
　　　　　　　　－ 김니콜라이, 「輪轉機와 四層집」10)

9)　〈개벽〉, 1924.10.
10)　〈조선문단〉, 1927.1.

예시는 기존의 시문법을 완전히 파괴하고 있다. 우선 띄어쓰기라는 기본 문법을 무시하고 연속체 문장으로 기술되고 있고, 문자와 기호같은 원시적 언어들이 난무하고 있다. 또한 문자의 크기에 다른 입체적 나열은 이전 시에서 찾아 보기 힘든 기법이다. 무엇보다 파편적인 이미지의 연쇄로 의미론적 단절현상이 초래되고 있다. 문맥상의 논리나 질서가 철저히 배제되어 있는 것이다. 이러한 언어와 의미체계의 파괴는 존재론적 파괴를 의미하며 기성가치의 전복을 의미한다. 언어는 단순한 기호장치가 아니라 존재의 기표이기 때문이다. 다시 말해 언어파괴는 존재파괴이고, 의미론 체계의 파괴인 것이다. 이것이 바로 다다이즘이 노리는 시적 효과다. 마치 이 시는 다다의 7선언에서 강조한 '신문을 오려서 뒤섞어 배열한' 시형태를 잘 보여주고 있다.

나는戰場으로나아간다〔명상으로부터현실로!〕카페프란스로가자

내코끝에서〔술〕이舞蹈曲을아뢰인다
옮겨다심은종려나무빗두른선장명등
〔오!나에게술을주시오!추리브아가씨〕-술'술'술'술'술'
낡은피아노는목쉬인소리로Richard Dehmil의Aufflick의一節을노래한다

X X X
아아 京子는나에게自殺을 勸한다. 나를梅질한다.-아아 暗黑,暗黑!
절망'절'망'절망' 'DADA'DADA'다

　　　　　　　　　　　　　- 김화산, 「惡魔圖」

'어떤 다다이스트의 일기'라는 부제가 붙은 다다시이다. 부제 뿐만 아니라 'DADADADA'라는 시구까지 명기하여 이 시가 다다시임을 천명하고 있다. 이 시 역시 띄어쓰기 거부는 물론 기호와 한자, 영문표기 같은 시어들을 무질

서하게 동원함으로써 기존의 시 언어영역을 초월하고 있다. 더구나 '술술술술', '절망절망절망' 'DADADADA'와 같은 의미없는 단어의 반복과 나열은 기존 시문법에 익숙한 독자들에게 충격적인 요소로 다가온다. 때로 이시는 정지용의 「카페프란스」라는 작품의 시구들을 삽입시켜 패러디 양식을 취하고 있다.

이러한 다양한 기법은 이전의 시규범과 언어적 관습을 초월한 것으로서 양식의 파괴를 통한 가치와 세계관의 붕괴라는 다다이즘의 정신을 구현하고 있다. 말하자면 다다이즘은 양식적 파괴를 통해 존재론적 파괴를 시도하고 있는 것이다. 그런 점에서 다다는 혁명적인 성격을 띤다.

임화 역시 다다이즘의 선구자였던 바 그는 이러한 다다의 혁명적 요소에 경도된 시인이었다. 그는 형식적 범주를 넘어 내용적 범주에서 혁명의 본질을 구가하였다. 그의 대표적인 다다시 「지구와 박테리아」에서 사무원과 급사의 계층적 대립구조를 설정하여, 부르주아와 프롤레타리아의 계급갈등의 전초적 징후를 드러내고 있다. 이는 다다시가 근본적으로 혁명적 성격의 문학임을 암시하고 있는 것이다. 그가 다다시 실험 후 프로문학의 선봉에 선 것도 이러한 배경에서 비롯된 것이었다.

「지구와 박테리아」 역시 다양한 부호와 파편적인 이미지의 연쇄, 비시적 시어들의 혼합의 양상을 보여주어 부정과 파괴를 지향한 다다 선언문을 연상시켜 준다. 그가 '어떤 청년의 고백'이란 글에서 '낡은 감상풍의 시를 버리고 다다풍의 시작을 실험했다'고 고백한 바 있다. 이 시는 그러한 고백의 산물이었던 것이다.

3. 초현실주의 기원과 배경

초현실주의(surrealism)는 다다의 연속선상 선에서 다다의 노선과 지향을 직접 실천에 옮기면서 시작되었다. 초현실주의 선도자인 A. Breton은 1924

년 「초현실주의」 성명서를 발표하고, 그해 정기 간행물인 〈초현실주의 혁명〉을 발간함으로써 초현실주의는 공식적인 출발을 하게 된다. 이 운동에 참여한 대표적 인물은 Breton, Aragon, Soupault, Eluard 등이다.

다다가 적나라한 인간을 저버린 인간지식의 조작된 이론, 교양, 이데올로기에 대한 도전이었다면, 초현실주의는 생의 조건에 대한 개조, 건설 및 세계와의 화해라고 볼 수 있다.[11] 초현실주의의 창시자인 브레통은 1차 대전을 체험하면서 부르주아지와 국수주의에 대한 증오를 익혔고, 프로이트 정신분석학과 아폴르네르의 작품에서 큰 영감을 받아 초현실주의 운동을 주도했다. 초현실주의라는 단어는 아폴르네르의 「부조리극」에서 처음 등장하였던 바, 1917년에 공연된 이 작품의 부제가 바로 '초현실주의 희곡'이었던 것이다.

초현실주의에서 '초현실성'은 꿈과 실재가 결합된 사물의 어떤 존재의미를 뜻하거나[12], 인간의 일상지각이나 의식이 소멸된 영매(靈媒)상태(medium-istic state)를 의미한다. 곧 초현실은 현실을 전달하는 유추적 방법에 해당되는 것이다. 초현실주의의 목적은 현실에 대한 파괴, 현실의 초월을 지향하지만 궁극적으로 의식과 무의식의 세계를 포함시켜 현실에 대한 정의를 다시 내리려는 시도로 볼 수 있다.

그리하여 초현실주의자들은 지식과 예술의 근원을 오직 깊은 내면세계로 간주하고 그의 표현기법인 자동기술법에 눈길을 돌린다. 그들은 꿈, 몽환의 상태라든지 자연스럽거나 혹은 인위적인 환각상태에 심취하게 된다.[13] 이러한 초현실주의 태도는 그들의 선언문에서 잘 나타난다.

---

11) T. Tzara, 『Le Surrealism et L'Apres Guerre』, Paris, 1948, p.23.
12) Andre Breton, 『What is Surrealism?』, New York, 1965, p.605.
13) M. Carouge, 『Andre Breton and Basic Concepts of Surrealism』, Alabama, 1974, p.121.

피상적으로 반대적인 꿈과 현실은 미래에 대한 일종의 절대적 현실, 즉 초현실로 용해될 것이다. 초현실주의는 순수한 심리의 자동현상으로 사고의 참 기능을 표현하는 것이고, 이성에 의해 작동되는 모든 통제가 없는 곳에서 그리고 모든 미학적 도덕적 통제 밖에서 사고가 행사되는 것이다. 초현실주의는 정신세계와 이와 유사한 것의 완전한 해방수단이다.

－「초현실주의 선언문」, 1925

이와 같이 초현실주의는 자동기술, 꿈의 기록, 무의식의 세계, 비이성적 세계를 지향한다. 브레통은 초현실주의를 '구두이건 문자이건 기타 어떤 방법에 의해서건 표현하고자 할 때 사용하는 심령적 자동주의, 이성의 모든 속박을 배제하고 미학적 도덕적인 모든 고려를 무시하고 향해지는 사고의 받아쓰기'라고 규정하고 있다.14) 그는 이와 같이 정신세계가 논리, 이성, 의식의 통제와 제약에서 해방되고 사고가 물질을 지배하는 시기를 초현실주의 '직관적 시기'라고 불렀다.

초현실주의는 Freud의 영향으로 에로티시즘을 지향한다. 잠재의식 속에 뿌리박은 성(性)은 초현실주의의 중요한 무기가 된다. 그들은 성적 충동을 억제하는 것은 사회가 인간을 무기력하게 만드는 증거이고, 인간의 활력을 말살시키며 기계적 질서, 일상, 관습의 강요를 의미하는 것으로 보고 있다. 성을 자연발생적 본능적, 직관적인 것의 표상으로 보고 있기 때문에 당연히 초현실주의는 성을 옹호하게 되는 것이다.

이와 같이 초현실주의는 프로이트의 정신분석학, 성심리학에 영향을 받은 것이지만 아울러 낭만주의나 상징주의와도 깊은 관련을 맺고 있다. 브레통이 지적했듯이 초현실주의는 낭만주의의 꼬리를 물고 있는데, Novalis, Coleridge와 같은 문인들로부터 꿈, 광기, 최면, 환상 등의 방법론을 빌려온 것이다.

---

14) A. Breton, 『초현실주의 선언문』, Paris, 1929, p.37.

초현실주의는 이러한 낭만파적 성향에다 프로이트의 무의식을 결합시킨 것이다. 그러나 낭만파가 진선미와 같은 추상성을 바탕으로 하고 있음에 비해 초현실주의는 그러한 추상성들로부터 인간을 해방시키고자 하였다. 또한 낭만파들이 시인의 감수성이나 개성을 강조했음에 비해, 초현실주의자들은 개성의 자율성을 감소시키고 정신계의 중요성을 강조하고 있다.

초현실주의는 1925년을 기점으로 하여 정치성을 강하게 띠게 되어 혁명에 공헌하는 정치주의로 변모하게 된다. 이때부터 초현실주의는 문학의 부르주아지와의 전쟁을 선언하는데 그 이유는 중산층의 정신적 순응주의는 합리주의나 논리의 결과로 보기 때문이다. 브레통은 정신세계의 해방은 인간의 해방이기 때문에 이 해방을 위하여 무산계급 혁명으로 나가야 한다고 선언하고, 1927년 Aragon과 함께 공산당에 입당한다. 물론 끝내는 공산주의의 결정론(決定論)에 회의를 느끼고 결별하지만 초현실주의가 정치노선으로 변질되면서 예술의 영역을 벗어나는 오류를 범하게 된다.

4. 초현실주의 기법과 원리

초현실주의는 전통적 방식에서 벗어나 자유로운 연상, 파격적 문장구조, 비논리적이고 뒤바뀐 순서, 꿈의 연속, 이상하고 충격적이며 서로 무관한 대상들의 병치 등의 실험적 양식에 경도한다. 초현실주의 시에서는 특정 언어, 리듬, 구조를 선택하지 않고, 우연의 구조가 작품 형태를 결정하고 무의식으로 하여금 무지개 빛 효과를 거두게 하고 있다. 비논리적, 비합리적, 우연적, 임의적 본능적인 힘에 의존하여 단어와 구조가 자율성을 부여받게 되는 것이다. 시인이 잠을 자면서 '작업중'이라는 쪽지를 써 놓았다는 일화는 초현실주의 시의 기법을 단적으로 보여주는 좋은 예이다.

초현실주의 기법에서 대표적인 것이 자동기술법(automatism)이다. 자동기술법은 어떤 의식이나 의도 없이 무의식의 세계를 무의식적 상태로 대할 때 거기서 솟구쳐 오르는 이미지의 분류를 그대로 기록하는 방법이다. 원래 의사였던 브레통이 프로이트의 정신분석학을 원용하여 정신병자가 무의식적으로 내뱉는 내면의 소리를 시에 응용한 것이다. 가능한 빠른 속도로 지껄이는 독백이나 사고를 비판없이 그대로 기록하는 수법이다. Proust와 Joyce가 의식의 흐름(stream of consciousness)이나 내적 독백의 방법을 소설에서 사용하였던 바, 이러한 기법을 시에서 활용한 것이 자동기술법이다.

자동기술법은 무의식의 자유로운 분출을 통해 의식과 일상의 미망(迷妄)으로부터 인간을 해방시키고 참된 자아의식에 도달하는 데 목적이 있다. 현실은 일상의 조작된 사실이나 과거의 낡은 관념체계에 의해서 왜곡되어 있고, 논리와 합리, 이성 등 인위적 요소로 구속되어 있는 것이다. 이것을 초월하여 무의식과 꿈의 세계에서 리얼리티를 찾고자 하는 것이 초현실주의 이념이었고, 이를 구현한 실천방안이 바로 자동기술법이었던 것이다.

5. 초현실주의의 수용과 전개

일본 시단에서의 초현실주의는 西脇順三郎, 北園克衛, 上田敏雄 등이 앞장 섰고, 1928년 春山行夫가 모더니즘 운동의 기관지인 〈시와 시론〉을 간행함으로써 하나의 문학운동으로 자리 잡게 된다. 이러한 일본 초현실주의를 이상이 한국 시단에 접목시킴으로서 한국 초현실주의 운동의 토대를 마련한다.

이상은 일본 시론지 〈시와 시론〉을 통하여 초현실주의 시론과 시를 접하면서 직접 작품을 창작하여 선구자 역할을 담당하였다. 1931년 〈조선과 건축〉에 발표된 「이상한 가역반응」, 「파편의 정치」, 「오감도」 등은 한국 시단에 선보인 초현실주의 작품이었다. 모더니스트 김기림 역시 초현실주의 수용에 앞장 섰던 바, 「시의 기술」[15], 「포에시와 모더니티」[16] 등을 통해서 초현실주의 시와 시론을 소개하였다. 특히 그는 초현실주의 정신보다 기법에 중심을 두어 수용함으로써 한국 초현실주의가 기교주의로 흐르는데 큰 영향을 주었다.

이상, 김기림의 소개로 시작된 초현실주의는 1930년대 중반에 하나의 운동으로 비약한다. 그 계기를 마련한 것이 〈3.4문학〉이다. 1934년에 간행된 〈3.4문학〉에는 신백수, 이시우, 정현웅, 조풍연 등이 참여하여 하나의 에꼴(ecole)을 형성하게 된다. 신백수의 초현실주의 시와 이시우의 시론은 한국 시단에 초현실주의가 정착하는 데 크게 기여하였다.

전후좌우를제하는유일의痕迹에있어서
翼段不逝目大不
胖矮小形의신의안전에아전락성한사고사를유함

(臟腑그것은침수된축사와구별할수있는가)
                                    – 이상, 「二十二年」

이 시는 띄어쓰기를 철저히 배제하고 있으며 난해한 한자와 기호가 뒤섞여 표기됨으로써 기존의 시문법을 초월하고 있다. 자연스런 의미맥락이 단절되고 논리의 비약이 일어나 의미론적 체계가 붕괴된다. 전형적으로 초현실주의의 기법인 의식의 흐름으로 기술되고 있다. 또한 시행의 공백처리로 입체적인 형태를 띠고 있는 바, 초현실주의 시유형인 기하학시로서 단초를 드러내고 있다. 이러한 형식적 파괴로 초현실주의가 노리는 이성과 논리, 합리와 질서의 파괴라는 초현실적 세계관을 실천하는데 성공하고 있다.

---

15) 〈조선일보〉, 1931.2.
16) 〈신동아〉 21, 1933.7.

때문은빨내조각이한뭉텅이공중으로날러떠러진다. 그것은흰비닭이의떼다. 이
손바닥만한한조각하늘저편에전쟁이끝나고평화가왔다는전언이다. 한무덕이비
닭이의떼가깃에묻은때를씻는다. 이손바닥만한하늘이편에방맹이로흰비닭이의
떼를때려죽이는불결한전쟁이시작된다. 공기에숯검정이가지저분하게묻으면흰
비닭이의떼는또한번이손바닥만한하늘저편으로날아간다

— 이상, 「시제십이호」

「시제십이호」에서는 서로 무관한 이미지들의 결합이 드러난다. 이 시의 주
된 제재는 빨래지만 이와 무관한 '비둘기 – 평화 – 전쟁 – 숯검정이 – 비닭이'
등이 아무런 관련 없이 연결되고 있다. 이렇게 이 시는 상식적인 의미의 연결
과정이 생략된 채 서로 무관한 이미지가 연쇄되는 이미지의 전위 양상이 드러
나는 것이다. 이것이 낯선 이미지들의 불연속적인 집합인 데뻬이즈망(de-
paysement) 또는 몽타주 기법이다. 이러한 기법은 모든 이미지 사이의 상관
관계에 대한 해석을 요구하지 않는다. 단지 관습적인 의식의 충격으로 일상성
의 일탈을 유도하여 현실에 억압된 관습적 의식에서 우리를 해방시켜 주는 것
이다. 이것이 초현실주의가 노리는 효과다.

이상 및 〈3.4문학〉이 개척한 초현실주의는 1950년대 조향, 김구용에 의해
서 계승, 발전된다. 특히 조향은 「현대문학 연구회」(1954), 「Gammas」(1956),
「일요문학」(1963), 「초현실주의 문학운동 연구회」(1973) 와 같은 동인들을
통하여 초현실주의 운동을 꾸준히 전개함으로써 한국 초현실주의 정착에 크
게 기여하였다. 그는 30년대 이상의 뒤를 이어 기법 면에서 다양한 실험을
시도함으로써 초현실주의를 한 단계 올려놓은 성과를 거두기도 하였다.

기차를 타고 온 民意 대표들이 밀짚모자와 助淫문학가 무슈 김. 매판계급의
질주. 서북 반공로에서. 無面渡江束 . 곤봉정치가의 연설에 관하여. 검은 안경.
호랑부대 00고지 탈환. Vol de nuit. 을지문덕의 미소. 모나리자는 나이롱

양말을 벗고. 파이프 올간. 국제 전화국에서. Agamenon.땃벌레는. 곡마단의
단장의. 새까만 밤밤밤밤. 발콘에서 심각한 풍속을 지니는 議長.모택동의 피리
소리. 파아란 맹렬한 밤. 그럼요. 카사블랑카.

- 조향, 「어느 날의 메뉴」

예시는 전혀 무관한 이미지들이 연속되는 콜라주 기법으로 이루어져 있다.
조음(助淫)문학가, 매판계급, 곤봉 정치가, 검은 안경, 을지문덕, 모나리자 등
등, 서로 무관한 이미지들의 연쇄로 구성된다. 전형적인 자유연상과 의식의
흐름의 수법이 동원되고 있다. 이처럼 이 시는 뚜렷한 주제나 논리의 맥락 없
이 무의식 속에 떠오른 파편적인 단상들을 자유롭게 기술해 가고 있다. 이러
한 자유로운 연상, 콜라주, 무의식의 자유로운 분출이 자동기술법의 특징이다.

고로비요마카나코루기나야라야마니고니카카
로네그나마노니가로구다노사야마고고로니비
비바니노나노가니바고로비츠시기라메니카르
로사니가나사바로나크루가야티타티치치코바
(음향으로만 즐겨주길 바란다)

- 조향, 「h씨의 주문」

이름성르은와다   그러마입소울다   돌아아녀와그다
　도도는소잤   　지세술녀었   　앞서냄서린
　　모눈녀   　　요좀는   　　소샐쪼
　　　이   　　　줘   　　　구
　　　맑   　　　요   　　　역
　　　　　　　　　　　　　　질
　　　　　　　　　　　　　　하
　　　　　　　　　　　　　　니

까
만
죽
음
이

– 조향, 「물구나무선 세모꼴의 서정」

「h씨의 주문」은 아크로스틱(acrosstic) 기법이 적용된 시다. 아크로스틱이란 각 행에서 독립된 음절들을 조합하여 하나의 어구를 형성하는 기법이다. 고딕체로 표기된 독립 음절들을 모아보면 '마그나카르타'라는 어구가 된다. 마그나카르타는 13세기 왕권의 폭압에 맞서 제정된 영국의 '대헌장'을 뜻한다. 그런 맥락에서 볼 때 이 시의 '마그나카르타'의 의미는 기성의 문학적인 일체의 관습과 제도의 파괴, 즉 초현실주의 정신을 상징하는 것으로 보인다.

또한 이 시는 의미를 미분하여 음성의 차원으로 환원된 음향시의 성격을 갖고 있다. 음향시는 의미를 배제한 음성의 미학적 구조로 된 시다. 결국 음향시는 의미를 배제한 언어의 음상적 측면을 강조하여 초현실주의의 부정과 파괴의 정신을 표상하고 있는 것이다.

두 번째 시는 포말리즘(formalism) 시다. 마치 시 제목처럼 삼각형의 도형이 거꾸로 물구나무선 형상을 빚어내고 있다. 읽는 방식도 왼쪽에서 한 줄씩 세로로 읽어 내려가야 의미가 통한다. 포말리즘은 시의 기하학적 조형화를 의미한다. 문자형상의 시각적 효과를 활용하여 입체적인 시적 효과를 노리는 기법이다. 서구의 입체파와 미래파에서 종종 활용되던 기법이었다. Apollinaire의 「비」라는 시에서 마치 비오듯이 활자를 배열한 것이 그 좋은 예다. 이 시도 유리창에 비가 내리듯이 글자들이 위에서 아래로 일렬로 배열되고 있다. 시에서 역삼각형의 모습은 시각적인 면에서는 여성의 성기를 연상시키고,

276

심리적인 측면에서는 불안정한 정서 상태를 나타낸다.

6. 초현실주의의 성과와 전망

다다이즘이나 초현실주의는 분명 한국의 자생적인 문예사조나 기법은 아니다. 1차 대전 후 서구에서 발원하여 1920년대 일본을 거쳐 수용된 일종의 외래종 사조였다. 그러나 단순한 모방이나 수용에 그치지 않고 나름대로의 주체적 변용을 거치면서 한국적인 색채를 가미해갔다. 1920년대 발아된 다다이즘은 곧 실험적 양식으로 소멸됐지만 1930년대 모더니즘 문학을 꽃피우는데 큰 자양분 역할을 하였다. 1930년대 꽃피운 초현실주의 역시 한국 모더니즘 정착에 토대가 되었던 것이다.

근대 초기 한국 문단은 전통적 서정에 기반을 둔 서정시가 주류를 이루고 있었고, 1920년대 중반에 등장한 카프문학의 등장으로 편내용적인 목적시가 지배적이었다. 이처럼 한국 근대시가 서정성과 이념성에 발이 묶여 시의 새로운 기법정신을 상실해 가는 상황에서 그 돌파구를 마련해 준 것이 다다이즘이고 초현실주의였다. 비록 한국 초현실주의가 서구의 그것처럼 기성 문학관습과 제도, 나아가 이성과 논리에 바탕을 둔 기성 가치관의 파괴와 인간성 해방까지 이르진 못한 한계점은 있지만 다양한 양식적 실험을 통하여 한국시의 근대성을 획득하는데 크게 기여하였던 것이다.

다다와 초현실주의 기법과 정신은 1930년대 이상과 〈3.4문학〉, 1950년대 조향과 김구용, 그리고 1960년대 이승훈, 1980년대 해체시에 의해서 계승 발전되어 한국시의 주류로 자리 잡게 된다. 새천년대에도 초현실주의 기법정신은 또 다른 형식실험을 통하여 꾸준히 재창조될 것이다.

풍물시론

1. 풍물시의 기원과 개념

풍물시는 한국시사에서 보편적으로 확정된 시양식은 아니다. 풍물시적 징후가 이미 1920년대 민요시, 소월과 안서, 백석과 노천명 등에서 특징적으로 드러났지만 풍물시라는 독립된 명칭으로 사용되지는 않았다. 그런 점에서 풍물시는 진행형의 양식이라 볼 수 있다. 일단 풍물시는 한국적인 풍물과 풍속을 형상화하여 향토성과 민족적 정서를 담아내는 양식으로 규정할 수 있다. 이와 유사한 개념으로 풍속시(風俗詩), 경물시(景物詩) 같은 용어가 사용되기도 한다.

풍물시는 이미 고전 민요인 「농가월령가」에서 그 원형을 보인다. 「농가월령가」는 일종의 세시풍속가(歲時風俗歌)로 1년 열두 달에 행해지는 풍속을 농사일과 관련시켜 노래한 연속체 시가다. 근대에 와서 풍물시는 1920년대 안서, 김억, 홍사용, 김동환, 주요한 등의 민요시에서 첫 징후를 보인다. 민요시는 향토적인 소재를 우리의 전통가락과 정서로 빚어낸 전통지향형의 시다. 소월시에서 단오, 추석, 설날 등 명절날에 행해지던 달맞이, 그네, 윷놀이, 널뛰기, 제기차기 등 민속놀이를 재현하여 풍물시의 단초를 마련하였다. 나아가 초혼제(招魂祭)나 비난수 같은 무속적(巫俗的) 풍물을 노래하고, 강화도 화문석, 천안의 능수버들 등 지역적 풍물을 형상화하기도 하였다. 특히 소월시의 특징인 지명(地名)의 시화(詩化)를 통해 지명조차 풍물의 소재가 되었다. 그야말로 소월은 풍물시의 선구적 시인이었다. 그러한 그의 작업은 민요시로 확산되면서 풍물시의 지평을 확대하기에 이른다.

그 뒤를 이어 1930년대에 들어와서 백석, 노천명, 김영랑, 임학수 등이 풍물시의 맥락을 이어간다. 백석은 '제2의 소월'이라는 평답게 향토적인 풍물시, 특히 음식문화, 놀이문화에 관한 풍물시를 대량으로 제작하였다. 노천명도 그의 고향인 황해도 지역의 풍물을, 김영랑은 전라도의 풍물을 4행소곡으로 담아내었다. 임학수는 아예 『팔도풍물시집』(1938)이라는 제호로 전국 팔도의 풍물을 기행시 형식으로 담아내어 풍물시의 정착에 일조하였다.

해방 후에도 이동주의 「강강수월래」, 서정주의 「질마재 신화」, 박목월의 「나그네」, 신경림의 「민요기행」 등 전통지향적인 시인들에 의해 풍물시는 그 맥락을 이어갔다. 이처럼 풍물시가 지속성과 연속성을 보이는 것은 풍물시가 민족정체성의 환기를 위해서 가장 효율적인 시양식이기 때문이다. 한국적 정서의 환기는 한국적 풍물이라는 소재성(素材性)으로 귀납될 수밖에 없을 것이다.

시에서의 풍물시는 소설에서 세태소설이라는 양식과 일정한 대응을 이룬다. 세태소설은 당대의 풍속과 세태를 리얼리즘 기법으로 묘사해 낸 작품들을 지칭한다. 박태원의 「천변풍경」, 채만식의 「탁류」 등이 대표적인데 두 작품 다 일제 강점기의 도시풍경을 배경으로 인정 세태를 담아내고 있다. 이 두 작품이 도시풍물 쪽이었다면 김유정의 「동백꽃」, 「산골나그네」, 나도향의 「물레방아」, 「뽕」같은 토속소설과 정비석의 「성황당」, 황순원의 「독짓는 늙은이」는 향토풍물을 소재로 한 세태소설이었다. 특히 김유정, 나도향류의 향토소설은 농촌마을의 인정과 세태, 향토적 풍물들을 섬세하게 포착하는데 성공하고 있다. 그런 점에서 향토소설이나 세태소설은 풍물시와 일정한 대응 관계를 갖고 있다.

2. 풍물시와 기행시

풍물시는 각 지역의 풍물과 특색을 노래한다는 점에서 기행시와 밀접한 관계를 갖고 있다. 기행시는 여기저기 여행을 다니며 여행지의 풍물과 풍속, 경관을 체험조로 담아낸 시양식이다. 따라서 기행시에는 의당 풍물시적 요소를 갖출 수밖에 없는 것이다. 말하자면 기행시는 풍물시의 하위 양식이 되는 것이다.

기행시의 원형은 멀리 김인겸의 「일동장유가」에서 찾을 수 있다. 이 작품은 1763년(영조 39년) 김인겸이 조엄, 이인배, 김상익 등과 함께 일본 통신사로 파견되어 11개월 동안 일본에 체류하면서 그곳의 풍물을 서술한 7천여 행의 장편 기행가사다. 18세기 일본의 풍속과 풍물을 엿볼 수 있는 귀한 자료이기도 하다. 홍순학의 「연행가」는 1866년(고종 3년) 홍순학이 주청사 유후조의 서장관으로 청나라 수도 연경(燕京, 북경)에 갔다가 4개월간 체류하면서 연경의 풍물을 노래한 기행가사다. 이 역시 19세기 중국의 풍속과 풍물을 엿볼 수 있는 작품이다.

이러한 기행시의 전통을 개화기에 승계한 사람은 최남선이다. 최남선의 「경부철도가」(1908)는 1905년에 개통된 경부철도를 따라 서울에서 부산까지 각 역을 중심으로 그 지역의 풍물을 노래한 기행시이다. 개화기 때 근대화되어 가는 조선의 신문물과 지역의 특색을 살필 수 있는 작품이다. 「경부철도가」가 국내 기행시라면 속편으로 나온 「세계일주가」(1914)는 세계 기행시다. 서울에서 중국, 러시아, 유럽에 이르는 기차, 기선여행을 통하여 세계 각국의 지리역사, 풍속과 풍물을 133행의 장편으로 꾸며 노래했다. 개화기라는 시대적 요건에 맞추어 한국의 근대를, 서구의 근대와 견주며 개화의 당위성을 부각하는데 초점을 맞추고 있다.

이러한 기행시의 흐름은 백석의 기행시로 이어진다. 백석은 「남행시초」, 「함주시초」, 「서행시초」 등을 통하여 팔도유람의 경험을 기행시의 양식으로 담아내고 있다. 기행지의 역사와 풍물, 자연경관과 특산품 등을 소상하게 소개하여 풍물시로서의 특성을 드러내고 있다. 백석 특유의 풍물시적 특성이 기행시로 심화, 확장된 양상을 보여준다.

1980년대 신경림도 「민요기행 1, 2」를 통해 기행시적 풍물시를 집중적으로 창작하였다. 이처럼 기행시는 풍물시의 하위장르로 한국의 풍물시가 자리 잡는데 중요한 역할을 담당했던 것이다.

3. 1930년대의 풍물시

백석의 풍물시는 고향인 평북 정주 지방의 풍물을 묘사하는데 특징이 있다. 동향 선배인 안서와 소월의 민요풍의 풍물시를 접하고 그 영향을 받은 것으로 보인다. 하지만 소월의 풍물시가 다소 추상적이고 객관적 묘사로 흘렀음에 비해 백석의 그것은 좀 더 체험적이고 구체적이어서 생동감을 불어 넣어 준다는 점에 차이를 보인다.

정월 대보름날 달맞이
달맞이 달마중을 가자고
새라 새옷은 갈아입고도
가슴에 묵은 설음 그대로

달맞이 달마중을 가자고
달마중 가자고 이웃집들
                              – 소월, 「달맞이」

명절날 나는 엄마 아배 따라 우리집 개는 나를 따라
진할머니 진할아버지가 있는 큰집으로 가면
그득히들 할머니 할아버지가 있는 안간에들 모여서
방안에서는 새옷의 내음새가 나고
또 인절미 송구떡 콩가루차떡의 내음새도 나고
끼때의 두부와 콩나물과 뽁은 잔디와 고사리와
도야지 비계는 모두 선득선득하니 찬 것들이다
                              – 백석, 「여우난골족」

두 편 다 명절을 소재로 한 시지만 묘사적 측면에서 차이를 보인다. 소월의 시는 정월 대보름 새옷을 갈아입고 달마중 가는 풍경이 담담하게 객관적 서술로 이루어져 있다. 동일어의 반복적 묘사로 달마중 놀이의 풍경이 서술되고 있을 뿐이다. 그러나 백석의 시는 명절날 모든 가족이 모여 함께 즐기는 음식과 놀이들을 구체적으로 나열하여 인간미 넘치는 훈훈한 인정을 생생하게 담아내고 있는 것이다.

전자가 객관적 서술이라면 후자는 주관적 묘사의 경지를 보여준다. 백석의 시는 그만큼 유년기의 체험을 구체적으로 재현하여 독자들로 하여금 감정이입으로 유도하는 매력이 있다. 무엇보다 생생한 한국인의 삶의 리얼리티를 풍물묘사를 통해 생생하게 부조(浮彫)하고 있는 것이다.

오장환은 이러한 백석의 풍물시에 대해 "어렸을 때 들었던 이야기와 그 시절의 생활을, 그리고 기억에 남는 여행기를 계절의 바뀜과 풍물의 원천되는 부분을 붙잡아 자기의 시에 붙여 놓았다"[1] 라고 평가하였다. 오장환의 평대로 백석은 유년기적 체험을 풍물의 원천되는 부분과 결합시켜 이를 충실히 재구(再構)하고 있는 것이다. 그런 점에서 백석의 풍물시는 체험적 풍물시라 평할 수 있다.

흙담벽에 볕이 따사하니
아이들은 물코를 흘리며 무감자를 먹었다

돌절구에 天上水가 차게
복숭아 나무에 시라리 타래가 말러 갔다
― 백석, 「初冬日」

아이들이 콧물을 흘리며 볕이 따뜻한 흙담벽에 모여 감자를 먹고 있다. 돌절구에는 천상수가 가득 차 있고, 복숭아 나무에 걸어놓은 시레기 타래가 햇볕에 말라가고 있다. 이러한 유년기의 고향마을의 풍경, 유년기적 체험이 생

---

1)   오장환, 「백석론」, 〈풍림〉, 1937.4, p.18.

생하게 재현되고 있는 것이다. 이처럼 백석의 풍물시는 상상과 공상 속에서 씌여진 것이 아니라 생생한 자기체험을 바탕으로 기록된 것이다. 독자들이 백석의 풍물시에 빠져 드는 이유도 이러한 체험적 공감대의 확산에 있다. 마치 내가 직접 경험하고 느꼈던 것 같은 착각과 환상을 불러 일으키는 것이다.

그의 시집 『사슴』(1936) 은 1부(얼럭 소새끼의 영각), 2부(돌절구의 물), 3부(노루), 4부(국수당 넘어)로 구성되어 있는데 시제(詩題)부터가 토속적인 풍물을 소재로 하고 있다. 송아지 영각, 돌절구, 국수당 등 토속적 풍물이 시의 소재로 동원되고 있다. 아예 시집이 풍물시임을 표방하고 있는 셈이다. 백석의 풍물시는 특히 고향의 민속 중 음식풍물과 놀이풍물에 집중되는 특징을 보여준다. 명절 때 먹는 각종 음식들, 그리고 아이들이 놀고 즐기는 유희들이 구체적으로 나열된다. 마치 토속어 사전을 펼쳐 놓은 것처럼 나열과 병렬기법으로 구체적으로 묘사된다. 음식사, 유희사(遊戱史) 측면에서도 백석의 시집이 주목받고 있다는 사실 자체가 풍물시로서의 백석시의 특성을 짐작할 수 있다.

백석의 풍물시는 일련의 기행시를 통하여 더욱 빛을 발한다. 백석은 「남행시초」2), 「함주시초」3), 「서행시초」4) 등 일련의 풍물 기행시를 연작으로 발표하였다.

해는 둥둥 높고
개 하나 얼씬하지 않는 마을은
해밝은 마당귀에 맷방석 하나
빨갛고 노랗고
눈이 시울은 곱기도 한 건반밥5)

---

2) 〈조선일보〉, 1936년 3월 5일~8일.
3) 〈조광〉, 1937.10.
4) 〈조선일보〉, 1939년 11월 8일~11일.

아 진달래 개나리 한참 피었구나

                              - 백석, 「고성가도」 남행시초3

진달래, 개나리가 활짝 핀 경남 고성의 어느 마을의 봄 풍경을 그린 시다. 해가 둥둥 떠 있지만 개 한 마리 없는 고즈넉한 마을 한 구석, 마당에 펼쳐진 맷방석에 건반밥이 널려 있다. 맷방석에 빨간 노란 색으로 채색된 고두밥은 고성지방의 풍물이었다. 그는 이러한 풍물시를 통하여 풍속과 인정이 어우러진 평화로운 삶의 복원을 꿈꾸고 있었던 것이다.6)

노천명 역시 30년대 대표적인 풍물시인 중의 한 사람이다. 그는 고향인 황해도를 중심으로 그 지역의 풍물들, 나물, 식물, 음식 뿐 아니라 민속놀이를 황해도 방언에 담아 내고 있다. 초기시에서는 「교정」, 「슬픈 그림」, 「황마차」 등 이국정서의 작품을 주로 썼으나 이후 향토정서로 전환하여 풍물시 창작에 매진하였다.

대추밤을 돈사야 추석을 차렸다
이십리를 걸어 열하룻장을 보러 떠나는 새벽
막내딸 이쁜이는 대추를 안준다고 울었다

송편같은 반달이 싸릿문 위에 돋고
건너편 성황당 사시나무 그림자가 무시무시한 저녁
나귀방울 지껄이는 소리가 고개를 넘어 가까워지면
이쁜이보다 삽살개가 먼저 마중을 나갔다

                              - 노천명, 「장날」

---

5) 乾飯(지에밥) - 잔치 때에 쓸 약밥. 인절미를 만들거나 술밑으로 쓰기 위하여, 찹쌀이나 벱쌀을 물에 불려서 시루에 찐 고두밥. 이동순 편, 『백석시전집』, 창작과 비평사, 1987, p.189.
6) 이숭원, 『현대시와 현실인식』, 한신문화사, 1990, p.39.

황해도 어느 시골마을의 추석맞이 풍경을 그린 시다. 울안 대추를 따서 장
보러 새벽길을 떠나는 아버지의 모습, 대추 안준다고 칭얼대는 딸 이쁜이, 장
보고 돌아오는 어스름한 저녁길, 성황당에서 들려오는 나귀 방울소리, 마중나
가는 삽살개의 짖는 소리가 정겨운 풍속화로 그려지고 있다. 추석 명절의 풍
경을 이렇게 정감있게 표현한 작품도 드물 것이다. 송편, 대추나무, 성황당,
나귀방울, 싸릿문, 장날 등 지금은 잊혀지고 사라진 옛 풍물들이 아련한 감회
를 자아낸다.

> 수수경단에 백설기 대추송편에 꿀떡
> 인절미를 색색이로 차려 놓고
>
> 책에 붓에 쌀에 은전 금전
> 갖은 보화를 그득 쌓은 돌상 뒤에
>
> 할머니는 살이살이 국수 놓으며 명복을 빌고
> 할아버지는 청실홍실 늘인 활을 놔주시었다
>
> 온 집안 사람들의 웃는 눈을 밟으며
> 전복에 복건을 쓴 애기가 돌을 잡는다
>
> 고사리같은 손은 문장이 된다는 책가를 스쳐
> 장군이 된다는 활을 잡는다
> — 노천명, 「돌잡이」

돌잔치 풍경을 섬세하게 묘사한 작품이다. 돌 잔치상에 올라오는 각종 음식
들, 떡, 국수, 책, 붓, 은전금전, 청실홍실로 수놓은 활 등 당시 황해도 지방에
서 돌잔치 때 쓰던 물품들이 일일이 예거되어 있다. 전복에 복건을 쓴 아기가

책 대신 활을 드는 풍속도 흥미롭다. 책을 들면 문장가가 되고, 활을 들면 장군이 된다는 속설(俗說)도 풍속화의 채감을 더하고 있다. 이처럼 노천명은 우리 전통풍속과 풍물을 역사를 기록하듯 섬세한 필치로 당시 풍물을 묘사해 논 것이다.

나는 얼굴에 분칠을 하고
삼단 같은 머리를 땋아 내린 사나이

초립에 쾌자를 걸친 조라치들이
날라리를 부는 저녁이면
다홍치마를 두르고 나는 향단이가 된다.
이리하여 장터 어느 넓은 마당을 빌어
램프불을 돋운 포장 속에선
내 남성이 십분 굴욕된다.

산 넘어 지나온 저 동리엔
은반지를 사주고 싶은
고운 처녀도 있었건만
다음 날이면 떠남을 짓는
처녀야!
나는 집시의 피였다.
내일은 또 어느 동리로 들어 간다냐.

우리들의 도구를 실은
노새의 뒤를 따라
산딸기의 이슬을 털며
길에 오르는 새벽은
구경꾼을 모으는 날라리 소리처럼

슬픔과 기쁨이 섞여 핀다.
                              - 노천명, 「남사당」

　남사당은 남자들로 구성된 사당패의 일종이다. 시적 화자는 사당패 놀이 중 여성의 역할을 맡아 춘향전의 향단이가 된다. 그래서 얼굴에 분칠을 하고 삼단같은 머리를 땋아 내려 여장으로 변신한 것이다. 그러나 남자의 본심은 변함이 없어 우연히 만난 동네처녀에게 은반지를 주며 사랑을 약속하고 싶었다. 하지만 떠돌이 신세인 그는 아쉬움을 뒤로 한 채 다시 방랑길에 나선다. 이러한 사당패의 삶의 애환과 슬픔을 곡진하게 그려낸 작품이다.

　이 작품에서 지금은 사라진 사당패 놀이가 구체적으로 묘사되고 있다. 초립에 쾌자를 걸친 조라치, 호객행위로 부는 날라리, 여장으로 분장한 남사당, 살림도구를 싣고 떠도는 나귀들, 사당패 놀이를 보러 몰려나온 구경꾼들. 1930년대 사당패 놀이의 생생한 모습이 그대로 재현되고 있는 것이다. 이처럼 노천명은 1930년대 황해도 지역에서 행해지던 추석, 돌잡이, 사당패 놀이 등 우리의 전통풍속과 풍물을 정겹고 사실적인 필치로 기술했던 것이다.

　1930년대 또 한명의 대표적인 풍물시인은 임학수다. 그는 『팔도풍물시집』(1938)이라는 시집을 내어 '풍물시'라는 명칭을 처음 사용했을 뿐 아니라 풍물시 양식을 고정화 시킨 시인이었다. 이 시집은 일종의 풍물 기행시집으로 전국 팔도의 명승지와 그곳의 풍물과 경관을 기행시 형식으로 꾸며 낸 작품이다. 남한산성, 낙화암, 만월대 같은 유서 깊은 유적지 뿐 아니라 고려자기, 경회루, 석굴암, 관음사같은 역사적 소재, 문화재도 풍물시의 소재가 되었다.

　특히 그의 시에서는 역사적 에스프리(esprit)와 상실감이 주조를 이루는데, 「남한산성」에서는 청나라에게 패한 인조의 비애감이 회상되고, 「경회루」에서는 지난 시절의 조선조의 영광과 꿈이 재현된다. 「고려자기부」에서는 고려조에 빛났던 문화적 영광, 「낙화암」에서는 백제의 패망과 세월의 무상함을 노래하고 있다. 임학수는 이러한 풍물시를 통하여 일제 강점기 민족정체성이 상실되어 가는 상황에서 우리의 역사와 전통을 환기하여 민족의 근원과 뿌리를 찾아보려 했던 것이다. 하지만 지나친 회고적 에스프리(esprit)로 역사 허무주의에 빠진 한계도 드러낸다. 아무튼 임학수의『팔도풍물시집』은 최초로 '풍물시'로 명명된 풍물시집이었다는 점에서 의의를 둘 수 있다.

4. 1940년대 이후의 풍물시

조지훈은 회고적 에스프리로 우리의 전통적인 풍속과 풍물을 노래한 고전주의 시인이었다. 조지훈의 시의식은 불교적 세계관에 뿌리를 내리고 있지만 불교 역시 종교적 차원이 아니라 문화적 차원으로 수용하여 불교적 유물들을 풍물시의 대상으로 형상화한 특징을 보인다. 「승무」, 「고사」, 「범종」 등이 대표적이다. 그의 인문주의는 종교마저 신앙이 아니라 인문학적 교양과 상상력의 산물로 변용했던 것이다. 그의 불교 소재의 시들이 풍물시의 범주로 묶일수 있는 것은 이러한 인문주의, 고전주의 소양에서 비롯된 것이다.

> 하늘로 날을 듯이 길게 뽑은 부연끝 풍경이 운다.
> 처마끝 곱게 늘이운 주렴에 半月이 숨어
> 아른 아른 봄밤이 두견이 소리처럼 깊어가는 밤
> 곱아라 고아라 진정 아름다운지고
> 파르란 구슬빛 바탕에 자주빛 호장을 받친 호장저고리
> 호장저고리 하얀 동정이 환하니 밝도소이다.
> 살살이 퍼져나린 곧은 선이 스스로 돌아 曲線을 이루는 곳
> 열두폭 기인 치마가 사르르 물결을 친다.
> 초마 끝에 곱게 감춘 雲鞋 唐鞋
> 발자취 소리도 없이 대청을 건너 살며시 문을 열고
> 그대는 어느 나라의 고전을 말하는 한마리 蝴蝶

蝴蝶인양 사푸시 춤을 추라 蛾眉를 숙이고……
나는 이밤에 옛날에 살아 눈 감고 거문곳줄 골라보리니
가는 버들인양 가락에 맞추어 흰손을 흔들어지이다.
－ 조지훈, 「고풍의상」

우리의 전통의상인 호장 저고리를 섬세한 감각으로 묘사하고 있다. 자주빛 호장과 흰 동정을 받친 저고리와 열두 폭 긴 치마를 입고 당화, 운화를 신은 여인은 조선조의 전형적인 여성상이 펼쳐진다. 시인은 그 여인을 한 마리 호접(胡蝶)에 비유하고 있다. 그 호접을 보며 화자는 거문고 줄을 당겨 버들같은 가락으로 화답하고 있다. 이처럼 이 시는 '처마, 주렴, 호장저고리, 동정, 치마, 당화, 운화, 대청, 거문고' 등 전통적이고 고전적인 소재들이 총망라되어 고전 풍물의 진수를 보여준다. 고전 소재를 동원하여 한국 의상의 아름다움, 고전미와 우아미를 부조(浮彫)하고 있는 것이다.

얇은 사 하이얀 고깔은
고이 접어서 나빌레라
파르라니 깎은 머리
박사 고깔에 감추오고
두 볼에 흐르는 빛이
정작으로 고아서 서러워라
빈 대에 황촉불이 말없이 녹는 밤에
오동잎 잎새마다 달이 지는데
소매는 길어서 하늘은 넓고
돌아설 듯 날아가며 사뿐히 접어 올린 외씨보선이여
－ 조지훈, 「승무」

「승무」는 「고풍의상」과 다르게 불교적인 전통춤을 소재로 해서 종교적 구원을 노래한 시다. 승무를 추는 여승의 의상과 춤사위가 자연을 배경으로 멋진 조화를 이루고 있다. 그야말로 고전미, 우아미, 비장미의 극점을 보여준다. 세속의 고통에서 해탈되는 정신적 초월의 경지를 이루어 승화, 초극의 아름다움이 형상화되고 있다. 단순한 풍물시의 차원이 아니라 정신적 초월이라는 형이상의 세계로 진입하고 있는 것이다. 그런 점에서 이 시는 형이상학적 풍물시, 정신적 풍물시라고 부를 수 있을 것이다.

그리고 그러한 미의식은 섬세하게 조탁된 언어의식으로 빛을 발한다. '얇은 사 하이얀 고깔, 박사 고깔에 감추오고, 정작으로 고아서 서러워라'와 같은 심미적 언어구사는 풍물시의 경지를 한 단계 끌어 올리고 있다. 특히 '하얀 박사 고깔, 긴 소매, 외씨버선' 등 승무의 의상묘사는 풍물시 묘사의 진수를 보여준다. 이런 점에서 조지훈의 풍물시는 종교적 형이상학성, 심미적 예술성의 풍물시로 평가받을 수 있을 것이다.

박재삼 역시 전통주의 시인으로 민족적 삶에 담긴 풍물을 시화하고 있다. 그는 1950년대 신모더니즘이 풍미하는 문단에서 전통시의 연속성을 고수하며 전통의 현대적 변용과 계승을 도저(到底)한 언어의식으로 묘파(描破)해 낸 고전파 시인이었다. 그는 민족정서인 한을 우리의 고유언어와 민요가락에 담아내는 데 성공하고 있다.

더러는 취한 두루마기의 바깥 어른들이 차일(遮日) 밑에서 숙덕거리고 있는 마당이었다. 나는 그 속을 빠져서 그날따라 몇 차례를 뒤안에 찾아갔던지 모른다. 그것도, 내 하는 양을 누가 까닭 없이 보고라도 있는가 싶어 연신 부끄러워하면서. 전(煎) 부치는 어머님의 그리운 행주치마 바로 가까이, 치자(梔子)를 푼, 계란을 푼, 참기름 냄새가 훌륭하였다. 거긴, 바깥 어른들의 곁에서보다 풍성한 냄새와 풍성한 솜씨와 풍성한 하늘이 있었다.
　　　　　　　　　　　　　　　　　　　　– 박재삼, 「잔치집 뒤안 생각」

시골 잔치집의 정겨운 풍경을 예리한 감각으로 묘사한 작품이다. 차일 밑에서 두루마기를 입은 어르신들이 정담을 나누고 있고, 뒤안에서는 아낙네들이 행주치마를 두르고 전을 부치고 있다. 치자향, 계란, 참기름 냄새가 그윽히 올라오면서 시적 자아는 여인네들의 '풍성한 솜씨'에 넋을 잃고 있다. 그야말로 풍성했던 우리네 전통 혼례의 잔치풍경이 파노라마처럼 펼쳐진다. 이제는 전통혼례도 많이 사라지고 특히 시골마당에서 차일을 치고 올리던 결혼식은 찾아보기 힘들다. 잔치집에서 전과 막걸리, 국수를 말아 먹으며 나누던 정담과 인간적 훈기는 사라진지 오래다. 이 시는 농촌공동체 의식이 발현되던 혼례풍물을 재현함으로써 민족의 정체성을 환기시켜주는데 성공하고 있다.

이동주는 1955년에 상재한 시집 『강강술래』[7]를 통하여 우리 민속과 풍물을 감각적인 심상과 음악적인 언어로 형상화하였다. 「혼야」, 「강강술래」, 「새댁」 같은 작품은 소재 자체가 우리 전통적 소재인 것이다. 전통의 서정성을 감각적인 리듬과 심상으로 묘출하고 있다.

'금슬은 구구 비둘기 열두병풍 첩첩산곡인데 칠보 황홀히 오롯한 나의 방석'(「혼야」)처럼 결혼식 풍속이나 강강술래 같은 민속놀이를 시화하여 풍물시의 진경을 보여주었다.

여울에 몰린 은어떼
삐비꽃 손들의 둘레를 짜면
달무리가 비잉빙 돈다
가아웅 가아웅 수우워얼레
목을 빼면 설움이 솟고

백장미 밭에 공작이 취했다

7)   1955년, 호남 출판사, p.98.

뛰자 뛰자 뛰어나보자
강강술래 뇌누리에 테프가 감긴다
                        - 이동주, 「강강술래」

강강술래는 신라시대부터 해안지방에 전해 내려 오던 민속놀이로 우리 고
유의 정서와 리듬이 담겨있는 문화유산이다. 주로 여성들이 많이 참여했는데
현실의 질곡에서 해방된 기쁨을 춤사위로 풀어내고 있는 것이다. 강강술래는
주로 대보름, 단오, 백중, 추석 등 달이 밝은 밤에 행해졌다.

이동주의 「강강술래」는 이러한 춤사위와 희열의 기쁨을 섬세한 언어감각으
로 묘출하고 있다. '비잉빙, 가아웅, 수우워얼레' 등의 표현은 춤사위를 언어
로 묘사한 것이다. 백장미 밭에 취한 공작처럼 달무리에 취한 여인들의 춤사
위가 감각적 언어로 살아난다.

그밖에 박목월, 서정주, 신경림의 시편에서도 풍물시의 맥락이 이어지고 있
음이 확인된다. 그리하여 풍물시는 한국시의 중요한 시양식으로 자리 잡아 갔
던 것이다.

5. 풍물시의 시사적 의의와 전망

풍물시는 단순히 지역의 풍물을 소재주의 차원에서 시화한 것은 아니다. 일
제 강점기의 풍물시는 망실되어 가는 전통적 풍속과 풍물을 노래함으로써 우
리 민족의 정체성을 환기하는 시양식이었다. 일제는 식민지 정책의 효율성을
위해서 한민족의 뿌리와 근원을 없애고자 다방면으로 노력을 기울였다. 그 중
하나가 문화말살 정책이었다. 이러한 민족정체성 말살 정책에 대응하여 많은
시인들이 민족정체성을 표징하는 민속과 풍물들을 시화하는데 전력을 기울였
던 것이다. 우리의 역사와 풍물에 깃들어 있는 민족혼과 정체성의 복원과 환

기, 그것은 곧 일제 식민지 정책에 맞서는 일종의 문화적 저항이었다.

특히 풍물시는 지역의 방언과 향토성을 살려 냄으로써 민족의 정체성 환기에 효과적으로 대응할 수 있었다. 방언주의(dialectism)와 향토주의(localism)는 풍물시에 민족적 정서를 고조시키는 중요한 시적 전략이었다.

해방후 50년대 들어 후반기 동인 등 문단은 제2의 개화기를 주창하며 새로운 서구사조를 수용하는 쪽으로 기울었다. 박인환, 김수영, 조향, 김경린 등 〈후반기〉파들은 2차 대전 후에 대두된 서구사조를 바탕으로 신모더니즘 시대를 열어갔다. 이렇게 서구편향성으로 재편되는 문단의 흐름을 바꾸어 놓은 것이 일련의 전통파 시인들이었다. 청록파는 물론 서정주, 이동주, 박재삼 등 전통파 시인들이 우리의 풍물과 전통적 서정을 노래함으로써 서구편향성의 문단흐름에 맞서고자 하였던 것이다.

60년대 이후의 풍물시는 급격한 산업화로 인해 현대화, 도시화되어 가는 시대 추이에 대응하는 양상을 띠고 있다. 특히 과학문명의 발전에 따른 인간성 상실, 민족의 고유성 상실 상황에서 농촌 공동체 의식을 환기하며 민족정체성을 지키려고 노력했던 것이다.

앞으로 4차 혁명으로 상징되는 세계화, 글로벌 시대인 현대에도 풍물시는 우리의 민족혼과 민족문화를 지켜내는 시양식으로 각광을 받을 것으로 기대된다. 민족혼과 민족정체성은 우리가 지켜가야 할 영원한 과제이기 때문이다.

무의미시론

1. 무의미시의 개념

무의미시는 김춘수 시인이 창안한 개인장르이다. 개인장르는 한 개인이 독창적으로 개발한 시양식을 의미하는데, 1930년대 김억이 창안한 격조시, 이은상의 양장시조가 좋은 예이다. 개인장르가 공감대를 확산하여 보편화 되면 일반장르로 자리 잡게 되지만 격조시와 양장시조는 불행히도 일반장르로 확산되지는 못했다.

김춘수의 무의미시는 물론 김춘수의 개인장르지만 이상의 실험시나 박목월의 순수시에서 그 편린을 볼 수 있다. 시에서 의미를 배제하고 순수 이미지만 남겨 놓는 양상은 매우 흡사한 것이다. 실제 김춘수는 무의미시의 원형을 이상과 박목월에서 찾고 있다.[1] 하지만 김춘수의 무의미시는 이미지를 배제하고 리듬만 남겨놓은 음향시(音響詩)로 귀결됐다는 점에서 양자의 차이가 있다. 그런 점에서 무의미시는 김춘수의 독자적인 개인장르로 규정해야 할 것이다.

무의미시는 한마디로 말해서 시에서 의미를 배제한 시이다. 시는 의당 시인의 소산인 만큼 시인의 체험과 의식, 사상이 내포되기 마련이다. 하지만 무의미시는 대상을 노래하되 거기에 시인의 의도는 물론 대상이 지니고 있는 고유의 의미조차 지워버리는 것이다. 시적 대상은 의미하는 것이 아니라 단지 존재하는 것일 뿐이다. 비유컨대 무의미시는 일체의 불순물이 제거된 증류수같은 시이다.

무의미시가 순수 이미지의 연쇄로 연결되고 있다는 점에서 기호론의 성채(城砦)를 방불케 한다. 기호론에서 기호들은 자체의 의미가 아니라 연쇄과정을 통하여 비로소 의미가 창출된다. 무의미시 역시 순수 이미지의 연쇄로 자생적 의미가 창출된다. 시인의 의도와 무관하게 이미지들의 파동으로 의미가

---

1)   김춘수, 『의미와 무의미』, 문학과 지성사, 1976, 『김춘수전집』 2, 문장, 1986, p.370.

생성되는 것이다: 물론 음향시 단계에서는 이러한 이미지 마저 제거된다. 아무튼 의미와 관념이 배제된 채 순수 이미지만 남겨 놓는다는 점에서 무의미시는 절대 순수시라 칭할 수 있다.

이러한 무의미시 개념은 '의미를 배제한 시'[2], '의미세계를 포기한 시'[3], '무의미한 이미지의 결합으로 된 시'[4], '절대 이미지로 된 시'[5], '의미 속박에서 벗어나 절대 자유의 경지에 이른 언어예술'[6] 등의 정의에서 확인된다. 김춘수 자신은 '대상을 잃음으로써 대상을 무화시켜 의미의 구속에서 해방된 시'라고 명명하고 있다.[7] 아무튼 무의미시는 시에서 의미를 제거하고 순수 이미지만 남겨 놓은 시로 정의할 수 있다.

2. 무의미시의 창작동기

김춘수가 무의미시를 쓰게 된 동기는 사회사적 요인과 개인사적 요인으로 나눠진다. 물론 처음부터 김춘수가 무의미시를 쓴 것은 아니다. 첫 시집 『구름과 장미』(1948)에서는 시제(詩題)가 암시하듯이 장미향이 넘치는 낭만파적 감수성의 서정시가 주류를 이룬다. 그가 초기 시작활동을 할 때 동인명도 '로만파'였다. 그러나 1950년대 꽃 연작시를 쓰면서 존재탐구의 시세계로 변모하고, 『처용단장』(1961)에 와서 완전히 무의미시로 정착한다.

김춘수는 내면지향적 성향을 지닌 시인이었지만 가혹한 시대는 그를 자유롭게 놔두지 않았다. 일제 강점기, 8.15 해방, 6.25 전쟁, 이승만 독재정권

2) 정한모, 「난해와 전달」, 『한국현대 전후문제시집』, 청구문화사, 1961, p.409.
3) 조향, 「데뻬이즈망의 미학」, 위의 책, p.417.
4) 김현승, 『한국현대시해설』, 관동출판사, 1972, p.271.
5) 권기호, 『시론』, 학문사, 1983, p.119.
6) 김두한, 『김춘수의 시세계』, 문창사, 1994.
7) 김춘수, 「한국 현대시의 계보」, 〈어문논총〉 7, 경북대, 1972, p.17.

등을 겪으면서 그는 육체적, 심리적 상처를 받는다. 특히 힘든 상황에서 홀로 남은 고독의 체험은 그를 더욱 외부와 담을 쌓는 자아정체성을 형성하게 된다. 일제 말기 일본에서 영어(囹圄) 생활을 겪을 때 그의 동료들이 그를 떠났으며, 6.25 사변시 피난길에 올랐을 때도 혼자 남았다. 심지어 병상에 누워 있을 때조차도 혼자서 고통을 감내해야 하는 아픈 기억이 있다.[8]

이러한 고통스런 트라우마로 인해 그는 '우리 콤플렉스'에 빠진다. '우리'라는 말 자체에 대해 두려움과 불안감을 느끼게 된 것이다. 그는 '우리'를 강요하는 글을 읽고 싶지도 않고 오히려 짜증을 느꼈다고 고백하고 있다.[9] 결국 '우리 콤플렉스'로부터의 도피가 무의미 창작의 심리적 요인이 된 것이다.

우리 콤플렉스는 50년대 문단상황과도 무관치 않다. 전후문단은 유파별, 계파별로 이합집산을 거듭하며 인맥 중심의 파벌을 형성하고 있었다. 현대문학파, 자유문학파, 문협파, 문총파, 예술원파 등등. 문인이라면 이 중 어디에라도 편입돼야 문인 구실을 할 수 있는 지경에 이른 것이다. 그러나 김춘수는 이러한 문단의 요구를 거부한 채 내면으로 칩거한다. 그래서 그의 시에서 현실을 배제하고 의미를 지워내고자 하는 충동이 자리 잡게 됐던 것이다. "나에게 역사, 이데올로기, 폭력은 거역할 수없는 숙명처럼 다가왔다." 그러나 그는 '완전을 꿈꾸고 영원을 꿈꾸고, 불완전과 역사를 무시하기 위해서' 도피를 감행했던 것이다.[10]

그 도피의 방법, 구원의 손길이 바로 무의미시였던 것이다. 이데올로기, 역사, 현실의 폭력에 맞서는 방법론적 저항이 곧 그의 무의미시인 셈이다. 이런 의미에서 무의미시는 역사 허무주의의 산물인지 모른다. 김현이 김춘수가 역사적 상황 속에서 자아 정체성을 잃은 후에 그 허무를 극복한 것, 곧 해탈에

---

8) 김춘수, 「시의 표정」, 『의미와 무의미』, pp.573~574.
9) 김춘수, 『의미와 무의미』, p.353.
10) 김춘수, 위의 책, p.574.

이른 것이 무의미시였다는 증언은[11] 그런 점에서 시사적이다. 김현은 무의미시 창작을 해탈의 경지로 평가했던 것이다. 아무튼 김춘수가 오직 진실이라고 믿은 것은 사회배제, 이데올로기 배제, 그리고 시에서의 의미배제였던 것이다.

언어의 불신과 플라톤이즘(platonism)의 탈피도 무의미시 창작의 또 하나의 배경이 되고 있다. 그는 언어의 의미작용 자체를 무의미한 것으로 인식하고 있다. 기성언어는 이미 고정관념에 덮혀 있기에 껍데기를 쓴 채 허위의식만 드러낸다고 믿었다. 고정관념화 된 언어로 씌여진 시는 고정관념의 표출과 전달에 그칠 수밖에 없는 것이다. 따라서 시적 언어는 고정관념의 껍질을 과감히 벗겨내야 한다. 김춘수의 기성언어에 대한 불신은 이처럼 고정관념화된 허위의식에 토대를 두고 있는 것이다. 시의 언어는 고정관념의 전파나 전달 수단으로 그쳐서는 안 되는 것이어야 했다. 말하자면 그의 무의미시 창작은 일상언어에서 고정관념을 베껴내는 데포르마시옹(deformation) 작업의 일환이었다.

김춘수는 초기시 단계에서 플라톤적 의미에서 이데아(idea)의 발견과 인식에 매달렸다.

나도 모르는 사이에 플라톤이즘에 접근해 간 모양이다. 이데아라고 하는 非在 앞에 가로막히기도 하고 도깨비와 귀신을 찾아 다녔다. 세상 모든 것을 제 1 인(因)으로 파악해야 하는 집념의 포로가 되어 있었다. 그것이 실재를 놓치고, 감각을 놓치고, 불가지론(不可知論)에 빠져 허무를 안고 뒹굴 수밖에 없었다. … 어떤 관념은 말의 피안에 있다는 것도 눈치채게 되었다. 이 쓸모없게 된 말을 부수어 보면 의미는 분말이 되어 흩어진다. 그것은 존재의 덧없음의 소리요, 그것이 또한 내가 발견한 말의 새로운 모습이다.[12]

---

11) 김현, 『책읽기의 괴로움』, 문학과 지성, 1992, p.25.
12) 김춘수, 「의미에서 무의미까지」, 『한국 현대 대표시론』, 이승훈 편, 태학사, 2000, pp.108~110.

이처럼 그는 말의 피안에 있는 존재의 형상, 곧 이데아를 찾아 헤매고 다녔던 것이다. 그러나 그 이데아는 실체가 없는 비재(非在), 즉 '도깨비'와 '귀신'이었다. 이러한 이데아 탐구의 존재론적 회의에서 벗어난 탈출구가 바로 무의미시였던 것이다. 그는 결국 존재와 존재 사이의 관계는 결국 허망한 구속에 불과한 것임을 깨달았던 것이다.

　내가 그의 이름을 불러주기 전에는
　그는 다만
　하나의 몸짓에 지나지 않았다.

　내가 그의 이름을 불러 주었을 때
　그는 나에게로 와서
　꽃이 되었다

　내가 그의 이름을 불러 준 것처럼
　나의 이 빛깔과 향기에 알맞은
　누가 나의 이름을 불러다오
　그에게로 가서 나도
　그의 꽃이 되고 싶다

　우리들은 모두
　무엇이 되고 싶다
　너는 나에게 나는 너에게
　잊혀지지 않는 하나의 의미가 되고 싶다
　　　　　　　　　　　　　　- 김춘수, 「꽃」

　「꽃」은 꽃의 본질탐구를 통하여 관계맺기의 의미를 천착한 시다. 이 시에서 꽃은 미적 대상인 여성이나 장미꽃이 아니다. 그것은 극히 추상화된 어떤 본질적 이데아다. 너와 나는 꽃을 매개로 해서 소통이 되고 하나가 된다. 그때 명명법(命名法)이 작동한다. 이름 불러주기를 통해 너와 나는 하나의 관계가 되는 것이다. 이름을 불러주기 전에 무명초(無名草)이던 꽃이 이름을 불러 준 후에 비로소 의미 있는 유명초(有名草)가 되는 것이다.

이 시는 Heidegger가 제시한 언어의 조명기능을 바탕으로 한 시다. 모든 사물은 이름을 부여받아야 비로소 존재한다는 것이 언어의 조명기능[13]이다. 이시는 이처럼 이름 붙여주기 즉 언어의 조명을 통해 사물의 본질, 관계의 의미를 천착하고 있다.

결국 이 시는 의미의 매개물로서 언어의 기능을 인식하고 있다는 점에서 의미의 시가 된다. 그러나 김춘수는 플라토니즘에 입각하여 세계의 이데아를 파악하려 했으나 허무에 부딪혔다. 존재, 진리로 믿었던 것이 결국 무의함을 깨달은 것이다. 그러한 심리적 허무감을 그는 '도깨비와 귀신을 찾아다녔다'고 고백하고 있는 것이다. 이와 같은 존재론적 허무주의에서 벗어나는 길을 마침내 무의미시에서 찾은 것이다. 그리하여 그는 즉물화(卽物化), 사물화를 통해 이미지 스스로 의미를 찾는 방법을 모색하기 시작한다. 결국 김춘수는 플라톤적 의미에서의 이데아의 탐구와 관계맺기의 의미론적 천착에서 벗어나 무의미의 세계로 진입했던 것이다.

3. 무의미시의 원리

김춘수는 무의미시의 생성 원리를 비유적 이미지와 서술적 이미지에서 찾는다. 그는 서술적 이미지에서 무의미시의 원리를 도출한다. 비유적 이미지는 어떤 대상을 다른 사물에 비유하여 나타내는 이미지다. 서정주의 「국화 옆에

---

13) 사물은 그 자체로 존재하는 것이 아니라 언어로 표상될 때 비로소 존재한다는 의미, 곧 사물은 언어로 존재한다는 것. 김영철, 『현대시론』, 건대출판부, 1993, pp.43~44.

서」에서 누님을 국화로 비유하여 '내 누님같이 생긴꽃'으로 묘사한 것이 그것이다. 곧 비유적 이미지는 관념 및 의미전달의 수단이 되는 이미지를 말한다.

그에 비해서 서술적 이미지는 이미지 배후의 사상과 의미를 제거하고 이미지 그 자체가 서술의 목적이 되는 이미지이다. 관념이 배제된 순수 이미지만을 묘사하기 때문에 묘사적(描寫的) 이미지라고도 한다. 곧 서술적 이미지는 대상의 무화(無化)를 통해 의미가 배제되기 때문에 의미의 속박에서 벗어나 자유를 획득하게 된다.14) 무의미시는 대상이 없다는 점에서 무대상시, 의미가 없다는 점에서 무의미시, 시 자체로 존재한다는 점에서 절대시가 된다.

김춘수는 무의미시의 생성논리를 그의 시론에서 4단계로 나누어 설명하고 있다.

1. 대상과 거리가 상실될 때 이미지가 대상이 된다.
2. 그때 나타나는 시가 무의미시다.
3. 그것은 자유와 불안의 논리를 띤다.
4. 남는 것은 시의 방법론적 긴장이다.15)

이때 대상과의 거리가 상실된다는 것은 곧 시인이 시적 대상에 의미를 부여하지도 않고, 대상이 소유한 자체의 의미도 배제한다는 뜻이다. 이렇게 되면 대상은 물론 시인도 대상의 구속에서 해방되어 자유로운 상태에 이른다. 오직 이미지만이 독립된 대상이 되는 것이다.

대상의 구속에서 시인은 자유를 얻지만 대상이 소멸되었기 때문에 불안을 겪는다. 하지만 이미지의 쉬임없는 파동과 연쇄작용을 통하여 새로운 의미가 창출된다. 이미지의 파동, 연쇄작용을 그는 시의 '방법론적 긴장'이라 불렀다.

---

14) 김춘수, 『의미와 무의미』, pp.365~366.
15) 김춘수, 「대상. 무의미. 자유」, 이승훈, 『한국현대 시론사』, 고려원, 1993, pp.202~212.

결국 무의미는 무의미로 끝나는 것이 아니라 기성의 의미, 시인의 의도적 의미가 아닌 이미지의 연쇄와 파동으로 빚어진 순수의미가 되는 것이다. 그런 점에서 무의미시는 역설적으로 의미창출의 미학이 되는 것이다.

무의미시의 생성원리로 주목해야하는 것이 데포르마시옹 시학이다. 데포르마시옹(deformation)은 일상성, 관용성을 배제하여 관습적 의미 속박에서 해방시켜 새로운 시적 의미를 생성하는 시학원리이다. 의미 속박에서 해방시킨다는 점에서 무의미시의 원리와 일치한다. 일상언어는 시에 용해되기 전의 재료상태에서는 기성의 의미, 곧 고정관념(cliche)을 갖고 있다. 꽃이라 할 때 꽃은 '여성'이라는 고정관념을 갖고 있는 것이다. 마찬가지로 결혼은 '행복'을, 하느님은 '신성(神聖)'이라는 고정관념을 갖는다. 그러나 이러한 고정관념으로는 결코 시가 될 수 없다. 독자들에게 정서적 충격을 주기 위해선 새롭게 변용된 의미를 부여해야한다. 바로 그 과정이 시적 변용, 곧 데포르마시옹이다.[16]

김춘수도 무의미시 창작 이전에 이러한 데포르마시옹의 과정을 거쳤다.

> 사랑하는 나의 하느님
> 당신은 늙은 비애다
> 푸줏간에 걸린 살점이다
> 시인 릴케가 만난
> 슬라브 여자의 마음 속에 갈앉은
> 놋쇠 항아리다
> — 김춘수, 「나의 하느님」

이 시에서 신성(神聖)을 표상하는 하느님의 고정관념은 완전히 무너진다. 하느님의 이미지가 '푸줏간의 살점, 놋쇠 항아리'로 변용되고 있다. 신성모독

---

16) 김영철, 『현대시론』, pp.44~45.

에 가까운 데포르마시옹이 일어나고 있는 것이다. 이러한 데포르마시옹의 과정은 김춘수가 무의미시로 가는 필연적 과정이었다. 대상의 소멸, 대상과의 거리 없애기를 위하여 우선 대상이 갖고 있는 고정관념부터 깨뜨려야 했던 것이다. 고정관념의 속박에서 해방된 하느님은 이제 '푸줏간의 살점, 놋쇠항아리, 대낮에 옷을 벗는 순결, 연두빛 바람'이 되는 것이다. 고정관념에서 해방된 이미지는 자유롭게 의미의 파동을 일으키며 전에 겪어보지 못한 의미의 신세계로 진입하게 되는 것이다.

김춘수는 무의미시의 원형을 이상의 초현실주의 시와 박목월의 순수시에서 찾고 있다. 두 시인 다 김춘수가 설정한 서술적 이미지의 원형을 보여주고 있기 때문이다.[17]

> 벌판한복판에꽃나무하나가있소 근처에는꽃나무가하나도없소 꽃나무는제가생각하는꽃나무를열심으로생각하는것처럼열심으로꽃을피워가지고섰소 꽃나무는제가생각하는꽃나무에게갈수없소 나는막달아났소한꽃나무를위하여그러는것처럼 나는참그런이상스러운숭내를내었소
>
> — 이상, 「꽃나무」

「꽃나무」는 꽃나무의 상태만 묘사할 뿐이지 꽃나무에 대해 어떤 의미부여도 하지 않는다. 의인화된 꽃나무는 사유의 주체가 되어 자신의 심리상태를 객관적으로 묘사하고 있을 뿐이다. 시적 화자인 나 역시 꽃나무에 동일시된 채 꽃나무를 흉내 내고 있을 뿐 어떤 의식이나 사유를 하지 않는다. 그야말로 객관적 사생시(寫生詩)인 것이다. 심리가 개입하고 있지만 의식이 동반된 사유적 심리는 아니다. 결국 이 시는 김춘수가 말하는 서술적 이미지가 되는 것이다.

---

17) 김춘수, 『의미와 무의미』, 앞의 책, p.369.

흰달빛

자하문

달안개

물소리

대웅전

큰 보살

바람소리

솔소리

　　　　　– 박목월, 「불국사」

「불국사」는 아예 시적 화자가 등장하지 않고 심리적 파동도 일어나지 않은 채 순수히 객관묘사로 일관하고 있다. 한편의 풍경화를 보듯이 불국사의 전경이 묘사되어 있는 것이다. 시인의 주관이나 감정은 철저히 배제되고 소재의 대상성(對象性)만이 부조(浮彫)되어 있다. 그야말로 객관적 묘사시이다. 김춘수는 이러한 묘사성, 서술성, 객관성을 '사생적 소박성'이라 불렀다. 즉 사실적 모사(模寫)에 충실한 데쌍시가 되는 것이다. 이 데쌍시는 과도기적 무의미시에 해당된다.

　무의미시는 신비평(new criticism) 시인인 Ransom이 제시한 사물시(事物詩)에 해당된다. 랜섬은 시를 관념을 중시하는 관념시(platonic poetry)와 사물의 객관적 제시에 충실한 사물시(physical poetry)로 구분하고 있다.[18] 위에서 제시된 사생적 소박성에 충실한 즉물시, 곧 과도기적 무의미시가 바로 랜섬의 사물시에 해당되는 것이다.

---

18)　D. Daiches, 『Critical Approaches to Literature』, New York, 1956, pp.145~154.

4. 심상화된 무의미시

시에서 의미를 제거하면 이미지와 운율만 남는다. 대상과의 거리를 없애고 그 대상마저 소멸되면 기화(氣化)된 증류수처럼 순수 이미지만 남게 된다. 일체의 불순물이 제거된 오브제(object) 상태로 남은 이미지는 서로의 연쇄와 상호작용을 통하여 새로운 의미를 창출하게 된다. 이처럼 시인의 관념과 대상의 고정관념을 제거한 채 이미지만의 병렬로 짜여진 시가 바로 무의미시이다.

　　눈보다도 먼저
　　겨울에 비가 오고 있었다
　　바다는 가라앉고
　　바다가 있던 자리에 군함이 한척
　　닻을 내리고 있었다

　　여름에 본 물새는 죽어 있었다.
　　죽은 다음에도 물새는 울고 있었다
　　한결 어른이 된 소리로 울고 있었다

　　눈보다도 먼저
　　겨울에 비가 오고 있었다
　　바다는 가라앉고
　　바다가 없는 해안선을 한 사나이가 이리로 오고 있었다
　　한쪽 손에
　　죽은 바다를 들고 있었다
　　　　　　　　　　　- 김춘수, 「처용단장 1부」

이 시에는 현실의 어떤 유의미한 대상도 등장하지 않는다. 현재에 존재하는 대상 없이 이미지만 나열되어 시가 되고 있는 것이다. 현실에서 일어날 수 없는 불가해한 이미지들만 의미없이 나열되고 있다. 바다에 군함이 가라앉는 것이 아니라 가라앉은 바다에 군함이 닻을 내리고 있다. 또한 죽은 물새가 울고 있고, 한 사나이가 죽은 바다를 한손에 들고 있다. 이 모두가 실제 존재할 수 없는 비현실적 상황이다. 즉 현실에 투사된 대상들이 아니라 시인의 상상 속에서 빚어진 무의미한 이미지들인 것이다. 시는 이런 이미지들의 연쇄로 구성되어 있다.

이런 점에서 이 시는 초현실주의의 중요한 장치인 의식의 흐름을 연상시킨다. 의식(consciousness), 정확히 말하자면 무의식(unconsciousness)의 연쇄, 곧 자동기술법(automatism)이 원용되고 있는 것이다. 부조리한 세계에서 초월을 위해 논리와 합리를 거부한 채 꿈과 환몽의 세계로 침잠했던 초현실주의의 자동기술법이 김춘수의 무의미시에서 작동되고 있는 것이다. 앞서 밝혔듯이 김춘수의 무의미시가 근본적으로 현실세계를 초극하는데서 기원한 것도 초현실주의의 기본태도와 일치한다.

김춘수 스스로도 무의미시와 관련하여 자동기술법을 논하고 있어 주목된다. 그는 자동기술을 무의식을 의식으로 노출시키면서 무의식[卽自]이 의식[對自]과 함께 변증법적 지양을 이룬다고 지적한 바 있다.[19] 그는 자동기술을 현실의 모순에서 꿈의 세계로 진입하기 위해서 활용했던 바 이러한 태도가 그대로 무의미시에 투사된 것이다. 예시는 현실의 세계가 아니라 철저히 꿈의 세계, 가공(架空)의 세계만을 드러내고 있다. 그리고 그것은 의미가 탈색된 순수 이미지의 연쇄로 생성되고 있다.

男子와 女子의 아랫도리가
젖어 있다.
밤에 보는 오갈피나무,

---

19) 김춘수, 『시의 표정』, 문학과 지성사, 1979, p.545.

오갈피나무의 아랫도리가 젖어 있다.
맨발로 바다를 밟고 간 사람은
새가 되었다고 한다.
발바닥만 젖어 있었다고 한다.
                                    - 김춘수, 「눈물」

이 시 역시 의미화된 대상은 소멸되고 무의미한 순수 이미지만의의 나열로
이루어져 있다. 관념이 철저히 배제된 채, 상태의 묘사로 이어질 뿐이다. 남
자와 여자, 오갈피나무, 새의 발바닥이 젖어 있는 상태에서 어떤 관념도 유추
할 수 없다. 또한 서로 무관한 이미지들 속에서 어떤 의미와 관념도 찾아낼
수 없다. 파편화된 이미지들만이 자동기술에 의해서 서술되고 있을 뿐이다.
'젖어있다'는 동일어의 반복이 특징적인데 무의미시의 다음 단계인 음향시의
흔적을 보여주고 있다는 점에서 흥미롭다.

5. 음향화된 무의미시

관념과 대상을 배제하여 증류수 같은 무의미시를 썼지만 이미지들은 본래
의 의미를 끊임없이 환기하고 있고, 이미지들의 연쇄작용과 파동으로 새로운
의미들이 생성된다. 이미지 자체에 몰입했지만 일상의 언어를 사용하는 한 어
쩔 수 없이 대상의 흔적과 의미의 흔적이 끼어들 수밖에 없는 것이다. 그리하
여 그는 마침내 기성언어의 관습과 언어의 표상적 의미성을 완전히 제거하기
에 이른다. 「처용단장 2부」에 와서 그는 이미지를 완전히 소멸시키고 리듬만
으로 시를 구성하게 된다.

초기 단계의 무의미시에서 김춘수는 이미지 연쇄에 의한 자발적이고 자생
적인 의미생성을 시도했지만 그 역시 시와 시인을 구속하고 속박하는 요인으
로 작용함을 인식한 것이다. 그래서 아예 의미생성을 차단하는 작업에 몰입한

다. 곧 시에서 이미지를 없애 버리는 작업에 착수한 것이다. 하나의 이미지는 다른 이미지를 지우고, 또 다른 이미지를 연속적으로 지워감으로써 결국 모든 이미지는 시에서 사라지고 결국 운율만 남게 되는 것이다. 김춘수는 이를 '한 이미지가 다른 이미지를 뭉개고, 그 스스로도 다음의 제3의 그것에 의해 꺼져 가는 것'[20] 이라고 설명하고 있다.

그는 「처용단장」, 「제2부의 5」를 인용하며, "일체의 관념이 배제되고 설명이 배제되어 있다. 통일된 어떤 이콘(icon, 像)을 이미지라고 한다면 여기에는 이미지도 없다. 일종의 주문이다. 주문은 리듬이다."라고 설명하고 있다. 그야말로 주문화(呪文化)된 시, 일종의 주문시가 창출된 것이다.

> 바보야,
> 우찌 살꼬 바보야,
> 하늘수박은 올리브 빛이다.
> 바보야,
> 바람이 자는가 하더니
> 눈이 내린다 바보야,
> 하늘수박은 한여름이다 바보야,
> 올리브 열매는 내년 가을이다 바보야,
> 우찌 살꼬 바보야,
> 우찌 살꼬 바보야,
> 이 바보야,
>
> — 김춘수, 「하늘수박」

이 시에 대하여 김춘수는 '이미지를 버리고 주문을 얻으려고 해보았고',[21] '묘사를 버렸다'[22]고 설명한다. 이 시는 일체의 의미와 관념을 제거하고, 이

---

20) 김춘수, 「의미와 무의미」, 앞의 책, p.395.
21) 김춘수, 「의미와 무의미」, 앞의 책, p.398.

미지의 연쇄도 없이 오직 '바보야 바보야' 하는 무의미한 리듬만 반복되고 있을 뿐이다. 간혹 하늘수박과 올리브 열매가 끼어들어 연속적 리듬에 변주를 가하고 있을 뿐이다. 그야말로 음향만 존재하는 세계에서 시인은 마음껏 자유를 구가하고 있는 것이다. 그가 그렇게 꿈꿨던 관념과 의미의 구속에서 벗어나 시와 시인의 자유를 구가하고 있는 것이다.

하나의 이미지가 다른 이미지를 연속해서 '뭉게버리는' 장치로 결국 이미지를 제거하고 전체적으로는 리듬만이 남는 형식을 취하는 것이다.

> 불러다오
> 멕시코는 어디 있는가,
> 사바다는 사바다, 멕시코는 어디 있는가,
> 사바다의 누이는 어디 있는가,
> 말더듬이 一字無識 사바다는 사바다,
> 멕시코는 어디 있는가,
> 사바다의 누이는 어디 있는가,
> 불러다오
> 멕시코 옥수수는 어디 있는가
>
> — 김춘수, 「처용단장 제2부」

예시는 음향시의 단계를 넘어 주문(呪文)시의 경지를 보여준다. 시 전체가 '사바다는 사바다'라는 주술적 구문으로 채워져 있다. 멕시코, 누이, 옥수수는 아무런 의미가 없는 장식적 요소이고 사바다의 세계만 광활히 펼쳐지고 있는 것이다. 장식적 요소인 멕시코와 누이도 지속적으로 반복됨으로써 주술화(呪術化)에 기여하고 있다. 아무튼 시의 모든 요소가 리듬의 반복에 집중되고 있다. 이를 음향시, 주문시라 칭해도 무관할 것이다.

---

22) 김춘수, 「의미와 무의미」, 앞의 책, p.398.

김춘수는 이미지만으로는 시가 될 수 있지만, 리듬만으로는 불가능하다고 보았다.[23] 그렇다면 예시와 같은 주문시는 시가 될 수 없을 것이다. 이미지는 없고 리듬만 있기 때문이다. 결국 음향화된 무의미시는 스스로 시가 아님을 부정하고 있는 것이다.

6. 무의미시의 성과와 한계

무의미시는 김춘수가 창안한 개인장르로 도저한 실험의식의 소산이다. 기성언어의 불신에서 출발하여 시적 언어의 새로운 가능성을 모색한 실험정신은 충분히 가치 있는 작업이었다. 근본적으로 시의 언어가 관념전달의 매개라는 고정관념을 깨뜨리고, 시적 언어의 자율성과 독자성을 확보한 것은 주목할 만한 성과다. 순수시가 문학과 사회의 연속성을 파기하고 지향했던 시의 자율성(autonomie)을 획득하여 시의 독자적인 기호체계를 구축한 경지에 도달한 것이다.

그러나 실험정신에 급급한 나머지 시 자체를 부정하는 자기모순에 빠지고 말았다. 시에서 의미와 이미지를 제거하고 무의미한 리듬만 남겨 놓음으로써 한갓 주문에 가까운 주술문으로 전락하고 만 것이다. '사바다는 사바다, 사바다는 사바다' 이런 의미 없는 주문의 중얼거림은 시가 아니라 역술가(易術家)의 주문에 해당되는 것이다. 의미와 대상의 제거라는 자율성의 확보는 의미있는 작업이었으나 이미지가 배제된 시가 되어 시로서의 기본여건마저 상실해 버린 것이다. 시의 자율성은 시라는 테두리 내에서 이뤄져야 할 것이다. 궁극적으로 무의미시가 도달한 곳은 시 자체를 부정하는 자기모순의 세계였다.

그리하여 김춘수는 다시 의미시로 복귀한다. 실험의 낭떠러지에 이르러 추

---

23) 김춘수, 「의미와 무의미」, 앞의 책, pp.394~395.

락의 위기를 비로소 인식했던 것이다. 그래서 그는 화가나 시인들을 모델로 한 예술가시, 일상성에 바탕을 둔 수필시로 전환하여 새로운 길을 모색하였으나 이미 연로한 시점에 도달한 것이다.

김춘수의 시적 여정은 유의미시(正) ‒ 무의미시(反) ‒ 유의미시(合)의 변증법적 순환을 거친다. 그러나 무의미시의 과도한 천착은 그의 시적 여로의 변증법적 지양에 부정적 요소로 작용하고 있다. 말년의 유의미시는 인생을 마감하며 자기를 돌아보는 회고시에 가까운 것이기에 변증법적 지양을 이루었다고 보기는 힘들다.

김춘수의 시적 여정을 통해 우리는 실험정신은 새로운 시세계의 지평을 위해 부단히 취해야 할 요소임에는 틀림없으나, 그것이 과도할 경우 실패할 수 있다는 좋은 교훈을 남겨 주었다. 르네 웰렉은 그의 문학제도론에서 문학은 일종의 사회적 제도로서 호응자와 계승자가 따르지 않는 한 일시적인 제도로 사라지고 만다고 지적한 바 있다. 이은상의 양장(兩章)시조가 그렇고, 김억의 격조시(格調詩)가 그렇다. 김춘수의 무의미시도 공감대를 확장시키지 못하고 개인장르로 짧은 생을 마감할 수밖에 없었던 것이다.

[17]

풍자시론

1. 풍자시의 개념

풍자는 일반적으로 조소, 비난, 공격을 내포한 것으로 인간이나 사회의 모순과 부조리를 적발하고 이를 교정하는 것을 목적으로 하는 수사기법이다.[1] 곧 사회악이나 구조적 모순, 인간의 우행(愚行)과 비리를 폭로하고 개선함으로써 도덕적 이상을 제시하는 것이 풍자의 본질이다. 따라서 풍자는 현실비판과 현실개조라는 이중성을 갖는다. 이로 볼 때 풍자는 문학기법이기 이전에 현실의 부조리와 싸우는 정신의 무기인 것이다. Hartmann이 풍자를 '신랄하게 조롱하면서 무시하는 것'으로, Clark가 '우행의 폭로와 사악의 징벌'로 규정하고 있는 것도 같은 맥락이다. 실제로 고대 그리스에서 시인의 노여움을 산 자가 시인의 강력한 풍자에 못 이겨 자살하고 말았다는 기록은 시사하는 바 크다.[2]

이렇게 풍자는 근본적으로 사회비판적 자세를 취하지만 공격성 외에 해학과 웃음을 내포한다. 즉 해학과 웃음을 동반하여 비판의 자세를 취하는 것이다. 그렇기 때문에 아리스토텔레스 이후 많은 논자들이 풍자를 해학(諧謔), 반어(反語), 기지(機智)와 함께 골계미를 드러내는 방법으로 간주했던 것이다.[3]

동양에서는 풍자를 대신하여 풍교(風敎), 풍시(風詩)라는 말을 사용했다. 풍교는 성정순화(性情醇化)와 민풍교화(民風敎化)를 목적으로 하는 것으로 시경(詩經)의 전통에 입각하여 재도적(載道的) 문학관을 실현하는 사회적 기능을 지칭하는 말이다. 풍시는 정약용이 쓴 말로 우회적 방법으로 정치, 사회적 비판을 통해 선(善)의 길을 제시하는 양식을 의미한다.

---

1) 이재선, 『한국문학의 해석』, 새문사, 1981, p.172.
2) 김종회, 「한국문학 속의 풍자성」, 〈문학사상〉 2월호, 1972, p.41.
3) Johannes Volkelt는 골계를 객관적 골계와 주관적 골계로 나누고, 주관적 골계의 하위범주로 해학, 아이러니, 위트로 세분한다. 김진악, 「해학연구서설」, 〈배재대 논문집〉 3집, 1982, pp.8~9.

미의 4대 범주는 크게 골계미, 숭고미, 우아미, 비장미로 구분된다. 그리고 골계미 속에 다시 해학, 반어, 기지(機智), 풍자가 포함된다. 골계(滑稽)는 일부러 우습게 가장하는 말이나 행위를 지칭하는 것으로 때로는 익살이라고 부른다. 해학과 풍자는 현실을 비판하고 부정한다는 점에서 일치하나, 해학은 대상에 대해 동정적 자세를 취함에 비해 풍자는 공격적이라는 점에서 차이가 난다. 그래서 N. Frye는 풍자를 찬 바람이 몰아치는 '겨울 양식'으로 규정했던 것이다. 풍자가 갖는 얼음처럼 냉정하고 비정한 속성을 강조한 것이다.

풍자는 크게 정치풍자, 세태풍자, 자기풍자로 세분된다. 정치풍자는 정치의 비리나 정치인들의 비행(非行)을 비판하는 것으로, 김지하의 「오적」으로 상징되는 1970대 민중시가 대표적이다. 세태풍자는 일종의 사회풍자로서 사회 현실의 부조리와 풍속을 풍자하는 것이다. 송욱의 『하여지향』이 대표적인데, 이 작품은 세속적 가치관과 문명의 비인간화를 예리하게 풍자하고 있다.

자기풍자는 자신의 삶을 되돌아 보며 현실대응의 무력감이나 자아 정체성의 혼란을 직시하는 태도이다. 일종의 자아성찰, 자아탐구의 형식을 취하는 풍자다.[4] 이상의 「거울」이나 「오감도」가 대표적인 것이다. 이런 작품에서 이상은 왼손잡이와 귀머거리로 살아가는 자신을 바라보거나, 정체성을 상실한 채 '13인의 아해'로 분열되는 자신의 모습을 성찰한다. 그밖에 개인을 대상으로 하는 저급풍자, 인류전체를 대상으로 하는 고급풍자로 나누기도 한다. 또한 조소, 야유와 같은 소극적 풍자와 공격과 비판의 적극적 풍자로 구분하기도 한다.[5]

---

4) 이승하, 「한국 현대시에 나타난 풍자성 연구」, 중앙대 박사논문, 1995, p.4.
5) 송숙이, 『한국 현대시의 풍자와 저항』, 유림출판사, 2013, p.1.

2. 풍자의 역사와 전개양상

서구문학에서 풍자는 이미 희랍시대에 발아되어 Aristophanes, Lucianos 등이 그 기반을 닦았고, 로마시대 와서 하나의 문학양식으로 정립되기에 이른다. Horatius의 풍자는 부드럽고 우아하며 정중하여 중용, 절제의 미덕을 갖추었으나, Juvenalis의 풍자는 격렬하고 신랄한 비난과 폭로의 색깔을 지녀 대조를 이룬다.

17,8세기에 와서 풍자의 황금시대를 이루는데, 프랑스의 Boileau, 영국의 A. Pope, S. Johnson 등이 중심이 되었다. 특히 이들은 패러디나 희작(戲作, burlesque) 같은 양식을 통하여 풍자정신을 고조시켰다. 19,20세기에는 B. Shaw, S. Becket의 부조리극이나 패러디에서 풍자정신이 돋보이고, 'new country'파의 W.H Auden의 시에서도 풍자의 칼날이 번뜩인다.

한국문학에서 풍자는 멀리 「쌍화점」 같은 고려가요, 동물 우화소설, 사설시조, 민요, 판소리, 가면극, 「양반전」, 「호질」 같은 풍자소설, 김삿갓의 육담풍월(肉談風月) 등 다양한 장르에서 맥락을 이어 왔다. 이러한 전통은 국권상실기인 개화기에 와서 사회비판조의 계몽시조, 가사, 민요 등으로 계승되었고, 일제 강점하의 사회비판적 주지시, 프로시, 저항시의 기저를 이룬다. 특히 애국계몽기 〈대한매일신보〉의 '사회등 가사'는 풍자문학의 진원지가 되고 있다.

1950년대에는 송욱, 전영경 등이 전후 사회의 구조적 모순을 사회 풍자시로 예리하게 포착하였다. 1960-70년대에는 김수영, 김지하 등이 4.19, 5.16 등의 정치적 혼란에 대응한 정치 풍자시를 구축하였다. 1980-90년대는 황지우, 박남철 등이 사회변혁기에 대응하여 해체양식으로 문화 풍자시의 기반을 구축한 바 있다. 이렇게 볼 때 풍자는 한국문학을 관류하는 전통적 기법이고 정신임이 확인된다. 풍자시는 고려가요에서 해체시에 이르기까지 한국문학의 기본양식으로 자리 잡고 있는 것이다.

풍자론에 대한 논의도 다양한 각도에서 심도 있게 전개되었다. 이론적인 첫

318

삽을 든 사람은 최재서인데 그는 「풍자문학론」(1935)을 통하여 풍자의 본질과 기능을 예리하게 설파하고 있다. 그는 외부 사회에 대한 작가의 태도를 수용적, 거부적, 비평적 태도로 구분하고, 1930년대 같은 혼란기에는 비평적 태도가 가장 바람직한 것인 바, 그것은 풍자의 형식으로 구현돼야 함을 강조하였다. 풍자는 지성의 산물로서 사회현실을 냉정하고 이성적으로 바라보는 인식의 틀임을 분명히 하고 있다.[6)]

특히 그는 자기풍자의 역할을 강조하였던 바, 현실대응에 실패한 무력감과 자기모순을 스스럼없이 간파하는 자아탐구 형식으로서의 풍자를 강조하고 있다. 이상(李箱) 류의 자아성찰, 자의식 탐구가 바로 자기풍자의 전형이다. 채만식의 「레디메이드 인생」, 「태평천하」, 「치숙」 같은 풍자소설의 대두는 이러한 풍자론의 한 반영으로 볼 수 있다.

1950년대 전후 혼란기에 와서 풍자의 기능과 역할이 다시 한번 강조되면서 풍자문학론도 다양하게 전개되었다. 정병욱은 「해학의 전통성」(1958)[7)]에서 미학적 관점에서 국문학의 해학을 예리하게 분석하였고, 김사엽은 「웃음과 해학의 본질」(1958)[8)]에서 국문학의 특질로 해학을 설정하였다. 이어령은 「해학의 미적 범주」(1958)[9)]를 통하여 미적 범주를 숭고미, 우아미, 비장미, 골계미로 설정하고, 풍자를 해학, 아이러니, 위트와 함께 주관적 골계에 포함시켰다. 그의 논의는 풍자를 이론적으로 분석하여 체계적인 풍자론을 수립했다는 평가를 받고 있다. 50년대 풍자론은 해학이라는 관점에서 국문학의 특질을 구명하는데 초점을 맞춘 것이 특징이다. 아무튼 풍자에 대한 이론적 성찰이 본격화되었다는 점에서 그 의의를 찾을 수 있다.

---

6) 김준오, 『한국 현대문학 장르론』, 문학과 지성, 1991, pp.239~243.
7) 〈지성〉, 1958.6.
8) 〈사조〉, 1958.9.
9) 〈사상계〉, 1958.11.

3. 송욱의 사회풍자시

송욱은 『하여지향』(1961)을 통하여 전후 한국사회의 정치적 혼란과 사상적 갈등, 가치관의 붕괴와 도덕적 질서의 해체, 문명의 황폐화와 비인간화 문제를 풍자의 칼날로 해부하였다. '何如之鄕'의 '何如'는 '도대체, 어떻게'의 뜻을 나타내는 부사어로 결국 '도대체 어떻게 된 고향(나라)인가?' 라는 의미를 갖는다. 즉 나라 돌아가는 꼴이 가관이라는 비아냥이 내포된 것이다. 마치 이방원이 '이런들 어떠하며, 저런들 어떠하리'라는 「하여가」를 통하여 고려말기의 혼란상을 비유적으로 노래했듯이 송욱은 전후사회의 피폐상(疲弊相)을 노래하였던 것이다. 그런 점에서 『하여지향』은 일종의 「하여가」식의 패러디라고 할 수 있다.

송욱의 초기시(『유혹』,1954)는 비교적 서정적이고 탐미적인 양상을 보였지만, 간혹 풍자의 징후를 드러내는 작품도 산견된다. 「서방님께」가 바로 그것인데, 이 작품은 죽은 아내가 남편의 도덕적 타락을 힐난하는 풍자조로 구성되어 있다.

> 슬퍼 마세요
> 棺 속에서 잠깐 머물다가
> 불꽃 속으로 뛰어 들겠어요
> 조상군들 사이에서 개잠 들어
> 그리시던 女人을 만나신 것을 부끄러워 마세요
>
> 이승에서도 原子彈 그늘처럼 未安하고 不安하게 살아왔는데
> 저승에 가도 어떻게 되겠지요.
> 저에게는 아니 이미 이승이 저승입니다.
> 薄俸에 三日葬이 무슨 말씀입니까.
>   - 송욱, 「서방님께」

이 작품은 장례식 때 죽은 아내가 남편에게 전하는 말로 구성되었는데, 구구절절이 화자의 한 맺힌 설움으로 가득 차 있다. 슬퍼하는 척 하면서도 새 부인을 맞을 꿈을 꾸는 남편을 조롱하며 그와 더불어 살아온 세월을 한탄한다. 시적 화자는 '원자탄 그늘'처럼 불안하게 살아온 '저승 같은 이승'의 삶에 한치의 미련도 애정도 없다. 단지 애처로운 것은 남은 자식들에 대한 연민뿐이다. 이러한 고난의 삶을 마감하면서도 시적 화자의 목소리에는 여유와 해학의 토운이 넘쳐흐른다. 그것이 바로 풍자의 매력이다. 현실의 질곡을 한 꺼풀 벗겨내고 우회적이고 간접화된 풍자의 옷을 입힘으로써 심리적 안정과 여유를 되찾을 수 있는 것이다. 새로 맞을 여인과의 만남을 축복해주고, 박봉에 3일장을 치루는 것을 걱정해주는 이해심과 아량은 풍자의 옷을 입은 화자의 심리적 여유에서 온다.

송욱은 "풍자시가 증오와 부정만을 노리는 것이 아니라 주제에 대한 뜨거운 사랑이나 간곡한 관심이 바탕을 이룬다. 표현이란 표현 밑에 은밀히 숨어 있는 깊이를 알아야 한다."고 주장한 바 있다. 이처럼 예시는 남편과 자식에 대한 관심과 사랑이 내면화 되어 흐르고 있다. 증오와 부정이 아니라 역설적인 표현으로 시적 화자의 내면을 표출하고 있는 것이다. 부정을 통하여 긍정에 이르고, 문자의 표면적 의미가 아니라 문자 뒤에 숨겨진 소리를 듣는 것, 이것이 바로 풍자의 본령이다.

『하여지향』은 자기풍자로부터 시작된다.

> 솜덩이 같은 몸뚱아리에
> 쇳덩이 처럼 무거운 집을 달팽이 처럼 지고
> 줄타기 하듯 모순이 꿈틀대는 뱀을 밟고 섰다
>
> 亡種이 펼쳐가는 萬物相이여!
> 아아 구슬을 굴리어라 유리방에서
>   ─ 송욱, 「하여지향 1」

깜깜나라에선 바보가 어느덧 바보 똘똘이
똘똘이가 어느새 똘똘이 바보

직업을 단벌 옷처럼 입고
떨어진 양심을 양말처럼 신었지만
언제나 원망을 들어 가면서
언제나 민망하게 살아야겠다
— 송욱, 「하여지향 2」

작중 화자는 달팽이처럼 쇳덩이 같은 무거운 삶의 짐을 지고 살아간다. 그러나 망종(亡種)이 판을 치는 만물상(萬物相)같은 이 사회는 꿈틀대는 뱀처럼 모순투성이로 가득 차 있다. 50년대 전후 사회는 정치적 망종, 사회적 망종이 전횡(專橫)하는 망종들의 만물상 시대였다. 쇳덩이처럼 무거운 짐을 지고 살아가던 혼란기였다. 그러나 작중 화자는 유리방에 칩거하여 구슬만 굴리며 살고 있는 것이다. 헤르만 헤세의 '유리알 유희'처럼 지식인으로서 자기 역할을 하지 못한 채 관념유희 속에 빠져 있는 부끄러움을 토로하고 있다.

50년대는 한치 앞을 내다 볼 수 없는 '깜깜나라'의 시대였다. 전망부재의 혼란기에선 바보가 똘똘이가 되고, 똘똘이가 바보가 된다. 즉 바보와 현자의 구분과 경계가 없어지는 것이다. 그야말로 가치전도(價値顚倒)의 암흑기이다. 그 암흑기에서 화자는 '직업을 단벌 옷처럼 걸치고, 떨어진 양심을 양말처럼 신고' 하루하루를 연명해 간다. 남은 물론이고 자신으로부터도 원망을 듣고 있지만 어쩌지 못하고 일상을 영위해야만 한다. 일상의 삶에 매몰되어 역할과 양심을 포기한 채 살아가는 지식인이 초라한 풍자화로 그려지고 있다. 화자는 똘똘이(지식인)건만 바보(일상인)로 전락하여 무의미한 삶을 살아가는 것이다. 이 초상화가 1950년대를 살던 송욱의 자화상이었고 대다수 지식인의 초상이었다. 그의 풍자화는 이처럼 철저한 자기풍자의 붓으로 채색되고 있다.

거리에 피는
고독이 매독처럼
꼬여박힌 8자라면
청계천변 작부를
한아름 안아보듯
치정같은 정치가
상식이 병인양하여
포주나 아내나
빚과 살붙이와
현금이 실현하는 현실 앞에서
다달은 낭떠러지!

                     – 송욱, 「하여지향 5」

  이 시에는 1950년대의 시대상이 그대로 압축되어있다. 정치, 사회 모든 면에 걸친 구조적 모순과 비리가 적나라하게 노출되어 있다. '현금이 실현하는 현실' 앞에서 소외된 군상들은 '고독이 매독처럼 꼬여 박힌 8자처럼' 기구한 삶을 영위해야 한다. 돈과 권력이 판을 치는 세상에서 소외된 채 '발밑이 아득한' 현실의 낭떠러지에 매달려 위태로운 삶을 살아간다. 때로는 청계천 작부나 포주로 전락하여 비참한 밑바닥 인생을 살아야 하는 것이다.

  그러한 사회적 병폐와 부조리는 근본적으로 '치정(癡情)같은 정치(政治)'에서 비롯된 것이다. 이승만 정권의 부정부패의 그늘에서 서민들의 삶은 낭떠러지로 내몰릴 수밖에 없었던 것이다. 또한 '현금이 실현하는 현실'로 묘사된 자본주의의 구조적 모순, 황금만능주의 세속적 가치관의 전횡 속에서 인간의 도덕적 가치는 여지없이 무너져 내렸던 것이다. 이처럼 예시는 50년대 전후사회의 총체적 부패상을 한 폭의 풍속화로 그려내고 있다.

  이러한 구조적 모순의 폭로와 비판은 다양한 풍자의 기법으로 더욱 빛을 발한다. '치정같은 정치', '현금이 실현하는 현실', '꼬여박힌 8자' 등의 언어유희

(pun)는 수용미학적 기능을 고조시켜 독자들의 공감효과를 증폭시킨다. 단순한 언어유희, 언롱(言弄) 차원에 그치지 않고 감정이입의 효과를 창출하는 것이다. 이외에도 '니힐 니힐리야'(「하여지향 4」), '허허 허탈이냐 해탈이냐'(「하여지향 2」), '세상은 육상, 해상, 복상사'(「하여지향 11」)처럼 다양한 언어유희가 펼쳐진다. 이처럼 송욱은 유음(類音)중첩, 음성상징, 동음이의어, 교체와 대조 등 다양한 기법을 동원하여 풍자의 칼날을 예리하게 다듬어 갔다.

이러한 송욱의 풍자기법은 뉘앙스의 효과와 음악성을 강조했던 그의 시론에 근거하고 있다. 그는 정확한 말보다 미묘한 뉘앙스를 풍기는 '어렴풋한' 말이 더 좋다고 믿었던 바, 이러한 어렴풋한 말의 뉘앙스 효과를 위해서 다양한 언어유희를 시도했던 것이다. 또한 유음, 동어반복, 중첩어의 사용에서 오는 리듬효과는 그가 신봉했던 상징주의의 음악성을 살려내기 위한 시적 전략이기도 했다.

기지, 역설, 반어, 언롱 등은 주지주의 시인 송욱이 갖춘 비장의 풍자적 무기였다. 이러한 무기로 무장한 채 송욱은 50년대 전후 사회의 구조적 모순을 낱낱이 해부하고 파헤쳤던 것이다.

4. 전영경의 인물풍자시

50년대 전후 사회의 부조리를 풍자의 칼날로 해부한 또 한명의 시인이 있었으니 그가 바로 전영경이다. 특히 그는 사회 각계각층의 비리와 모순을 인물묘사를 통해 파헤쳐 인물풍자의 선구를 이루고 있다. 즉 전영경의 풍자시는 인물풍자시인 것이다.

그의 풍자시집 『김산월 여사』(1958)는 김산월이라는 명월관 기생을 시적 화자로 설정하여 사회풍자를 시도하고 있다. 당년 37세의 기생 김산월은 요염한 자태로 남자들을 유혹한다. 그녀와 그녀 주변을 맴도는 인물들은 도덕적으로 타락한 시대풍속의 표상들이다. 세속적 삶의 파노라마가 김산월 여사를 중심으로 17편의 연작시로 펼쳐진다.

이 작품은 『배비장전』의 패러디다. 요부 애랑이 김산월로 변신하여 배비장류의 온갖 남성들을 유혹하여 타락의 연옥으로 몰아간다. 이 작품에 등장하는 군상(群像)들은 50년대 사회의 부패와 비리로 점철된 부정적 인물들로 채워진다. 따라서 김산월로 변신한 애랑이 배비장을 희롱하는 행위는 사회의 비리와 부조리를 조롱하는 풍자적 대리행위로 볼 수 있다. 마치 『배비장전』을 읽었을 때의 쾌감을 김산월 여사를 통해 음미할 수 있다. 조롱과 해학의 쾌감을 통해 풍자의 카타르시스 효과를 경험할 수 있는 것이다.

> 깃발 밖 담을 둘러 싸고는 딸라 상인과
> 주책없이 너털 웃음에 호기를 띠우는 밀수업자와
> 코밑에 수염을 자랑삼는 정치가와 국회의원과
> 소속 불명의 부랑자 틈에 끼어 기관총과 대포를 쏘는 뿌로카와
> 허우대를 피우며 굵게 살아야 한다는 주정뱅이와
> — 전영경, 「私本 김산월 여사」

> 리즈테일러가 좋다고 우기던 졸장부는 영화관으로 가고
> 그 망할 놈의 헬로 다음에는 달디 쓴 술잔을 빨며
> 산월이가 좋다던 뚱보는 인천 가두를 드라이브하고
> 그 망할 놈의 헬로 다음에는
> 황금마차에서 스텝을 밟으면서
> 당신이 제일이라고 속삭이며 돌아가던
> 탐관오리는 유성온천으로 달려 가는
> — 전영경, 「다스 게마이네」

두 편의 시에는 50년대 풍미하던 온갖 부정적 인물들이 망라되어 있다. 딸라 상인, 밀수업자, 고리대금업자, 부랑자, 뿌로카, 주정뱅이, 졸장부, 뚱보사장, 정치가, 국회의원, 탐관오리, '헬로 양키'도 등장한다. 이밖에 이중인격의 목사, 무위도식을 일삼는 시인도 등장한다. 특히 「오성도 목사」는 종교계의 비리의 대변자로서 영적인 지도자까지 부패하였음을 낱낱이 고발하고 있다.

전영경 시에 등장하는 인물들은 모두 암울한 50년대를 풍미하던 부정적 인물들이다. 물론 긍정적 인물은 배제되고 부패하고 타락한 안타고니스트(antagonist)들이 인물열전을 구성하고 있다. 이런 부정적 인물들을 희화화(戲畵化)함으로써 50년대 사회의 구조적 모순을 적나라하게 폭로하고 있는 것이다. 전영경의 풍자는 이처럼 인물풍자를 통하여 사회풍자에 이르는 우화적 기법을 활용하고 있다.

전영경 풍자시의 또 하나의 특징은 욕설, 비어 속어를 동반한 욕설풍자의 경지를 보여준다는 점이다. 우회적이고 간접화된 화법이 아니라 직설적이고 노골적인 화법을 통원하고 있다. 그의 풍자언어는 신랄한 비방조의 어휘들로 가득차 있다.

> 도덕이 어떻고 사람이란 의리가 있어야 한다고
> 예절이 있어야 한다고
> 엉터리 같은 자식들
> 도덕이 아니면 의리 예절이 어떻다고
> 똥배 어떻다고 번지고, 이놈들
> 호박씨 까는 새끼들이 몽둥이로 상판대기
> 아니면 볼기짝이 아니면 코허리를 종아리를
> 기둥같은 허벅다리를 이 우라질놈
>   - 전영경, 「속 나의 마음은 항군가」

예시에는 '엉터리같은 자식들, 똥배, 호박씨 까는 새끼들, 상판대기, 볼기짝, 우라질놈' 등의 비속어(卑俗語)가 난무하고 있다. '삐루병으로 대갈통을 갈겨야만', '이 새끼는 똥같은 소리를 하고', '이 새끼는 모가지를 부벼잡고 우라질 끝에'(「도라무깡통 같은 질투 때문에」)처럼 비속어의 범람이 넘쳐난다. 그래서 당시에도 그는 '상소리 시인', '야지 시인'으로 혹평을 받기도 하였다.

이러한 욕설풍자는 사회적 모순과 비리에 대응하는 시인의 태도가 도전적이고 전투적인 것임을 암시한다. 분노의 감정을 억제하고 절제된 언어로 표현할 수 없는 심리적 불안상태를 반증하고 있는 것이다. 노골적이고 직접적인 언어로 맞서는 분노의 감정이 활화산처럼 분출되고 있는 것이다.

전영경의 욕설풍자는 사회악의 부패상이 얼마나 극심한 것이었나를 역설적으로 증언하고 있다. 이점이 지적 절제로 풍자시를 묘출한 송욱과 대비되는 전영경의 풍자의 특징이다. 증오의 풍자학, 그것이 전영경의 풍자시인 것이다. 하지만 풍자의 기능은 우회적이고 간접적이어야 한다는 정의에 비춰 볼 때 전영경의 육담, 외설의 경지에 이른 욕설풍자는 일정한 한계를 가질 수밖에 없다.

욕설풍자에 매달린 전영경이었으나 『나의 취미는 고독이다』에 와서 냉철하게 자신을 돌아보는 자기풍자의 모습을 드러내기도 하였다.

나는 취미 없는 사람, 무모하고 진부하고 식민지 교육을 받은 나는 불교나 유교, 그렇지 않으면 한문학에서 아무렇게나 이어서 받아서 얻은 고집과 창 밖으로 가래침을 테테 장죽 끝으로 땅바닥을 치면서 돌아앉은 노론 소론 천석 만석 망한다는 인생과 고개 넘어 산 넘어 아득한 삼국과 구름 끝 신라의 샤마니즘이 아니면 춤이 아니면 대포로 무장한 민주주의를 마시며 자시며 먹으면서도

― 전영경, 「나는 성 쌓고 남은 돌이다」

시적 화자인 나는 식민지 교육을 받고 유교적인 가치관의 질곡에 갇혀 있는 한갓 변두리 지식인에 불과하다. '대포로 무장한 민주주의'가 판을 쳐도 무기력하게 일상적 삶을 살아가는 소시민인 것이다. 시적 화자는 이처럼 역사의 현장에서 소외된 변두리 인간(marginal man)이고 자아 정체성도 없이 하루하루 연명해가는 세속적 시정인(市井人)이다. 그래서 그는 자신을 '성 쌓고 남은 돌'로 비유하고 있다. 이는 성이란 뚜렷한 건축물, 그것이 사회이든 국가이든 간에 거기에 참여하지 못한 잉여인간을 의미한다. 이처럼 이 시는 소외인으로서의 자기성찰이 내재되어 있는 것이다.

그러나 이러한 화자의 정체성 상실은 실로 식민지 교육, 봉건적 가치관에 갇혀 있는 지식인들의 초상화이기도 하다. 그런 점에서 전영경의 초상화는 대표적 개인으로 의미를 갖는다. 전영경은 자기풍자를 통하여 사회풍자, 정치풍자의 길을 열어 놓고 있었던 것이다.

5. 김수영, 김지하의 정치풍자시

1960년대 들어서도 사회적 모순은 해결되지 않았다. 5.16 군사정권이 들어선 후 정치적 압제와 도농(都農)간의 빈부격차, 전횡적 산업화에 따른 사회구조적 모순은 더욱 심화되어갔다. 이에 대응하여 풍자시도 다양한 시인들의 다양한 목소리로 표출되기 시작했다.

김수영은 혁명시인답게 4.19 상황에서 정치풍자에 투신한다. 「우선 그놈의 사진을 떼어 밑씻개로 하자」에서 이승만 독재정권의 종언을 고발하며 정치풍자의 길을 열었다. 그러나 때로는 자기풍자를 시도하기도 하였다. 「달나라의 장난」에서 스스로를 팽이에 비유하여 긴장의 끈을 놓치지 않고 살아가는 정체성의 정립을 모색하고 있다. 5.16 군사정변으로 변색되어가는 4.19 정신을 개탄하며 모래알보다 작아진 자신을 비하한 자기풍자시도 선보인다.

김지하는 1970년 「오적」(「사상계」 5월호)을 발표하면서 정치풍자의 길로 들어선다. 그는 「오적」에서 1960년대 권력형 정치비리 진상을 '을사오적'에 빗대어 신랄하게 풍자하고 있다. 스스로 이 시를 담시(譚詩)로 명명하고 권력의 정상에 있는 지배세력의 부정과 비리를 판소리 가락으로 신명나게 풀어간다.

혁명공약 모자 쓰고, 혁명공약 뱃지 차고
가래를 퉤퉤, 골프채 번쩍, 깃발같이 높이 들고
대갈일성, 쪽 째진 배암 샛바닥에 구호가 와그르르
혁명이닷, 구악은 신악으로!
개조닷, 부정축재는 축재부정으로!
근대화닷, 부정선거는 선거부정으로!
— 김지하, 「오적」

지배자의 통치구호를 '배암 샛바닥'으로 비하하며, 구악(舊惡)에서 신악(新惡)으로, 부정축재에서 축재부정으로, 부정선거를 선거부정으로 맞바꾼 것이 5.16 군사혁명의 본질임을 고발하고 있다. 송욱의 풍자시에서 보이던 언어유희적 칼날이 도처에서 번뜩이고 있다. 특히 김지하의 풍자시는 판소리, 사설시조, 가면극 같은 고전양식의 풍자기법을 원용하고 있음이 특징이다. 곧 고전양식의 현대적 변용을 시도하고 있는 것이다. 그중에서도 판소리 창법이 탁월했던 바 자신의 담시를 아예 '단형 판소리'라고 규정짓기도 하였다. '놀랜탈, 겁낼탈, 참을탈, 최루탄 발라탈, 법발라탈, 엮음 발라탈'(「탈」)에서 판소리조 해학의 기지가 생동감 있게 살아난다. 이러한 「오적」에서 선보인 판소리 가락의 풍자는 「앵적가」(1977), 「비어」(1972), 「똥바다」(1973)로 이어진다.

6. 신동문, 이상화의 정치풍자시

신동문 역시 60년대 대표적인 정치풍자 시인이다. 그는 5.16 군사 쿠데타의 모순점을 '비닐우산 받고는 다녀도 바람이 불면 이내 뒤집힌다. 대통령도 베트남의 대통령'(「비닐우산」) 이라는 풍자시로 묘파하고 있다. 바람 불면 비닐우산이 쉽게 뒤집히듯이 베트남의 대통령처럼 한국의 대통령도 쉽게 뒤바뀐다는 내용을 조롱조로 풍자한 것이다. 한 국가의 통치자가 바람에 뒤집히는 우산 같은 존재라는 역사 허무주의 의식이 내재되어 있다. 신동문은 때로 패러디 기법을 원용하여 풍자의 기능을 극대화하기도 했다.

> 13인의 청년이도로를질주하오
> (막다른골목에서청년이된것이오)
>
> 제1의청년이데모를하오
> 제2의청년도데모를막으오
> 제3의청년도데모를하오
> 제4의청년도데모를막으오
>
> – 신동문, 「시제일호 其1」

예시는 마치 이상의 시 「오감도」를 연상시킨다. '13인의 아해'가 서로 무서움으로 쫓고 쫓기는 공포상황을 재연하고 있다. 단지 '무서워하는 아이'에서 '데모를 하고, 데모를 막는 아해'로 대체됐을 뿐이다. 또 「시 제3호」는 이상의 「오감도」 연작시 「시 3호」를 그대로 흉내 낸 모작(模作)이다. '선그라스쓴사람을무서워하는사람이무서워서선그라스를쓴사람은'처럼 단지 소재를 '선그라스 쓴 사람'으로 바꿔 놓고 있을 뿐이다. 띄어쓰기조차 거부하여 이상의 초현실주의시를 방불케 한다. 이 시에서 '선그라스 쓴 사람'은 5.16 군사 쿠데타를 주도한 박정희 장군이다. 마치 1930년대 일제강점기 공포상황이 1960년대에 그대로 재연되고 있음을 암시하고 있다.

이상화10) 역시 60년대 풍자시인이었던 바, 그는 『늪의 우화』(1969)를 통해 풍자시의 진수를 선보였다. 특히 그의 풍자시는 섹스풍자라 규정할 정도로 60년대 성풍속의 훼손을 신랄하게 풍자하고 있다. '늪의 우화'에서 '늪'은 바로 여성의 자궁을 암시하고 있는 바, 시집 제호부터 성풍자의 성격을 분명히 하고 있다.11)

이처럼 풍자시는 개화기에서 촉발하여 현대시에 이르기까지 사회의 구조적 모순을 파헤치는 시대의 파수꾼, 역사의 등불로 사회적 책무를 성실히 수행해 왔음을 알 수 있다. 21세기 현금에도 한국 사회의 구조적 모순과 병폐는 척결되지 않았다. 따라서 풍자시는 더욱 풍자의 칼날을 날카롭게 갈아 시대의 수호자로서의 기능과 책무를 수행할 것으로 기대된다.

---

10) 일제 강점기 「나의 침실로」를 쓴 이상화와 동명이인의 60년대 시인. 1936~1983.
11) 한준명, 「금석 이상화의 풍자시 연구」, 건국대 석사논문, 2009.

[18]

해체시론

1. 포스트 모더니즘의 개념

해체시는 1960년대 이후 등장한 포스트 모더니즘의 예술적 분비물이라 할 수 있다. 따라서 해체시의 등장 배경과 특성을 이해하기 위해서 포스트 모더니즘의 이해가 선결과제다.

포스트 모더니즘(postmodernism)은 미국과 프랑스를 중심으로 1960년대부터 전개된 일련의 문화운동의 총칭이다. 60년대부터 학생 운동, 여권신장 운동, 흑인인권 운동, 제3세계 운동이 활발히 전개되고 동시에 예술계의 전위 운동도 활발히 개진되었다. 18세기 계몽주의 시대의 이성 중심주의에 기초한 합리와 논리의 가치관이 도전을 받으면서 보편적 총체성을 상실한 채 미래에 대한 불확실성이 배가되었다. 20세기 중반에 들어 탈산업사회, 소비사회, 매체사회, 다국적 자본주의 사회체제가 구축되면서 이러한 양상은 더욱 심화되기에 이른다. 이성이 감성을 선행하고, 백인이 흑인을 지배하며, 남성이 여성을 억압하며, 고급문화가 저급문화를 멸시하는 이원대립적 가치관의 붕괴가 야기되었던 것이다. 포스트 모더니즘은 이러한 지배담론의 붕괴라는 사회변화와 밀접히 접목된 시대개념이다.[1]

포스트 모더니즘은 문화전반에 폭넓은 영향을 끼쳤다. 미술에서는 대중성을 강조한 구상화(具象畵)가 주류를 이루고, 모나리자의 패러디가 성행하기도 하였다. 무용에서는 맨발로 춤을 추는 포스트 모던 댄스가 등장하였고, 건축에서는 중앙집권적 형태를 지양하고 열린 공간이 각광을 받았다. 보도가 허구가 되는 뉴저널리즘의 등장도 주목할 만한 변화였다. 이러한 변화에 대응하여 문학에서도 현실과 허구의 경계를 무너뜨리고 독자에게 선택권을 부여하는 새로운 시도가 행해졌다.[2]

---

1) 김성곤, 「포스트 모더니즘 논의의 흐름과 전망」, 〈외국문학〉 여름호, 1990.
2) 김욱동 편, 『포스트 모더니즘의 이해』, 문학과 지성사, 1990, p.72.

포스트 모더니즘의 특징은 탈(脫)중심, 총체성 거부, 탈로고스(logos)주의, 이원적 대립지양, 불확실성, 불확정성, 상대성 등으로 요약된다.3) 이러한 제반 특성이 예술에 투사되면서 개성, 자율성, 다양성, 대중성으로 확산된다. 이러한 포스트 모더니즘의 세계관에 기초한 해체시(解體詩) 역시 장르 해체는 물론 진실과 허구, 선과 악, 미(美)와 추(醜)의 개념과 경계를 해체하기에 이른다.4)

포스트 모더니즘의 철학적 기초를 마련한 사람은 J. Derrida였다. 그는 로고스(logos) 중심주의를 내세운 헤겔에 반기를 들고, 로고스의 핵심을 이루는 언어, 이성, 논리가 지배하는 합리적 세계관을 부정하였다. 곧 반근대의 기치를 높이 든 것이었다. 그는 이성철학에 바탕을 둔 의식이 의미의 근원이며, 진리의 기반이라는 관념론적 사유방식을 거부하고 반구조주의 입장을 취했다.5)

중심(center)지향 체계인 구조의 개념을 파괴했다는 점에서 그의 해체주의는 반구조주의 속성을 드러낸다. 중심을 매개로 한 변두리와 대립항과의 갈등과 경계를 무너뜨려 중심과 주변의 관계를 대립, 투쟁의 관계가 아닌 상호보완 관계로 새롭게 정립하였던 것이다. '해체(deconstruction)'라는 용어를 처음 사용한 사람도 데리다였다. 그만큼 데리다는 포스트 모더니즘 철학, 해체시의 이론적 선구자였던 것이다.

2. 해체시의 형성배경

80년대 등장한 해체시는 상술한 바 세계적 조류인 포스트 모더니즘의 자장권(磁場圈) 속에서 생성되었다. 80년대 들어 서구시도 포스트 모더니즘의 영

---

3) 전경갑, 『현대와 탈현대』, 한길사, 1993, p.352.
4) 김준오, 『도시시와 해체시』, 문학과 비평사, 1993, p.126.
5) 이승훈, 『포스트 모더니즘 시론』, 세계사, 1991, p.89.

향 하에 미국의 개방시, 팝(pop)시, 독일의 구체시(具體詩) 등 다양한 해체시들이 속속 등장하였다. 영미의 개방시(open poetry)와 마찬가지로 한국 해체시도 음절중심, 시제(詩題) 부정, 시구의 독립적 사용, 주어없는 서술어 활용, 자유로운 전치사 배치 등의 파격적인 양식을 드러내기 시작했다. 곧 시에서 지배 이데올로기에 종속된 언어해체 양상이 나타났던 것이다.

동시에 한국의 해체시는 80년대 사회정치 체제 및 삶의 양식의 재편성 과정에 밀접히 편입되었다. 곧 해체시는 80년대 급변한 한국사회에 대한 미학적 반응이었던 것이다. 해체시는 근본적으로 현상적 사회질서에 대응하는 양식이었다.6) 80년대 한국 사회는 60년대 이후 급격히 진행된 산업화로 사회구조의 변화와 가치관의 혼효(混淆)가 극심한 시기였다. 파행적 정치체제에 수반된 파시즘적 억압은 획일주의와 이원적 사고를 강요하고 이러한 정치적 흐름이 문화 사회전반으로 파급되었다.

동시에 80년대는 군부독재에 대항하는 민주화 투쟁이 고조되던 시기였다. 광주항쟁으로 상징되는 민주화 운동은 문화계로 파급되어 민중문화가 범람하게 된다. 노동문학, 실천문학으로 표징된 민중문학은 이러한 민주화 투쟁에 대응한 실천문학 운동이었다. 민중문학은 노동문학을 중심으로 문학의 대중화를 선언하고 다양한 문예양식들과의 교류를 통하여 대중성과 실천성을 담보하기에 이른다. 그리하여 순수문학 양식에 머물지 않고 연극, 무용, 마당극, 영화 등 다양한 예술양식과의 상호접합 양상을 띠게 된다.

이러한 타 예술과의 상호작용(interplay)을 통하여 장르 개방주의가 정착하게 된다. 해체시에 보이는 장르접합, 장르교섭 현상은 이러한 요인에서 비롯된 것이다. 정치투쟁의 효과를 극대화하기 위하여 해체시는 장르교섭은 물론 매체개방이라는 전위적 수단도 과감히 동원했다. 문학의 현장성, 실천성을 담

---

6) 이윤택, 『해체, 실천, 그 이후』, 청하, 1988, p.40.

보하기 위해 해체시는 기존 문학체제를 완전히 해체하고 다양한 실험과 전위를 시도했던 것이다. 그만큼 해체시는 80년대 시대상황에 대응한 시대적 산물이었다.

이러한 급격한 사회, 정치 변화와 가치관의 혼란을 기존의 문학시스템이 수용하기에는 역부족이었다. 전통적 서정문학은 물론이고 고답성과 형식성을 담보로 한 기존의 모더니즘도 일정한 한계를 갖고 있었다. 그리하여 기존 모더니즘(premodernism)의 경계를 넘어서 포스트 모더니즘(postmodernism)의 해체시가 등장하게 된 것이다.

이런 점에서 80년대 해체시가 정지용류의 온건파 모더니즘을 탈피하여, 이상류의 과격파 모더니즘을 계승했다는 김춘수의 지적은[7] 의미심장하다. 해체시는 전통적 시양식의 파괴로 관습적 시양식에 도전했을 뿐 아니라,[8] 시형태의 파괴와 해체를 통해 간접적으로 시대상황에 반항했던 것이다.[9] 즉 해체시는 기존 시양식의 도전이자 시대상황에 대한 저항시였던 것이다.

해체시를 주도한 시인들은 1세대로서 이윤택, 박남철, 황지우, 이성복, 최승자, 2세대는 장정일, 김영승, 김정란, 황인숙, 박상우가 있다. 이들을 중심으로 해체시는 80년대 한국시단에 화려한 이단(異端)과 전위의 꽃을 피워 올렸던 것이다.

3. 소재의 텍스트화

문학의 전통미학은 소재의 예술적 형상화를 지향한다. 꽃과 나비라는 소재는 시속에 텍스트(text)화 될 때 비로서 미적 대상으로 형상화되는 것이다.

---

7) 이승훈, 「해체시와 포스트모더니즘」, p.115.
8) 김준오, 『도시시와 해체시』, 문학과 비평사, 1993, p.12.
9) 송명희, 『탈중심의 시학』, 새미, 1998, p.51.

말하자면 소재는 형상화되기 이전의 하나의 자료일 뿐 미적 대상이 될 수 없다. 그러나 해체시는 이러한 전통적 미학체계를 붕괴하고 소재 자체가 그대로 시의 텍스트가 된다. 그리하여 시 밖의 소재와 시 속의 소재의 경계는 무너진다. 소재와 텍스트 사이에 걸쳐 있던 울타리가 사라짐으로 소재가 시가 되고, 시가 소재가 되는 것이다. 그야말로 전통적인 텍스트 미학의 기본체제가 무너지는 것이다.

이러한 현상을 '미적 자유이론'[10] 이라 부른다. 소재의 텍스트화는 예술과 인생은 분리될 수 없다는 삶과 예술의 일원적 가치관을 반영한다. 삶과 예술의 경계선을 파괴하여 삶을 시 속에, 시를 삶 속에 투사코자 하였던 것이다. 따라서 예술은 삶의 영역 밖에서 고고하게 존재하던 초월성과 형이상성을 상실하게 된다. 예술 속의 삶, 삶 속의 예술, 그러한 연속적 문예관이 해체시의 기본 철학이 되는 것이다.

이러한 미적 자유이론은 필연코 예술적 가공(架空)을 배제하는 '편집주의'로 귀착된다. 소재가 곧바로 시가 되는 상황에서 예술적 형상화, 예술적 가공은 무의미한 일이 되기 때문이다. 그리하여 편집주의는 현실소재의 선택과 조합이라는 편집(編輯) 중심으로 기울어지게 된다. 예술적 변용이 아닌 현실의 선택과 조합, 곧 '현실 잘라오기'가 해체시의 주요기법으로 떠오른다.

　사직서

　일신상의 사유 신병으로 인하여
　더 이상 직무를 수행할 수 없겠기에
　이에 사직하고자 하나이다
　사직원을 제출하오니 재가하여 주시옵기 바랍니다.

---

10)　김준오, 『한국 현대 장르비평론』, 문학과 지성, 1990, p.221.

1988년 2월 8일

2부 교사 박남철

학교장 귀하

　　　　　　　　　 - 박남철, 「사직서」

예비군 편성및훈련기피일제자진신고기간

　　자:83.4.1～지:83.5.31

　　　　　　　　　 - 황지우, 「벽」

　두 작품은 일상생활에서 활용되는 사직서와 공지문이다. 시의 소재가 아닌 일상생활의 공문서가 그대로 시가 된 것이다. 기존의 시양식에 익숙한 독자들은 이것이 과연 시인가라고 당혹할 것이다. 이러한 상식적 질문과 일반적 범주를 넘어서고 있는 것이 바로 해체시인 것이다. 말 그대로 해체시는 기존 시양식, 시관습의 범주와 개념을 여지없이 해체하고 있다.

　황지우의 「벽」은 80년대 일상화된 예비군 체제에 대한 비판의식이 드러난다. 예비군 제도는 군부가 국민들을 병영체제에 편입시켜 독재체제를 강화하기 위한 정책적 장치였다. 군부독재의 통치 이념인 반공 이데올로기를 실천하기 위한 안보정책이었던 것이다. 그러므로 여기에 복종하지 않고 기피한다는 것은 용서받을 수 없는 죄과였다. 그래서 자진신고 기간을 설정하여 참여를 유도하고 있다. 예비군에게 시혜를 베푸는 통치자의 아량을 희화화(戲畵化)함으로써 역설적으로 군사경영 체제를 우회적으로 비판하고 있는 것이다.

　'자(自)~지(至)'는 발음상 '자지'라는 남성 심볼을 연상케 하는 바, 남근으로 상징되는 남성적 권력, 가부장적 체제의 억압성에 대한 우회적 비판으로 해석된다. 곧 이 시는 짧은 홍보문안으로 구성되었지만 군부독재의 반공 이데올로기와 남성중심의 가부장적 이데올로기를 비판하는 풍자정신을 담보하고 있는 것이다. 그런 점에서 이 시는 촌철살인의 풍자시로 볼 수 있다.

김종수 80년 5월 이후 가출
소식 두절 1월 3일 입대영장 나왔음
귀가 요 아는 분 연락바람
    - 누나 829-1551

이광필 광필아 모든 것을 묻지 않겠다
돌아와서 이야기하자
어머니가 위독하다

나는 쭈그리고 앉아 똥을 눈다
                    - 황지우

예시는 신문의 심인(尋人)란을 이용한 시이다. 심인 광고 자체를 시화하고
있다. 광고문안의 시화(詩化)는 '장르 허물기'라는 해체시의 특성을 드러낸다.
단순한 심인란을 이용한 시지만 이 역시 시대상황과 개인주의에 대한 비판의
식이 개입되어 있다. 김종수가 가출한 때가 바로 80년 5월인 것은 곧 1980년
광주항쟁을 상기시킨다. 우연한 숫자 같지만 암울한 시대 상황을 암시하고 있
는 것이다. 군입대 영장이 나왔으니 반드시 입대해야 한다는 논리는 군부독재
체재에 대한 우회적 비판이다.

이렇게 심인란의 주체들은 힘들어 하지만 막상 시적 화자는 편안히 변기에
앉아 변을 보고 있다. 남의 일에는 오불관언(吾不關焉)하는 철저한 개인주의
태도를 취하고 있다. 이러한 개인주의는 자본주의 사회의 분비물인 동시에 감
시체제의 산물이기도 한 점에서 시사하는 바가 크다. 이처럼 해체시는 짧은
광고문안을 활용하여 촌철살인의 풍자성을 극대화 할 수 있었던 것이다.

때로는 tv 방송 채널이 시의 소재가 되기도 한다.

과연 누가 진짜 배비장(big brother)인가?
촬영각도 왼쪽에서 오른쪽으로....
촬영각도 왼쪽에서 오른 쪽으로
아니 그 네 번째는 비추지 말고...
ㅁ
ㅇㄷㄷㄷㄷㄷㄷ....

*이건 민영방송 채널이다
- 박남철, 「텔레비젼 3」

텔레비전의 촬영장면을 그대로 재현한 시이다. 구체적인 내용없이 단지 대상 촬영과 화면 내보내기 기술만 간략히 서술되어 있다. 이쯤 되면 과연 시란 무엇인가 하는 원론적인 회의와 질문에 부딪치게 된다. 기존의 시관습, 시양식과는 전혀 다른 이질적인 시양식을 접하게 되는 것이다. 황지우가 지적했듯이 해체시야말로 '파괴를 양식화하는'[11] 시양식임이 분명해진다.

4. 매체 개방주의

해체시는 시가 언어예술이라는 개념을 벗어난다. 언어 외의 모든 매체가 시의 소재가 되는 것이다. 그림, 사진, 신문, TV 화면, 만화 등 모든 소재가 시가 된다. 그야말로 제재의 무제한성, 매체 넘나들기 양상을 드러낸다. 이러한 언어의 배타성은 로고스(logos)로 상징되는 언어의 불신성에서 기인한 것이다.

언어는 근본적으로 로고스의 표상이다. 언어는 일정한 체계와 질서, 규범과 규칙에 따라 규율되는 상징체계인 것이다. 문법이라는 범주가 시사하듯이 일

---

11) 황지우, 『사람과 사람 사이의 신호』, 한마당, 1986, p.28.

정한 규칙에 따라 질서있게 배열돼야 의미의 언어화가 가능한 것이다. 해체시의 철학적 배경이 된 포스트 모더니즘이 이성과 논리, 질서를 근간으로 한 로고스적 가치관을 부정하는 만큼 해체시의 언어해체, 언어불신 현상은 당연한 귀결이다.

　해체시는 매체 개방주의에 입각하여 부호나 그림, 기호를 사용하여 시를 구성한다. 말하자면 언어 이전의 원시적 부호가 시가 되는 것이다. 마치 원시인들이 알타미라 동굴에 그들만의 기호로 들소사냥 그림을 그리듯이, 도식(圖式)시, 부호(符號)시, 기호(記號)시를 산출하는 것이다.

　　????????????
　　????????????
　　????????????
　　????????????
　　(이것을 거울에 비추어 볼 것)
　　　　　　　　　－ 황지우, 「의혹을 향하여」

　▲▲▲ 우에
　▲▲▲
　그 上上峰에
　　◉ 하나
　그리고 그 △▲▲ 아래
　　　▼▼▼ 그림자
　　　그 그림자 아래, 또
　　　▼▼▼ 그림자,
　　　　　아래
　다닥다다닥다다닥다다닥다다닥다
　　　　－ 황지우, 「일출이라는 한자를 찬.찬.히 들여다 보고 있으면서」

두 편 다 기호와 부호로 짜여진 도식(圖式)시이다. 시행 배열도 입체적으로 구성하여 입체시의 형상을 갖추고 있다. 철저히 일상언어와 전통적인 시어를 배제하고 원시적 언어로 시를 쓰는 것이다. 이러한 기호의 활용은 이미 1930년대 이상(李箱)시에서 그 연원을 찾을 수 있다. 이상시의 기호시, 기하학적인 입체시는 초현실주의 시의 문을 여는 신호탄이었다. 그러한 신호탄이 80년대 해체시에 와서 활짝 불꽃놀이로 만개한 것이다. 그런 점에서 해체시는 초현실주의의 계승이자 변용이라고 볼 수 있다. 다시 말해 황지우는 이상의 정신적 에피고넨(epigone)이었던 것이다.

매체 개방주의는 개방성이 확대되어 장르 개방주의로 심화된다. 미술, 음악, 연극, 무용 등 다른 양식은 물론 시 이외의 문학 장르인 소설, 드라마, 시나리오, 수필과의 교섭을 통해 상호작용을 드러낸다.

밤 열한시, 단칸방, 어머니와 아들이 누워있다

어머니   일찍 자자꾸나, 나는 벌써 잠이 오는구나
아들   어머니 그런데 저 소리는 무엇일까요
           낮고 은밀하게 우리 주위를 배회하는 소리
어머니   애야, 나는 소리 듣지 못하는 굴껍질
           발끝에서 머리까지 전신이 울퉁불퉁하단다
아들   쥐인가 봐, 내 머릴 밟고 가네요
                       – 장정일, 「잔혹한 실내극」

예시는 시 전체가 시나리오 형식으로 구성되었다. 일종의 단편 시나리오 형식을 취하고 있다. 시적인 특징은 섬세한 감정묘사에서 찾을 수 있을 뿐이다. 시와 시나리오의 경계를 허물어 일종의 시나리오 시양식이 창출된 것이다. 이윤택의 「막연한 기대와 몽상에 대한 반역」은 단형 희곡시이고, 최계선의 「마그마의 방법」은 시와 그림이 혼합된 그림시 형식이다. 이처럼 해체시는 타장르와의 교섭이 특징적이다.

5. 주체의 죽음과 패러디

작품은 작가의 의도가 반영된 창작물이다. 그래서 신비평에서는 작가의 의도에 맞게 작품을 읽으려는 '의도적 오류'(intentional fallacy)를 지적하기도 한다. 그만큼 작가의 의도는 작품에 지대한 영향을 끼친다. 하지만 해체시에서는 이러한 작가의 의도관을 거부한다. 곧 작가를 배제하고 작품의 의미를 독자의 참여와 판단에 전적으로 일임하는 것이다.

작가는 편집주의 입장에서 현실적 소재를 선택해서 제시할 뿐이고, 그에 대한 판단은 철저히 독자의 몫이 된다. 곧 작가는 보여주기(showing)만 할 뿐 일체 작품의 의미생성에 관여하지 않는다. 곧 작가를 죽이는 것이다. 이처럼 창작 주체를 죽임으로서 역으로 작가는 스스로 독자가 된다. 자신이 보여준 소재를 스스로 독자 입장에서 받아들여야 하는 것이다. 작가는 냉철한 관찰자로서 제3의 인물이 되는 것이다.

이를 주체의 죽음, 작가의 죽음, 작가의 익명화(匿名化) 현상이라 이른다. 마치 김춘수의 무의미시가 객체의 죽음을 선언했듯이 해체시는 정반대로 주체의 죽음을 선언한 것이다. 이러한 작가의 죽음은 작가의 권위와 주체의 규율에서 벗어나고자 하는 모스트 모더니즘의 탈중심주의 철학에 부합한다. 작품에서 작가의 의도를 강조하는 것은 바로 중심주의, 권위주의 소산으로 보기 때문이다.

해체시는 패러디를 중요한 기법으로 활용하고 있다. 물론 패러디는 매체 개방주의 및 장르 혼합주의의 연장선상에서 분비된 기법이다. 다양한 소재와 양식에서 그를 모사(模寫)하고 흉내내는 것이 바로 패러디이기 때문이다. 그리하여 해체시는 광고, 영화, 만화, 사전, 논문 등 다양한 소재에서 시적 상상력의 에너지를 얻는다.

이러한 패러디는 작가의 죽음과도 밀접히 관련되는데 시인을 창조의 주체로 보지 않고 모방자 차원으로 인식한다는 점에서 그렇다. 시인은 독자적인 창조의 주체를 포기한 채 모방을 통해 시적 상상력을 채워 가는 것이다. 시인의 죽음, 시인으로서의 정체성 상실 양상은 패러디에서 선명하게 드러난다.

내가 단추를 눌러 주기 전에는
그는 다만
하나의 라디오에 지나지 않았다

내가 그의 단추를 눌러 주었을 때
그는 나에게로 와서
전파가 되었다

내가 그의 단추를 눌러 준 것처럼
누가 와서 나의
굳어버린 핏줄기와 황량한 가슴속 버튼을 눌러다오
그에게로 가서 나도
그의 전파가 되고 싶다

우리들은 모두
사랑이 되고 싶다
　　　　　　　　　　　　－ 장정일, 「라디오같이 사랑을 끄고 켤 수 있다면」

이 시는 김춘수의 「꽃」을 패러디한 작품이다. 단지 '이름-단추, 몸짓-라디오, 꽃-전파'로 시어를 대체했을 뿐이다. 김춘수의 「꽃」은 현상과 본질의 양극화 현상을 극복해보려는 존재 탐구의 시였다. 그러나 장정일의 시는 패러디를 통해 꽃을 희화화(戱畫化) 해 버림으로써 현상과 본질의 이원적 인식이 허망한 존재론에 불과한 것임을 비판하고 있는 것이다. 이름과 존재의 형이상의 관계를 단순한 라디오의 버튼 누르기라는 형이하학의 관계로 전락시키고 있다. 사랑과 존재의 정체성은 한낱 라디오 버튼 누르기에 불과하다는 현상학적 각성에 이르고 있는 것이다. 이는 본질과 현상을 동일시하는 장정일 특유의 표면미학일 뿐 아니라[12] 이원적 세계관을 거부하는 포스트 모더니즘의 정신세계가 투사된 것으로 볼 수 있다.

6. 반미학주의

포스트 모더니즘은 근본적으로 논리, 질서, 체계를 부정하는데서 출발한다. 따라서 그것의 예술적 분비물인 해체시 역시 기존의 안정된 제도와 질서화된 체제를 거부하기 마련이다. 안정된 모든 사회제도와 체제(establishment)에 대한 거부, 곧 반제도(antiestablishment) 의식은 해체시의 근간을 이룬다. 앞서 살핀 기존 문학제도와 시스템의 해체도 근본적으로 이러한 반제도 의식에서 비롯된 것이다.

포스트 모더니즘은 안정된 체제와 질서를 지배층이 만들어 낸 현실의 허상으로 간주하여 한낱 부르주아 이데올로기의 산물로 규정한다. 해체시가 무질서, 비체계, 비논리를 지향하는 이유가 여기에 있다. 따라서 심리적 통일체라는 기존의 시의 인식을 불식하고 시는 '충돌의 집합체'라는 새로운 개념에 도달한다. 해체시의 양식의 파괴는 이러한 반미학주의, 반제도주의에서 비롯된 것이다.

이러한 반미학주의에 앞장 선 시인이 박남철이다. 박남철의 해체는 그야말

---

12) 장정호, 『포스트모더니즘과 한국문학』, 도서출판 글, 1991, p.145.

로 '해체를 위한 해체'의 경지에 이른다. 그에게 해체는 또 하나의 구속이었던 것이다. 그의 시에서는 교정부호 사용, 활자 뒤집기, 텍스트 공백두기(행간 비우기) 등 다양한 양식파괴가 일어난다. 심지어 「무서운 계시」에서는 뒤로부터 앞으로 읽어야 문맥이 통하는 음독(音讀) 전복(顚覆) 현상까지 선보이고 있다. 그야말로 시단의 '무법자'로서 기존의 문학제도를 철저히 파괴하고 있는 것이다.

그리하여 다음 시처럼 기존문학 제도에 길들여진 독자들을 훈계하기도 한다.

내 시에 대하여 의아해 하는 구시대의 독자놈들에게
차렷 열중쉬엇, 차렷

이 좆만한 놈들이...
차렷, 열중쉬엇, 차렷 열중쉬엇, 정신차렷, 차렷, 헤쳐 모엿!
야 이 좆만한 놈들아, 느네들 정말 그 따위로들 밖에 정신 못차리겠어, 엉?
　　　　　　　　　　　　　　　　　 – 박남철, 「독자놈들 길들이기」

전통 시문법에 길들여진 독자들에게 박남철의 해체시는 충격과 낯섬으로 다가온다. 과연 이것이 시인가 근본적인 회의가 앞선다. 시인은 이러한 독자들의 반응을 이미 예견하고 있다. 바로 그러한 독자들을 향해 그는 질타의 목소리를 높이는 것이다. 구시대의 제도와 권력에 길들여진 국민들이 그렇듯이 기존의 문학 시스템에 익숙한 독자들은 작가의 의도대로 따라가고 순응할 뿐이다. 이러한 소극적이고 수동적인 독자들의 의식을 깨우쳐 독자로서의 주체성과 정체성을 찾아야 함을 강조하고 있는 것이다. 해체시의 특질인 작가의 죽음, 독자의 소생을 위해 거듭 태어나야 함을 신랄하게 질타하고 있다.

그런데 그러한 충고와 조언이 냉혹한 군대의 훈련방식을 취하고 있다. 거기에 심한 욕설까지 동원하여 독자들에겐 실로 충격적이다. 이러한 충고를 군대의 훈련방식을 취함으로써 간접적으로 80년대 군부독재 체제를 비판하는 풍자의 효과도 거두고 있다. 아무튼 심한 비속어의 사용은 이전 시에서 찾아보기 힘든 반미학적 요소다.

이러한 독자모독은 신성모독으로 확산된다.

저 새끼가 죽을라고 환장을 했나
야 이새끼야 눈깔을 엇다 뜨고 다녀

하늘 높이 아니 하늘 높은 줄 모르게
교회 첨탑이 솟아 있다
빨간 네온 싸인 십자가가 빨간 네온 싸인의
영동 카바레에 켜져 있다
무슨 통신사 안테나 같은게
늦은 밤까지 어떤 썩을 놈의 영혼들과 교신중인지
못믿겠어
그들의 약속의 땅으로 들어가지 않겠어
침략자들!

　　　　　　　　　　　　　− 박남철, 「버라이어티쇼, 1984」

예시는 길거리에서 택시 운전자와 자가용 운전자가 싸우는 모습을 재현해 놓았다. 흔히 있는 세속적인 일상이다. 이에 병행하여 신성의 표상인 교회 십자가의 풍경이 오버랩된다. 속(俗)과 성(聖)의 병치 자체가 성의 속화(俗化) 현상을 표출하려는 시적 전략이다. 성의 상징인 십자가를 카바레의 네온사인 불빛과 동일시함으로써 신성모독은 극에 이른다. 카바레는 도덕적 비리와 윤리적 타락을 대표하는 세속적 가치의 표상이다. 또한 십자가를 통신사의 안테나와 견줌으로써 성의 속화(俗化) 과정은 극대화 된다. 늦은 밤까지 '어떤 썩을 놈의 영혼들이 교신'하듯이 십자가는 그렇게 속화된 채 도시 한복판에 우뚝 서 있는 것이다. 비속어의 거친 남용은 물론 신성모독까지 해체시는 반미학주의를 극단으로 몰아간다.

이러한 성(聖)과 속(俗)의 병치는 일종의 점강법(漸降法)이다. 성의 상징인 십자가가 속의 표상인 카바레, 통신사 안테나로 하강하고 있는 것이다. 이러한 이질적인 것의 병렬을 통한 점강법은 해체시의 주요 기법으로 자리 잡고 있다. 장경린의 「라면은 통통」은 이순신의 활약과 프로 야구선수 김봉연의 활약을 병치하고 있으며, 「간접프리킥」은 3.1운동, 8.15해방, 6.25 전쟁을 축구 경기에 대입시켜 서술하고 있다. 임진왜란이나 3.1운동 같은 역사적인 사건도 프로야구, 축구 경기 관전에 불과한 것이다.

이러한 극단적인 역사 허무주의는 해체시의 극단으로 보인다. 해체시 시인에게는 '믿을 수 있는 것, 전할 수 있는 것, 사랑할 수 있는 것이 아무것도 없다'는 김병익의 지적은 이런 점에서 타당하다.

해체시의 반미학주의는 섹스시에서 극점을 이룬다.

친구는 없고
친구 누나가 자고 있었다
친구 누나의 벌어진 가랑이를 보자
나는 자지가 꼴렸다
    – 황지우, 「숙자는 남편이 야속해」 'KBS 2TV 산유화에서'

여과 장치나 우회적 묘사없이 직설적 화법으로 성체험을 묘사하고 있다. 있는 그대로, 느낌 그대로 솔직하고 거칠게 성을 묘사하고 있는 것이다. 마치 한편의 포르노 영화를 보듯이 외설의 수준으로 기술되고 있다. 이쯤되면 시가 아니고 음담패설로 보아야 할 것이다. 이것이 해체시의 진면목이다.

수사적 표현이나 미학적 세련을 배제한 채 리얼하게 상황을 드러내는 일, 그것이 해체시가 노리는 반미학주의인 것이다. 기존의 도덕과 관습, 윤리적 규율의 파괴 자체가 포스트모더니즘, 해체시의 지향점이기 때문이다. 이러한 반미학주의는 탈중심주의, 탈권위주의, 탈엘리트주의에 기초하여 허구와 사실, 고급문화와 통속문화, 지배와 피지배의 2분법적 사고체계를 해체하려는 시도에서 비롯된 것이다. 그것이 바로 포스트 모더니즘의 철학이요, 해체시의 지향점인 것이다.

7. 해체시의 성과와 한계

해체시는 정치사회적 변화에 대응한 사회미학적 산물이다. 그런 점에서 해체시는 현실참여(engagement)라는 효용적 기능을 제고한 양식으로 평가된다. 문학이 단지 상아탑에 안주하여 형이상학적 관념성을 유희(遊戲) 함에 그치지 않고 과감히 정치 현실의 질곡에 파고들어 구조적 모순과 상황에 적극 대처했던 것이다. 일반적으로 참여시가 의식이나 사상면에서 현실비판의 자세를 취함에 비해 해체시는 양식의 파괴와 변용을 통하여 미학적 대응을 보였다는 점에 차별성이 있다. 현실상황에 대한 미학적 저항, 그것이 해체시가 거둔 성과다. 문학과 현실의 일원적 연속성, 그 지평 위에 해체시의 꽃이 활짝 피어난 것이다.

또한 해체시는 기존의 문학시스템과 관습에 충격을 가해 새로운 문학적 감수성을 개발했다는 점에 의미를 부여할 수 있다. 과감한 실험과 변용을 통하여 신선한 양식적 충격을 가했던 것이다. 스테레오 타입(streotype)화된 문학 제도를 과감히 개혁하여 새로운 미적 체계로 편입시킴으로서 한국문학의 새로운 가능성의 지평을 열어 주었다. 아울러 독특한 해체기법, 시문법을 개발하여 문학의 생명인 개성의 고양에도 일조하였다.

하지만 과격한 해체로 문학의 경계를 넘어서는 한계를 보여준다. F. Jameson이 지적한 탈문학(paraliterature)의 경지로 추락한 것이다. 미학을 바탕으로 하는 문학이 극단적 반미학주의를 지향함으로써 스스로의 정체성을 뒤집었던 것이다.

또한 양식화, 규범화의 해체가 해체시의 목적인 바, 해체를 양식화함으로써 자기모순에 빠지고 말았다. 해체 자체가 타기해야 할 또 하나의 관습이 되고 규범이 되고 만 것이다. 말하자면 해체시가 거부해야 할 또 하나의 이데올로기가 된 것이다.

아울러 극단적 허무주의와 세속적 경박성은 존재의 가벼움으로 인하여 '해체를 위한 해체'라는 동어반복의 범주에 빠지는 우를 범하기도 하였다. 자칫 무엇을 위한 해체인지 방향성과 목적성을 상실한 것이다. 단순한 관념유희 차원의 언롱(言哢)에 그친 경우가 산견된다. 해체시에서 현실해체는 보이나 미래의 전망이나 가능성의 지평이 보이지 않는 것은 이러한 이유에서이다.

북한시론

1. 북한시의 기원과 전개양상

주지하다시피 북한문학은 작품에 있어 사회주의 리얼리즘 계열로 국한시키는 배제의 원칙을 보이는 반면, 장르에서는 다양한 혼합장르를 수용하는 포괄의 원칙을 지키고 있다. 이러한 결과로 북한 현대시는 시가(詩歌)의 미분리 현상은 물론 엄격한 기준 없이 다양한 장르가 혼재해 있는 상황이다.

현금 북한문예의 정책은 북한의 시가 창작과 장르형성에 일정한 영항을 끼치고 있다. 북한문단에서 지속적으로 추구해온 항일혁명문학이나 수령형상 창조를 위해 서사시 및 송시가 창작되고 있으며 당성, 노동계급성, 인민성을 구현하기 위해 정론시, 풍자시, 벽시 등이 동원되고 있다.

그러나 90년대 이후 제고된 인민들의 생활변화와 문학적 욕구는 필연적으로 새로운 장르의 대두를 예고하고 있으니 그것이 애정서정시, 생활서정시, 자연풍경시 같은 것들이다. 전자가 이념성이 강한 경파시(硬派詩)에 해당된다면 이 부류는 서정성이 강한 연파시(軟派詩)에 속할 것이다. 송시, 서사시, 풍자시, 정론시, 벽시와 같은 경파시와 서정시, 풍경시와 같은 연파시의 병행이 현금 북한 시단의 창작동향으로 볼 수 있다. 특히 순수서정시인 풍경시의 부각은 현금 북한시단의 중요한 변모로 평가된다.

2. 시양식 분류기준과 개념

북한의 시장르에 대한 규정은 형식 및 양식적 기준과 내용 및 의미론적 기준이 혼합되고, 시(詩)와 가(歌)의 혼합장르가 가미되어 다소 복잡한 양상을 띠고 있다. 실제 창작에 동원되는 장르들을 들어보면 '서정시, 서사시, 서정서사시, 가사, 장시, 담시, 산문시, 풍자시, 우화시, 벽시, 정론시, 송시, 철리시, 만가, 풍경시, 단상시, 교훈시, 합창시' 등이 있다. 이처럼 여러 장르가 함께 혼재되어 있어 장르기준과 구분이 다소 혼란스러운 느낌을 주고 있다.

우선 이 혼란을 정리하기 위해 북한 시론서에 나온 장르 구분을 먼저 살펴보기로 하겠다.

A) 서정시 - 송시, 서정시, 풍자시, 정론시, 벽시, 가사
   서사시 - 서사시, 서정서사시, 담시
   　　　　　　　　　　　 - 장용남, 『서정과 시창작』1)

B) 서정시 - 서정시, 정론시, 풍자시, 송시(송가), 만가(비가), 철리시, 가사
   서사시 - 서사시, 서정서사시, 담시
   　　　　　　　　　　　 - 엄호석, 『사실주의 서정시 강좌』2)

이 둘을 비교해 보면 크게 시를 서정시와 서사시로 분류하고 그 하위범주로 다양한 양식을 설정하고 있음을 알 수 있다. 하위 분류에서 서사시는 서사시, 서정서사시, 담시로 구분하는 것은 양자가 같으나 단지 서정시 구분에서 서정시, 송시, 풍자시, 정론시, 가사는 공통적이지만 A)는 '벽시'가 B)는 '만가'와 '철리시'가 첨가되어 있음이 차이가 난다.

북한문학의 기본 이론서인 『주체문학론』에서는 뚜렷한 시 장르에 대한 규정은 없고, 단지 서정시, 서사시, 서정서사시, 담시, 정론시, 가사, 풍경시에 대한 언급이 나올 뿐이다. 이 세 문헌을 비교해 볼 때 '만가, 철리시, 벽시, 풍경시' 등은 주변장르로 인식되고 있음이 확인된다.

우리의 경우 형태상 정형시와 자유시, 내용상 서정시와 서사시로 구분하는 것과는 대조적이다. 이로 볼 때 북한시는 형태상의 분류개념이 약화된 채 단지 서사구조의 유무에 따라 서정시와 서사시로 분류되고 있음이 확인된다.

---

1)　문예출판사, 1990, p.62.
2)　엄호석, 「시문학 장르의 형태」, 『사실주의 서정시 강좌』(박기훈 편), 이웃출판사, 1992.

무엇보다 시양식에서 기본이 되는 자유시사 빠져 있는 것이 두드러진다. 자유시에 대한 장르인식이 뚜렷하지 않는 것이다. 자유시에 대하여 인민들의 사상과 감정을 자유롭게 표현하는 시형식으로 평가하면서도 무규율성(無規律性)을 들어 이를 비판하고 있는 것을 볼 때, 아마도 자유시를 자본주의 사회의 장르로 인식하고 있는 것으로 판단된다. 산문시의 개념도 미약한데 이는 시가 산문화되면 음악성을 살리지 못한다는 『주체문학론』의 교시에 따른 것으로 보인다.3) 2000년대 들어 간혹 산문시의 창작이 산견되나 매우 드문 경우이다.4)

또한 서정시의 구분에서 정치지향적인 송시, 풍자시, 정론시, 벽시 등이 포함되어 있는 것도 이해하기 힘들다. 한국의 서정시가 정치적 이데올로기를 배제하는 것과 극명한 대조를 이룬다. 이렇게 볼 때 북한에서는 서정시의 개념은 정치적 이데올로기를 서정의 색채로 담아내는 포괄적인 의미의 시의 개념으로 인식하고 있는 것으로 간주된다. 즉 북한의 서정시는 순수서정의 표출은 물론 이념을 담은 서정시도 포괄하는 개념으로 사용된다. 다시 말해 북한의 서정시는 넓은 의미의 시의 개념에 가까운 것이다. 곧 서정시는 일반적으로 시를 지칭하는 범칭적 용어로 쓰이고 있다.

3. 서정시 및 서사시의 양식적 특징

북한에서 서정시는 '외부세계에 환기된 인간의 사상, 감정, 지향 등을 직접 표현하는 서정적 작품의 한 형태'로 규정된다.5) 이 정의는 너무 포괄적이고 동어반복적이라 좁은 의미의 서정시의 본질을 파악하기가 쉽지 않다.

---

3) 김정일, 『주체문학론』, 조선로동당 출판사, 1992, p.230.
4) 「조국이여 앞으로! 앞으로!」(〈조선문학〉 1998.3)는 '산문시' 명칭을 부기하고 있으나 실제 산문시는 아니다.
5) 『문학예술사전』, 1992.

『주체문학론』에서는 서정시의 핵심이 되는 서정성의 개념을 비교적 자세히 언급하고 있는데 먼저 그 개념을 보면 다음과 같다.

서정성은 시문학의 기본 특성이며 생명이다. 시는 서정미로 사람의 심금을 울린다. 서정이란 생활에서 환기된 정서를 형상으로 재현한 것이다 …시인은 시대의 본질이 담긴 전형적인 감정을 잡아 작품의 특성과 요구에 맞게 재가공 하게 되는데 그것이 바로 서정이다…감정과 사상은 뗄수 없이 밀접한 관계를 가지고 있다. 그러므로 시에서 서정을 단순히 감성의 산물로 보아서는 안된다. 서정은 감성과 사상적인 지향을 결합시킨 형상적 사유의 산물이다.

여기까지 오면 서정시에서의 '서정'은 인간의 정서와 감정을 바탕으로 해서 시대 정신과 사상을 표현하는 것으로 해석할 수 있다. 결국 북한시에서 서정 시의 개념은 시의 일반적 개념에 해당되는 것임을 알 수 있다. 따라서 우리의 순수 서정시 개념과는 다소 거리를 갖고 있다.

아울러 시에서는 작가의 세계관과 사상이 중요하며 개성적 표현을 위해 '개 성적인 얼굴'이 드러나야 함을 강조하고 있다. 시인의 서정은 시인 자신의 정 서를 직접 표현하는 것이고 시인은 시에서 서정적 주인공이 돼야 함이 강조 된다.

이렇게 볼 때 북한시는 시적 화자의 인격으로 묘사하는 mimesis보다, 시인 의 인격으로 서술하는 diegesis의 성격이 강하게 나타남을 알 수 있다. 디게 시스는 작품세계에 시인이 직접 개입해서 자기의 의견과 태도, 감정을 토로하 는 것이다.[6] 물론 이때 서정적 주인공인 '나'는 곧 사회적 자아인 '우리'를 의 미한다. 북한의 서정시는 궁극적으로 '공민적 서정성'을[7] 주된 언술내용으로

---

6) 김준오, 「조선문학, 한국문학, 북한문학의 동질성과 이질성」, 〈한국문학논총〉 20, 1997.6, p.143.
7) '공민적'이란 말은 '애국적'이란 뜻으로, 국가와 인민의 이익에 합치되는 성향을 뜻한다.

하고 있기 때문에 시대 현실에 대한 체험을 밑바탕에 깔고 있는 것이다.

　시문학의 특성이자 생명인 서정은 시대와 인간, 현실에 뜨거운 정서적 체험
에 의해서만 옳게 살아날 수 있다. 이와 마찬가지로 시문학의 서정을 나타내는
기본형식으로서의 운률도 생활에 대한 시인의 뜨거운 정서적 체험이 있어야
옳게 살릴 수 있다.8)

　주체위업 계승의 빛나는 태양이시며 운명이신 김정일 동지께서 시대와 혁명
앞에 불멸의 업적에 대한 뜨거운 공감에 그 정서적 바탕을 두어야 한다.9)

이처럼 시대와 인간, 현실에 대한 정서적 체험을 중시하고 있다. 북한의 서
정시에서 항일혁명 사상이나 수령형상 창조와 같은 이념지향적인 시가 아니
라 순수 생활 서정시 창작이 가능해진 것은 80년대 후반 김정일의 교시 「결혼
식이나 생일을 축하하여 부를 수 있는 생활적인 노래들을 주저하지 말고 대담
하게 써낼 데 대하여」10)부터로 알려져 있다.

이에 사상성이 배제된 순수 서정시의 창작은 1950년대 중반 큰 홍역을 치
른 바 있다. 「산딸기」 사건이 그것이다. 이순영의 서정시 「산딸기」(1955)에 대
하여 작가 동맹이 '사회생활과 분리시켜 다만 협소한 사랑의 울타리 안에서만
묘사'했다고 호된 비판을 가함으로써 잠시 풍미했던 순수 서정시가 퇴조했던
일이 있었다. 이후 천리마 시대, 주체사상 시대를 거치면서 순수서정시 창작
은 계속 밀려났고, 1980년대 와서야 부활의 기미를 보였던 것이다. 앞에서 살
핀 바 풍경시 같은 자연 서정시가 등장한 것도 80년대 후반, 90년대 와서 가

　엄호석, 앞의 책, 「시문학 장르의 형태」, p.106.
8)　김순림, 「시대에 대한 시인의 뜨거운 정서적 체험과 시적 운률」, 〈조선문학〉, 1994.9.
9)　김순림, 위 논문, 〈조선문학〉, 1994.9.
10)　1980.1.8. 3차 조선작가 동맹대회.

능했던 것이다.

북한의 서사시는 시양식의 중심으로 자리 잡고 있다. 우리의 서사시가 하나의 주변장르로 그 명맥을 유지해 가고 있는 것과는 매우 대조적이다. 북한문학이 '역사쓰기'로서의 성격을 띠고 있는 만큼, 역사서술의 시적 양식으로서의 서사시가 중심장르로 풍미하고 있음은 어쩌면 당연한 현상인지도 모른다. 게다가 항일혁명 문학이나 수령형상 창조를 위해서는 완벽한 서술구조를 갖는 시형식은 필연적인 소이였다. 서사시를 '시대적으로 거대한 의의를 가지는 주제를 영웅적이며 숭고한 생활 화폭을 통하여 구현하며 시대의 전형적인 성격을 창조하는 시'로 규정하는 시각도[11] 이러한 맥락에서 이해할 수 있다.

김준오는 이런 사실을 전제하여 계급투쟁 및 항일혁명 등의 제한된 제제를 시양식에 담기 위해 서사체 선택은 필연적이고, 실제로 장편 서사시가 당위적 장르로 권장되었다고 주장한 바 있다.[12] 있는 그대로가 아니라 있어야 할 당위적 세계의 반영은 사회주의 사실주의의 본령이며 서사시적 세계관에 해당된다.

의식적 과장에 의한 전형창조 및 긍정인물의 형상화를 위해 서사시는 필요한 양식이었던 것이다. "서사시는 호전적 영웅이 직면하는 상황의 크기에 따라 그의 성격이 파악된다"는 Burke의 지적대로[13] 세계를 확대시킴으로서 자아가 영웅으로 탄생되는 것이고, 이 영웅탄생이 수령형상 창조에 직결되는 것이다.[14]

북한의 서사시는 '시대적으로 중요한 의의를 지닌 주제를 영웅적이며 숭고한 생활화폭을 통하여 구현하며 시대의 전형적인 성격을 창조하는 시'로 규정

---

11) 『창작의 벗』, p.162.
12) 김준오, 앞의 논문, p.139.
13) Kenneth Burke, 「Attitude towards History」, Univ. of California Press, 1959, pp.35~36.
14) 김준오, 앞의 논문, p.160.

되는데15) 이러한 규정 역시 위에서 언급한 서사시의 세계관과 일치하고 있다. 장용남은 서사시의 특징을 다음 4가지로 요약하고 있다.16)

① 서정시가 전형적 생활정서의 표출이 목적이라면, 서사시는 전형적 인간성격 표현의 본질이다.
② 서사시는 생활의 세부묘사를 통해 집중, 집약화가 가능하다.
③ 서사시는 서정적 묘사를 통해 행동의 시적 분위기, 사건의 서정성을 제고할 수 있다.
④ 때로 극적 효과를 위해 대사를 사용하기도 한다.

서사시는 이러한 특징과 서술성의 가치를 구유함으로 해서 그 기능성이 더욱 강화된다. L. 밍크는 서술성의 가치를 사건에 사상적인 일관성, 전체성, 완전성, 종결성을 부여함으로써 사건을 가치화 할 수 있다고 말한 바 있다.17)
또한 서술성의 기능은 ①대중화 ②전언중심의 평이한 서술로 인한 감격과 열광의 제고 ③ 이야기의 지배로 건설, 투쟁, 승리 등 사회주의 혁명의 형상화를 들 수 있다.18) 이러한 서술성의 가치와 기능을 서사시가 구유(具有)함으로써 사회주의 리얼리즘의 제고에 효과적으로 대처할 수 있었던 것이다.
이효문은 서사시의 변전을 영웅서사시(서구적 의미의 고대서사시) → 낭만주의적 서사시 → 사실주의적 서사시(비판적 사실주의 및 사회주의적 서사시)의 단계로 규정한 바 있는데, 이 중에서 마지막 단계인 사회주의적 서사시를 서사시의 최고봉에 이른 것으로 보고 고려조의 「동명왕편」을 현대적으로 계승한 것으로 평가하고 있다.19) 한편 박영학은 서사시를 서사구조의 서사시와

---

15) 『창작의 벗』, 사로청 출판사, 1973, p.162.
16) 장용남, 앞의 책, pp.280~285.
17) L. 밍크, 「모든 사람은 자신의 연보 기록자」, 『현대서술의 흐름』, 석경징, 윤효년 공역, 솔출판사, 1997, p.216.
18) 신형기·오성호, 『북한문학사』, 평민사, 2000, pp.27~28.

비서사구조의 서사시로 나누고, 후자를 송가적 서사시로 명명하기도 하였다.[20)
북한 서사시의 계보는 오랜 역사를 갖고 있는데, 서사시의 효시로 알려진 조기천의 「백두산」(1947)은 건국서사시로서 그 상징성을 인정받고 있다.[21)
이어서 강승한의 「한라산」(1948), 박세영의 「밀림의 역사」(1962), 문학창작단의 「조국의 진달래」(1980), 정건식의 「지평선」(1987), 오영재의 「인민의 아들」(1992), 민병준의 「꽃세상」(1993) 등이 그 계보를 형성하고 있다.
이선이는 90년대의 북한 서사시의 특징을 3가지로 요약하고 있다.[22)

① 서사시의 주인공들의 인간적인 면모를 부각시키고 있다. 혁명주체에서 인간주체로 옮겨간 느낌이 있다.[23) 김정일을 주인공으로 한 작품에서도 이전의 혁명투쟁이 아닌 인간적 측면을 부각하여 김정일을 최고의 인간애와 덕성의 소유자로 그리고 있다.
② 90년대 와서는 산업화 시대의 과학기술 및 환경문제가 다루어지기도 한다. 아울러 국토환경의 보존과 자연보호에 대한 관심도 나타난다.[24)
③ 서사의 현저한 약화도 두드러진 변화이다. 전지적 화자의 일관된 목소리가 아닌 다양한 목소리가 등장해서 민중서사를 지향한다. 사건진행도 약화되고 때로 대화사용이 이루어져 긴장력이 떨어진다.

이처럼 북한 서사시는 90년대 들어 인간적 면모의 부각, 산업화, 과학화 환경문제 등 다양한 소재, 민중서사의 등장 등 여러 변화를 보여주고 있다. 이

---

19) 이효문, 「서사시에 대하여」, 『사실주의 서정시 강좌』, p.247.
20) 박영학, 『조선문학사』, 김일성종대 출판사, 1982, p.86.
21) 「백두산」은 대학교재로 사용되기도 했고, 근 20만부가 팔려나간 것으로 알려져 있다.
22) 이선이, 「1990년대 북한서사시의 변화와 한계」, 『북한 문학의 이해』, 청동거울, 1999, pp.389~392.
23) 이런 경향의 90년대 서사시로는 박산운 「두더지 고개」(1990), 한원희 「삶은 어디에」(1991), 오영재 「인민의 아들」(1992), 민병준 「꽃세상」(1993) 등이 있다.
24) 김철, 「끝나지 않은 담화」(1992), 김병수, 「인간찬가」(1993).

러한 90년대 서사시의 변화는 분명 이전의 영웅창조 및 역사쓰기의 서사시와는 변별되는 새로운 변화로 볼 수 있다.

4. 서사시, 서정서사시, 담시

서사시의 경우는 서정시와는 달리 의미상의 구분보다는 형식상으로 서사구조를 갖는 장편시를 지칭한 것이다. 서사시, 서정서사시, 담시 그 밖에 장시라는 명칭도 혹간 쓰이는데 이는 내용보다는 길이에 따른 분류에 불과하다. 이야기가 길어져 서사구조가 튼튼한 것은 서사시, 그보다 조금 짧은 것이 장시,25) 서사구조가 약하며 길이가 짧은 시는 담시가 된다.

담시(譚詩)는 생활현장의 이야기 거리를 담기에 좋은 양식으로 규정되고 있다.26) 『창작의 벗』에서는 좀 더 구체적으로 '극히 짧은 이야기 속에 한두 명의 인물을 등장시키고 생활의 어떤 단면을 노래하는 제일 작은 형식의 서정서사시적인 작품'으로 규정된다.27) 이 규정에서 보듯이 담시는 서사시에서 제일 작은 형식의 시인 것이다.

조선작가동맹의 「높이 들리 우리의 붓」(1999.2)과 정은옥, 김은숙의 「인민의 어머니」(1999.12)는 '장시'인데 서사구조는 약하나 비교적 긴 시이고, 박천결의 「장군님과 가마마차」(1999.5)와 임공식의 「세월이 전하는 이야기」(2000.10)는 '담시'인데 비교적 간단한 화소(話素)가 개입된 50행 정도의 짧은 시이다.

---

25) 「기뻐하노라」(정동환, 〈조선문학〉 2002.2)와 「백수영장의 고지는 숨쉰다」(문용철, 〈조선문학〉 2002.2)은 '장시'로 표기되어 있는데 각각 37연, 47연으로 구성되어 있다.
26) 김정일, 『주체문학론』, 1992, p.232.
27) 『창작의 벗』, 사로청 출판사, 1973, p.162.

하얀 살구꽃 구름처럼 피는

화창한 봄날이 오면

이야기 하자네

그날의 젊은 세포위원장

어버이 수령님을 모시였던

잊을 수 없는 세포총위를 두고

그때부터 세월은 멀리 흘러

그날의 이야기 모르는 이 없어도

새로운 진실처럼

오늘도 이 가슴을 더웁히며

전하고 전하는 이야기

　　　　　　　　　– 림공식, 「세월이 전하는 이야기」28)

　정치위원회에 보고도 하지 않은 채 조그마한 내각의 작은 세포총회에 먼저 참석한 열성당원으로서의 김일성의 모습을 부각시켜 당원으로서의 책무와 소임을 강조한 시이다. 박천걸의 「장군님과 가마마차」는 취사병이 음식을 싣고 가다가 김정일 장군을 만나 풋고추를 얻어 먹은 일화를 적은 시이다. 이처럼 담시는 구체적인 사건이나 플롯의 전개없이 간단한 주제론적 화소를 끌어들여 서사골격을 갖추고 있는 양식이다. 이렇게 서사시에 비해 길이가 짧으면서 서술시의 구조를 갖춘 것을 담시로 명명하고 있다.

　서정서사시는 서사시에서 서정성이 더 강화된 것이다. 북한문단에서는 '서정성이 강한 중소형식의 서사시'로 규정되고 있다. 사건과 인물이 제시되는 것은 서사시와 같으나 규모에 있어 서사시보다 작고 '서정적 평가는 더욱 강한' 장르이다. 그러나 종종 서사시와 큰 차이없이 혼용되는 사례도 나타난다. 예를 들어 토지개혁을 주제로 한 조기천의 「땅의 노래」(1946)는 '서정서사시'

---

28) 〈조선문학〉, 2000.10.

로 분류되나 서사시로 규정된 그의 작품 「백두산」과 그 규모나 내용에 있어서
별 차이가 없다.

5. 송시, 벽시, 풍자시, 철리시

송시(頌詩, 頌歌)는 항일혁명문학에서 중시되는 장르로서 수령형상창조의
선봉에 선 양식이었다. 그런데 '송가적 서정시'라는 명칭도 보이는데 이는 서
사시적 화폭의 중심에 김일성을 놓고 그의 불멸의 혁명활동의 역사를 장에 따
라 부분별로 노래하는 형식이다. 서사구조는 비교적 약한 편이다. 이를 따로
'우리식 서사시'라고도 부른다.

정론시, 벽시, 철리시의 경우 우리 문학에서는 다소 생소한 것이다. 벽시(壁
詩)는 30년대 프로 문학에서 논의된 장르이고, 정론시(政論詩)는 정치평론인
정론(政論)의 내용을 시형식에 담은 정치성향의 시로서 북한문학에서 중시하
는 장르이다. 풍자시 역시 풍자의 대상이 북한체제 내부의 것은 불가능하고
'미제국주의 및 그 주구인 남조선'으로 국한된다. 사회주의 국가 안의 문제는
긍정적 현실만이 묘사되어야 하기 때문이다. 철리시(哲理詩)는 철학적인 내용
을 담은 일종의 사변시를 가리킨다.

벽시의 예를 보자.

차돌같은 암벽이
산악처럼 맞서도
땅속 호수 물주머니가
폭포처럼 터져나와도
오직 앞으로!

천길땅속 탄밭을 열어가는 길
굴길은 때로 구부러져도
장군님 따르는 마음엔 구비가 없어
앞으로!
앞으로!

　　　　　　　　　 – 오재신, 「앞으로!」[29]

예시는 김정일 장군에게 충성하기 위해 탄광 일에 매진하겠다는 어느 광부의 힘찬 결의가 표명되어 있다. '앞으로! 앞으로!'와 같은 격렬한 구호가 인상적이다. 이처럼 벽시는 아지프로(agipro, 선전선동)를 목적으로 강한 구호성을 띠고 있는 것이 특징이다. 물론 형식도 짧은 단시 형식을 취하고 있다. 대개 4~5행의 3연시로 구성된다.[30] 내용은 대부분 김일성 찬양이나 애국적인 것으로 되어 있다.

6. 정론시, 풍경시, 기타

정론시(政論詩)는 '사회정치생활에서 가장 관심사로 되는 사실에 대하여 주로 사회정치적 평가를 위주로 하여 쓰는 시로서 주장이 명백하고 선동성과 호소성이 강한 것'으로 규정되어 있다.[31] 말 그대로 정론적 내용을 시로 담아낸 양식인 것이다. 그러나 북한체제에서는 사회정치적 평가가 객관적이고 비판적인 성격을 띨 수 없는 만큼 결국 체제수호적인 찬양일변도의 선전선동시가

---

29) 〈조선문학〉, 1999.9.
30) 「피와 땀」(백의선, 〈조선문학〉, 1998.9)은 7행 단시, 「춤을 추자」(조창제, 〈조선문학〉, 1998.10)는 5행 3연, 「교육자가 사는 계절」(백광명, 〈조선문학〉, 2000.9)은 5행 3연으로 되어 있다.
31) 『창작의 벗』, 사로청 출판사, 1973, p.162.

되고 있는 것이다.

  곡절과 시련
  격변과 승리
  복잡다단한 20세기의 문을 닫고
  거창한 21세기의 대문을 열어야 할
  세기의 분기점
  여기서 잠깐 들어보자
  마음과 마음을 합쳐
  하나된 소리로 칭송하는
  인류의 진정한 외침을
  전출명장 김정일 동지는
  이 세상 온갖 반동들에게는
  무자비한 철추를 내리시고
  인류의 위업을 승리에로 이끌어 가시는
  사회주의의 최고사령관
  혁명의 최고 영수
  세기의 위대한 태양이시다
                    – 박근원, 「세기의 영광」32)

  이 시는 표제에서 '정론시'로 분류된 시이다. 예시한 바와 같이 사회정치적
평론의 차원에서 씌어지되 북한체제 및 지도자의 찬양일변도로 일관되고 있
다. '자주의 제도' 위에 '21세기 혁명의 기관차'를 영도하는 김정일의 지도력을
찬양하는 김정일 찬가이다.
  이렇게 보면 수령형상 창조를 기본으로 하는 송가와 구별되는 차이점을 찾

---

32) 〈조선문학〉, 1998.1.

을 수 없다. 북한 문단에서 정론시를 '사회정치적 평가'를 위주로 하는 시로 정의하고 있으나 그 평가가 찬양 일변도로 편향되는 한 정론시의 장르적 특성은 변별력을 상실하게 된다.

풍경시는 일종의 자연서정을 읊은 서경시를 가리키는 바, 『주체문학론』에서는 '조국의 아름다운 자연을 노래하지만 인간 생활을 떠나 순수자연을 찬미하는 것은 백해무익하다'고 정의하고 있다.[33] 1980년대 이후, 특히 1990년대 들어 풍경시가 상당수 씌여지고 있음이 확인된다. 이는 이념지향적인 목적시에서 벗어나 자연서정을 바탕으로 한 순수서정시가 북한시단에서 자리 잡아가고 있다는 하나의 징표로 보인다.

> 영변이라 영변의 약산 동대는
> 노래도 많고 시도 많소
> 좋은 철 진달래 꽃철에 찾아오니
> 시 한 수 저절로 떠오르오
> 바위 위에 층층 꽃은 웃고
> 꽃속에 겹겹이
> 바윗돌 솟았으니 꽃과 바위 천층이요
> 꽃과 바위 만겹이라고
> 오르는 길 우에 울긋불긋
> 금잔디 그 우에 울긋불긋
>
> — 김정철, 「약산의 진달래」[34]

'풍경시'라는 표제가 붙은 시이다. 이름난 영변의 약산 진달래꽃을 소재로 하여 꽃과 자연풍광의 아름다움을 순수서정으로 노래한 시이다. 꽃과 바위가

---

33) 『주체문학론』, p.232.
34) 〈조선문학〉, 1994.1.

어우러진 봄날의 풍경에 시인은 도취되어 한편의 시가 저절로 솟아난다고 고백하고 있다. 이 김정철의 「약산의 진달래」는 〈조선문학〉에서 1990년에서 1996년 사이에 발표된 거의 유일한 산수시(山水詩)로 확인되는 바, 이로 볼 때 북한에서의 산수시의 창작은 90년대 후반들어 활발히 이루어졌음을 알 수 있다. 이 산수시는 대체로 연시 형태를 갖추고 있는 데 '산수련시', '풍경시초' 등이 그것이다. 한 사람이 여러 풍경을 노래하거나, 여러 사람이 여러 풍경을 형상화하는 경우가 대부분이다.

김형준 「명산의 근본」[35]은 '상봉만 있으라고', '상원암 찾아가다가', '묘향산 약수', '상원암의 삼폭', '취나물', '명산의 근본' 등 6편의 연작으로 된 시이다. 묘향산의 여러 풍물을 다양한 시각으로 형상화한 작품이다. 마치 우리 고전시가의 「어부사시사」나 「오우가」와 같은 연작형을 답습하고 있다. 동시에 「내 나라의 명산 칠보산」(〈조선문학〉 1996.6)은 '산수련시'라는 표제 아래 11명의 시인이 동원되어 칠보산의 아름다움을 노래한 연작시이다.

주제면에서 볼 때 산수시는 대체로 서정성을 바탕으로 하고 있지만 때로는 이념적인 사상성을 깔고 있는 시편도 산견된다. 리영삼의 「이 경개 이 높이에」[36]는 '풍경시'라는 표제를 달고 칠보산의 풍광을 노래하고 있지만 칠보산의 기상과 아름다움을 김정일 장군의 풍모에 환치시켜 형상화하고 있다. 이렇게 순수 풍경시에서 조차 수령형상 창조의 흔적을 보이는 것은 그만큼 북한 문학이 이념적 편향성에서 벗어나기 힘들다는 증표이다.

장용남, 엄호석의 분류에 나오지 않으나 단상시(斷想詩)와 교훈시(教訓詩) 같은 것도 있다. 단상시는 그야말로 소재에 대한 스쳐 지나가는 짧은 단시(短詩) 형식을 취하게 된다.

---

35) 〈조선문학〉, 1998.8.
36) 〈조선문학〉, 1998.3.

어머니 등에서 내려 걷는다고
어머니의 몸이 가벼워졌던가

어머니 곁을 떠나 제구실한다고
어머니의 시름이 덜어졌던가

자식이 자라 어른이 되어도
어머니 마음엔 언제나 어린애
　　　　　　　- 김석평, 「어머니 마음엔」37)

　이 시는 「어머니에 대한 생각」이라는 큰 제목 하에 씌여진 것으로 6~8행
정도의 짧은 시행 속에 어머니에 대한 단상을 시화하고 있다.38)
　교훈시는 명칭 그대로 생활현장에서 계몽적이고 교육적인 내용을 담아 교
훈의 목적으로 씌여진 시이다.

부모는 자식의 원예사
자식은 그 앞의 사과나무

아픈 매로 키운 자식 효자되어도
곱게만 키운자식 불효자된다

잔소리 같은 부모의 말도
자식의 운명엔 보약

---

37)　〈조선문학〉, 1998.9.
38)　김석주의 '단상시' 「생활에서 새겨둔 생각 몇 토막」(〈조선문학〉, 2000.3)도 비슷한 형식
　　을 취하고 있다.

부모의 마음에 못을 박은 자식
나라의 대들보에 칼을 박는다.

영웅을 키운 부모 역시 영웅이오
역적을 키운 부모 역시 역적이다.
                        - 양덕모, 「부모와 자식」[39]

 역설의 기법으로 부모자식간의 교육문제를 다룬 교훈시이다. 부모가 자식을 어떻게 키우느냐에 따라 사회와 국가에 영웅도 되고 역적도 된다는 자식교육의 중요성을 부각한 시다. 다른 교훈시인 김응하의 「의리」(1998.1)는 인생살이에서 의리의 중요함을 노래했고, 홍문수의 「가을날에」(2000.9)는 가을과 인생을 비유하여 가을에 열매를 맺듯이 인생도 삶의 열매를 맺어야 한다는 교훈적 내용을 담고 있다. 그런데 이 교훈시는 단상시와 마찬가지로 단시 형식과 비유적 방식을 취하고 있다.
 가사는 '노래로 불려질 것을 전제로 한 서정시'로서[40] 일종의 가요시에 해당된다. 우리의 경우 개화기 이후 근대문학에 들어서면서 시(詩)와 가(歌)가 분리됐지만, 북한문학은 송가, 비가, 혁명가요, 합창시 등에서 보다시피 시가의 미분리 상태에 머물고 있다. 북한에서 읽는 시보다 낭송시(노래시)가 적극 권장되고 압도적 우세를 보이는 것은 시가의 사회적 기능과 관련이 깊다. 노래체 시가가 선전선동 효과를 극대화 할 수 있기 때문이다. 이런 배경에서 노래시인 가사가 중시되는 것으로 보인다.
 '우리의 노래가 혁명투쟁과 대중교양의 힘 있는 수단이 되기 위해서' 가사가 근본적인 혁신을 가져오고, 앞장을 서야 하는 것이다. 『주체문학론』에서 가사는 ① 음악의 종속물이 아닌 만큼 한편의 정교한 시가 돼야 하며, ② 가사가

---

39) 〈조선문학〉, 1999.12.
40) 이동원, 『문학개론』, 김일성 종합대 출판사, 1985, p.228.

우선이나 음악이 뒤따름으로 시인은 음악에 대한 조예를 가져야 하며, ③ 가사의 내용은 생활감정이 담기고, 쉽고 알기 쉽게 창작돼야 함을 강조하고 있다.41)

　　통일이 하나의 강토이라면
　　우리는 그 품에 안겨살 민족
　　만나면 순간에 뜻을 합치고
　　다시는 헤여못질 민족입니다

　　대대손손 우리민족 부강번영을
　　통일강국 품안에 다 있습니다
　　통일은 통일은 하나의 혈맥
　　우리는 그 핏줄로 살 민족입니다.

　　백두와 한라가 힘을 합치면
　　우리힘 당할 자 세상에 없습니다
　　민족의 아리랑 높이 부르며
　　강성대국 내나라를 건설합시다.
　　　　　　　　　　　　　　　　– 이명옥, 「어서 만납시다」42)

7·5조 4행 3연으로 된 가사작품이다. 통일을 이루어 강성대국(强性大國)을 이룩하자는 내용을 담은 시이다. 이 작품은 가사의 기본형을 보여주고 있는데 대부분의 가사는 이 시처럼 7·5조 4행 3연시로 되어 있다. 때로는

---

41) 〈조선문학〉, 1998.8.
　　「바다와 종다리」(김경기, 〈조선문학〉, 1998.8)는 5·5조, 「오늘도 혁명의 네가 서있네」(송정우, 〈조선문학〉, 2000.8)는 6·6조, 「동서남북」(이명근, 〈조선문학〉, 2001.5)은 3·4조로 되어 있다.
42) 〈조선문학〉, 1998.8.

5·5조, 6·6조, 3·4조의 시도 있으나 기본형은 7·5조다. 또한 후렴구 첨가가 일반적이다.

특히 후렴구의 반복은 보편적인데 이는 가사가 음악과 밀접한 관련을 갖고 있음을 시사한다. 이리보면 가사는 개화기의 7·5조의 4행 창가를 연상시킨다.[43] 창가는 이미 우리 시단에서 사라진지 오래지만 북한 시단에는 하나의 문학 유산으로, 그것도 중요한 시장르로 살아 있는 것이다. 북한 문단의 중심 문예지인 〈조선문학〉지에도 가사작품이 타 장르를 능가하는 다작(多作)양상을 보이고 있다. 그밖에 일화(逸話)연시, 기행연시, 산수연시 등의 연작시 명칭도 존재한다.

전체적으로 볼 때 북한시의 장르규정과 명칭은 형태구조상의 분류와 주제 내용상의 분류로 대별되나 비교적 후자에 치우쳐 있음이 확인된다. 따라서 자칫 소재주의 차원에 머물 가능성을 안고 있다. 아울러 개념규정이 분명치 않아 장르 사이의 경계가 모호하며, 장르명칭과 실제 내용이 일치하지 않는 경우도 자주 나타난다.

7. 북한시의 특징과 한계

북한 현대시의 장르적 특징은 다음과 같이 요약된다.

첫째, 북한시의 장르설정은 형태론적 기준과 의미론적 기준이 병행되고 있으나 대체로 의미론적 기준이 우세한 양상을 보이고 있다. 서정시, 송가, 비가, 풍자시, 정론시, 교훈시, 단상시, 풍경시, 철리시 등이 그것이다. 이러한 양식들은 내용 및 의미 중심으로 분류된 것이라 자칫 트리비얼리즘(trivialism) 및 소재주의에 흐르고 있음을 알 수 있다.

---

43) 김영철, 「한국 4행시의 변천과정」, 『한국 시가의 재조명』, 형설출판사, 1989.

둘째, 시(詩)와 가(歌)의 미분리 현상이다. 아지프로적 기능을 확대하기 위해 '노래하는 시'로서의 양식을 고수하고 있다. 가사, 합창시, 혁명가요 등의 장르가 이에 해당된다.

셋째, 자유시 및 산문시의 장르 개념이 약화되어 나타나는데 자유시는 무규율성이라는 측면에서 비판받고, 산문시는 음악성을 배제한다는 점에서 등한시되고 있다.

넷째, 서정시의 개념은 포괄적으로 사용되어 다소 이념지향적인 장르인 송시, 풍자시, 정론시, 벽시들도 이 범주에 넣고 있다. 우리의 순수서정시와는 다소 거리가 있는 것으로 일반적인 시라는 개념으로 서정시를 사용하기도 한다.

다섯째, 80년대 이후 교조주의적인 장르 일변도에서 벗어나 탈이념적인 생활 서정시 및 자연 서경시 같은 시 창작이 이루어지고 있음이 확인된다.

여섯째, 서사시는 북한시의 중심 장르로 자리 잡고 있는 바, 이는 항일혁명문학이나 수령형상 창조를 위해 서술 구조를 갖는 시형식을 필요로 하고 있기 때문이다.

일곱째, 80년대 들어 이명옥, 정은옥, 김은숙 등 여류시인들의 활동이 두드러진다. 이전에는 거의 남성 작가가 주류를 이루었다.

찾아보기

인명

사건명